KB097298

아빠가 된 아이돌

아빠가 된 아이돌 2

초판 1쇄 발행 2019년 8월 27일

지은이 초연
펴낸이 배선아
펴낸곳 (주)고즈넉이엔티

출판등록 2017년 3월 13일 제2018-000115호
주소 서울시 중구 퇴계로26길 52 1층
대표전화 02-6269-8166 **팩스** 02-6166-9199
이메일 gozknock@naver.com

ⓒ 초연, 2019
ISBN 979-11-6316-054-0   04810
       979-11-6316-052-6   (세트)

표지이미지 Designed by Freepik

이 도서의 국립중앙도서관 출판예정도서목록(CIP)은 서지정보유통지원시스템
홈페이지(http://seoji.nl.go.kr)와 국가자료공동목록시스템(http://www.nl.go.kr/kolisnet)에서
이용하실 수 있습니다. (CIP제어번호: CIP2019028658)

아빠가된아이돌

초연 장편소설

The Idol Who Became a Dad

VOL.2

고즈넉이엔티 GOZKNOCK ENT

차례

30. 일루젼 탄생 비화 그 세 번째,
노아의 합류

"혁아, 이현아! 드디어 데뷔 조에 합류할 새로운 연습생이 들어왔어!"

어느 날, 매니저 종필이 드디어 희소식을 가지고 나타났다.

"안녕하세요, 홍래원입니다. 잘 부탁드려요. 형님들."

그리고 기절할 만큼 충격적인 소식도 함께.

종필을 따라 연습실로 들어와 상큼한 미소로 인사하는 래원을 보면서, 혁과 이현은 턱 빠진 호두까기 인형처럼 입을 떡 벌렸다.

"지금 이 팀에 가장 필요한 게 바로 예능 담당이거든. 래원이는 연기 경력도 있고 센스도 뛰어난 것 같아. 호불호가 안 갈리는 트렌디한 인상이어서 '입덕 멤버'로 삼기에도 좋고."

종필의 말을 들으면 무슨 삼고초려라도 해서 래원을 스카우트해 온 것 같았지만, 실은 그쪽 기획사 대표가 부도를 내버리는 바람에 낙동강 오리알 신세가 된 걸 냉큼 주워온 것이었다.

"종필이 형, 그건 좀 아닌 것 같아요. 아이돌도 엄연한 가수인데

이미지만 가지고 캐스팅하는 게 어디 있어요? 춤이나 노래, 랩 중 뭐 하나라도 할 줄 아는 게 있어야 무대에 서죠."

이현이 단정한 이마를 찡그리며 이의를 제기하자, 래원이 더없이 해맑은 말투로 끼어들었다.

"저 랩 할 줄 알아요. 노래방 가서 랩 하면 친구들이 전부 도끼 빰 친다고 그래요."

"너 이 자식, 도끼에 머리를 찍혀봐야 정신을 차리지. 네가 입 좀 잘 턴다고 그래서 착각을 하고 있나 본데, 말만 빠르게 한다고 랩이 되는 게 아니야."

혁이 대놓고 면박을 주는데도 래원은 기죽지 않았다. 그는 음량을 줄여놓은 연습실 스피커에서 흘러나오는 MR에 귀를 기울이더니 혁에게 물었다.

"이거 아웃사이더의 '외톨이' 맞죠? 연습곡이에요?"

혁이 아니라고 하지 않자, 래원은 오디오가 있는 쪽으로 성큼 다가가 볼륨을 높였다. 경쾌한 비트가 비좁은 연습실을 메우자, 래원은 고개를 까닥이면서 가볍게 박자를 맞추는가 싶더니 한순간 입술을 열고 속사포처럼 랩을 쏟아냈다.

"아무도모르게다가온이별에대면했을때또다시혼자가되는게두려워외면했었네, 꿈에도그리던지나간시간이다시금내게로되돌아오기를바라며간절한맘으로밤마다기도했네……."

연기 연습을 하면서 쌓은 내공 덕분인지, 래원이 가사를 읊는 속도는 조물주가 인간에게 정해준 한계를 넘어설 만큼 빨랐다. 그는 기관총을 갈기듯 숨도 안 쉬고 한 음절 한 음절을 듣는 사람의 귀에다가 선명하게 때려 박았다. 심지어 폐활량이 남아도는 듯 중간 중

간 여유 넘치는 제스처까지 곁들여 보였다. MR이 끝나는 순간, 혁이
마른침을 꿀꺽 삼키는 소리가 침묵을 뚫고 또렷하게 울려 퍼졌다.

"에……. 그러니까……. 실력에는 전혀 문제가 없는 걸로……."

래원의 랩 실력에 대해서는 전혀 알지 못했던 종필은 길거리에서
우연히 1등 로또를 주운 사람 같은 낯을 하고서 중얼거렸다.

"저도 찬성할게요."

데뷔를 위해서라면 어디서 랩이나 노래 잘하는 고양이라도 한 마
리 주워서 멤버로 삼고 싶었던 이현이 냉큼 동의했다.

"안 돼! 그래도 나는 반대야!"

"에이, 형. 새삼스럽게 내외하고 그래요, 우리 사이에."

목울대에 핏대를 세우며 소리치는 혁에게 래원은 친근하게 팔짱
을 끼면서 애교를 부렸다.

"저리 가! 징그러워! 우리 사이라니 그딴 게 어디 있는데!"

"왜 이러세요, 언어가 아닌 몸으로 대화를 나눌 뻔했던 그런 친밀
한 사이잖아요, 우리는."

래원은 머리카락 끝까지 쭈뼛 세운 채 도망 다니는 혁에게 끈질
기게 따라붙으며 재밌어했다.

이로써 홍래원은 365일 24시간 내내 괴롭힐 수 있는 새로운 희생
양을 찾았고, 일루전은 서브 래퍼와 서브 댄서 역할을 맡아줄 새로
운 멤버를 얻었다. 이제 서브 보컬만 있으면 4인조로 구색 맞춰 데
뷔할 수 있을 텐데, 그 마지막 한 축을 찾기가 영 쉽지 않았다.

"아아, 그 애를 데려올 수만 있다면 죽어도 소원이 없을 텐데."

래원이 연습생으로 합류한 지 석 달 후, 사무실 바닥에 신문지를

깔고 앉아 자장면을 먹던 종필이 탄식했다. 그 옆에서는 래원과 혁이 서비스로 나온 군만두를 서로 먹겠다며 멱살잡이를 하고 있었다. 이제 그 광경에 제법 익숙해진 이현이 젓가락을 들어 군만두를 정확히 반반으로 가르면서 종필에게 물었다.

"그 애가 누군데요? 어디 연습생이에요?"

"아니, 연습생은 아니고. 내가 15년 전에 광고회사 인턴으로 있을 때 알게 된 애야. 너희들 세대는 잘 모르겠지만, 그 당시에는 전국적으로 예쁜 아기 콘테스트 이런 게 많았거든."

"예쁜 아기 콘테스트요?"

"응. 어느 날, 혜성처럼 나타나 전국의 모든 콘테스트를 휩쓸어버린 전설적인 아기가 있었어."

종필은 지그시 눈을 감고서 15년 전 보았던 그 기억 속 얼굴을 열심히 되살려 보았다.

쌍꺼풀이 겹쳐진 둥글고 까만 눈, 위쪽으로 휘어진 차양처럼 긴 속눈썹, 우유에 분홍 물을 들인 것처럼 홍조가 돌던 도톰한 볼, 연한 살구색 입술까지, 그야말로 아기 천사가 따로 없었다.

"이름은 기억 안 나는데, 성이 류 씨인가 유 씨인가 그래서 광고업계 사람들은 '유망주'라고 불렀지. 남자 아기였는데, 걔가 콘테스트에 나오기만 하면 여자 아기들은 마법처럼 울음을 그치고 방긋방긋 웃고, 반대로 남자 아기들은 패배감 때문인지 자지러지게 울어댔다니까."

"에이, 설마요. 그냥 우연이겠죠."

"정말이라니까. 그해 모든 기저귀, 분유, 내복 광고는 그 애 얼굴로 도배됐었어. 그런데 어느 날 하루아침에 바람처럼 사라져 버렸지."

종필은 누구 하나 엿들으려는 사람도 없는 데 괜히 목소리를 낮추면서 소곤거렸다.

"그 후로 연예계에서 보이질 않았는데, 그 애가 지금 딱 꽃다운 열일곱 살이 됐을 거란 말이야. 그 얼굴은 어딜 가든 눈에 띌 것 같아서 작년부터 인터넷 얼짱 커뮤니티를 열심히 들여다보고 있는데, 인연이 안 닿는지 찾을 수가 없다. 에휴."

종필이 한숨을 내쉬면서 자장면을 다시 먹기 시작하려는 찰나, 사무실 문이 벌컥 열렸다. 이 사무실에 그렇게 몰아치듯 들이닥칠 사람이라고는 단 하나, 데뷔앨범 제작비를 마련하기 위해 매일매일 발바닥에 불나게 뛰고 있는 마 대표뿐이었다.

"종필 씨, 지금 당장 공항에 나갔다 와야겠어."

"공항에요, 대표님?"

"그래, 일루젼의 마지막 멤버가 태국에서 올 거야."

"태국이요?"

전혀 예상치 못한 말에 종필은 물론이고 일루젼 멤버들까지 눈이 휘둥그레지는데, 마 대표는 그들의 반응에도 아랑곳하지 않고 들뜬 투로 말을 이었다.

"치앙마이의 커피 농장주 아들이래. 농장에서 노동요로 '강남 스타일'을 자주 틀었는데 그걸 듣고 케이 팝에 심취하게 되었다나. 실력은 조금 부족하지만 무슨 수를 써서라도 한국 아이돌로 데뷔하고 싶다고, 일루젼에 넣어주기만 하면 앨범 제작비용은 그쪽에서 전부 부담하겠대."

"괜찮을까요? 노래와 춤뿐만 아니라 한국어도 가르쳐야 할 거고, 외관상 다른 애들하고 어울릴 수 있을지도 모르겠는데요."

종필은 조심스럽게 지적했지만, 마 대표는 이미 결단을 내려버린 듯 자신만만하기만 했다.

"괜찮아. 짧게 국제전화를 했는데, 본인 말로는 투피엠의 닉쿤과 똑같이 생겼대. 머릿수도 채우고, 해외 팬도 확보하고, 자금까지 마련하고, 우리 입장에서는 그야말로 일석삼조지. 그러니 얼른 모시러 가란 말이야. 이현이도 데리고 가서 인사시켜줘. 그나마 쟤가 제일 멀쩡하니까."

마 대표는 다 먹지도 못한 자장면 그릇을 밀어놓으면서 종필과 이현의 등을 마구 떠밀었다. 결국 그들은 사무실에서 쫓겨나다시피 굴러 나와야 했고, '제2의 닉쿤' 앞에서 '전설의 아기' 이야기는 잠시 잊어버리고 말았다.

"아, 주차장이 왜 이렇게 복잡하지? 비행기 도착 시각 다 됐는데. 안 되겠다, 이현아. 네가 먼저 출국장에 가서 픽업하고 있어. 나는 주차하고 올 테니까 대합실에서 만나자."

공항에 도착한 종필은 조수석에 놓아두었던 손님맞이용 팻말을 뒷좌석에 앉은 이현에게 던져주었다. 이현은 울며 겨자 먹기로 팻말을 목에 건 채 차에서 내렸다.

그러나 방콕 발 비행기에서 방금 내린 백여 명의 사람들이 와글거리는 출국장에는, 닉쿤과 눈썹 한 올이라도 비슷한 사람조차 찾아볼 수가 없었다.

'내가 출국장을 잘못 찾아왔나?'

이현이 전광판을 보고 게이트 번호를 다시 한번 확인하려고 하는데, 출국장 저편에서 누군가가 반갑게 손을 흔들며 그를 향해 달려왔다.

매부리코 아래에 강렬한 존재감을 뿜내면서 자리 잡은 염소수염, 통이 넓은 바지와 이국적인 디자인의 현란한 셔츠. 아무리 젊게 봐 줘도 이현의 작은 아버지 뻘로 보이는 가무잡잡한 남자는 다짜고짜 이현의 어깨를 붙잡으며 억양이 센 외국어를 퍼부어댔다.

"คุณเป็นคนบันเทิงที่เชิญชวน? ฉันมาร้องเพลงนักร้องไอดอลในเกาหลี,"

이현의 혼이 쏙 빠져나가려는 찰나, 남자의 뒤에서 젊은 여자가 여행용 캐리어가 가득 실린 카트를 밀면서 나타났다. 정장 차림을 한 지적인 인상의 동남아 여자는 비서 겸 통역사 역할로 동행했는 지, 발음이 다소 어색하지만 비교적 정확한 한국말로 남자의 말을 옮겼다.

"초대박 엔터테인먼트 사람입니까? 나는 대한민국에 아이돌 가 수를 하러 왔습니다."

"아, 네. 제가 초대박 엔터테인먼트 연습생입니다. 강이현이에요."

여자는 이현의 말을 태국어로 바꾸어 남자에게 전달한 후, 남자 의 대답을 다시 한국어로 이현에게 통역해 주었다. 대화할 때마다 이 번거로운 과정을 거쳐야 한다고 생각하니 그룹의 앞날에 꽃길이 아니라 먹구름이 암담하게 깔리는 것 같았다.

"내 이름은 까따쑤리 싼따띠옹 쿠노쁘라간 나치와랑꼰이고, 줄여 서 띠옹이라고 부릅니다."

"저기, 실례지만 연세가, 아니 춘추가 어떻게 되시는지……."

"서른여섯입니다. 애가 셋이나 있지만, 아직도 체력은 건재합니다."

커피농장에서 온 자칭 닉쿤, 띠옹은 셔츠 소매를 걷어 올리면서 씩씩하게 말했다. 이현은 당장이라도 목에 건 팻말을 반으로 쪼개

버리고 도망치고 싶었지만, 그래도 늦은 나이에 자아실현을 하겠다고 만리타국까지 찾아온 띠옹의 정성을 무시할 수 없었다.

"일단 저와 같이 매니저 형……. 아니 동생……. 아니 매니저님을 만나러 가시죠."

그러나 출국장을 나가 대합실로 향하는 길, 공항 곳곳을 흥미진진하게 구경하던 띠옹은 뭔가 발견하고 환호성을 질렀다.

"오, 저것이 바로 말로만 듣던 한국의 찜질방입니까? 일정이 촉박한 게 아니라면 잠시 들러서 여독을 풀고 싶습니다만."

그곳은 환승객들이 이용하는 공항 지하의 간이 찜질방이었지만, 드라마에서나 보던 한국 문화를 실제로 접하게 된 띠옹에게는 그저 경이롭기만 한 모양이었다.

"네, 얼마든지 있다가 오세요. 촉박할 건 하나도 없으니까요."

이현은 '서둘러 봤자 좀 더 빨리 망하기밖에 더하겠어요.'라는 말이 목구멍까지 올라오는 걸 꾹 삼키면서 띠옹을 사우나 입구까지 데려다주었다.

"함께 하지 않겠습니까? 한국인들은 등의 때를 밀어주면서 친해진다고 들었습니다."

"아닙니다. 저는 괜찮습니다."

띠옹의 권유를 간신히 웃으면서 거절하고 나온 이현이 종필이 기다리고 있을 대합실 방향으로 터덜터덜 발걸음을 옮길 때였다. 낙담한 나머지 고개를 푹 숙이고 걷던 그의 어깨가, 맞은편에서 걸어오던 사람의 어깨와 세게 부딪치면서 흔들렸다.

"아, 죄송합니다. 괜찮으세요?"

이현은 기우뚱 중심을 잃으려고 하는 상대방을 얼른 붙잡아주면서 걱정스럽게 물었다.

"네, 괜찮아요."

투명하고 청아한 미성으로 대답하면서 고개를 든 상대방은, 제 몸집에 버거운 커다란 백팩과 기타 케이스를 달팽이처럼 떠멘 앳된 소년이었다. 순정 만화책 표지를 찢고 나온 것 같은 외모에 놀란 이현이 두 눈을 크게 뜨는데, 소년도 마찬가지로 흠칫하더니 별안간 그의 이름을 불렀다.

"이현이 형?"

"누구세요? 저를 아세요?"

몇 년을 알고 지낸 사람처럼 친밀한 소년의 말투에 이현은 고개를 갸웃했다. 이렇게 생긴 애를 한 번이라도 본 적이 있다면 절대 잊지 못했을 것 같았다.

"저 Noah99에요! 형 유튜브 채널 넘버 원 구독자요!"

"아……."

귀에 익은 아이디를 들은 이현의 표정이 대번에 환하게 밝아졌다. 그가 주기적으로 올리는 자작곡 영상들은 반응이 좋을 때도 있고 아닐 때도 있었지만, 꾸준하게 열성적인 댓글을 달아주는 사람이 바로 Noah99였다.

— 슬프고 우울해서 사람들하고 말도 하기 싫을 때, 그럴 때 형 노래를 들으면 위로가 돼요.

— 언제 데뷔하실 거예요? 사실 저도 음악하는 사람이 되고 싶은데, 언젠가 형과 한 무대에서 노래하는 날이 올까요?

감상 댓글과 감사 대댓글을 주고받던 그들은 어느덧 좋아하는 뮤지션에 관한 얘기, 장래에 대한 고민과 자잘한 일상사까지 나누는 사이가 되었다. 노아의 목소리에 이현의 목소리를 덧입혀 만든 듀엣곡은 이현의 유튜브 채널 최다 조회수를 기록하기도 했다. 실제로 만난 적은 없었지만, 이현은 친동생이 있다면 이런 느낌이겠구나 싶을 정도로 노아가 가깝게 느껴졌다.

"너 미국 산다고 했잖아. 한국에는 언제 온 거야? 올 거면 온다고 말을 하지 그랬어."

"한 달 전에 왔어요. 형한테 연락하고 싶었는데, 너무 친한 척한다고 싫어할까 봐……."

노아는 길고 풍성한 속눈썹으로 그늘진 눈을 깜박이면서 자신 없는 말투로 중얼거렸다. 한국에서 가수로 데뷔하고 싶다는 그의 꿈을 부모님은 탐탁지 않아 했고, 방학 동안 딱 한 달만 다녀오겠다고 간신히 승낙 받았다.

인터넷에서 찾아낸 유명 연예 기획사들 주소를 들고 부지런히 발품을 팔며 찾아다녔지만, 온갖 험한 꼴만 겪었다. 문신한 건달들이 죽치고 앉아 있는 수상한 곳부터 우격다짐으로 노예 계약서부터 들이미는 곳까지. 반강요에 가까운 스폰서 제안을 받다가 질겁하고 도망 나온 적도 있었다.

이현에게 도움을 청하고 싶었지만, 인터넷에서 만나는 사람들이 으레 그렇듯 '한국에 오면 꼭 보자'는 말이 인사치레에 불과할지도 모른다는 생각에 끝내 용기를 내지 못했다. 그런데 미국으로 되돌아가는 길에 운명처럼 이현과 맞닥뜨린 것이다.

"노아 너, 가수 되고 싶다는 말 아직도 유효해?"

노아의 등에 얹힌 기타 케이스며 목에 걸린 헤드폰을 물끄러미 응시하던 이현이 느닷없이 물었다.

"네? 그럼요."

"잘 됐다. 그러면 나랑 같이 가자."

이건 이현을 구해주기 위한 신의 계시가 분명했다. 이현은 노아의 기타 케이스를 빼앗다시피 해서 대신 짊어지더니, 무턱대고 손목을 잡아 대합실 있는 방향으로 끌고 가기 시작했다. 노아는 저항하지 않고 순순히 끌려오면서 더듬더듬 물었다.

"어, 어디 가는데요?"

"지금 만날 사람이 태국 어쩌고 커피농장 어쩌고 이상한 소리를 해도, 넌 그냥 웃으면서 끄덕끄덕하기만 해. 알았지?"

"태국? 커피농장이요?"

이현은 노아를 태국에서 온 아이돌 지망생 '띠옹'으로 위장시켜 사무실로 데려갈 작정이었다.

물론 금방 들통 나겠지만, 철옹성 같은 대표님도 일단 노아를 만나기만 하면 마음에 쏙 들어 할 것이라는 굳은 확신이 있었다.

"저기, 우리 매니저 형이야."

대합실에 도착한 이현은 초조한 기색으로 전광판 앞에서 서성이고 있는 종필을 가리켰다. 이현에게 등을 떠밀려 종필의 앞까지 가면서도 노아는 여전히 영문을 모르는 얼굴이었다.

"형, 데려왔어요. 마지막 멤버."

무심결에 노아의 얼굴을 쳐다보았던 종필의 눈동자에 놀라움이 물결처럼 번져나갔다. 그러더니 신대륙을 발견한 콜럼버스처럼 두 주먹을 쥐면서 열렬히 외쳤다,

"유망주! 유망주가 왔구나!"

"제 이름은 류노아인데요."

"그래! 바로 그 이름이었어! 내가 그토록 찾아 헤맸던 전설의 아기!"

"네?"

대학교수였던 노아의 부모는 주변의 권유에 못 이겨 나간 콘테스트에서 두 살짜리 아들이 너무 큰 관심을 받게 되자 부담을 느꼈고, 때마침 미국 대학에서 들어온 종신직 제안을 받아들여 뉴욕으로 떠나면서 광고업계와는 미련 없이 인연을 끊었다. 자신이 대한민국 광고사에 한 획을 그었다고는 상상도 못 하는 노아로서는 전설의 아기 어쩌고 하는 게 황당할 뿐이었다.

"넌 이제 어디도 못 간다. 내가 안 보낼 테니까. 당장 대표님한테 인사부터 드리러 가자."

종필은 노아가 어디로 도망갈까 봐 겁이 나는 듯, 그가 메고 있는 백팩을 강제로 벗겨내어 자신의 옆구리에 빈틈없이 끼웠다. 태국에서 온 농장 아들은 이미 그의 머릿속에서 구만리 밖으로 사라져 버린 지 오래였다.

"이현이 형……."

노아는 자신의 백 팩을 가로채 저 멀리 가버리는 종필의 뒷모습을 보다가 구원을 요청하듯 이현을 불렀다.

"괜찮아, 나만 믿고 따라와."

이현은 믿음직스럽게 말하면서 노아를 향해 손을 내밀었다. 노아는 잠시 망설이다가, 이윽고 결심한 듯 숨을 한 번 들이마시고 눈앞의 손을 잡았다. 그리고 그 순간, 지루하리만큼 평온하고 고요했던 그의 삶이 송두리째 뒤바뀌었다.

31. 처음에도, 지금도, 하나

"다큐멘터리 DVD 제작이요? 일루전이 처음 시작한 장소에서요?

이현이 파업 종료 기념으로 상다리 부러지게 차린 9첩 반상에 앉아 있던 유채는 매니저 종필과 통화하는 이현을 호기심 어린 눈길로 쳐다보았다. 그들은 쌍둥이의 성별이 무엇이건 감사히 여기자는 대화를 주고받으면서 화기애애한 아침 식사를 하던 참이었다.

"그런데 형, 거기 이제 우리가 쓰는 건물도 아닌데 들어가도 돼요? 아, 허락받아놨다고요. 알겠어요. 오후에 거기로 갈게요."

전화를 끊고서도 한참 동안 고개를 갸웃거리는 이현을 향해 유채가 질문했다.

"이현 씨, 무슨 영화 찍어요?"

"4집 발매 기념으로 특전 코멘터리 DVD를 만든대요. 그거 찍는 감독님이 우리가 무명 시절을 보낸 구사옥을 보고 싶다고 하셨나 봐요."

유채에게 도시락을 들려 출근시킨 후, 이현은 약속 시각보다 한 시간 이르게 집을 나섰다. 택시를 타고 옛 동네에 도착했을 때 그를 반긴 것은, 다 쓰러져가는 초라한 건물이었다.

'여기는 달라진 게 아무것도 없네. 꼭 시간이 멈춘 것 같아.'

이현은 건물 입구에 걸려 있는 '유치권 행사 중'을 들추고 그 틈으로 기어들어 갔다. 누가 돌이라도 던졌는지, 깨진 창문으로 바람이 숭숭 들어오는 건물 안에 다른 사람의 기척은 없었다.

'오랜만에 왔는데 연습실에나 가 볼까?'

긴 복도를 지나 지하로 통하는 계단을 내려가자, 연습실보다는 창고라는 말이 훨씬 어울릴 10평 남짓의 공간이 나타났다. 벽을 더듬어 스위치를 켜자, 먼지가 얇게 내려앉은 거울과 장판이 눈에 들어왔다.

'우리가 놓고 간 물건들이 전부 그대로 있네.'

하나밖에 없는 콘센트에 연결된 낡은 스피커, 그 옆에서 굴러다니는 일루젼의 1집 앨범 재킷을 보고 이현은 미소를 머금었다.

'다른 사람들 올 때까지 여기서 기다려야겠다.'

연습실에는 의자 하나 놓여 있지 않아서, 이현은 굴러다니는 신문지를 주워 습기 찬 장판 바닥에 깔고 앉았다. 예전에는 아무렇지도 않게 저 얼음장 같은 바닥에 앉고, 엎드리고, 지친 나머지 벌러덩 드러누워서 자기도 했다.

'일루젼의 시작이라. 어디를 시작이라고 봐야 할까? 우리는 각자 다른 곳에서 꿈을 키워오고 있었는데.'

이현은 산적처럼 우락부락해 보이던 혁, 미끈하게 잘생겼지만 얌체 같던 래원, 처음 눈을 마주치는 순간부터 보호 본능을 자극하던 노아와의 만남을 차례대로 떠올리면서 미소지었다.

약속 시각이 된 것과 동시에 우르르 도착한 멤버들은 낡은 연습실에 옹기종기 모여 앉아 DVD 촬영 감독의 설명에 열심히 귀 기울였다. 인간극장을 찍고도 남을 만큼 고생하고 스타가 되었으면 연예인 병에 걸릴 법도 한데, 그들은 신기하리만큼 변하는 게 없었다. 명품 옷에 지하실의 음습한 먼지가 묻어도, 신문지 한 장 깔지 않은 바닥 때문에 엉덩이가 시려도 불평 한마디 할 줄 몰랐다.

'넷이서 함께 무대에 설 수 있는 것만으로도 행복하니까.'

어떤 풍파 속에서도 그들을 지탱해 주던 원동력은 그것이었다. 그래서 이현은, 함께 있는 게 행복하지 않다면 '일루전'이라는 이름으로 무대에 서면 안 된다는 생각이 들었다. 마음껏 노래할 수 있는 무대를 선물해 준 고마운 팬들에게 거짓 웃음을 보이고 싶지 않았다. 다큐멘터리 기획 회의가 끝나고, 혁과 다른 두 멤버가 일어나려고 하는 찰나, 이현이 다급하게 그들을 붙잡았다.

"잠깐만, 우리 얘기 좀 하자."

혁은 할 말이 있으면 어서 해 보라는 듯 쳐다보았고, 동생들은 그 뒤에서 슬금슬금 눈치를 보았다.

"난 못 하겠어. 카메라 앞에서만 웃고, 어깨동무하고, 사이좋은 척하고, 카메라 꺼지면 등 돌리고. 그런 연극이 지금까지 우리가 쌓아온 소중한 시간까지 다 부정하는 것 같아서 가슴이 너무 아파. 예전의 우리가 그리워. 죽어라 싸우지만 죽어도 못 떨어지는 사이였던 우리가."

이현은 말하면서도 가슴 속에서 무언가 뜨거운 게 치밀어 올라서 목이 메려고 했고, 그 말을 듣는 동생들의 눈 속에서도 안타까움이 일렁였다.

"그래서 어쩌라고?"

말은 그렇게 해도, 혁의 음성은 아까보다는 한결 누그러져 있었다.

"내가 잘할게. 지금까지 해 왔던 것보다 더 열심히, 더 죽어라 할게. 그러니까 너희들 마음을 다시 열어주면 안 될까?"

이현의 간절한 부탁에, 혁은 이마를 손바닥으로 덮으면서 긴 한숨을 내쉬었다. 갈수록 무거워져 가는 침묵을 제일 먼저 깨뜨린 사람은 혁도, 노아도 아닌 래원이었다.

"됐어, 형, 지금보다 더 죽어라 하면 진짜 죽을 수도 있어."

래원은 이제 됐다는 듯 손사래를 치면서 장난치듯 말하더니, 이현의 옆으로 다가와 친근하게 어깨를 두드렸다.

"하여간 애인 없는 놈들의 질투와 텃새라는 건 상상을 초월한다니까. 적당히 합시다, 적당히. 이 정도 했으면 됐잖아? 뭐 서울광장에 이마 박고 석고대죄라도 시켜야 속이 시원하겠어?"

애초에 심각하게 각 잡고 싸우는 것 자체가 래원의 적성에 맞지 않았다. 요즘 숙소에서 혁은 건드리면 폭발할 것 같은 눈빛을 하고 괜히 쾅쾅대면서 돌아다녔고, 노아는 삼년상 치르는 사람처럼 내내 울상이어서, 래원은 이현이 돌아오기를 진심으로 바랐다.

마음으로는 이미 옛날 옛적에 이현을 용서했지만, 막내라는 입장이라 아무 말 못 하고 있었던 노아도 얼른 이현의 역성을 들었다.

"그래, 우리까지 거들지 않아도 이현이 형은 충분히 힘들 것 같아. 받아주자."

졸지에 아군을 전부 잃어버린 혁은 잠시 멍청한 표정을 짓더니, 이내 그럴 줄 알았다는 듯 투덜거렸다.

"쳇, 강이현이 몇 마디 했다고 홀랑 넘어가 버리는 거 봐라, 이 배신자들 같으니!"

"우리더러 배신자라고? 그러면 어젯밤 이 문자메시지를 보내신 분은 누구시더라?

래원은 빙글빙글 웃으며 주머니에서 휴대폰을 꺼내어 허공으로 높이 들어 올렸다. 어젯밤 혁이 이현에게 보낸 메시지가 보란 듯이 화면에 떠 있었다.

— 이현아……. 자니?

"뭐야! 망할, 그 문자가 왜 너한테 갔어!"

이현에게 내뱉었던 매정한 말들이 마음에 걸려 잠도 못 이루던 혁이 머리를 싸매고 한 시간을 고민한 끝에 겨우 보낸 메시지였는데, 수신자를 잘못 지정해버린 것이다. 그 메시지를 받은 래원이 혼자 얼마나 낄낄대며 웃어댔을지 생각하면 혁은 이 자리에 고꾸라져 죽어버리고 싶었다.

"새벽 두 시에 고작 한다는 말이 '자니'야? 안 자면 어쩔 건데? 점점점은 뭔데? 찌질한 전 남친 같은 짓은 혼자 다 해 놓고 이제 와 쿨한 척이야."

래원은 신나서 이죽거렸지만, 혁은 뭐라 반박도 못 하고 입술만 달싹이고 있었다. 보다 못한 이현이, 완전히 구겨져 버린 혁의 체면을 살려주기 위해서 나섰다.

"이대로는 안 되겠으면 그냥 남자답게 한 대 치든지."

"……진심이냐?"

혁이 팽팽한 시선으로 쳐다보면서 하는 질문에, 이현은 힘주어 고개를 끄덕였다. 감정의 앙금이 남아 있는 상태에서 대충 얼버무리듯 화해하는 것은 그도 원치 않았다.

"차라리 그게 낫겠다. 한 대 때리고 퉁 쳐."

"그리고 이제 두 번 다시 이 얘기는 꺼내지 않기로 해."

말리고 나설 줄 알았던 래원과 노아도 의외로 찬성의 뜻을 표했다.

"그래, 그럼 친다."

혁은 경고하듯 말하고는 심호흡을 한 번 하면서 뒤로 한 발짝 물러섰다. 다음 순간, 차돌처럼 단단한 주먹이 이현의 복부를 향해 날아왔고 그는 반사적으로 두 눈을 질끈 감았다.

툭.

혁은 마지막 순간에 힘을 빼 버렸고, 장난처럼 미약한 타격감이 옆구리를 가볍게 스치고 지나갔다. 이현이 가늘게 눈을 떴을 때, 혁이 보일 듯 말 듯 희미한 미소를 머금은 채 멋쩍은 듯 고개를 돌려 버리는 모습이 보였다.

"헐, 진짜 때렸어! 방금 때린 거 맞지?"

"응, 나도 봤어. 112에 신고하자."

래원이 숨넘어갈 듯이 호들갑을 떨자 노아도 기다렸다는 듯이 장단을 맞추었다.

"야, 너희들이 때리라면서!"

"아, 정말, 촌스럽게. 영화도 안 봤어? 그럴 때는 때리는 척만 하다가 그 뒤에 있는 벽을 치는 거야! 진짜 간지나게 하려면 그렇게 하는 거라고! 사람을 쳐 패는 게 아니고!"

래원은 팔짱을 끼고서 한심하다는 듯 말했다. 역시 분위기를 띄우는 데는 권혁 몰아가기만큼 효과가 빠른 게 없었다.

"벽을 치면, 내 손은? 내 손은 뭐 손이 아니고 집게발이냐?"

"쯧쯧, 모든 걸 폭력으로 해결하려고 하는 야만스러운 인간 같으니라고. 문명화가 덜 됐어. 이현이 형, 괜찮아?"

노아는 이현의 팔을 잡으면서 과장스럽게 걱정을 했고, 이현도 이마를 짚고 비틀거리는 시늉을 하는 것으로 권혁 몰아가기에 동참했다.

"저기 강 너머에서 돌아가신 할아버지가 날 향해 손짓하시는 것 같지만 그것만 빼면 괜찮아."

"엄살떨기는. 강이현 너 한 번 제대로 맞아볼래? 엉?"

평소의 활력을 되찾은 네 남자의 높고 낮은 목소리가 한데 뒤섞여 연습실 벽을 두드렸다. 다시 마음을 열어 달라는 진실한 한 마디. 그들 사이의 간격을 좁히는 데 필요한 것은 그게 전부였다. 나머지는, 그들이 여덟 줄의 발자국을 찍으며 나란히 걸어온 시간의 무게가 알아서 감당할 일이었다.

'정말 다행이야. 둘 중 하나를 선택하고, 다른 하나를 버리지 않게 되어서.'

이현은 쌍둥이를 가졌을 때만큼이나 진심으로 만족스럽고 행복했다. 그렇기에 이 세상에서 그에게 가장 소중한 두 가족이 화합하는 일, 그 첫 단계를 유채와 살고 있는 집에 멤버들을 초대하면서 시작해보기로 했다.

그날 밤 이현이 멤버들과 화해했다는 소식을 전해들은 유채도 자기 일처럼 기뻐해 주었고, 집들이 하는 것도 선뜻 허락해 주었다. 한 고비를 넘어 삼촌이 된다는 사실을 즐겁게 받아들이기로 한 멤버들도, 이현이 문자 메시지를 통해 보낸 뒤늦은 집들이 초대에 흔쾌히 응했다.

며칠이 지나고 일요일 저녁, 유채는 단정하고 수수한 아이보리색 원피스 차림으로 조금 긴장한 채 현관에 서서 손님들을 기다리고 있었다.

"우와, 집 밥 냄새다! 이게 얼마만이야! 변호사 누나 최고!"

솔솔 흘러나오는 고소한 냄새에 들뜬 래원은 현관문이 열리자마자 후다닥 뛰어 들어갔다. 거침없는 등장에 유채는 깜짝 놀랐지만, 래원이 품에 안고 있던 허브 화분을 그녀에게 안겨주면서 눈을 찡긋 감아 보이자 저도 모르게 웃음이 나왔다.

"누나가 뭐냐, 인마, 호칭이 틀렸잖아. 형수님이라고 해야지."

래원에게 밉지 않은 핀잔을 준 사람은 혁이었다. 허리를 꾸벅 숙여 인사하고 들어가는 노아의 뒤를 따르는 혁을 유채가 살며시 붙잡으면서 신신당부했다.

"혁 군, 잊어버리면 안 돼요. 난 발표하는 순간에 귀를 틀어막고 있을 거니까, 혹시라도 스포일러하면 안 된다고요. 알았죠?"

"네, 안 그래도 이현이가 귀에 못이 박히도록 말했어요."

집들이에는 한 가지 중대 이벤트가 준비되어 있었는데, 바로 쌍둥이 성별 공개였다. 쌍둥이의 성별에 얽힌 에피소드를 들은 멤버들이 이왕 그렇게 된 거 아예 집들이에서 발표하자면서 법석을 떨었고, 심지어 누가 '메신저' 노릇을 할 것인가를 두고 가위바위보까지 벌였던 것이다.

래원과 노아가 배려해서 일부러 져 준 것도 모른 채, 가위바위보 대결에서 정정당당하게 승리했다고 믿는 혁은 유채가 흔들어 보이는 귀마개를 보며 사뭇 비장하게 고개를 끄덕였다.

"자, 다들 식사하러 오세요! 거기 사돈 총각들도!"

인영이 이현과 함께 떡 벌어지게 차린 상을 거실로 내오면서 파티의 시작을 알렸다. 쌍둥이 탄생에 지대한 기여를 한 유채의 친구 주미까지, 총 여덟 명의 인원이 네모난 상을 둘러싸고 앉았다.

"형수님은 자매가 많으시네요. 저기 저 분이 큰언니고, 여기 이 분이 작은 언니이신 거죠?"

"호호호호, 난 언니가 아니라 유채 엄마. 젊게 봐줘서 고마워요."

"난 유채 언니 아니고 친구거든요? 동갑이라고요!"

혁의 눈치 없는 질문에, 인영은 좋아서 어쩔 줄 몰랐지만 가뜩이나 나이 얘기에 민감한 주미는 발끈해서 소리쳤다. 시끌벅적한 분위기 속에서 맛깔난 음식을 정신없이 먹다 보니 금세 배가 든든해졌고, 이제 슬슬 대망의 성별 발표를 해야 할 타이밍이 다가오고 있었다.

그때, 상 가장자리에 앉아 있던 혁이 별안간 자리에서 일어나려는 기색을 보이면서 래원을 슬쩍 끌어당겼다.

"야, 래원아. 이리 좀 와 봐."

"왜, 무슨 일인데?"

래원이 입안 가득 쑤셔 넣은 불고기를 우물거리면서 일어날 생각을 하지 않자, 혁은 그의 목덜미를 붙잡아 번쩍 들어 올리더니 그대로 부엌까지 질질 끌고 왔다.

"아무래도 내가 쪽지를 잃어버린 것 같아."

"뭔 쪽지?"

"쌍둥이 성별 적어놓은 거 말야. 주머니에 넣어놨는데 없어졌어."

혁의 고백에 래원은 그게 뭐 별거냐는 듯 대수롭지 않게 대꾸했다.

"그래? 그럼 그냥 빈 종이를 들고서 읽는 척만 해. 안에 뭐라고 적혀 있었는지 알 거 아냐."

"몰라, 모른다고. 이현이가 미리 보지 말라고 했단 말이야."

"보지 말란다고 진짜 안 보는 사람이 어디 있어? 아, 이 형 진짜 답답하네."

래원은 기운 없이 축 늘어진 혁의 어깨너머로 거실에 모인 사람들을 엿보았다. 사람들에게서 웃음을 빼앗는 것은 못 할 짓이라고 믿는 래원은 이리저리 머리를 굴렸다.

"어쩔 수 없지, 그냥 아들 하나 딸 하나라고 해. 그게 제일 무난하잖아. 확률적으로도 그게 제일 가능성 높을걸?"

"그랬다가 아니면 어떻게 해?"

"괜찮아. 뱃속에서 바뀌었으려니 하겠지."

래원은 특유의 무한 긍정적인 태도로 어깨를 으쓱하더니, 냉장고에 붙은 중국집 전단지를 떼어내 작게 접어서 혁의 손에 쥐여주었다.

"명심해, 형. 연기의 생명은 자연스러움이야. 쪽지를 들여다보고, 한 박자 쉬고, 깜짝 놀란 표정을 짓고, 다시 한 박자 쉬고, 왕자님과 공주님입니다! 이렇게 외치면 돼. 알았지?"

덩치와 다르게 쫄보인 혁은 저녁 식사가 끝나고 성별 발표가 시작될 때까지 래원이 알려준 대사만 중얼거리고 있었다.

"자, 지금부터 이판사판 쌍둥이의 성별을 발표하겠습니다! 두구두구두구두구!"

혁이 울며 겨자 먹기로 거실의 풍선 장식 아래로 가서 서자, 이현은 입으로 드럼 소리를 내면서 주책을 떨었다. 디지털 캠코더는 혁의 얼굴을 클로즈업하면서 돌아가고 있었고, 노아는 그 뒤에서 샴페인을 터뜨릴 준비를 하고 있었다.

'아, 어떡하지…….'

혁은 다른 사람에게 보이지 않도록 손바닥 안에 집어넣은 전단지를 내려다보며 입술을 잘근잘근 깨물었다.

'에라, 모르겠다. 될 대로 되라.'

혁은 어떻게 해야 할지도 모르면서 일단 말문을 꺼내고 보았다.

"이판사판의 성별은……."

지켜보던 사람들은 일제히 긴장감에 차 숨을 들이마시면서 입을 다물었다. 귀마개를 꺼내어 꽂은 유채는 혁의 입 모양도 보지 않으려고 바닥에 시선을 고정했다. 그때, 그녀의 시야에 밥상 아래서 굴러다니고 있는 작고 하얀 종이 쪼가리가 포착되었다.

'응? 저게 뭐지?'

무심결에 손을 뻗어 쪽지를 주운 유채가 자연스럽게 그걸 열어보자, 봉 원장의 시원스러운 글씨체가 눈 속으로 날아들었다.

— 윗집 남자, 아랫집 여자.

로맨스 영화 제목 같은 문장을 읽는 순간, 뱃속에서 남매 쌍둥이가 신나게 발차기를 했다. 그리고 그와 동시에, 혁은 고개를 떨구면서 이실직고했다.

"죄송합니다. 사실은 제가 쪽지를 잃어버렸어요."

이현은 캠코더를 손에 든 채 흠칫 놀랐고, 래원은 '어휴, 저 바보' 하는 표정을 지었으며, 유채는 엷게 미소 지었다. 그녀는 귀마개를 빼 버리고 혁의 앞으로 나서면서 문제의 쪽지를 펼쳐 보였다.

"잃어버렸다는 게 혹시 이거에요?"

검은색 사인펜으로 적혀 있는 글자는 거실 안에 있는 다른 사람들에게도 또렷하게 보였다.

"윗집 남자, 아랫집 여자? 우와, 남매둥이구나!"

주미는 기쁨에 찬 환호성을 지르면서 옆에 있던 인영과 서로 얼싸안고 좋아했다. 래원은 혁의 얼빠진 얼굴을 곁눈질로 흘겨보면서 투덜거렸다.

"그냥 아들 하나, 딸 하나라고 말하라니까, 그게 확률이 높다고! 미련 곰탱아!"

"그랬다가 나중에 잘못되면 넌 상관없는 일이라고 잡아뗄 거잖아! 한두 번 당한 것도 아니고 내가 모를 줄 알아?"

중국집 전단지를 휙 집어던진 혁이 래원에게 달려들어 헤드락을 걸었다. 래원은 그 우악스러운 손아귀에서 어떻게든 빠져나가려고 혁의 팔을 꼬집다가, 그래도 꿈쩍하지 않자 급기야 이빨로 물어 버렸다.

"윽! 이거 놔!"

"형이 먼저 놔!"

펑—!

노아가 뒤늦게 터뜨린 샴페인 거품이 분수처럼 솟아오르면서 그들을 뒤덮어 버렸다.

헉 소리를 내면서 뒤로 물러나는 노아의 손목을 래원이 잡아채서 넘어뜨렸다.

"어딜 도망가! 너도 이리 와!"

이현은 황금색 거품을 뒤집어쓴 채 열두 살 먹은 장난꾸러기들처럼 해맑게 장난치는 멤버들의 모습을 따스한 온기가 담긴 눈빛으로 바라보면서 캠코더에 담았다. 언젠가 그 사이에서 함께 놀게 될, 자신을 꼭 빼닮은 자그마한 아들의 모습이 눈에 선하게 그려지는 것 같았다.

'아들이 하나쯤 있는 것도 좋겠어. 착하고 건강하게 자라 주기만 한다면.'

32. 예상치 못한 선물

"맘껏 드시고들 있으세요. 저는 뒷정리 좀 하고 올게요."

밤 열 시 반이 다 된 시각, 유채는 부엌에 산더미같이 쌓여 있을 설거지 거리를 생각하며 주섬주섬 자리에서 일어났다. 남매둥이 소식에 다들 기분이 고조되었는지, 먹고 마시고 떠드는 단계를 넘어서 이제는 화투판까지 벌어져 있었다.

"아싸, 쓰리고!"

"피박에 광박!"

형형색색의 동양화가 그려진 화투가 사방에서 튀어오르고, 래원이 가방 속에 고이고이 모셔온 비장의 양주까지 꺼내면서 분위기는 완전히 달아올랐다. 그 와중에 소외된 건 술을 마실 수 없는 임산부와 미성년자, 즉 유채와 노아뿐이었다. 어질러진 부엌으로 들어온 유채가 고무장갑을 끼려고 하는데, 서둘러 따라 들어온 노아가 얼른 그녀를 만류했다.

"형수님은 일하시면 안 되잖아요. 제가 할게요. 설거지부터 할까요?"

노아는 유채의 손에서 가져간 고무장갑을 끼고 개수대에 가서 물을 틀었다. 달그락달그락 소리를 내며 차분하고 꼼꼼히 그릇을 씻는 노아의 등에 대고 유채가 말했다

"고마워요. 오늘 다 같이 와 준 거."

"아니요. 저희가 더 고맙습니다. 우리 형은 외로움을 많이 타는 사람이에요. 형에게 든든한 가족이 생겨서 얼마나 다행인지 몰라요."

설거지를 마친 노아는 입고 있던 후드 주머니에서 리본으로 묶은 자그마한 꾸러미를 꺼냈다.

"이거 제가 준비한 선물이에요. 형수님만 계실 때 드리고 싶었어요."

그건 손바닥 안에 쏙 들어올 만큼 투명한 포장지에 싼 두 쌍의 앙증맞은 아기 신발이었다. 캔버스처럼 새하얀 바탕에, 코에는 은색 반짝이가 덧입혀진 음표 무늬가 장식되어 있었다.

"사람이 사람을 좋아하는 건, 어떤 경우에도 죄가 될 수 없다고 생각해요. 그래서 저는 진심으로 두 분을 응원하고 있어요. 혁이 형도, 래원이 형도 속마음은 마찬가지일 거예요."

유채는 노아가 내미는 두 쌍의 아기 신발을 말없이 받아들었다. 말랑말랑한 신발의 감촉과 함께 심장 속까지 따스하게 데워주는 것 같은 온기가 전해져 왔다.

그때, 술을 마시고 있는 줄 알았던 인영이 겉옷을 걸치면서 부엌으로 들어와 유채를 불렀다.

"유채야, 나 이만 가 볼게. 내일 아침 일찍 센터에 나가봐야 해서."

"내가 데려다줄게, 엄마. 시간도 많이 늦었는데."

"난 괜찮으니까 강 서방한테나 가 봐라. 그 밑에 줄줄이 딸린 애

들도 좀 들여다보고."

인영은 눈자위가 조금 불그스름해진 것을 제외하고는 술 마신 티가 나지 않았다. 유채는 차 키를 챙기려다 말고 이현이 있는 쪽을 힐긋 쳐다보았다.

"왜? 무슨 일 있어?"

"말로 설명하기는 어렵고, 직접 눈으로 봐. 쯧쯧, 젊은 청년들이 그렇게 술이 약해서 어디에 쓴다니. 아, 그리고 이건 네 우편물. 아직도 가끔 우리 집 주소로 오네."

유채는 별생각 없이 받아든 우편물 묶음을 식탁 위에 올려놓고, 이현의 상태를 확인하기 위해 거실로 나갔다.

"이현 씨?"

이현을 찾던 유채의 시야에, 밥상머리에 앉아 있는 그의 얼굴이 보였다. 아니, 정확히 말하면 실물이 아니라 가분수 강이현 캐릭터 쿠션이었다. 인간 강이현은 그 옆에 앉아서 포크에 찍은 사과를 가분수 강이현의 입가에 들이밀고 있었다.

"사과를 깎아왔는데 왜 먹지를 못하니⋯⋯. 왜⋯⋯!"

이현은 사과 조각을 쿠션에 갖다 댔지만, 그런다고 쿠션이 입을 벌려 받아먹을 리는 만무했다. 포크를 허공으로 휙 내던져 버린 이현은 두 팔로 쿠션을 끌어안으면서 비통하게 부르짖었다.

"미안해! 우리끼리만 다 먹어서! 미안해애!"

"또 시작이네요."

부엌에서 나온 노아가 포크를 주워 상 위에 도로 올려놓으면서 절레절레 고개를 저었다.

"이현 씨 원래 술 먹으면 저래요?"

"네, 사물이랑 얘기하면서 우는 게 술버릇이에요. 그래도 오늘은 밖이 아니라 다행이네요. 저번에는 KFC 할아버지가 집 잃어버린 것 같다고 경찰서에 데려다준다는 걸 겨우 막았어요."

노아는 쿠션에 코를 처박은 채 숨이 막혀 버둥거리고 있는 이현에게 다가가, 어깨 사이에 손을 넣어 일으켜 세웠다.

"형, 정신 차려! 형수님하고 조카들한테 창피하게 이럴 거야?"

"이현 씨, 그러지 말고, 방에 가서 잠자요."

유채는 정신없이 비틀거리고 있는 이현의 등을 떠밀어 손님방으로 데리고 갔다. 그러나 비좁은 방 안은 이미 고주망태가 된 혁과 래원이 점거해버려 여분의 공간이 없었다. 노아가 미안해하면서 고개를 꾸벅 숙였다.

"죄송해요, 형수님. 오늘 하룻밤만 신세 질게요."

차마 거절할 수 없었던 유채는 이현을 붙잡은 채 다시 거실로 나왔다. 마지막 보루였던 거실 소파에는 주미가 팔다리를 쭉 뻗은 채 엎어져 잠들어 있었다. 결국 이현은 그토록 소원하던 유채의 침실에 입성하게 되었지만, 흐릿해진 동공은 제가 어디 있는지도 자각 못 하는 것 같았다.

유채는 술기운에 헛소리를 해대는 이현을 침대 위에 앉혀 놓고 바닥에 이불을 깔았다. 그동안 이현은 화장대 위에 놓여 있던 유채의 손거울을 가져와 물끄러미 들여다보면서 주문을 외듯 중얼거리고 있었다.

"거울아, 거울아."

유채는 흐트러진 이현의 모습이 우습기도 하고 귀엽기도 해서 그 광경을 가만히 지켜보았다.

"거울아, 너의 주인은 정말 좋은 사람이야. 내가 아주 많이 좋아해."

"……."

이불을 펴던 손이 우뚝 멈췄지만, 이현은 유채가 듣고 있는 걸 까맣게 모르는 듯했다.

"이건 비밀인데, 그 사람은 강하고 냉정한 척하지만 실은 누구보다 여리고 다정하거든. 그래서 정말 잘하고 싶어. 상처 주고 싶지 않아."

유채는 목구멍으로 뭔가 뜨거운 게 치밀어 오르는 것 같아 지그시 입술을 깨물었다.

"이미 잘하고 있어요."

친숙한 음성을 들은 이현은 그제야 유채의 존재를 알아차린 듯 반갑게 소리쳤다.

"유채 씨다!"

"네, 소리 지르지 않아도 다 들려요."

"나 취했어요."

"알아요."

이현은 손거울을 베갯머리에 놓고 똑바로 허리를 세워 앉으면서 유채를 내려다보았다. 열린 창으로 흘러들어온 바람에 그의 연갈색 머리카락이 흔들리면서 각도에 따라 미묘하게 다른 색깔을 냈고, 그 아래서 섬세한 눈이 선명하게 빛을 발하고 있었다.

"너무 취해서 어차피 내일은 기억 못 할 테니까 그냥 얘기할래요."

"뭘요?"

이현의 살짝 젖은 얇은 입술 사이에서 우물처럼 낮은 목소리가 흘러나왔다.

"사랑해요."

"……."

유채는 뜻밖의 말에 너무 놀란 나머지 잠시 숨이 멎었다. 사랑한다는 말, 보석을 세공한 것처럼 윤기 나고 아름다운 글자들이 그들 사이를 맴돌았다.

"아, 얘기해 버렸네. 먼저 말하면 지는 것 같아서 참으려고 했는데."

"그런 건 참지 않아도 돼요. 무슨 경쟁하는 것도 아니고."

유채는 온몸을 쿵쿵 울릴 만큼 세차게 뛰는 심장 소리를 숨기려 애쓰면서 가까스로 말했다.

"그래요? 그러면 다른 것도 참지 않아도 될까요?"

엷은 미소가 이현의 입가를 스치는가 싶더니, 알싸한 알코올 냄새와 함께 담요처럼 포근한 채취가 유채를 확 덮쳐왔다. 유채의 팔을 사뿐히 잡아당겨 침대 위에 넘어뜨린 이현이, 오른손으로는 그녀의 손깍지를 끼고, 왼팔로는 허리를 감으면서 기습적으로 밀착해 온 것이다.

"나중에 혼내면 안 돼요. 참지 말라고 한 건 유채 씨니까."

낮게 가라앉은 목소리가 유혹하듯 은밀하게 속삭였다.

계속해서 물기를 머금은 입술이 제지할 틈도 없이 직선으로 내려와서 턱 끝에 닿았다. 바짝 긴장한 유채의 등을 이현의 손바닥이 살며시 쓸어내렸고, 그게 신호라도 된 것처럼 닫혀 있던 입술이 스르르 벌어졌다.

이현은 세상에서 가장 소중한 존재를 어루만지는 것처럼 부드럽고 감미롭게 입맞춤했다. 그가 각도를 바꿔 가면서 깊이 파고들 때마다 유채의 의식은 아득한 흰색으로 채워졌고, 어느새 눈을 감은 채 그의 입술에 모든 것을 내맡기고 있었다. 숨을 고르기 위해 잠시 입술이 떨어져 나갔을 때, 그녀는 자기도 모르게 손을 뻗어 그의 셔츠 옷깃을 잡았다.

"이건……. 오늘 밤 자고 가도 된다는 뜻이죠?"

이현은 유채의 머리카락 사이에 입술을 묻은 채 목 언저리로 손가락을 미끄러뜨렸다. 잠자리 날개처럼 얇은 블라우스의 단추가 풀리고, 옷깃이 힘없이 벌어지면서 쇄골과 가슴 언저리가 드러났다. 아까 전보다 더욱 뜨거워진 이현의 손이 그 틈으로 다소 조급하게 돌진해 들어왔다.

유채는 속으로는 밀어내야 한다고 외치면서도, 신경이 온통 녹아내리는 것 같은 황홀감에 저항할 시도조차 할 수 없었다. 붉은 꽃을 점점이 피워내면서 그녀의 갸름한 목선을 타고 아래로 내려가던 이현의 입술이 불현듯 멈추었다.

"이현 씨?"

"……."

죽은 사람처럼 꼼짝하지 않는 이현의 이마에서 연갈색 머리카락 몇 올의 스르륵 흘러내렸다.

"설마……. 아니죠?"

설마가 사람 잡는다더니. 이현은 유채의 목덜미에 고개를 처박은 채 노곤한 잠에 빠져들어 있었다. 멤버들과 싸우면서 쌓인 긴장이 한꺼번에 풀리면서 술기운을 제대로 받아버린 모양이었다. 유채는 고른 호흡에 따라 오르락내리락하는 정수리를 내려다보면서 그만 웃어버렸다.

"기껏 진지하게 고백하더니 본전도 못 찾았네."

유채는 이현을 침대에 눕히고 구겨진 이불을 끌어 올려 덮어주었다. 그의 사랑 고백은 어디부터가 진심이고 어디까지가 진심이었을까.

'어쨌든 이렇게까지 취해 버렸으니, 내일이 되면 아무것도 기억하지 못하겠지.'

유채는 아직도 열기가 식지 않은 가슴을 가라앉히기 위해 침실의 불을 끄고 밖으로 나왔다. 차를 한 잔 마시려고 부엌으로 와서 포트에 물을 올리는데, 식탁에 놓아둔 우편물 꾸러미가 눈에 띄었다.

'카드 가입 권유, 보험 가입 권유, 뭐 다 그런 거겠지.'

대충 훑어보고 가져다 버리려고 편지 봉투를 하나하나 넘기던 도중, 파란색 직인이 찍힌 등기 우편물 하나가 눈에 띄었다.

'서울중앙지방검찰청'

유채의 손이 정지 버튼을 누른 것처럼 돌연 멈추었다. 검찰청에서 로펌 아닌 변호사 개인의 주소로 우편물을 보낼 이유가 없었다. 불길한 예감이 안개처럼 스멀스멀 몰려드는 것을 느끼면서 봉투를 뜯었다.

'가석방 결정 통지서'

본문을 눈으로 더듬어 내려가다가 낯익은 이름을 발견한 순간, 얼음장 같은 한기가 등을 타고 번졌다. 유채는 두 손으로 아랫배를 보호하듯이 덮으면서 사시나무처럼 몸을 떨었다.

33. 첫사랑과의 재회

다음 날 오후 다섯 시, 평소보다 일찍 일을 마무리한 유채는 조용히 사무실을 빠져 나왔다.

— 유채 씨 퇴근할 때까지 깨끗하게 치워 놓을게요. 그러니까 저녁은 꼭 집에 와서 먹어요.

그날 아침, 눈이 벌게진 멤버들과 함께 어마어마한 양의 해장 라면을 끓여 먹으며 당부하던 이현의 말이 생각났지만, 유채는 택시를 타고 집 대신 검찰청으로 향했다. 택시에서 내린 그녀는 금색으로 반짝이는 변호사 배지가 잘 보이도록 옷깃을 펴고, 검찰청 입구를 지키는 경비원을 향해 다가갔다.

"한선우 검사님 뵈러 왔는데요."

"약속이 있으신가요?"

"아니요, 학교 후배예요. 서유채 변호사라고 전해주세요."

그러자 경비원은 안내 데스크 안에 있는 전화기를 들고 어디론가 연락했고, 잠시 후 고개를 끄덕이면서 게이트 여는 스위치를 눌렀다.

"올라오시랍니다. 검사님께서."

엘리베이터를 타고 올라가면서 유채는 벽면에 붙은 거울을 들여다보았다. 점점 커지는 아랫배를 감추려고 골라 입은 민무늬 원피스가 왠지 촌스러워 보였다. 국회의원을 아버지로, 전직 아나운서를 어머니로 둔 선우의 주위에는 항상 부유하고 세련된 젊은 여자들이 넘쳐났다.

습관처럼 옷매무새를 다듬으려던 유채는, 이제 다른 여자들과 비교당할 것을 신경 쓸 필요가 없다는 사실을 불현듯 깨닫고는 그대로 엘리베이터에서 내렸다.

'한선우 검사실'

선우의 이름이 쓰인 명패를 올려다보면서 유채는 가만히 숨을 골랐다. 변호사와 검사라는 직업의 특수성을 고려했을 때, 선우와 언젠가 마주칠 수밖에 없다는 각오는 하고 있었다. 그러나 혼담이 깨진 직후 선우가 미국으로 유학을 다녀왔고, 그 후에도 한동안 지방 근무를 자청한 덕분에 유채와 일로 엮일 일이 없었다.

"한선우 검사님 계신가요?"

공교롭게도 선우는 문을 열었을 때 정면으로 보이는 책상에 앉아 있었다. 가느다란 안경테 너머로 보이는 눈은 차분하면서도 총기가 어려 있었고, 귀티나게 생긴 얼굴은 3년이라는 세월의 흐름이 전혀 느껴지지 않을 만큼 여전히 젊고 준수했다. 그는 직원들의 시선을 의식했는지 유채를 향해 깍듯하게 고개를 숙였다.

"변호사님, 기다리고 있었습니다. 제 집무실로 가서 얘기하실까요?"

유채를 집무실로 데리고 들어간 선우는 직원에게 시키지 않고 손

수 커피를 가지고 왔다. 흔해 빠진 캔 커피나 믹스커피가 아니라, 최고급 머신으로 직접 내린 콜드 드립 커피였다. 유채는 커피잔을 받아들면서, 한선우는 언제나 그런 남자였다고 생각했다. 남다른 게, 고급스러운 게 타고난 것처럼 자연스럽게 어울리는 남자.

"오랜만이에요. 3년 만이죠?"

유채의 말투는 외국어를 하는 것처럼 어색한 반면, 선우의 말투는 바로 어제 만난 사람에게 하는 것처럼 편안했다.

"정확히 3년 8개월 만이지. 네가 온 이유는 알 것 같은데. 아버지 가석방 때문이지?"

유채는 마시는 시늉만 한 커피를 다시 내려놓으면서 차분하게 되물었다.

"왜 미리 알려주지 않았어요?"

"심사에 통과할 거라고는 생각 못 했거든. 죄질도 나쁘고, 네가 용서해줄 의사가 없다고 명확히 밝혔으니까. 미안하다. 이렇게 될 줄 알았으면 따로 손을 썼을 텐데."

"……."

"지금이라도 어떻게든 해 볼까? 네가 원한다면……."

가석방 여부는 법무부장관이 최종 승인하는 것이었고, 아무리 검사라고 해도 이미 내려진 결정을 번복할 권한은 없었다. 그러니까 선우가 어떻게든 해 보겠다고 하는 것은 국회의원인 아버지의 영향력을 빌려 보겠다는 의미일 것이고, 유채는 그에게 그런 빚을 질 마음은 결단코 없었다.

"아니요, 그러지 말아요. 어차피 계속 미룰 수는 없는 일이니까요."

"괜찮겠어? 쉽게 잊을 수 있는 일은 아니었잖아."

"내 주변에만 오지 않으면 돼요. 가석방 기간 동안 보호관찰 받는 거죠? 주소지와 직장도 신고하고, 정기적으로 보고도 하고?"

선우는 콧등까지 흘러내린 안경을 손가락으로 끌어올리면서 고개를 끄덕였다.

"그렇지. 남은 형기가 다섯 달 정도니까 그동안 보호관찰관 붙여 둘 거야."

"일 제대로 하는 사람이 맡도록 그것만 신경 써 주면 좋겠어요. 전화 한 통 해보고 출석 도장 찍는 그런 사람 말고요."

"그래, 그 부분은 걱정하지 마."

"그럼 저는 이만 가 볼게요."

우선 인영과 상의해 봐야겠다고 생각하며 자리에서 일어나는 유채의 귓가에, 선우의 나지막한 음성이 파고들었다.

"유채야, 나 오늘도 야근해야 하는데."

"그런데요?"

"같이 저녁이라도 먹지 않을래?"

유채는 바쁘다거나, 가 봐야 할 곳이 있다는 적당한 핑계를 대고 거절하려고 했지만, 선우는 그런 마음마저 읽어낸 듯 앞질러 말했다.

"나한테 그 정도는 해 줄 수 있지 않아?"

"……."

뼈가 느껴지는 말에 유채는 매몰차게 돌아서지 못하고 멈추어 섰다. 3년 전, 그녀의 손가락에 약혼반지를 끼워준 남자, 그리고 아무 설명 없이 일방적으로 약혼을 파기 당한 남자가 형언할 수 없이 복잡한 감정을 담은 눈빛으로 그녀를 바라보고 있었다. 그녀는 그 눈빛을 차마 외면하지 못했고, 결국 그의 차를 타고 저녁을 먹으러 가게 되었다.

"여기 내가 자주 오는 곳이야. 음식 깔끔하게 잘해."

선우가 그녀를 데리고 온 곳은 고급 일식 레스토랑이었다. 유채는 다른 곳으로 가자고 하려다가, 이제 와 방향을 돌리면 시간이 더 오래 걸릴 것 같아 그냥 그를 따라갔다. 대리석으로 만들어진 입구에 다다르자, 안쪽에 서 있던 매니저가 선우의 얼굴을 보고 문 앞까지 나와 공손하게 허리를 숙였다.

"한 검사님, 오셨습니까."

매니저가 깍듯한 태도로 그들을 안내해간 곳은 동양화 화폭이 멋스럽게 걸려 있는 아담한 다다미방이었다. 선우가 재킷을 벗자 매니저가 자연스럽게 받아들고 벽에 걸었고, 잠시 후 주방장 모자를 쓴 셰프가 직접 주문을 받으러 왔다.

"늘 주문하던 대로 내주세요. 아, 육회는 빼 주시고요."

유채는 3년이 지난 지금도, 선우가 그녀의 식성을 기억하고 있다는 사실에 말문이 막혔다. 김이 모락모락 나는 찻잔을 사이에 두고 몇 분 동안 미묘한 침묵이 흘렀다. 검사실을 나오자마자 안경을 벗어버린 선우는 선량하고 그윽한 두 눈에 온화한 웃음기를 머금고 그녀를 보고 있었다.

"왜 그렇게 쳐다봐요?"

"여전히 예뻐서. 넌 어쩌면 변한 게 하나도 없지?"

"예쁘긴, 체중이 얼마나 늘었는데."

"아니야. 대학생, 아니 고등학생 때와 똑같아."

자세히 보지도 않고 반사적으로 하는 말에 유채는 자기도 모르게 웃음이 나왔다. 임신 6개월이 다 되어가는데, 그를 처음 만났던 19

살 때와 비교할 수 있을 리 없었다. 잠시 후, 정갈한 도자기 접시에 놓인 초밥과 곁들이 음식들이 연달아 나오기 시작했다. 유채는 선우의 눈치를 보면서 날것은 피하고 구워서 조리한 음식에만 슬며시 젓가락을 댔다.

"그동안 어떻게 지냈어? 너희 로펌 사람들 통해서 잘 지낸다는 말은 들었는데."

유채는 그동안 일어난 기상천외한 일들을 말해주면 선우가 어떤 반응을 보일지 생각하면서 단조로운 말투로 대답했다.

"출근하고, 일하고, 퇴근하고, 가끔 친구 만나고. 그 정도죠, 뭐."

"그런데 언제까지 나한테 존댓말 쓸 거야? 원래 하던 대로 얘기하면 안 돼?"

선우는 턱을 괸 채 유채를 빤히 쳐다보면서 조르는 듯한 투로 말했다. 그냥 이대로 존댓말 쓰겠다고 선을 그을 수도 있었지만, 유채는 왠지 마음이 약해져서 짧은 한숨을 내쉬며 말투를 바꾸었다.

"출근하고, 일하고, 퇴근하고, 친구 만나고 그랬어. 선배는 유학 다녀왔다면서?"

"응. 재밌었어. 쉬는 날에는 맨해튼에서 하는 전시회나 음악회를 보러 다니고, 국경 밖으로 여행도 많이 다니고."

두 사람은 의례적인 안부 인사를 주고받으면서 무난한 대화를 이어나갔다. 한 시간 정도 지났을 때, 선우는 음식이 거의 남은 접시들을 보면서 걱정스러운 얼굴이 되었다.

"거의 손 안 댔네. 초밥 좋아했던 걸로 기억하는데, 입맛에 안 맞아? 다른 걸 시킬까?"

"아니, 그러지 마. 그냥 오늘 입맛이 없어. 슬슬 일어나봐야겠다."

유채는 시간이 너무 지체되었다는 생각을 하면서 휴대폰과 핸드백을 챙기기 시작했다. 저녁 먹고 들어갈 거라는 말을 이현에게 하지 않아서 어쩌면 지금도 기다리고 있을지 몰랐다. 그때, 낮고 묵직한 음성이 방 안의 공기를 가르면서 울려 퍼졌다.

"유채야, 우리 가끔 이렇게 만날 수 있을까?"

선우는 가볍고 부담 없이 말하려고 애썼지만, 그 이상의 의미가 담겨 있다는 것을 말하는 이도 듣는 이도 분명히 알았다.

"다른 여자들도 숱하게 만나 봤지만, 그 누구에게서도 너와 같은 느낌을 받은 적이 없어. 한국에 와서 찾아가 볼까 계속 고민했는데, 용기가 안 나더라."

"……."

"당장 돌아와 달라는 게 아니야. 그렇게 조급하게 몰아붙일 마음은 없어. 그저 보고 싶어서 견디기 힘들 때 얼굴이라도 볼 수 있게……."

유채는 가슴 한구석에서 연민이 희미하게 고개를 쳐드는 것을 느꼈다. 그러나 순간의 감정에 흔들려 여지를 남기는 것이야말로, 결국 두 사람 모두에게 생채기를 남기게 될 게 분명했다.

"미안해, 선배. 나 지금 만나는 사람 있어. 아직 주변에는 알리지 않았지만."

"아, 그래……. 그랬구나. 하긴, 혼자 있기에 3년이라는 시간은 너무 길지."

선우는 아무렇지도 않은 척하려고 했지만 실망하는 기색이 역력했다. 방에서 나온 유채는 카운터로 가서 계산하겠다고 카드를 내밀었지만, 언제 했는지 선우가 이미 계산을 마친 후였다.

"후배 밥 정도는 사줄 수 있잖아. 내가."

선우는 그렇게 말하면서 카운터에 서 있는 유채를 데리고 레스토랑 밖으로 나갔다.

"유채야, 이것저것 캐묻는 게 예의가 아니란 건 알지만 조금만 물어봐도 돼?"

"뭔데?"

"좋은 사람과 함께 있는 거지?"

그 질문에 숨은 염려와 애정에 가슴이 뭉클해지는 것을 느끼면서, 유채는 한 치의 망설임도 없이 고개를 끄덕였다.

"응, 나한테는 과분할 정도로 좋은 사람이야."

"너한테 잘해 주고? 한눈팔지도 울리지도 않고?"

유채는 가당치도 않다는 듯 미소 지으며 고개를 흔들었고, 그녀의 그 따뜻한 눈빛만 보아도 선우는 그 남자가 그녀에게 어떻게 해주는지 알 수 있을 것 같았다.

"그래, 그거면 됐다."

짧은 순간, 검사 한선우의 가면이 떨어져 나가면서, 남자 한선우의 솔직한 민낯이 드러났다. 오랫동안 아물지 않은 상처의 흔적으로 희미하게 일그러진 얼굴이었다. 그는 그 얼굴을 재빨리 다시 가면 속으로 감추면서 그녀를 향해 정중하게 손을 뻗었다.

"그래도 오랜만에 만났는데 악수 정도는 해줄 수 있지?"

유채는 잠시 망설이다가 눈앞에서 기다리고 있는 그의 손을 조심스럽게 잡았다. 크고 단단한 이현의 손과 달리, 오랫동안 공부만 한 사람답게 부드럽고 매끄러운 손이었다. 선우가 바래다준다는 것을 극구 사양하고 혼자 택시를 타고 집으로 돌아오면서, 유채는 괜히 이현에 대한 죄책감을 느꼈다.

"늦어서 미안해요. 저녁은…… 이현 씨?"

집 현관문을 열고 들어간 유채는 거실에 이현의 모습이 보이지 않는 것을 보고 멈칫했다. 어딜 나갔나 생각하는데, 쓰지 않고 비워둔 작은 방에서 탕, 탕 못질하는 소리가 들려왔다.

"이현 씨? 이 방에서 뭐 해요?"

방문을 열고 들어간 유채의 눈앞에 예전과는 완전히 달라진 방 안의 풍경이 펼쳐졌다. 무채색으로 페인트칠만 되어 있던 벽이 분홍색과 하늘색 벽지로 뒤덮이고, 그 위에는 초음파 사진을 순서대로 넣은 액자가 장식되어 있었다. 바닥에는 발이 푹푹 빠질 만큼 푹신한 러그가 깔리고, 휑하니 비어 있던 공간은 아기 옷장과 기저귀 교환대, 자그마한 흔들 그네가 차지했다.

"언제 이걸 다……."

그때, 유채의 목소리를 들은 이현이 고개를 들면서 반갑게 그녀를 맞이했다.

"아, 왔어요? 이걸 하느라 초인종 소리를 못 들었어요."

그는 나란히 붙여 놓은 한 쌍의 조립식 나무침대 앞에 서서 모서리를 못질하는 중이었다. 유채는 밴드를 감아놓은 이현의 왼쪽 엄지손가락을 보고 흠칫 놀라면서 물었다.

"이현 씨, 다쳤어요?"

"아, 이거요? 별거 아니에요. 못을 때린다는 게 바보같이 손가락을 때려 가지고요."

이현은 다친 손을 머리 뒤로 감추면서 겸연쩍게 웃었고, 그 모습에 유채는 괜히 가슴 한구석이 뭉클해졌다.

"그러게 왜 조립 제품을 사 왔어요. 그냥 완제품을 사 오지."

"그래도 이판사판이가 쓸 첫 침대인데, 아빠의 손길이 조금이라도 닿아 있었으면 해서요. 내가 항상 곁에 있어줄 수는 없을 테니까, 이런 방식으로라도 내 존재를 알려주고 싶었어요."

"……."

"마음에 들어요?"

유채는 대답 대신 미끄러지듯 그를 향해 다가가, 가만히 두 팔을 벌려 그의 품에 안겨들었다.

"정말 예뻐요. 마음에 쏙 들어요."

그 무엇보다 이현의 마음이 가장 예쁘다고, 유채는 차마 그 말은 하지 못한 채 그의 넓은 가슴에 얼굴을 묻고 웅얼거렸다. 이현은 그 칭찬이 그 어떤 보상보다 기쁜 듯, 그녀를 마주 안고 다독이며 머리카락을 손가락으로 쓸어내렸다.

"저녁은 먹었어요? 또 일하느라고 못 먹은 거 아니에요?"

"네, 일하느라고 못 먹었어요. 이현 씨가 해주는 맛있는 밥이 먹고 싶네요."

유채는 거의 손도 대보지 못하고 남긴 초밥을 떠올리면서 어리광 부리듯 대답했다.

"잘됐네요. 나도 일하느라고 아무것도 못 먹었는데. 그러면 우리 다 같이 저녁 먹어요. 이판사판이까지."

태명을 부르는 순간, 쌍둥이가 아빠의 목소리를 알아듣기라도 한 것처럼 활기차게 움직였다. 그걸 동시에 감지한 이현과 유채는 마주 보면서 놀라움과 기쁨이 어린 웃음을 터뜨렸다.

'그래, 괜찮아. 이 남자와 함께라면 나는, 우리는 괜찮을 거야.'

아빠의 가석방, 선우와의 재회, 갑작스럽게 몰려든 과거의 기억들로 혼잡했던 마음이 훈훈한 봄바람을 맞은 것처럼 편안하게 풀어졌다. 강이현은, 혹독하고 기나긴 겨울이 끝난 후 찾아온 따사로운 봄 같은 남자였다.

34. 수상한 남자의 방문

모처럼 한가로운 일요일 오후, 쓰레기를 버리고 돌아오던 이현은 집 앞을 서성이고 있는 낯선 남자를 발견했다. 그는 긴 전봇대 그림자 속에 숨어 불안한 눈초리로 대문 너머를 올려다보고 있었다.

'누구지? 처음 보는 사람인데? 나이를 종잡을 수가 없네.'

오십 대 중반으로, 육십 대 이상으로 보이기도 하는 남자는 다행히 사생 팬이나 파파라치 같지는 않았다. 한여름인데도 작업복 비슷한 남루한 옷을 입고, 다 떨어진 슬리퍼를 신고 있었다. 왜소한 어깨를 웅크리고 있는 게 해코지하러 온 사람 같지는 않아서, 이현은 일단 남자의 앞을 지나가 보기로 했다.

죄 지은 사람처럼 쉴 새 없이 주위를 두리번거리던 남자는, 이현이 다가오는 것을 보자마자 화들짝 놀라면서 허둥지둥 길 언저리로 물러났다.

'집을 잘못 찾아온 건가.'

이현이 그렇게 생각하면서 현관문 앞에 서는데, 등 뒤에서 쉰 목소리가 들렸다.

"저……. 여기가 서유채 씨가 사는 집이 맞나요?"

"맞는데요. 누구시죠?"

뒤돌아서 남자를 가까이서 본 이현은 그의 쇠약한 몰골에 놀라지 않을 수 없었다. 눈은 너구리처럼 퀭했고, 얼굴에는 광대뼈가 툭 튀어나왔으며, 몸에 살이라고는 한 점도 붙어 있지 않은 것 같았다.

"먼 친척 되는 사람입니다. 외국에 있다가 이제 돌아와서……. 유채를 못 본 지 오래됐어요……. 이제 김인영 변호사님하고 같이 살지는 않는 모양이네요."

"아, 그러세요. 친척 분이셨군요. 김 변호사님은 옆 동네에 살고 계십니다."

이현은 남자가 '김인영'이라는 이름을 또박또박 발음하는 것을 보고 경계심을 늦추었다. 그러고 보니, 시원스럽게 쭉 뻗은 남자의 눈매가 유채의 눈매와 비슷하다는 생각도 들었다.

이현이 남자를 관찰하는 것과 마찬가지로, 그쪽도 이현의 얼굴을 유심히 살피면서 입술을 잘근잘근 씹었다.

"그쪽도 이 집에 사는 건가요? 혹시 우리 유채가 결혼했나요? 남편 되는 분이신가요?"

"아직 결혼은 안 했지만, 서로 좋아해서 함께 살고 있습니다."

시원스러운 대답을 들은 남자는 입을 벌리고 탄식인지 탄성인지 알 수 없는 소리를 냈다.

"죄송합니다. 친척 분이 계신 줄 알았으면 먼저 인사 드렸을 텐데. 일단 안으로 들어오시겠어요? 유채 씨가 지금 자고 있기는 한데, 얼른 깨울게요."

"아니요, 나중에 다시 오겠습니다. 쉬는데 방해하고 싶지 않아요. 죄송합니다."

남자는 다급하게 사양하더니, 나이가 절반도 안 될 것 같은 이현에게 비굴할 정도로 깊이 허리를 굽혀 인사했다. 이현을 얼떨결에 함께 허리를 숙이면서 인사했다.

"그런데 친척 분 성함이 어떻게 되시죠? 제가 유채 씨한테 얘기를……."

이현은 뒤늦게 생각나서 물었지만, 그가 고개를 들었을 때 남자는 이미 흔적도 없이 사라져버린 후였다. 고개를 갸웃하며 집으로 들어오는 동시에, 현관문 열리는 소리에 잠을 깬 유채가 안방에서 걸어 나왔다. 그녀는 냉장고에서 주스 팩을 꺼내 유리잔에 따르면서 별 생각 없이 이현에게 물었다.

"이현 씨, 어디 다녀왔어요?"

"아, 쓰레기 버리러 나갔다 왔어요. 그런데 손님이 왔었어요. 먼 친척 아저씨라고 하시던데, 유채 씨가 자고 있다고 하니까 다음에 다시 오신다고……."

말이 채 끝나기도 전에, 유채의 손에서 미끄러진 유리잔이 바닥으로 곤두박질쳤다. 날카로운 파열음이 거실까지 울려 퍼지면서 한순간에 공기가 서늘하게 식었다. 현관에 서 있던 이현은 신발도 제대로 벗지 못한 채 다급하게 달려 왔다.

"유채 씨! 괜찮아요? 안 다쳤어요? 저리 가 있어요, 내가 치울게요!"

이현이 유채를 저만치 밀어내자, 그녀는 저항하지 않고 스르르 떠밀려났다. 그녀에게는 집까지 찾아올 일가붙이가 없었다. 어릴 적

이따금 얼굴을 보았던 외조부모는 아빠가 술을 마시고 행패를 부리기 시작하면서 발길을 끊었고, 친가 친척들도 아빠가 감옥을 간 것을 계기로 연락이 두절되었다.

"왜 그래요?"

창백하게 핏기가 가신 유채의 얼굴을 보고 놀란 이현이 물었지만, 그녀는 목소리를 잃어버린 사람처럼 아무 대답도 하지 못했다. 이현이 산산조각 나서 바닥에 흩어진 유리잔의 파편을 치우는 동안, 그녀는 거실 소파에 멀거니 앉아 있었다.

"자, 이거 마시고 마음 좀 가라앉혀요."

이현은 따뜻한 차가 담긴 머그잔을 가져와 유채의 손에 쥐어주었다. 유채가 차를 마시는 동안, 이현은 떨리는 그녀의 손가락을 걱정스러운 낯으로 내려다보았다. 평소 침착하고 이성적인 성격의 그녀가, 단순히 친척이 찾아왔다는 이유만으로 이렇게 동요할 리는 없었다.

"유채 씨, 혹시 나하고 같이 사는 걸 들킨 것 때문에 그러는 거예요?"

"네?"

"장모님 외에는 유채 씨 친척을 만난 적이 없잖아요. 언젠가 우리 부모님께도 알려야 하지 않을까 생각하고 있었는데 유채 씨는 싫어하는 것 같아서. 혹시 내가 부끄러운가 하고……."

유채는 시무룩해진 이현의 표정을 보면서 어이가 없고, 또 안쓰러웠다.

"그럴 리가 없잖아요. 그냥 그 사람, 만나고 싶지 않은 사람이어서 그런 것뿐이에요. 친척이라고 모두 사이좋은 건 아니잖아요."

"아, 그런 거였구나."

이현은 그제야 납득하면서 안심했다.

"그러니까 다음부터는 그 사람이 찾아와도 문 열어주거나 아는 척하지 말아요. 알았죠?"

이현은 작게 고개를 끄덕였지만, 실은 그 친척 아저씨라는 남자에게 자꾸만 마음이 쓰였다.

'어디가 아픈 사람 같아 보였는데⋯⋯.'

말이 없어진 이현을 바라보면서, 유채는 더는 가만히 있으면 안 되겠다고 생각했다.

'일단 경찰에 신고부터 해야겠지.'

제아무리 유능한 변호사라도, 이런 상황이 닥쳤을 때 경찰에 의지해야 하는 건 보통 사람들과 다를 바 없었다.

그러나 다음 날 회사를 조퇴하고 가장 가까운 경찰서로 갔을 때, 유채에게 돌아온 것은 사뭇 냉담한 반응이었다.

"나이든 남자분이 집을 찾아오고 전화를 건다고요? 분수 모르고 젊은 여자 좋다고 헤벌쭉 따라다니는 모양인데, 내버려 둬요. 여기 바쁜 거 안 보여요? 집 앞에 전화하고 그 정도로는 어차피 잡아봤자 처벌도 못해요."

접수 데스크를 지키는 순경은 취조 받으러 온 사람들의 말소리와 고함소리로 정신이 하나도 없는 경찰서 안을 턱짓으로 가리키면서 시큰둥하게 말했다. 그러나 유채는 굴하지 않고, 준비해온 서류봉투를 내밀며 논리정연하게 말했다.

"저도 알아요. 직업이 변호사거든요. 잡아서 처벌해달라는 게 아니에요. 최근 가석방으로 출소된 범죄자의 피해자로서 신변 보호를 요청하러 온 겁니다. 저는."

"변호사요? 신변 보호요?"

떨떠름한 얼굴로 유채가 내민 서류봉투를 받아든 순경은, 봉투 안에서 판결문 사본을 꺼내 눈으로 훑어내리더니 눈썹을 홱 치켜올 렸다.

"이건 십 년 전 사건이잖습니까?"

"십 년 전 사건이지만 현재진행형이죠. 가해자가 출소했으니까요. 피해자 신변 보호 제도는 그런 경우를 대비해서 만들어진 거 아닌가요?"

"그야 윗대가리들이 책상에 앉아서 만들 때는 그러라고 만들었겠죠. 하지만 현실이 어디 그렇습니까? 일이 너무 많아 며칠 동안 집에 못 들어가는 일이 수두룩해요."

형사는 개기름으로 번들거리는 머리와 라면 국물 얼룩이 찍힌 점퍼 옷깃을 보여주면서 하소연인지 불평인지 알 수 없는 말들을 계속했다.

"봐요, 빵에서 십 년이나 썩다 나온 노인네를 따라다닐 여유가 어디 있습니까? 변호사면 연봉도 우리보다 훨씬 세겠네. 돈 주고 사설 경호원을 고용하세요."

순경은 더는 유채의 얘기를 듣고 싶지 않은 듯, 두 발을 책상 위에 올리면서 그녀에게서 시선을 돌려버렸다. 그때, 저쪽에서 훤칠한 그림자 하나가 불쑥 나타났다.

"유채야, 여기서 뭐 하고 있어?"

"선배."

경찰서장과 수사과장의 정중한 안내를 받으면서 복도에서 걸어

들어온 남자는 바로 선우였다. 다리를 꼬고 몸을 뒤로 젖힌 채 삐딱하게 앉아 있던 형사가 허둥지둥 몸을 일으켰다.

"아이고 이런, 한 검사님 후배셨습니까? 전 그것도 모르고……."

"무슨 일입니까?"

심각하게 굳어진 선우의 낯빛을 보고, 형사는 안절부절 못하면서 자초지종을 설명했다. 그는 자신이 무성의한 응대를 한 게 아니라는 점을 강조하기 위해, 현재 경찰서에 인력이 얼마나 부족한지를 몇 번이나 연거푸 강조했다. 그 말을 들은 선우는 무언가 골똘히 생각에 잠기는듯하더니 경찰서장에게 정중하게 말했다.

"서장님, 오늘 감찰은 여기서 끝내겠습니다. 서 변호사는 제가 시보 때 맡았던 사건의 피해자입니다. 앞으로 제가 살피겠지만, 혹시 다음에 또 찾아오거든 조금만 더 배려해 주세요."

"아, 그러셨군요. 죄송합니다. 검사님. 저희가 더 신경을 써 드렸어야 하는 건데."

서장이 유채를 홀대한 형사를 찌릿하게 노려보자, 그는 어깨를 움찔하면서 재빨리 머리를 조아렸다. 계속해서 선우는 자신을 따라온 검찰 수사관에게 말했다.

"계장님, 우리 청하고 연계된 보안업체 있죠? 신변 보호가 필요한 범죄 피해자가 있다고 알리고, 순찰 지원 요청해 주세요. 주소는 제가 조금 있다가 문자로 보내준다고요."

"네, 검사님."

"근무 시간이 끝났으니 전 청에 복귀하지 않고 바로 가보겠습니다. 아무래도 후배를 집까지 데려다주어야 할 것 같아서요."

척척 지시를 내리는 선우의 의지가 워낙 확고해 보여서, 유채는 차마 혼자 가겠다는 말을 꺼낼 수가 없었다. 경찰서 밖으로 나온 선우가 자동차 리모컨을 누르자, 주차장에 서 있던 검은색 세단의 헤드라이트가 번쩍거렸다.

"오늘 관용차가 없어서 내 차를 몰고 왔는데, 이쪽이 얘기하기는 훨씬 편하겠지. 타."

선우는 조수석 문을 열어둔 채 유채가 탈 때까지 기다릴 것 같은 기세였기에, 그녀는 일단 차에 올라탔다. 선우는 시동을 걸고 세단을 몰아나갔다.

"나한테 먼저 연락하지 그랬어. 이런 건 경찰보다는 검찰이 나서는 게 더 빨라."

"특별 취급은 싫어."

"당연히 해야 할 일을 해 주는 건 특별 취급이 아니야. 자, 이거 받아."

선우는 조수석 글러브 박스에서 시계처럼 생긴 전자기기를 꺼내어 유채에게 건넸다.

"위치 확인 가능한 스마트 워치야. 긴급 버튼 누르면 보안업체 핫라인과 연결될 거야. 검사실에도 곧바로 연락이 올 거고. 만나서 주려고 가지고 다녔던 건데, 마침 이렇게 만났으니까."

유채는 그 물건을 곧바로 받지 못하고 미적거렸다. 못 보던 물건을 손목에 차고 있으면 이현이 분명히 뭔지 물어볼 것 같았기 때문이다.

"비싼 거 아니니까 받아둬. 혼자 몸도 아니잖아."

"!"

부정해 볼 틈도 없이, 순간적으로 크게 벌어진 유채의 두 눈은 선우의 말을 명백히 긍정하고 있었다. 선우는 걱정과 미안함이 뒤섞인 표정으로 덧붙였다.

"실은 저번에 널 만나고 며칠 후에 법원 앞에서 김인영 변호사님을 만났어. 네가 정말 잘 지내는지 궁금해서, 실례인 줄 알면서도 이것저것 물어봤어. 너 아기 가졌다고 말씀해주시더라."

유채는 굳어진 표정으로 지그시 아랫입술을 깨물었다. 인영은 유채가 질색할 거라는 걸 뻔히 알면서도, 앞장서서 선우에게 임신 사실을 밝힐 사람이 절대 아니었다. 틀림없이 선우가 유채에 대한 관심을 노골적으로 드러내면서 정말 만나는 사람이 있는지, 혹시 자신을 다시 만나줄 여지는 없는지 먼저 캐물었을 것이다.

비록 일방적인 파혼이었지만, 그 일이 유채에게도 돌이킬 수 없는 상처를 남겼음을 잘 아는 인영은 선우의 관심을 차단하려고 쌍둥이 얘기를 꺼낸 게 틀림없었다.

"저번에 만났을 때 눈치 챘어야 하는데. 남자들이 확실히 이런 데 둔한가 봐. 상상도 못했어."

"……."

"그러면 곧 결혼하는 거냐고 여쭤봤더니 그건 아니라고 하시던데. 솔직히 좀 놀랐다."

선우는 애써 차분한 척 말하고 있었지만, 동요한 기색을 완전히 감출 수는 없었다. '미혼모'라는 단어에서 연상되는 것들이 그리 긍정적이진 않을 터였다. 데이트 폭력, 파혼, 유부남과의 불륜이라든가 이름 모르는 남자와의 원나잇까지.

"유채야. 너에게 무슨 일이 있었던 건지, 애들 아빠는 누구인지, 어디로 갔는지, 지금 여기서 그런 걸 캐묻지는 않을게. 그건 내가 상관할 수 없는 영역의 일이니까."

"선배, 그런 게 아니야. 그 남자가 책임지지 않겠다고 한 게 아니라, 사람들 앞에 나설 수 있는 사정이 있는 것뿐이라고."

"어느 쪽이든 상관없어. 그 남자가 널 버렸든, 계속 만나면서 비겁하게 결혼을 거부하고 있든 제대로 책임지지 않는다는 점에서는 똑같아. 그런 놈한테 너와 네 아이들을 맡길 수는 없어."

선우는 단호한 어조로 그렇게 말하더니 별안간 갓길에 차를 세웠다. 짧지만 무거운 침묵이 흘렀다. 운전대를 놓은 선우는 한 치의 흔들림도 없는 선명한 눈빛으로 유채를 바라보면서 말했다.

"내가 도울 수 있게 해 줄래? 내가 네 곁에 있을게. 내가 대신 책임지겠다고."

너무도 갑작스럽게 날아든 말에 유채는 순간 기막힌 표정조차 지을 수 없었다.

"선배가 왜? 만약 내가 정말 쌍둥이 아빠한테서 버림을 받았다고 쳐도, 그걸 왜 선배가 책임져?"

"내가 그렇게 하고 싶으니까. 나는 그렇게 해서라도 너와 함께 하고 싶으니까. 그것만으로는 충분한 이유가 안 되는 거야?"

끊어질 것처럼 팽팽한 선우의 눈빛이 유채를 꽉 붙잡은 채 놓아주지 않았고, 그 속에서는 3년간 억눌렀던 감정이 살아나고 있었다.

"3년 동안 연락 한 번 하지 않은 주제에 이렇게 말하는 게 웃긴다는 거 알아. 네가 그렇게 떠나버린 후에 나에게도 충격을 회복할 시간이 필요했어. 배낭 하나만 들고 훌쩍 떠나보기도 하고, 아는 사람 하나 없는 바닷가 마을에 틀어박혀 보기도 하고."

그러니까 선우의 미국 생활은 그가 자랑했던 것만큼 여유롭고 즐겁지는 않았던 것이다.

"그 외로운 시간 동안 깨달은 건, 난 결국 너를 잊을 수 없다는 거야. 열아홉 살의 널 병실에서 처음 봤을 때, 스무 살이 된 널 파티에서 다시 만났을 때, 그 느낌을 다시 찾고 싶어. 아이들은 내가 친아빠인 것처럼 예뻐하면서 키우겠다고 약속할게."

선우의 완강한 옆얼굴을 물끄러미 바라보던 유채는 대답 대신 문득 이렇게 물었다.

"선배, 혹시 그런 생각 해 본 적 없어? 나만큼 끌리는 여자를 만나지 못한 게 아니라, 나만큼 불쌍한 여자를 만나지 못한 거라는 생각. 그래서 우리가 헤어진 걸지도 모른다는 생각."

"그게 무슨 뜻이야?"

선우는 그 말의 의미를 정말 이해하지 못하는 것처럼 보였다. 이제 와 따지고 들어봤자 무슨 의미가 있겠나 싶어, 유채는 보일락 말락 하게 고개를 저었다.

"무슨 의미인지 모른다면 됐어. 차 출발시켜. 계속 여기 서 있을 거면 내려주든가."

그녀는 그 말을 끝으로 입을 닫아 버렸고, 한참을 기다리던 선우는 결국 포기하고 다시 시동을 걸었다.

"데려다 줘서 고마워. 오늘 들었던 얘기는 못 들은 걸로 할게. 조심히 들어가."

자동차가 골목 어귀를 돌아 집 앞에 서자마자, 유채는 조수석 문을 열고 내렸다,

쫓기듯 서둘러 인사한 그녀가 총총걸음을 옮기려고 하는 찰나였다. 운전석 문이 따라서 열리더니 선우가 구르듯이 황급하게 뛰어

내렸다.

"유채야, 서유채!"

선우는 긴 다리를 뻗어 성큼성큼 다가오더니 불쑥 그녀의 손목을 잡았다. 놀라서 커진 유채의 눈에 금방이라도 무너져 내릴 듯이 절박한 선우의 표정이 들어왔다.

"나도 자존심이란 게 있는 놈이라서 물어보지 않으려고 했어. 하지만……."

선우는 강렬한 시선 속에 유채를 가두어 두려는 것처럼 그녀의 눈을 응시했다.

"3년 전에 네가 그렇게 떠난 이유, 이제는 알아야겠는데."

유채는 손목을 비틀어 빼내려고 했지만 꽉 움켜쥔 그의 손은 미동조차 하지 않았다. 그리고 다음 순간, 유채의 눈에 익은 하얗고 긴 손이 나타나 이번에는 선우의 손목을 잡았다.

"이 손 놓고 얘기하시죠."

마스크도 모자도 쓰지 않은 이현이 선우의 앞을 가로막고 서 있었다. 그는 유채가 언제 돌아오는지 창밖으로 내다보다가, 그녀가 웬 남자와 실랑이를 벌이는 걸 보고 민첩하게 뛰어나왔던 것이다. 선우는 서늘한 분위기를 자아내는 이현을 향해 변명하듯 말했다.

"학교 선후배 관계입니다. 꼭 해야 할 얘기가 있어서……."

"무슨 얘기인지는 몰라도, 일단 이 손은 놓고 나서 하셨으면 좋겠습니다."

이현의 손이 선우의 손목에 은근한 압박을 가하는 순간, 두 남자 사이에는 끊어질 듯 위태로운 긴장감이 조성되었다.

"선배, 이 사람이 쌍둥이 아빠야. 같이 살고 있어. 날 버리지도 않았고, 도망가지도 않았어. 이제 알겠지?"

얼른 끼어든 유채의 말을 들은 선우가 이현의 얼굴을 뚫어지게 응시했다. 그러더니 눈을 가늘게 뜨며 불쑥 내뱉었다.

"나 이 사람 누군지 알아."

그 말에 유채의 얼굴에 긴장감이 감돌았다. TV는 뉴스와 시사 프로그램만 보고, 음악은 클래식과 재즈만 듣고, 연예인에 아무런 관심 없는 선우라서 방심한 게 화근이었다. 선우는 기억을 더듬는 것처럼 이마를 찡그리면서 말을 이었다.

"유명한 영화배우죠? 우리 실무관이 팬이라서 책상에다가 사진을 붙여 놨어요. 성이 강 씨였던 것 같은데……."

"강이현입니다. 영화배우가 아니고 아이돌 가수고요."

이현은 깔끔하게 인정했고, 선우는 '척 보기에도 어려 보이는 아이돌 가수'와 '미혼모가 되기로 마음먹은 변호사'를 번갈아 쳐다보았다. 머리가 비상하고 눈치가 빠른 선우였기에, 사정을 대강 짐작할 수 있었다. 물론 정자 기증이라든가 인공수정에 대해서는 상상도 못 했지만.

"그게 그렇게 된 거였구나."

선우는 기가 막힌 듯 중얼거렸다. 그는 깊은 한숨을 내쉬면서 이 상황을 어떻게 정리해야 하는지 고민하다가, 충동적으로 이현에게 이렇게 말해 버리고 말았다.

"우리 술 한잔할까요?"

여기서 거절하면 왠지 지는 것 같은 기분에, 이현은 유채가 눈짓으로 말리는데도 굳이 선우를 따라나섰다.

선우가 이현을 데리고 간 곳은 고급스러운 술집이 아니라, 오피스 타운 뒷골목에 자리 잡은 허름한 포장마차였다.

"이모님, 저 왔습니다. 소주 세 병 주시고요, 안주는 알아서 주세요."

포장마차 주인으로 보이는 중년 여자가 포대기에 아기를 업은 채 순대를 썰다 말고 선우를 맞이했다.

"아이고, 우리 한 검사님 오셨네. 같이 오신 분은 누구실까? 못 보던 얼굴인데, 잘생겼네."

포장마차 주인이 자꾸만 얼굴을 힐끔거리자, 이현은 반사적으로 모자를 깊게 눌러썼다. 선우는 등받이도 없는 간이의자에 걸터앉으면서 한결 편안해진 어조로 이현에게 말했다.

"여기선 모자 벗고 있어도 괜찮아요. 평일엔 손님이 거의 없는 곳이니까."

그러나 이현은 모자를 벗지 않은 채 선우의 맞은편 의자에 앉았다. 테이블 위에 곧 소주병과 안주 접시가 놓였고, 선우는 이현의 잔에 술을 따라주면서 말했다.

"아직 내 소개도 안했네요. 중앙지방검찰청 한선우 검사입니다. 아까 말한 대로 유채의 대학 선배고, 아마 짐작했겠지만 오래 사귀었던 사이고요."

이현은 묵묵히 잔을 받아들면서 고개를 끄덕였다. 유채와 선우 사이의 심상치 않은 분위기를 보았을 때, 평범한 선후배 사이는 아닐 거라고 이미 예상했다.

"나는 남의 뒤통수를 치는 거 싫어합니다. 그러니까 단도직입적으로 털어놓겠습니다. 유채에게, 그녀와 아이들을 내가 책임지고 싶다고 얘기했습니다."

날카로워진 눈빛으로 술잔을 거머쥐는 이현을 앞에 두고 선우는 거침없이 말을 이어나갔다.

"유채가 싫다고 해도 포기 안하고 기다릴 겁니다. 강이현 씨가 유채와 아이들을 제대로 책임지고 돌볼 수 있다고 생각하지 않습니다."

선우는 울고 있는 어린 아기를 얼러 가면서 설거지하는 포장마차 주인을 힐끗 쳐다보았다.

"하나만 예를 들어 볼까요. 아이들이 한밤중에 아프면 누가 응급실에 데려가고 병간호를 하죠? 유채 혼자? 강이현 씨가 그들 곁을 지킬 거라고 장담할 수 있습니까? 연예인은 밤낮 없는 스케줄에 시달린다고 들었는데."

"활동기에는 그렇지만, 연차가 쌓이면서 조금씩 개인 시간을 쓸 수 있게 될 겁니다. 그러면 그 시간은 모두 유채 씨와 아이들에게 쏟을 거고요."

"아이들이 큰 다음에는요? 아빠 이름이 뭐냐는 질문에 뭐라고 대답해야 하죠? 아이들의 생일에, 입학식 날에 외식이라도 시켜줄 수 있습니까? 사람 하나 없는 포장마차 안에서도 모자를 벗지 못하는 강이현 씨가?"

"……."

"물론 강이현 씨도 언젠가는 아이돌이 아니게 되겠죠. 그러나 은퇴한다고 다 해결되는 건 분명 아닐 겁니다. 아이돌로 활동하던 시절에 대중을 속였다는 비난에 휩싸이지 않으려면 유채와 아이들의 존재는 평생 비밀에 부쳐야 할 테니까."

선우는 잠자코 침묵을 지키고 있는 이현을 향해 쐐기를 박듯이 말했다.

"언제나 살얼음판 위를 걷는 것처럼 조심하면서 숨어 살아야 하는 게 과연 행복할까요? 강이현 씨가 그들을 아낀다면 그런 삶을 강요하지 말아야죠. 그게 어른스럽고 성숙한 결정입니다. 지금이라도 유채를 놓아준다면, 좋은 남자를 만나 온전한 가정을 꾸릴 수 있을 겁니다."

선우가 말을 마치고 난 후, 비좁은 포장마차 안에는 몇 분 동안 숨 막히는 정적이 흘렀다. 비닐 휘장 너머로 차들이 오가는 도심의 소음만이 분분이 흩어져갔다. 이현은 입술로 가져간 술잔을 한꺼번에 털어 넣듯이 비우더니 나지막한 음성으로 말을 꺼냈다.

"한선우 검사님이라고 하셨죠. 지금까지 하신 말씀, 하나도 틀린 것은 없습니다. 유채 씨와 아이들을 진심으로 걱정하시는 것도 알겠습니다. 그런데요."

이현은 조금도 주눅들지 않은 표정으로 선우를 똑바로 쳐다보았다.

"그 중에 어디에도, 유채 씨의 의사에 대한 얘기는 없네요. 가장 중요한 건 유채 씨의 마음입니다. 누구와 가족을 이루고 싶은지. 결정해야 할 사람은 한 검사님이나 제가 아니라는 겁니다. 전적으로 유채 씨의 선택이죠."

선우는 텅 빈 소주잔에 다시 한 번 술을 채우면서 묵묵히 이현의 말을 듣고 있었다.

"만일 그녀가 힘들다고 하면, 다른 사람을 원한다고 한다면 저는 주저 없이 그녀를 놓아줄 겁니다. 하지만 그게 아니라면, 이쪽에서 먼저 포기할 생각은 없습니다. 일어나지도 않은 일에 지레 겁먹고 도망가면 그게 어른스러운 겁니까? 비겁한 게 아니고요?"

이현이 한선우라는 사람을 처음 맞닥뜨렸을 때 느낀 것은 '열등감'이었다. 자기보다 나이도 많고, 검사에다가, 양복과 구두는 척 보기에도 무척 값비싼 명품으로 보였다. 게다가 준수한 외모에 더없이 신사적인 태도까지 갖추고 있었다. 누구나 결혼하고 싶어 할 괜찮은 남자였지만, 그의 말을 들으니 유채와 이루어지지 않은 이유를 어렴풋이 알 것 같았다.

그는 자신에 대한 확신이 지나친 나머지, 자신이 아닌 상대방에게 필요한 게 무엇인지, 그리고 상대방이 원하는 게 무엇인지도 자신이 더 잘 알 수 있다고 믿는 사람이었다. 유채와 같이 자립심이 강한 여자에게는 그런 성향이 오만함으로, 어쩌면 일종의 폭력으로 보였을 것이다.

"행복이 함께 있는 시간의 양에 비례한다고 생각하지는 않습니다. 일주일에 한 번, 한 달에 한 번을 만나게 되더라도, 저는 그 시간 동안 최선을 다할 겁니다."

"……."

"어렵더라도, 시도해 볼 겁니다. 우리를 둘러싼 그 온갖 장애물들에, 온몸으로 부딪쳐 볼 거라고요. 서로 껴안고 북돋워주면서 함께 나아가야죠. 우리가 만들 가족은 그런 가족입니다."

어느새 이현과 선우의 앞에 놓여 있던 소주병은 바닥을 드러내고 있었다. 선우는 잔에 남은 마지막 술을 단번에 비우더니 지극히 회의적인 어조로 말했다.

"글쎄요, 연예인이라면 당연히 알 텐데요. 스스로 최선을 다했다고 생각했을 때도, 다른 사람들 눈에는 턱없이 부족해 보일 때가 많다는 걸."

이상주의가 가득한 이현의 말에 설득 당하기에는, 선우는 나이가 많고 세상을 너무 잘 알았다.

"난 강이현 씨가 앞으로 어떻게 하는지 계속 지켜볼 겁니다. 그러니 괜찮을 거라고 노래만 부르지 말고 과연 이게 최선인지 고민해봐요. 계산하고 가겠습니다."

"아니요, 계산은 제가……."

이현은 거절하려고 했지만, 민첩하게 자리에서 일어난 선우는 이미 포장마차 주인에게 빳빳한 5만 원 권 지폐를 쥐여주고 있었다. 잔돈은 받지도 않고 밖으로 나가버리는 그의 발걸음은, 술을 마시지 않은 사람처럼 한 치 흔들림도 없었다.

혼자 남겨진 이현은 빈 소주병에 어른어른 비추는 자신의 얼굴을 물끄러미 바라보았다.

"과연 이게 최선인지 고민해보라고……?"

35. 한선우와 서유채

유채가 검사 한선우를 만난 건 십 년 전, 생전 처음으로 특급 호텔이라는 곳에 발을 들여놓은 날이었다. 샹들리에가 휘황하게 빛나는 거대한 홀 중앙에는 '법과대학 동문의 밤'이라는 현수막이 학교 마크를 새긴 휘장과 함께 휘날리고 있었다.

"남해에 생긴 골프 리조트 가보셨어요? 클라이언트가 회원권을 줬는데……."

나비넥타이를 맨 웨이터들 사이로, 내로라하는 법조계 인사들이 테이블을 오가면서 환담하고 있었다. 모든 사람이 서로 잘 아는 사이인 것처럼 보여서, 유채는 하릴없이 서성이기만 할 뿐 어디에도 섞여들지 못했다.

'선배님들께 먼저 인사드려야 하는데. 뭘 어떻게 해야 하지?'

이런 자리에서 행동하는 법도 모르는데, 수석 입학자라는 이유만으로 신입생 대표 직함을 달고 오게 된 게 부담스럽기 짝이 없었다.

그때, 유채의 건너편에 서 있던 나이 지긋한 남자가 마뜩잖은 낯빛으로 말을 붙여왔다.

"거기 학생. 내가 충고 하나 하겠는데. 때와 장소에 맞게 옷을 입는 것도 중요한 예절이에요. 아무리 경우가 없어도 이런 자리에 청바지는 좀 그렇지 않나?"

그 순간 홀 안에 있는 모든 이의 시선이 화살처럼 와서 박히는 것 같아, 유채는 귓불까지 새빨갛게 달아올랐다. 단정한 투피스 정장이나 화려한 원피스로 멋을 낸 다른 여자들과 비교하면, 나름대로 깨끗한 것으로 골라 입은 자신의 티셔츠와 청바지는 견딜 수 없이 초라하게 느껴졌다.

"까마득한 선배가 생각해서 충고해줬으면 대답을 해야지. 하여간 요즘 애들은……."

남자는 새치가 희끗희끗 섞인 머리를 흔들면서 타박을 계속했고, 유채는 도망가고 싶은 심정이 되어 점점 깊숙이 고개를 숙였다.

그때, 구김살 없이 호탕한 남자의 목소리가 그녀의 옆을 슬며시 제치면서 튀어나왔다.

"선배님, 방금 그거 저한테 하신 말씀 같은데요? 우리 사이에 빡빡하게 이러실 겁니까?"

"한 검사! 언제 왔어? 오늘 바빠서 못 올 수도 있다더니?"

1년 만에, 전혀 예상하지 못했던 곳에서 맞닥뜨린 선우의 모습에 놀라 유채는 눈을 깜박였다.

청바지에 흰색 디셔츠를 입고 그 위에는 등산복 조끼까지 걸친 선우는 20대 후반이라는 나이가 믿기지 않을 만큼 앳되어 보였다.

"검사장님하고 같이 등산 가서 동동주까지 한잔하고 나니까, 선배님 얼굴이 보고 싶어져서 달려왔죠! 저쪽 테이블에 저희 동기들 다 모여 있는데, 선배님도 오셔서 같이 하시죠."

선우는 유채를 괴롭히던 남자의 어깨를 넉살 좋게 붙잡고서 저쪽으로 끌고 가면서, 유채를 향해 한쪽 눈을 찡긋해 보였다. 유채는 화들짝 놀랐고, 사람들의 주의가 분산된 틈을 타 그 자리를 빠져나오면서도 내내 선우 생각밖에는 나지 않았다.

'혹시 날 알아보신 걸까? 아냐, 그럴 리가 없어. 일 년에도 수백 명을 만날 텐데 나 같은 게 뭐라고 기억하겠어.'

호텔 복도를 통해 테라스로 나오자, 정원에 우거진 나뭇가지 사이로 불어오는 청량한 밤바람이 불어와 그녀의 뺨을 어루만져 열기를 식혀주었다. 와인 잔을 기울여 목을 축이려는 순간, 테라스의 문이 열리더니 그 뒤에서 나타난 사람이 유채 곁으로 다가왔다.

"정말로 법대에 왔네. 그것도 우리 학교에. 공부하기 힘든 환경에서 참 대단하다."

테라스 난간에 비스듬히 기댄 채 유채를 물끄러미 쳐다보는 선우의 얼굴에는 진심 어린 감탄이 드러나 있었다.

"시보님, 아니 검사님이 저를 기억 못 하실 줄 알았어요."

"그럴 리가 있나? 그 후에도 얼마나 많이 생각나고, 또 신경 쓰였는데."

"……."

"어려운 일 있으면 언제든지 연락해. 내가 도와줄 일이 있으면 뭐든 도와줄게. 그냥 편하게 같이 밥이나 먹어도 되고."

선우는 서글서글하게 웃으면서 그녀에게 '검사 한선우'라는 글자가 또렷하게 박힌 명함을 건네주었다. 명함을 건네받는 순간, 그의 손등이 그녀의 손등을 가볍게 스치듯 건드리고 지나갔다. 유채는 상상했던 것보다 훨씬 따스한 촉감에 당혹스러워하면서 명함을 주머니에 집어넣었다.

선우와 재회한 것이 반갑지 않다면 거짓말이었지만, 굳이 연락해서 만나고 싶은 뜻은 없었다. 그녀에게 있어서 그는, 결코 돌이키고 싶지 않은 잔혹한 기억의 한 조각이었으니까. 그런데 선우는 마치 그런 마음을 읽은 것처럼, 테라스 입구로 발걸음을 돌리려다 말고 우뚝 멈춰 서서 그녀를 불렀다.

"후배님?"

"네, 선배님?"

"연락하라는 말, 그냥 인사치레로 하는 말 아니에요. 알았죠?"

다짐하듯 말하는 그의 입가에 미소가 엷게 번지고 있었다. 그 후로도 아주 오랫동안, 유채의 눈동자에 잔상처럼 새겨져 사라지지 않았던 상냥한 미소. 평생 연애도 결혼도 하지 않으리라 다짐했던 유채의 마음을 결국 녹이고 만 미소였다.

운명적인 재회로부터 7년 후, 선우와 유채는 결혼을 약속한 다정한 연인 사이가 되어 있었다.

"여기가 선배 집이라고?"

"응, 내가 태어났을 때부터 살던 집이야. 마음에 들어?"

유채는 거대한 정원을 배경으로 우뚝 서 있는 호화로운 단독 주택을 올려다보면서 기가 질려버렸다.

"내 마음에 드는 게 뭐가 중요해요, 내가 살 곳도 아닌데."

"당연히 중요하지, 너도 이제 우리 가족의 일원이 될 텐데. 자, 안으로 들어가자."

정원을 가로질러 간 두 사람이 현관에 다다르자, 앞치마를 두른 가정부가 뛰어나와 문을 열어주었다. 머뭇거리면서 구두를 벗고 현관 안으로 발을 들여놓던 유채는, 웬만한 부티크 진열대 규모로 늘어서 있는 신발장을 보면서 두 눈이 동그래졌다. 거실 바닥은 수정처럼 눈부신 대리석이었고, 고풍스러운 벽난로와 원목으로 된 나선형 계단이 설치되어있었다.

유채는 손에 들고 있던 단출한 꽃바구니를 내려다보면서, 차라리 아무것도 안 가져오는 편이 나을 뻔했다고 생각했다.

"어머니는 어디 계세요? 오늘 며느릿감 데리고 온다고 미리 말씀드렸는데."

선우의 질문에 가정부는 난처한 낯빛이 되었다.

"그게, 갑자기 편두통이 생겨서 방에서 못 나오신다고……."

선우의 얼굴에서 급속도로 웃음의 흔적이 사라졌다. 그는 유채의 손목을 잡더니 거실을 지나쳐 다이닝룸으로 데리고 갔다. 10인용 식탁 위에는 센터피스와 꽃병이 놓여 있을 뿐 아무런 음식도 차려져 있지 않았다.

"……."

"죄송해요, 사모님께서 오늘은 저녁 준비 하지 말라고 하셔서요."

가정부는 딱딱하게 굳어진 선우의 눈치를 보면서 모기만 한 목소리로 말했다. 유채는 이 집안의 차분한 공기 속에 숨겨진, 자신을 향한 은밀하고 날카로운 거부감과 적대감을 느꼈다. 그녀는 선우에게 잡혀 있던 손목을 빼내면서 조용하게 말했다.

"선배, 아무래도 나는 그만 가 보는 게 좋겠어."

"그래, 그러는 게 낫겠네요."

선우 대신 대답하면서 다이닝룸으로 들어선 사람은 선우의 여동생이었다. 그녀 또한 손님을 맞을 준비 따위는 전혀 하지 않은 듯, 실내복 차림에 얼굴에는 마스크 팩을 붙이고 머리에는 롤까지 말고 있었다.

"엄마가 반대하는데 혼자 약혼식 날짜까지 잡아놓고 일방적으로 통보하는 우리 오빠도 오빠지만, 좋다고 따라오는 그쪽도 참 뻔뻔하네요. 맨발로 뛰어나와 반겨주기라도 할 줄 알았어요?"

유채를 향해 매몰차게 쏘아붙이는 여동생을 선우가 제지하려고 하는데, 그보다 먼저 나선 이가 있었다.

"선아야, 아무리 그래도 집안을 찾아온 손님에게 그런 식으로 말하는 건 예의가 아니다. 올라가서 옷 갈아입고, 얼굴에 붙인 그것도 떼고 다시 내려와라."

"아빠!"

다이닝룸 입구에 홀연히 나타난 남자는, 50대 중반임에도 불구하고 군살 없는 체구와 준수한 이목구비 덕분에 40대 후반으로밖에 보이지 않았다.

유채는 선우와 윤곽이 비슷한 그 얼굴을 국회의원 선거 포스터에서 본 기억이 났다. 한 의원은 보수당 소속임에도 불구하고 참신한 정책과 깨끗한 사생활, 어마어마한 규모의 기부활동으로 긍정적인 이미지를 유지하며 젊은 유권자들의 지지를 받고 있었다.

"늦게 나와 봐서 미안하다. 안방에서 네 엄마랑 얘기를 좀 하느라고. 나와서 얼굴이라도 비추라고 몇 번이나 얘기했는데 들으려고 하지를 않는구나. 미안하다, 선우야."

"아닙니다, 아버지. 얘기해주신 것만으로도 고마워요. 아버지라면 유채를 만나 보지도 않고 무작정 외면하지는 않으실 거라고 믿었어요."

선우가 기쁨이 역력한 기색을 감추지 못하면서 대답하자, 한 의원은 중후해 보이는 눈매에 사람 좋은 미소를 띠우면서 가정부에게 말했다.

"아주머니, 여기 저녁상 좀 차려줘요. 중요한 손님이 오셨으니까 다 같이 식사해야지. 너희 엄마가 함께 하지 못하는 점은, 여기 서 변호사님께서 이해해 주시면 좋겠구나."

유채는 얼떨결에 고개를 끄덕이면서 작은 목소리로 대답했다.

"아, 네. 저는 괜찮습니다."

36. 열 걸음, 고작 열 걸음

잠시 후, 한 의원과 선우, 유채, 뾰로통한 얼굴을 한 선아까지 다이닝룸 식탁에 모여 앉았다. 한 의원은 소불고기 전골을 손수 유채의 접시에 덜어 주면서 자상하게 말했다.

"집에 있는 음식들로만 차린 거라 변변치가 않네요. 다음번에는 제대로 대접할 테니 너무 서운해하지는 말아요, 서 변호사."

"아닙니다."

유채는 예상했던 것과는 너무도 다른 환대에 얼떨떨했다. 선우로부터 아버지가 생각이 트인 사람이라는 말을 거듭 듣기는 했지만, 그래도 이토록 선뜻 자신을 받아들이리라고는 생각지 못했다.

"아버지, 방금 그 말씀은 유채 씨를 인정하신다는 거죠? 결혼을 승낙해주신다는 거죠?"

"그럼 어쩌겠냐, 이 녀석아. 하나뿐인 아들놈 약혼식에 초대도 못 받게 생겼는데. 네 엄마는 내가 어떻게든 설득해 보마. 어차피 자식이기는 부모는 없는 법이니까."

한 의원의 말이 떨어지기가 무섭게 선아는 젓가락을 탁 소리 나게 내려놓고 자리에서 일어나더니, 믿을 수 없다는 듯 고개를 설레설레 저어 보이고는 쌩하니 다이닝룸을 나가 버렸다. 그러거나 말거나 한 의원은 한결같이 자상한 어투로 유채에게 말했다.

"서 변호사, 그동안 우리 집에서 결혼을 반대한 것 때문에 고생이 심했을 거란 거 알아요. 서로 다른 배경에서 자라난 두 사람이 하나로 합쳐지는 과정에서 겪는 성장통이라 생각하고, 마음에 담아 두지는 말았으면 좋겠어요."

선아가 없는 식탁에서 한 의원과 선우, 유채는 오히려 마음 편하게 대화를 나눌 수 있었다. 한 의원은 자신도 아들과 같은 학교를 나왔으니 유채의 선배라고 하면서, 열악한 환경에서도 수석으로 입학하고 졸업한 그녀의 근면함을 칭찬했다.

식사가 끝난 후, 한 의원은 선우를 향해 웃으면서 타박하듯 말했다.

"그런데 선우 너, 서 변호사한테 집안 구경도 안 시켜줬지? 이런 매너 없는 녀석 같으니."

"그럴 시간이 없었거든요. 유채야, 아버지 서재부터 구경할래? 책이 2천 권도 넘게 있어."

선우는 부모를 모시고 약혼식을 치른다는 생각에 평소보다 훨씬 들뜬 목소리를 내고 있었다. 유채에게는 '몇 년만 기다리면 천천히 마음을 바꾸실 거다', '바꾸시지 않는다고 해도 괜찮다'고 말했지만, 사실 그도 몇 달 동안 밤잠을 제대로 이루지 못할 만큼 고민이 많았던 것이다.

"아니다, 내 서재는 내가 보여주마. 선우 너는 지하실에 가서 와인을 가져와라. 크리스털 로제가 들어왔거든. 좋은 날이니 축하해야지."

선우가 지하실로 내려간 후, 유채는 한 의원의 안내를 받아 2층에 있는 서재로 올라갔다. 서재는 길고 높은 천장과 사방으로 뚫린 아치형 창문, 앞으로 돌출된 벽에 세워진 거대한 책장과 끝도 없이 빽빽하게 꽂혀 있는 책들이 사뭇 인상적이었다.

"정말 많은 책을 갖고 계시네요. 의정활동을 하기도 바쁘실 텐데 언제 이렇게 독서를……."

"서 변호사."

서재 안의 소리가 밖으로 새어나가지 않도록 문을 닫으면서 유채를 부르는 한 의원의 목소리는 아까와는 완전히 다른 톤이었다.

"착각하게 했다면 미안하네. 두 사람의 결혼에 대한 내 입장은 변함이 없어. 찬성할 수 없네."

"네? 의원님, 그렇다면 아까는 왜……."

"내가 거기서 반대해봤자 무슨 소용 있겠나. 선우의 팔팔한 혈기에 불만 더 붙여놓는 꼴이 되었겠지. 난 서 변호사와 직접 얘기하고 싶었네. 이성적인 사람들끼리 말이야."

한 의원은 중후한 골동품 의자에 걸터앉으면서 유채에게도 맞은편에 앉으라는 손짓을 해 보였지만, 유채는 그 손짓을 못 본 척하면서 뻣뻣하게 서 있었다.

"저에게 무슨 말씀을 하시려는 겁니까?"

"나는 내 아들을 잘 알지. 집안의 반대 따위로는 그 애의 뜻을 꺾어놓지 못해. 그러니 서 변호사가 도와줘야겠네. 일주일 후 열릴 약혼식, 그 자리에 나가지 말아줬으면 좋겠군."

유채가 자신의 말을 거역할 거라고는 생각지도 않는 강압적인 말투였다.

"선배를 바람맞히라고요? 제가 왜 그런 말도 안 되는 짓을 해야 하죠?"

"왜냐면 서 변호사가 범죄자의 딸일 뿐만 아니라, 스스로 범죄를 저지른 전적이 있기 때문이지. 위증은 사법기관을 농락하는 중대한 범죄일세. 내가 설명하지 않아도 익히 잘 알고 있겠지만 말이야. 그런 하자가 있는 주제에 앞날이 창창한 내 아들의 발목을 잡으면 쓰겠나."

"그걸 어떻게……."

유채는 너무도 놀란 나머지 부정하지도 못했다. 여태껏 고집스러운 빛을 띠었던 그녀의 눈동자에 걷잡을 수 없는 파문이 일고 있었다.

"선우가 약혼식장을 알아본다면서 설치고 다닐 때, 나는 사람을 시켜서 서 변호사의 뒷조사를 했네. 고등학생 시절의 사건이 튀어나오더군. 퍽 흥미로워 보이는 사건이라 내 고문 변호사에게 기록을 자세히 분석하게 했는데, 도중에 피해자의 진술이 뒤바뀐 부분이 흥미롭더군."

유채는 5년 전으로 돌아가 다시 한 번 법정의 증언대에 선 기분이 들었다. 한 의원은 그녀를 단죄하는 심문관이었다.

"내 변호사 말로는 법정에서 피고인이 난동을 피운 직후 피해자가 말을 바꾼 게 수상하다고 하더군. 그래서 피해자의 의료 기록을 유명한 법의학자에게 살펴봐달라고 은밀히 의뢰한 결과, 상처의 각도가 위에서 아래가 아니라 아래에서 위로 패인 것 같다고 하던데. 이상하지 않나?"

유채는 한 의원의 쏘는 듯한 시선을 정면으로 받아내지 못하고 비스듬히 고개를 돌렸다.

"의자로 내리쳤다면 그런 상처가 생길 수 없으니까 말이야. 조금만 신경 써서 살펴봤으면 알아낼 수 있는 건데, 그때는 판사고 검사고 다들 아버지에게 맞고 사는 가여운 소녀를 구하느라 바빴던 거지. 하지만 이 사건이 영영 밝혀지지 않는다는 보장이 있을까?"

한 의원은 원래도 새하얀 편이지만 지금은 거의 색이 사라지다시피 한 유채의 얼굴을 물끄러미 바라보며 말을 이었다.

"우리 선우는 높은 자리까지 올라갈 재목이야. 당연히 시기하고 음해하려는 세력이 생길 테고, 그런 사람들에게 서 변호사의 존재는 좋은 먹잇감이 되겠지."

"……."

"위증을 밝혀내지 못하고 한 남자를 10년씩이나 감옥에 처박은 사실이 드러나면, 검사로서 무능력하다는 비난이 가해질 거야. 게다가 위증한 당사자와 결혼한 상태라면? 위증을 알면서 눈 감아 줬던 게 아닌지, 나아가 위증을 교사한 건 아닌지 온갖 의문이 제기되지 않겠나."

한 의원이 단숨에 말을 쏟아내고 나자 서재 안에는 태산 같은 정적만이 흘렀다. 그 정적이 칼날로 변해 자신을 찌르는 것 같은 느낌에 유채가 고개를 떨어뜨리며 입술을 깨물자, 한 의원은 잠시 공세를 늦추고 화제를 바꿨다.

"선우가 열 살 때, 버려진 개를 주워온 적이 있어. 나도 아내도, 어떤 병이 들었을지 모른다고 도로 버리고 오라고 했지만, 선우는 자기가 책임지고 돌본다면서 고집을 부렸지. 일주일 뒤, 녀석이 학교에서 쓰러졌다고 전화가 왔어. 개에게 손을 물린 걸 숨기다가 파상

풍에 걸린 거지."

한 의원은 허겁지겁 달려간 응급실에서 보았던 풍경을 떠올렸다. 피고름으로 얼룩진 상처를 손바닥으로 덮은 채 괜찮은 척 웃으려 애쓰던 어린 아들의 모습이 아직도 눈에 선했다.

"녀석의 첫 마디가 이랬어. 아빠, 걔는 잘못이 없어요. 제 잘못이에요. 쫓아내지 마세요. 자기가 죽을 뻔했는데도 말이야."

"……"

유채는 비록 그 자리에 없었지만, 어린 선우의 표정과 말투가 어땠을지 눈에 선하게 그려볼 수 있었다.

"나는 서 변호사에 대한 선우의 마음이 그때와 같다고 생각하네. 선우를 만나면서 느낀 적 없었나? 자네를 여자로서 사랑하는 게 아니라, 자기가 구원해야 할 존재로 본다는 거 말이야."

유채는 곧바로 아니라고 단언할 수가 없었다. 너무도 갑작스러운 나머지 충동적으로까지 보였던 선우의 프러포즈가 떠올랐다. 그건 대학에 다니는 동안 가끔 밥도 사주고 고민도 들어주면서 그녀의 멘토 역할을 하던 선우가 연인관계가 되고 싶다고 고백한 지 고작 6개월 만의 일이었다.

— 취직한 건 기쁘지만, 연수원 기숙사를 나오면 당장 갈 곳이 없어. 집값이 다 너무 비싸. 선배, 어떡하면 좋을까?

로펌에 입사한 걸 축하하는 저녁 식사 자리에서 턱을 괸 채 푸념하는 유채를 향해 선우는 빙긋 웃으면서 툭 던지듯 말했다.

— 그럼 나랑 살래?

— 장난치지 마. 난 심각하단 말이야.

— 나도 심각해. 결혼하자, 유채야. 널 혼자 두는 게 불안해. 곁에

두고 돌봐주고 싶어.

선우의 입에서 나온 청혼의 말은 '사랑한다'가 아니었다. '돌봐주고 싶다'였다. 유채는 어쩌면 한 의원의 말이 전부 맞는지도 모른다는 생각이 들었다. 선우는 길거리를 헤매고 있는 강아지를 주워온 것처럼, 그녀라는 가련한 존재를 구해내서 자신의 지붕 아래에서 보호해 주고 싶은 건지도 몰랐다.

"서 변호사가 정말로 선우를 생각한다면, 그런 심성을 이용하지는 않았으면 좋겠네. 내 말 이해하겠지?"

유채는 심호흡을 한 번 하고 고개를 위아래로 천천히 끄덕였다. 그걸 본 한 의원의 얼굴에는 확연한 안도감이, 그다음으로는 은근한 죄책감이 퍼져나갔다.

"지금 서 변호사에게는 내가 괴물처럼 보이겠지. 하지만 이것도 자식을 사랑하는 방식일 뿐이네. 목숨보다 귀한 아들놈이 제 인생을 시궁창에 처박도록 내버려 둘 수는 없는 것 아닌가. 서 변호사도 나중에 아이를 갖게 되면 내 심정을 이해할 수 있을 걸세."

그 순간, 유채는 이상하게도 한 의원이 원망스럽지 않았다. 대신 선우가 눈물 날 만큼 부러웠다. 그를 목숨처럼 귀하다고 말하는, 그를 위해서라면 뭐든지 할 수 있는 아버지가 있다는 게.

뒤늦게 서재 문이 열리면서 와인 병과 글라스를 든 선우가 들어왔다.

"아버지, 셀러를 아무리 뒤져봐도 크리스털 로제는 없던데요? 대신 오퍼스 원을 가져왔어요."

"아, 그래? 내가 착각했나 보다. 오퍼스 원도 괜찮지. 분명 서 변호사도 마음에 들 거예요."

살얼음이 꼈던 한 의원의 눈매가 순식간에 풀리면서 거짓말 같은 온화함이 스며들었다. 선우는 그런 아버지가 유채를 협박했으리라고는 꿈에도 의심하지 못했다.

"유채야, 책 구경은 많이 했어? 재미있었어?"

"네……."

유채는 목에 가시라도 걸린 사람처럼 힘겹게 대답했다. 짧게 내뱉는 말의 이면에 숨겨진 떨림을, 금방이라도 무너질 것 같은 마음을 선우가 눈치채지 못하기만을 바라면서.

그로부터 3년이 지난 지금, 한 의원이 유채에게 했던 예언은 그대로 들어맞았다. 쌍둥이 엄마가 된 유채는 한 의원이 자신에게 왜 그렇게 가혹하게 행동할 수밖에 없었는지 이해했다. 자식을 지키기 위해서라면 악마가 되는 것도 감수할 수 있는 게 부모란 존재였고, 그 맹목적인 사랑 앞에서 선악의 개념은 별다른 의미가 없었다.

'나도 내 아이들을 위해서라면 똑같은 짓을 할 수 있을 거야. 그러니 누굴 원망할 것도 후회할 것도 없어.'

유채는 공원에 우거진 나뭇가지가 바람에 흔들리면서 내는 쏴아아 소리에 귀를 기울였다. 그녀는 집 앞 공원 벤치에 앉아 이현이 돌아오기를 기다리는 중이었다. 선우와 이현의 성품을 잘 알았기에, 그들이 언성 높여 싸우거나, 주먹다짐을 할까봐 걱정하는 것은 아니었다.

'선배가 이현 씨한테 상처 주는 말을 하지 말아야 하는데.'

선우가 유채와 이현의 관계에 대해 정확히 알지 못한다는 게 문제였다. 그는 유채를 위한답시고 아무 잘못 없는 이현을 무책임하다고 비난하고 있을 것이다. 그리고 이현은 한 마디 변명도 하지 않은 채 그 비난을 온몸으로 받으려고 할 것이다. 그에게는 스스로를 변호하는 것보다는 유채의 비밀을 지켜주는 것이 더 중요하기 때문이다.

선우에 대한 부채 의식만 없었다면, 남의 일에 참견하지 말라고 따끔하게 말하면서 그를 잘라냈을 것이다. 하지만 헤어져야 하는 이유도 알지 못한 채 헤어져야 했던 게, 그에게 얼마나 깊은 상처로 남았을지 유채는 가늠할 수도 없었다.

— 3년 전에 네가 그렇게 떠난 이유, 이제는 알아야겠는데.

'알려줄 수 있었다면 진작 알려줬겠지······.'

밤늦은 시각, 인적 드문 공원에는 노란 가로등 불빛만 수채화처럼 연하게 번져나가고 있었다. 유채는 깊은 상념에 잠긴 나머지, 어느새 다가온 이현이 그녀와 나란히 벤치에 앉아 긴 다리를 흔드는 것도 알아차리지 못했다.

"왜 밖에 나와 있어요? 못 보고 지나칠 뻔했네."

"이현 씨! 언제 왔어요? 선배는요? 둘이 무슨 얘기했어요? 혹시 심한 소리 듣지 않았어요?"

"그런 거 없었어요, 그냥 남자들끼리 술 마신 거예요."

이현은 태연하게 웃으며 얼버무렸지만, 유채는 그 말을 믿지 못했다.

"그게 다일 리가 없잖아요. 앞으로 어떻게 할 작정이냐고 꼬치꼬치 캐묻고 그랬을 텐데."

"아, 하나 더 있다. 한 검사님이 아직도 유채 씨를 좋아한다고 해서, 내가 우리 애들 엄마니까 꿈도 꾸지 말라고 말해줬어요. 그게 정말로 끝."

유채는 이현의 얼굴을 들여다보고 그의 심중을 파악하려 했지만, 깊숙이 눌러 쓴 모자챙에 가려진 그의 표정을 읽어내기란 어려운 일이었다. 이현은 돌연 벤치에서 일어나더니, 쓰고 있던 모자를 홀쩍 벗어버리고는 까만 하늘을 향해 두 팔을 활짝 벌리면서 소리쳤다.

"밤공기가 상쾌하네요. 유채 씨, 그렇지 않아요?"

"이현 씨, 뭐 하는 거예요? 얼른 모자 다시 써요. 누가 오면 어쩌려고 그래요?"

연갈색 머리카락을 시원스럽게 쓸어 올리는 손가락 사이로 드러난, 조각처럼 반듯한 하얀 얼굴을 보고 유채는 소스라치게 놀라며 다그쳤다.

"괜찮아요, 이 시간대에는 아무도 안 다녀요."

"그래도 안 돼요, 얼른 모자 다시 쓰고 집으로 가요. 나도 조금 있다가 따라갈게요."

유채는 당장 어디서 파파라치라도 나타나지 않을지 연신 주위를 불안하게 두리번거렸다. 이현이 그녀를 향해 손을 내밀고 있었지만 차마 그걸 잡을 엄두조차 내지 못했다.

"유채 씨."

이현은 유채의 손을 잡아 벤치에서 일으켜 세우고, 공원 반대편 끄트머리에 나뭇가지를 펼치고 서 있는 커다란 느티나무를 눈짓으로 가리키면서 말했다

"여기서부터 저기까지 딱 열 걸음만, 우리 이렇게 손잡고 걸어볼까요?"

"……."

이현이 앞장서서 한 걸음을 떼는 동안에도, 유채는 그를 따라가지 못하고 가만히 서 있었다. 그녀의 시선은 이현의 얼굴이 아닌 공원 입구에 고정되어 있었다.

'누가 오면 어떻게 하지? 사진이라도 찍히면 어떻게 하지?'

아무리 유채의 손을 잡아당겨도 그녀가 미동조차 하지 않자, 이현은 우뚝 발걸음을 멈췄다. 그리고 가지런한 눈썹을 밀어 올리면서 유채를 향해 나지막이 물었다.

"열 걸음. 고작 열 걸음인데, 그게 그렇게 무서워요?"

굳이 대답을 듣지 않아도, 가만히 그의 손을 놓는 그녀의 모습을 보는 것만으로도 충분했다. 이현은 떨리는 목소리로 자기도 모르게 불쑥 내뱉어 버리고 말았다.

"내가 당신한테 무슨 짓을 하는 거죠?"

한밤의 공원이 지우개로 지운 것처럼 서서히 흐려지고, 정답 없는 질문을 던지는 눈빛만이 서로를 간절히 붙잡고 있었다.

37. 특별한 저녁 식사

"서변, 지금 집에 혼자 있지? 나랑 외식하러 가자!"

초저녁이 거의 다 될 때까지 낮잠을 자다가 초인종 소리에 깨어난 유채는 인터폰 화면 속에서 싱글벙글 웃고 있는 주미를 발견하고 놀랐다.

"오늘 야간 진료 없어? 갑자기 웬 외식 타령이야? 나 오늘은 좀 더 쉬고 싶은데."

헐렁한 옷으로 더 가릴 수 없게 될 만큼 배가 부른 임신 7개월 차, 유채는 지난주부터 휴직에 들어간 상태였다. 임신과 출산을 알리지 않았기에, 출산 휴가가 아니라 '일신상 사정에 의한 6개월간 무급 휴직'이었다. 이현은 스튜디오에서 밤늦게까지 작업하다 온다고 했고, 밥 차려먹는 것도 귀찮아서 그냥 뭐라도 시켜먹을까 하던 참이었다.

"그러지 말고 나와. 내가 조카들한테 고기 먹여줄 테니까. 그런데 유채 너, 입을 옷이 그거밖에 없니? 신발도?"

현관문 뒤에 서 있던 주미는, 미키마우스 트레이닝복에 삼선 슬리퍼를 꿰찬 채로 문을 연 유채를 보고 뜨악한 표정을 지었다.

"왜? 임산부한테는 무조건 편한 게 최고야. 어차피 동네 삼겹살집 같은 데 갈 거잖아."

"삼겹살집이든, 분식집이든, 인간으로서 최소한 갖춰야 할 격이란 게 있잖아. 얼른 갈아입어!"

주미의 등쌀에 못 이겨 임산부용 원피스로 갈아입고, 굽 없는 검은 구두를 골라 신으면서도 유채는 얘가 오늘따라 왜 이렇게 극성인지 알 수 없었다.

수수께끼가 풀린 것은 그로부터 40분 후, 그들을 태운 택시가 궁전처럼 으리으리한 초고층 호텔 앞에 멈춰 섰을 때였다.

"예약하고 왔어요."

로비 한쪽에 설치된 레스토랑 전용 엘리베이터 앞으로 다가간 주미가 그렇게 말하자, 유니폼을 입은 호텔 직원이 깍듯하게 인사하며 엘리베이터를 잡아 주었다. 얼떨결에 주미를 따라 엘리베이터에 올라탄 유채는 어질어질할 정도로 빠르게 올라가는 움직임에 저도 모르게 손잡이를 붙잡았다.

"오늘 네가 산다면서? 너무 무리하는 거 아니야?"

"무리 아니니까, 걱정 말고 따라오기나 해."

주미는 자신만만하게 대답하더니 엘리베이터 문이 열리자마자 앞장서서 내렸다. 붉은 벨벳과 황금색 실크로 장식된 레스토랑 홀은 우아하고 격조 넘쳤고, 도심의 전망이 한눈에 내려다보이는 커다란 유리창에는 수백 개의 네온사인이 별자리처럼 반짝이고 있었다.

유채는 주미가 매일 이런 곳을 드나드는 사람처럼 거침없이 창가 테이블로 다가가 의자를 빼고 앉는 것을 보고 화들짝 놀랐다.

"왜 마음대로 앉고 그래? 안내해 줄 때까지 기다려야지."

"괜찮아, 어차피 우리뿐이니까."

그제야 유채는 이 넓은 레스토랑 안에 그들 외에는 손님이 아무도 없다는 사실을 깨달았다. 은은하게 흘러나오는 피아노 연주곡과 분위기 있게 내부를 밝힌 조명, 코끝에서 맴도는 훈제 향이 아니었다면 레스토랑이 문을 닫았다고 생각했을 것이다.

"여기 프라이빗 이벤트 같은 걸 하려고 비워둔 거 아닐까? 우리, 나가야 될 것 같은데."

그때 등 뒤에서 차분한 구둣발 소리가 들려와 유채는 반사적으로 고개를 돌렸다. 단정한 연미복 차림에 까만 나비넥타이를 맨 노아가 천연덕스러운 얼굴로 그녀를 맞이했다.

"어서 오십시오. 원 테이블 레스토랑 '판타지'에 오신 것을 환영합니다. 저는 오늘 서빙을 담당하게 된 웨이터 노아입니다."

"!"

"저희 레스토랑에는 따로 메뉴판이 없고 '이판사판 스페셜' 코스만 제공하고 있습니다. 음식이 나오기 전, 귀한 손님들께 저희 셰프님이 직접 인사드리고 싶다고 하십니다."

유채가 뭔가 질문할 틈도 없이 노아가 뒷걸음질로 물러나고, 그와 동시에 주방에서 훤칠한 남자가 나타나 이쪽으로 뚜벅뚜벅 걸어오기 시작했다.

"안녕하세요, '판타지'에 오신 것을 환영합니다. 저는 메인 셰프 강이현입니다. 저희 레스토랑은 특별한 손님을 모시기 위해 오늘 하루만 문을 여는 특별한 공간입니다."

유채는 세련된 검은색 셰프 재킷을 입고 목에는 연회색 스카프까지 두른 이현을 보면서 연신 눈만 깜박거렸다. 주미가 그런 유채를 향해 장난기 넘치는 윙크를 날려 보내더니 핸드백을 챙겨 재빨리 그 자리를 떠나 버렸다.

"이런, 친구 분이 바쁜 일이 있으신가 보군요. 아름다운 숙녀분이 혼자 저녁 식사를 하시게 할 수는 없고. 그렇다면 오늘 밤은 제가 대신 에스코트를 해 드려도 될까요?"

의자를 빼놓고 정중히 기다리는 이현의 모습에, 유채는 영문도 모른 채 일단 자리에 앉을 수밖에 없었다.

"이현 씨, 이게 다 뭐예요? 이거 무허가죠? 사업자등록 안 냈죠?"

누가 변호사 아니랄까 봐, 가장 먼저 사업자등록부터 확인하는 유채의 모습에 이현은 가볍게 미소를 머금으면서 그녀의 맞은편에 가서 앉았다.

"그동안 유채 씨하고 변변한 외식 한 번 한 적이 없었잖아요. 포장마차에서 떡볶이 먹은 것 빼고는. 그래서 오늘 저녁에 이 레스토랑을 통째로 빌렸어요."

"……."

"당연히 매니저 형 이름으로 예약했고요. 직원들 출근시키지 말라고 하고 음식도 노아랑 둘이 만들었으니까 말이 새어나갈 염려도 없어요."

유채가 혹시 걱정할까 봐 이현이 선수 치고 있는데, 다시 나타난 노아가 양손에 든 접시를 두 사람의 앞에 조심스럽게 내려놓았다.

"애피타이저인 훈제연어 아보카도 샐러드입니다. 맛있게 드세요."

"노아 군도 앉아서 같이 먹어요."

유채는 신선한 채소와 연어가 보기 좋게 담기고, 그 위에 비니거 오일이 점점이 뿌려진 하얀 도자기 접시를 보면서 노아에게도 권했다.

"손님, 저는 오늘 아침부터 테스트용 음식을 먹으며 모르모트 노릇을 하느라 배 터지기 일보 직전입니다. 말씀은 감사하지만 사양하겠습니다."

듣기만 해도 끔찍하다는 듯 고개를 저은 노아는 배를 통통 소리나게 두드리면서 총총걸음으로 사라졌다. 그제야 유채는 이현의 기나긴 외출이 스튜디오 작업을 위한 게 아니었음을 깨달았다. 그녀의 기억에 남을 근사한 저녁 식사를 선사해주기 위해서, 그는 며칠을 고민하고 또 며칠을 준비했으리라.

연달아 나오는 음식들은 믿을 수 없을 만큼 훌륭했다. 감칠맛이 일품인 단 호박 수프와 탱글탱글한 식감을 자랑하는 오일 파스타, 메인인 안심 스테이크도 흠잡을 데 없었다. 디저트로는 체리를 얹은 치즈 케이크가 색색의 아이스크림과 함께 등장했다.

"그렇지 않아도 새콤달콤한 게 당기던 참이었는데, 어떻게 알았어요?"

유채는 서둘러 포크를 들고 치즈 케이크의 담백한 풍미를 마음껏 음미하다가, 이쪽을 물끄러미 바라보는 이현의 시선을 알아차렸다.

"이현 씨, 갑자기 왜 이런 이벤트를 한 거예요?"

"말했잖아요, 유채 씨랑 외식하고 싶었다고요."

"그래요, 그 마음이 진심인 건 알아요. 하지만 그게 전부는 아니라는 것도 알고요. 내가 맞춰볼까요? 저번에 선배와 얘기했을 때, 나한테나 아이들한테 이현 씨가 뭘 해 줄 수 있냐고, 같이 마음 편히 외식이나 할 수 있냐고 그런 식으로 질책 당했던 거 아니에요?"

이현이 선우와 대면한 지 보름이 지났다. 그동안 그들의 일상에 눈에 띄는 변화는 없었지만, 유채는 이현이 뭔가 진지하게 고민하고 있음을 알아차리고 있었다.

"증명하고 싶었던 거예요? 그게 아니라고? 남들처럼 똑같이 할 수 있다고?"

그 순간 이현의 눈가에서 소년 같던 장난기가 지워지면서, 무릎 위에 올려둔 주먹에 자기도 모르게 힘이 들어갔다. 유채의 말이 맞았다. 그는 어쩌면 오기를 부리고 싶었던 걸지도, 기가 죽을 만큼 어른스럽고 권위 있던 선우에게 열등감을 느끼고 있는지도 몰랐다.

"이현 씨, 가족이 살아가는 방식은 저마다 달라요. 같은 집에서 매일 얼굴 보며 살지 않는다고 해서 가족이 아닌 건 아니라고요. 그렇게 치면 주말부부나 기러기 부부는 뭐가 되겠어요?"

"적어도 그 사람들은 다른 사람 앞에서 부부라고, 가족이라고 나설 수 있잖아요."

"그게 중요한가요? 다른 사람들의 시선이 무슨 상관인데요? 이판 사판 쌍둥이는 아빠가 누군지 알게 될 거예요. 아빠가 항상 곁에 있어 줄 수는 없어도, 언제나 어디서나 자기들을 생각하고 있다는 것도요. 나한테도, 이현 씨한테도 중요한 건 그것뿐이라고요."

유채는 홀아버지의 손에서 자란 유년 시절을 떠올렸다. 당시 공장에서 3교대 근무를 했던 아빠는 해가 지면 집을 나가고 정오가 다 되어서야 돌아왔다. 일주일 내내 그의 얼굴을 보지 못하고, 그가 벗어놓은 옷가지에서, 땀에 전 신발에서, 서툰 글씨를 휘갈겨 쓴 쪽지에서만 흔적을 찾아볼 수 있는 날들이 부지기수였다.

— 유채야, 아빠가 운동회에 못 가서 정말 미안해. 주말에는 유채가 좋아하는 돈가스 먹으러 가자.

그때의 유채는 이따금 허전하다는 생각은 했지만, 외롭다거나 쓸쓸하다는 생각은 하지 않았다. 아빠가 오로지 자신을 위해서 그렇게 몸이 부서지게 일한다는 걸 알았기 때문이었다. 모두가 잠든 새벽, 고달픈 걸음으로 집에 돌아와 눈도 붙이지 못한 채 딸을 위해 도시락을 싸는 아버지의 기척을 느낄 때 얼마나 가슴이 벅찼던지. 작지만 소박했던 삶이 파탄에 이른 것은, 아이러니하게도 아빠가 일을 그만두고 집에 눌러앉아 술에 탐닉하기 시작한 후였다.

"이현 씨가 얼마나 노력하는지 잘 알아요. 그래서 고맙고요. 하지만 너무 애쓰지 않아도 괜찮아요. 굳이 레스토랑을 빌려서 외식할 필요도 없어요. 어디서 뭘 하는지보다, 누구와 있는지가 더 중요하니까요."

유채는 테이블 아래서 살며시 손을 뻗어 이현의 손을 잡았다. 남들이 보는 앞에서 손을 잡고 다닐 수 없는 게 그녀에게는 조금도 불행한 일로 여겨지지 않았다. 그보다는 단둘이 있을 때 그 손을 마음껏 잡을 수 있다는 게 눈부신 행복으로 다가올 뿐이었다.

"이현 씨는 어때요? 지금이, 쌍둥이를 만날 때까지 기다리는 이 시간이 행복하지 않아요?"

"당연히 행복하죠."

한 치의 망설임도 없이 튀어나온 이현의 대답에, 유채는 확신에 가득 찬 미소를 지었다.

"그러면 된 거예요. 우리가 행복한데, 그 누구도 이게 옳다, 저게 옳다, 판단할 권리는 없는 거라고요."

이현은 그렇게 말해주는 유채가 고맙고 사랑스러웠고 미안했다. 그녀는 괜찮다고 이걸로 충분하다고 하지만, 남자의 입장은, 가장의 입장은 또 달랐다. 이현은 지금의 행복을 오래오래 지켜내기 위해서, 다른 남자가 그들 사이에 감히 끼어들 엄두도 못 내게 만들기위해서, 뭔가 해야만 한다는 생각을 버릴 수 없었다. 실제로 준비해 둔 것도 있었고.

사실 이현의 진짜 프로젝트는 레스토랑이 아니라, 건물 뒤편에있는 아이스링크에 마련되어 있었다. 지금 이 시각, 두 남자가 이현을 대신해 그곳에서 분주하게 움직이고 있었다.

"정말 3시간 동안 아무도 못 들어오는 거 맞아? 사진이라도 찍히면 우리 다 죽는 거야. 알지?"

검은색으로 물든 하늘을 배경으로 펼쳐진 유백색 빙판 위를 어슬렁거리면서 양초를 꽂은 종이컵을 하트 모양으로 늘어놓고 있는 사람은 다름 아닌 혁이었다.

"걱정하지 마. 우리 삼촌이 이 호텔 부지배인이라니까? 아무도 얼씬 못하게 단단히 단속해 준다고 했어."

래원은 혁이 양초를 세워놓고 지나간 궤도를 따라가 하나하나 위치를 바꿔놓으면서 야무지게 대답했다. 그 말처럼, 아이스링크는 물론이고 그 근방에도 사람의 그림자라고는 눈을 씻고도 찾아볼 수없었다.

"근데 난 형이 도와준다고 따라온 건 의외였어. 아무리 이현이 형이 식은 나중에 올리고 혼인신고만 한다고 해도, 혹시 말이 새기라도 하면 위험하잖아."

"어차피 지금도 발각되면 끝장인 건 똑같아. 아니, 오히려 지금이 더 나빠 보일 수도 있어. 자기 유명세 지키려고 여자와 아이들을 희생시킨 거 같잖아. 만일 가수 강이현으로서 망하게 되더라도, 인간 강이현으로는 살아남아야지. 그런 일은 없어야겠지만."

이러니저러니 해도 이현을 가장 많이 위해 주는 사람은 혁이었다. 그는 가까스로 옮겨 붙여놓은 200번째 양초의 불이 꺼지지 않도록 손바닥으로 보호막을 만들어주면서 나지막하게 중얼거렸다.

"아무런 계산 없이 이현이 편이 되어줄 수 있는 건 우리밖에 없잖아. 그러니까 우리가 도와줘야지. 그편이 비밀 지키기가 더 쉬울 거야. 그리고……."

"그리고?"

"이건 비밀인데, 이 일을 도와주면 이현이가 아들 이름을 혁으로 짓겠다고 약속했어."

"뭐? 나한테는 래원이라고 이름 붙일 거라고 했는데?"

이현의 계략에 농락당했음을 이제야 깨달은 두 남자가 서로를 보며 어안이 벙벙한 표정을 짓고 있는데, 강한 도시풍이 불어와 간신히 불을 붙여놓은 촛불 수십 개를 휙 끄고 가 버렸다.

"으앗! 촛불이 다 꺼졌어! 얼른 라이터 가져와, 라이터!"

"아니, 그러니까 요즘 세상에 누가 이벤트하면서 진짜 초를 가져다 쓰냐고? LED 캔들 그런 거 있잖아. 겉보기에는 촛불이랑 비슷해 보이는 거."

시린 손에 호호 입김을 불면서 래원이 하는 말에, 혁의 눈동자에서 번쩍 섬광이 일었다.

"정말? 그런 게 다 있어?"

"형은 연애 안 해 본 티를 팍팍 낸다. 아마 이 호텔에도 있을 거야. 내가 로비에 가서 컨시어지한테 물어볼게."

"괜찮겠냐? 로비에는 사람들이 많을 텐데."

"잠깐인데 뭐 어때. 가족들이랑 여기 자주 와서 직원들은 내 얼굴 알고 부지배인 조카인 것도 알아. 누가 물어보면 적당히 둘러대 줄 거야."

래원은 자신만만하게 대답했다. 빙판에 쪼그리고 앉아 양초 심지에 불을 붙이기를 반복하고 있자니 허리가 부러질 것처럼 욱신거렸다. 그래서 솔직히 말하자면 얼굴이 팔리는 거는 둘째 치고 일단 살고 봐야겠다는 생각밖에는 들지 않았다.

"그러면 빨리 다녀와. 시간 없으니까."

혁이 얼른 가보라고 손짓하자, 래원은 라이터와 종이컵을 내려놓고 쏜살같이 호텔 건물을 향해 달려갔다. 그리고 잠시 후, 커다란 골판지 상자를 두 팔에 가득 안고 뒤뚱거리면서 다시 뛰어왔다. 상자 안에는 정말로 불붙인 양초와 똑같이 생긴 휴대용 램프가 잔뜩 들어 있었다.

"형, 이거 봐, LED 캔들을 있는 대로 전부 얻어왔어! 200개까지는 아닌데 부족한 개수만 진짜 촛불로 채우면 될 것 같아."

그때부터 두 남자는 건전지가 들어 있는 램프의 전원을 켜서 하트 모양으로 늘어놓는 일에 열중했다. 잠시 후, 두 남자는 커다란 하트가 아이스링크 위에서 반짝거리는 모습을 뿌듯한 표정으로 내려다보고 있었다.

"어때, 형? 좋지? 굉장히 편하지? 이제 바람 불어도 꺼질 일이 없잖아."

"그러게, 이거 진짜 편하네."

그때, 호텔 건물로 통하는 입구 쪽에서 왁자지껄 소란이 일었다. 그곳에서는 래원이 삼촌의 지시를 받은 호텔 경비원들이 일반인의 출입을 엄격하게 통제하고 있는 상태였다.

"안으로 들어가시면 안 됩니다. 직원들이 호텔 행사 준비를 하고 있어요."

"거짓말하지 마세요! 안에 일루전 있는 거 다 안다고요! 래원이 목격 사진이랑 좌표가 SNS에 떴단 말이에요!"

공기를 가르며 울려 퍼지는 카랑카랑한 여자 목소리에, 래원과 혁은 동시에 화석처럼 뻣뻣하게 굳어졌다. 혁은 악문 이빨 사이로 으르렁거리듯 말을 내뱉었다.

"너 이 자식, 얼굴 제대로 안 가렸냐?"

"아니, 잘 가렸는데 도대체 어떻게……."

래원은 도저히 이해가 가지 않는다는 듯 고개를 갸웃거렸다. 후드 티를 이마까지 덮어쓰고, 선글라스를 끼고, 마스크까지 써서 숨도 못 쉴 지경이었는데 어떻게 알아본 것인지 기가 막힐 노릇이었다. 래원의 사진을 갖고 왔다는 여자 팬은 어지간히 마음이 급한지 점점 언성을 높이고 있었다.

"이 사진에 찍힌 조던 농구화 보이시죠? 전 세계에 스무 켤레밖에 없는 리미티드 에디션이에요. 팬카페에서 래원이 생일 기념 서포트한 거라서, 이거 신는 사람 우리나라에서는 래원이밖에 없어요. 들어가게 해 주세요! 사진 딱 한 장만 찍고 나올게요!"

"……."

혁과 래원의 시선이 약속이나 한 것처럼 래원의 발치로 향했다.

흰색 바탕에 검은색과 빨간색 테두리가 들어간 농구화에는 'RW. H'이라고 이니셜까지 떡하니 박혀 있었다.

"그냥 네가 홍래원이라고 이마에다 써 붙이고 다녀라, 이 모자란 놈아."

"노아도 아니고 형한테 그런 소리를 듣다니 진심으로 수치스럽지만 할 말이 없네."

때마침 래원의 주머니 속에서 진동 소리가 들렸고, 휴대폰을 꺼내 문자메시지를 읽은 그는 더욱 낭패한 표정이 되었다.

"이현이야?"

"응, 지금 형수님이랑 같이 내려와 있대. 형수님은 아직 눈치 못 채셨대. 형, 어떡하지?"

혁은 난감한 기색이 역력한 얼굴로 래원의 어깨 너머를 내다보았다.

아까는 분명 한 명의 목소리밖에 들리지 않았는데, 어느덧 경비원의 뒤에는 수십 명은 되어 보이는 팬들이 무리 지어 아우성치고 있었다. SNS를 접하고 일루젼의 실물을 보기 위해 부리나케 달려온 사람들이었다.

"어! 어! 밀지 마세요! 밀지 마세요!"

"뚫렸다, 뚫렸어! 야, 치고 들어가! 쪽수로는 우리가 훨씬 많아!"

경비원들이 몸으로 친 벽은 우격다짐으로 덤비는 사람들의 체중에 못 이겨 와르르 무너졌다. 불빛을 찾아 뛰어드는 나방 떼처럼 몰려오는 사람들을 보는 혁과 래원의 얼굴은 창백하게 핏기가 가셨다. 그런 그들로부터 몇 미터 떨어지지 않은 곳에서, 이현과 유채는 산책로를 빙빙 돌고 있었다.

"유채 씨, 지금 몇 시예요?"

"9시 57분이요. 왜 자꾸 물어봐요? 9시 50분에도, 9시 55분에도 물어봤잖아요?"

유채는 저녁 먹고 산책을 하자며 데리고 나와서는, 이상하게 비슷한 곳만 빙빙 돌며 같은 질문을 반복하는 이현이 이상했다. 3만 명의 관중들 앞에서 무대를 씹어 먹는 아이돌도, 대망의 프러포즈 카운트다운을 앞두고는 긴장할 수밖에 없었다.

이현은 가슴을 펴고 길게 심호흡을 한 다음, 유채의 손을 잡고 아이스링크장 진입로에 발을 들였다.

"여긴 웬 사람이 이렇게 많지? 무슨 행사라도 하나? 이현 씨, 얼른 선글라스 써야겠어요!"

시장통처럼 발 디딜 데 없이 붐비는 군중을 본 유채가 놀라서 말했다. 이현은 할 말을 잃은 채 그야말로 난장판으로 변해 버린 빙판을 응시했다. 수십 명의 여자가 서로 뒤엉켜 경쟁하듯 고함치면서 더 빨리 앞으로 나아가기 위해 치열한 몸싸움을 벌이고 있었다.

"저기 일루젼이다! 혁이랑 래원이다!"

"미친, 진짜 일루젼이야! 촬영하는 거야? 4집 컴백 티저 아니야?"

매처럼 날카로운 팬들의 눈에, 도주로를 잃고 정처 없이 방황하던 혁과 래원이 먼저 포착되었다. 그들은 투우장에서 나부끼는 붉은 천에 현혹된 황소처럼 맹목적으로 빙판 한가운데로 돌진했다. 그나마 다행인 건 그 덕분에 아이스링크장 옆에 있던 이현이 눈에 띄지 않았다는 것이다. 팬들보다 먼저 이현을 발견한 래원이 두 팔을 휘휘 내저으면서 소리 없이 입만 뻥긋거렸다.

'형, 돌아가! 다 망했어!'

그러나 멀찌감치 떨어져 있는 이현의 눈에 래원의 입 모양이 보일 리 없었다. 대관절 어떻게 된 일인지 몰라 혼란스러워하는 이현의 뒤에서 유채도 덩달아 어안이 벙벙해져 있었다.

"꺄악! 노아도 있어! 연미복 입었어! 완전 귀요미!"

엎친 데 덮친 격으로, 이번에는 얼굴을 고스란히 드러낸 노아가 노란색 장미 200송이를 양손 한가득 안은 채 아이스링크 후문을 통해 걸어 들어왔다. 그는 그저 레스토랑 주방에 산더미같이 쌓인 설거지를 하다가, 약속한 시각에 맞춰 신속하게 뛰어온 잘못밖에는 없었다.

"어, 그러니까 지금 이게……. 어떻게 된 상황이지?"

노아는 머릿속에 상상했던, 너르게 펼쳐진 은빛 빙판과 로맨틱하게 타오르는 촛불 대신 서로 머리카락을 잡은 채 실랑이 벌이는 팬들을 보면서 얼빠진 목소리로 중얼거렸다. 본능적으로 살길을 찾아 도망가고 싶었지만, 팬들이 파도처럼 빽빽하게 사방을 에워싸는 바람에 뒤로 물러나고 싶어도 그럴 수가 없었다. 혼돈의 도가니 속에서도 시곗바늘은 재깍재깍 흘러가 밤 9시가 되었다.

"You dont have to cry—. 울지 말아요, 고갤 들어봐요, 이젠 웃어 봐요—. I will make you smile—. 행복만 줄게요—."

래원이 미리 삼촌에게 부탁해둔 대로, 아이스링크 주변의 가로등이 일제히 켜지면서 노을의 '청혼'이 흘러나왔다. 유리처럼 매끄러운 은반 위에서 새하얀 불빛들이 눈부시게 돋아나면서 이루 말할 수 없을 만큼 황홀한 풍경을 그려냈다.

"뭐야? 누가 프러포즈라도 하는 거야?"

"일루젼은 왜 여기 있는 건데? SNS에 뭐 뜬 거 없어?"

이제 그곳에는 로맨틱한 프러포즈를 위한 만반의 준비가 갖춰져 있었다. 촛불로 장식된 한밤의 아이스링크, 한 아름의 장미꽃, 서정적인 음악, 그리고 의도치는 않았지만 한 무리의 하객들까지. 유일하게 빠진 거라고는 프러포즈하는 사람과 받는 사람뿐이었다.

혁의 눈길이 무슨 일이 일어나기만을 기다리면서 휴대폰 카메라를 들이대고 서 있는 수십 명의 팬들에게 가서 닿았다. 그들의 주의가 이현과 유채에게로 쏠리기 전에 뭔가 해서 시선을 붙잡아 두어야만 했다.

'강이현! 네 아들 이름은 무조건 혁이다! 아니면 죽을 줄 알아!'

노아로부터 장미 꽃다발을 휙 가로챈 혁은 그걸 그대로 래원에게 밀어붙이듯이 떠안기면서 박력 넘치는 상남자 말투로 외쳤다.

"래원아, 우리가 만난 지 어느덧 천 일이라는 시간이 흘렀다."

"네? 저, 저요?"

거대한 장미꽃 다발에 파묻히다시피 한 래원은 너무도 당황한 나머지 존댓말이 튀어나왔다. 그들을 겹겹이 에워싼 팬들은 숨소리조차 죽인 채 둘 사이에서 오가는 말을 듣고 있었다.

"앞으로도 오래오래 함께하자. 사랑한다, 내 동생."

"헐, 이런 미친."

혁은 뜨악한 표정을 지으면서 도망가려고 하는 래원을 덥석 붙잡아, 뼈가 으스러지도록 세게 끌어안았다. 그와 동시에 아이스링크 경계를 따라 오색 빛깔 폭죽이 펑펑 소리를 내면서 연달아 터졌다. 바닥에는 안개처럼 자욱한 드라이아이스까지 피어오르고 있었다. 최고의 하이라이트는 은반 위에 휘황한 라이팅 이펙트로 연출된 고백 메시지였다.

'우리 사랑 영원히!'

38. 교통사고를 당하다

'그 녀석들하고 뭔가 해 보겠다고 생각한 내가 바보지. 이제 어떻게 타이밍을 잡지?'

프러포즈에 실패하고, 아니 프러포즈를 멀쩡히 두 눈 뜬 상태로 빼앗기고 나서 집으로 돌아가는 길, 이현은 운전대를 잡은 채 조수석에 앉은 유채를 힐끔대며 고민하고 있었다. 그녀에게 멋지게 청혼하고 나서 서울 야경이 잘 보이는 곳으로 드라이브도 가려고 종필의 차까지 빌려 왔는데, 그것도 수포가 되고 말았다.

이현이 얕은 한숨을 쉬며 정면으로 시선을 돌렸을 때, 이번에는 유채가 살짝 고개를 들어 그의 반듯한 옆모습을 물끄러미 바라보았다.

'혹시 아까 나한테 청혼하려고 한 걸까?'

초고층 레스토랑에서의 낭만적인 저녁 식사, 촛불로 꾸며놓은 아이스링크, 화사한 장미 꽃다발. 프러포즈라고 대놓고 외치는 요소들인데, 유채가 그걸 눈치 채지 못했을 리 없었다.

'기쁘지 않은 건 아닌데, 뭐라고 대답해야 할지…….'

팬들이 몰려오는 해프닝만 없었더라면 정말 청혼 받았을지도 모른다고 생각하니 괜히 설렜다. 이현은 그녀가 꿈꿀 수 있는 최고의 남자였고, 그런 남자에게 영화에서 나올 법한 프러포즈를 받고 싫어할 여자는 없었으니까.

'그렇지만, 결혼을 꼭 해야 하는 거야? 그냥 연애하듯 평생 같이 살면 안 되는 걸까?'

단 한 명의 남자와 남은 평생을 함께해야 한다면, 유채는 당연히 이현을 선택하겠지만, 결혼이라는 형식적인 제도에 굳이 얽매이고 싶지 않다는 생각은 여전히 변함없었다.

'이현 씨도 결혼 생각은 없는 것 같았는데. 왜 지금 와서 갑자기? 역시 선배한테 떠밀려서?'

이현의 진심을 의심하는 것은 아니었다. 그러나 아무리 식을 올리지 않고 혼인신고만 한다고 해도, 이현은 남들보다 몇 배의 위험 부담을 떠안아야 했다. 수백 번 고민해도 부족할 텐데, 과연 충분히 고민했을까 하는 의구심이 들었다.

"유채 씨, 먼저 내릴래요? 차 대고 나서 들어갈게요."

"그래요, 그럼."

유채와 이현이 각자의 고민거리에 골몰해 있는 사이, 자동차는 집 근처에 도착했다. 이현은 종필의 차를 빌려 탈 때마다 집 앞이 아닌 공원 주차장까지 가서 차를 대고 멀리 돌아오는 번거로운 과정을 거치곤 했다.

'주차도 맘대로 못하는 사람이, 결혼이 어디 가당키나 하냐고…….'

유채는 이현이 차를 몰고 골목 저편으로 사라지는 모습을 바라보고 있다가 막막한 한숨을 내쉬었다. 무거운 기분으로 집을 향해 발걸음을 옮기는데, 핸드백 속에서 휴대폰이 울렸다. 유채는 액정에 뜬 '한선우'라는 이름을 보고 전화를 받을지 말지 망설였다. 그러자 휴대폰은 독촉하듯 다시 한 번 시끄럽게 울어댔고, 그녀는 어쩔 수 없이 통화 버튼을 눌렀다.

"선배? 무슨 일이에요?"

— 유채야, 지금부터 내가 하는 말 잘 들어.

선우의 목소리는 착 가라앉아 있었고, 그 목소리가 가져오는 불길한 느낌에 유채의 등골에도 한기가 스몄다.

"네 아버지가 며칠째 보호관찰소에 출석하지 않았어. 주소지가 여관으로 되어 있어서, 보호 관찰관이 거기까지 찾아가 봤는데 거기에도 안 들어간 지 꽤 됐대."

"……."

"혹시 모르는 일이지만, 널 찾아다니는 중일 수도 있으니까 조심하는 게 좋겠다. 밤샘 순찰을 해 줄 순찰차를 보내뒀으니까 곧 도착할 거야. 나도 계속 상황을 주시하고 있을 테니까……."

가석방 규정 위반이니, 지명수배니, 선우가 계속 떠들어대는 소리가 수화기 너머로 윙윙댔다. 그러나 유채에게는 그 소리가 어떤 의미로든 다가오지 못했다. 떨리는 시야 속으로, 좁은 골목 한복판에 버티고 서있는 남자의 실루엣이 들어왔기 때문이다.

"유채야!"

아빠는 허옇게 말라붙은 입술을 간신히 떼면서 그녀의 이름을 불렀다. 유채의 손에서 스르륵 미끄러진 휴대폰이 바닥에 나뒹굴었다.

그녀는 오랫동안 햇빛을 보지 못해 병자처럼 창백해진 아빠의 얼굴을, 십 년 전에 비하면 절반으로 줄어든 여윈 몸뚱이를 보았다.

"아빠야. 날 알아보겠니?"

힘겹게 말하면서 웃는 것처럼, 아니면 우는 것처럼 앙상하게 일그러진 아빠의 얼굴은, 유채에게 그저 괴물처럼 기괴하게만 보였다.

"가, 가까이 오지 마세요!"

그녀는 비명처럼 외치고는 뒤돌아서서 무작정 달음박질치기 시작했다. 어디로 가야 한다는 생각도 없었고, 그저 자신의 목덜미를 잡으려고 나타난 악몽에서 벗어나야 한다는 필사적인 일념뿐이었다.

"잠깐만, 유채야! 하고 싶은 얘기가 있어!"

아빠의 쉰 목소리, 그리고 뒤이어 들려오는 긴박한 발소리가 두려움에 한층 불을 붙였다. 발끝에 힘을 주고 더 세게 내달리려고 했지만, 쌍둥이를 품은 몸은 무거워서 속도가 안 났다.

'잡히면……. 또 맞을지도 몰라!'

유채의 이성은 알고 있었다. 인영이 말했던 것처럼 아빠는 이제 늙고 쇠약한 죄수에 불과하다는 것을. 순찰차가 자주 다니는 이 길목에서, 가석방 중인 그가 그녀에게 폭력을 행사할 가능성은 없다는 것도. 그러나 헤아릴 수 없을 정도로 오랫동안, 깊이 기억에 각인된 공포는 거의 본능에 가까워져서 그리 쉽게 떨쳐낼 수 있는 게 아니었다.

'일단 사람 많은 곳으로 가야 해!'

골목길을 가까스로 벗어나 대로변에 다다른 유채는, 멈추지 않고 그대로 귀퉁이를 돌아가려고 했다. 앞을 제대로 보지도 못하고 발걸음을 내딛는 순간, 눈앞이 확 밝아지면서 시야가 가려졌다. 귀퉁이 반대편에서 나타난 순찰차가 강렬한 헤드라이트를 내뿜고 있었다.

"유채 씨!"

이현의 목소리가 눈부신 빛을 가르면서 그녀의 고막을 파고들었다. 아무것도 보이지 않는 상태에서, 유채는 그의 단단한 손이 자신을 붙잡아 옆으로 밀어내는 것을 느꼈다. 기우뚱 균형을 잃은 그녀는, 다행히 공사를 위해 쌓아놓은 모래더미 위에 가볍게 넘어졌다.

끼이이익―!

한선우 검사의 긴급출동요청을 받고 급속도로 달려오던 순찰차는, 급브레이크를 밟자마자 원심력의 반작용으로 미끄러지면서 할퀸 것처럼 스키드 마크를 남겼다. 그리고 그 스키드 마크의 끝에서 뭔가 크고 둔탁한 것이 쿵 하고 부딪치는 소리가 들렸다.

"이현 씨!"

흩어진 모래가루 위에 쓰러져 있는 이현. 그리고 그 앞에 우뚝 멈춰 선 파란색 순찰차의 모습이 칼날처럼 유채의 눈을 찔렀다. 두 손으로 모래더미를 짚은 채 비틀거리며 일어난 유채는 치맛자락이 온통 흙투성이가 되는 것도 아랑곳하지 않고 무릎을 꿇고 앉아 이현을 붙잡고 흔들었다.

"이현 씨, 괜찮아요?"

유채를 집요하게 쫓아오던 아빠는 순찰차를 보자마자 감쪽같이 자취를 감춰버린 후였다. 거듭 불러도 이현이 눈을 뜨지 않자, 유채는 차 문을 밀어젖히면서 구르듯 뛰어내리는 경찰들을 향해 절박하게 소리쳤다.

"뭐 하세요? 당장 119 부르지 않고! 사람이 다쳤다고요!"

"아, 네! 지금 연락하겠습니다!"

대로변까지 들릴 만큼 카랑카랑하게 울려 퍼진 유채의 음성에, 지나가던 행인들이 하나둘씩 이끌려 왔다.

"뭐야? 무슨 일이야?"

"사고 났나 본데."

그중 젊은 남자 한 명이 선글라스가 벗겨진 이현의 얼굴을 알아보고는 소스라치게 놀라면서 소리쳤다.

"저 사람 연예인 아니에요? 그 무슨 아이돌 그룹의……."

"강이현이다! 어떡해, 임산부 구해주다가 다쳤나 봐! 경찰차에 치인 거예요?"

마트 유니폼을 입은 젊은 여자가 이현의 이름을 기억해내고 째지는 목소리로 외쳤다. 의식을 잃은 채 쓰러진 이현, 그 곁에 주저앉아 있는 유채에게 군중의 시선이 일시에 쏠렸다.

구급차를 타고 병원 응급실로 가는 길, 유채는 이현의 손을 꼭 붙잡은 채 구급요원을 향해 매달리듯 물었다.

"이 사람 왜 눈을 못 뜨는 거예요? 어디 잘못된 건 아니겠죠?"

"병원에 가서 검사해 봐야 알 수 있습니다. 내상 있을지도 모르니 환자 몸에 손대지 마세요."

구급 요원은 정중하지만 단호한 손길로 유채를 밀어냈고, 그녀는 눈물이 핑 도는 것을 애써 참으면서 이현의 손을 놓고 뒤로 물러나 앉았다.

'만일 잘못되기라도 하면, 그러면 어떻게 하지?'

경황없는 와중에도 구급차는 신속하게 달려 대학병원 앞에 도착했다. 구급차의 양쪽 문이 활짝 열리고, 이현은 미리 대기하고 있던 침대차로 옮겨졌다. 유채가 그 뒤를 따라가려고 하는데, 어느새 연락을 받고 달려온 종필이 불쑥 나타나 그녀를 가로막았다.

"서 변호사님, 여기서부터는 제가 따라가겠습니다."

"하지만……."

유채가 곧바로 비키지 못하고 미적거리자, 종필은 구급차 주변을 동그랗게 에워싼 구경꾼들과 환자들을 턱짓으로 가리키면서 소리 낮춰 속삭였다.

"이현이가 교통사고를 당했다는 소문이 이미 인터넷에 퍼졌어요. 곧 기자들이 몰려올 겁니다. 서 변호사님은 다른 환자 가족인 척하고 대기실에 계세요. 누구와도 연락하지 마시고요."

유채는 지금이 위기일발의 상황이라는 걸 깨달았다. 그녀가 이현의 근처를 맴도는 것이 다른 사람들, 특히 기자들의 눈에 띄기라도 하면 그들은 물불 가리지 않고 달려들어 둘의 관계를 캐내려고 들게 뻔했다.

"검사 결과 나오면 곧바로 전화로 알려주셔야 해요. 기다리고 있을게요."

"네, 별일 없을 테니 염려 마세요. 너무 걱정하시면 변호사님이랑 아이들 건강에도 해로워요."

일루전의 매니저이기 전에 이현을 아끼는 형으로서, 그리고 두 아이를 둔 아버지로서 배려하고 걱정해주는 그의 마음을 알기에, 유채는 순순히 물러날 수밖에 없었다. 종필이 그녀 대신 응급실로 따라 들어간 후, 유채는 이현을 실은 침대차가 사라진 자리를 한참 동안 바라보다가 떼어지지 않는 발걸음을 억지로 옮겼다.

검사가 끝나면 이현을 볼 기회가 생기지 않을까 싶었는데, 응급실에서 나온 이현은 이번에는 VIP 병동으로 옮겨졌다. VIP 병동은 외부인의 출입을 엄격하게 통제하는 곳이었고, 경호원들이 쳐 놓은 가드를 뚫지 못한 팬들과 취재진이 병원 입구와 복도에 붐비면서 인산인해를 이루었다.

"여기서 이러고 계시면 안 됩니다! 돌아가세요!"

슬금슬금 침입하려는 사람들을 막기 위해 경호원이 고함치는 소리가 쩌렁쩌렁 복도를 울렸고,

그런 삼엄한 분위기 속에서 유채도 VIP 병동에 접근할 엄두를 못 냈다. 할 수 있는 일이라곤 휴게실에 앉아 실시간으로 올라오는 신문 기사를 검색하는 것뿐이었다.

— 일루전의 강이현, 교통사고 당해 인근 병원으로 후송. 소속사 측 상태 확인 중

— 강이현 사고 당시 상황 어땠나? 임산부 구하기 위해 뛰어들었다는 목격자 증언

— 강이현 중상 가능성, 일루전 4집 컴백에 적신호 켜지나?

서둘러 눈으로 기사를 훑어 내려가는 유채의 손바닥이 식은땀으로 젖어 들었다. 다행히 기사 내용은 대부분 억측에 불과했고, 이현의 자세한 상태는 아직 알려지지 않은 것 같았다.

'괜찮아, 별일 없을 거야. 지금은 너무 정신없어서 매니저가 연락 못 해주는 거겠지. 조금만 지나면 연락 올 거야. 이현이는 멀쩡하다고.'

— 병원 관계자, '강이현 중상 입지 않았다. 팬들은 병원에서 나가 달라'고 요청

— 초대박 엔터테인먼트, '일루전 컴백 일정에 지장 없다'고 밝혀. 내일 오전 공식 발표 예정

자정이 가까워질 무렵, 매니저가 아닌 인터넷 뉴스를 통해 이현의 소식을 확인한 유채는 급격히 밀려오는 안도감에 가슴을 쓸어내렸다.

"뭐야, 회사에서 코멘트 나왔어? 그럼 여기선 더 할 거 없겠네."

"우리도 이만 철수합시다. 병원 사진만 잔뜩 찍어봤자 재미도 없고."

수런거리던 기자들이 카메라를 어깨에 멘 채 삼삼오오 무리 지어 빠져나가기 시작했다. 잠시 후, 시장 바닥처럼 시끌시끌했던 병원 복도가 거짓말처럼 한산해졌다.

유채는 어디에도 가지 못하고 휴게실을 묵묵히 지키고 있는데, 엘리베이터 문이 열리면서 인영이 내리는 게 보였다. 걱정을 끼치고 싶지 않아 일부러 연락하지 않았는데, 뒤늦게 뉴스를 듣고 달려온 모양이었다. 인영은 긴 의자에 우두커니 앉아 있는 유채를 발견하자마자 허겁지겁 달려와 그녀의 어깨를 짚었다.

"유채야, 왜 혼자 있어? 강 서방은 어디 있어?"

"엄마!"

유채는 꾹 다물었던 입술 사이로 쥐어짜듯이 목소리를 냈다. 가까스로 유지하고 있던 침착함이 인영의 얼굴을 보자마자 물살에 휩쓸린 둑처럼 무너져 내리면서, 참았던 눈물이 비어져 나올 것 같았다.

"모두 나 때문이야, 내가 사실대로 얘기하지 않아서……!"

유채는 목에 가시가 걸린 사람처럼 괴로운 표정으로 띄엄띄엄 그간의 일을 털어놓았다. 아빠가 집을 찾아와 이현과 마주친 일부터, 그에게 친척이라고 둘러댔던 일, 오늘 밤 마침내 나타난 아빠를 피해 달아났던 일, 그 와중에 차에 치일 뻔한 그녀를 이현이 구해준 일까지.

"그게 왜 네 잘못이야. 사고는 사고일 뿐이야. 강 서방도 그렇게 생각할 거야."

다정하게 위로해주는 인영의 말에도, 유채는 자책을 멈추지 않았다.

"아니야, 내가 욕심이 많아서 그래. 난 이현 씨한테 언제까지나 좋은 여자, 흠 없는 여자고 싶었어. 그 사람도 알 권리가 있는데, 그걸 잘 알면서도 망설였어. 결국 이렇게 될 때까지……."

"지금이라도 말하면 되잖아. 아직 늦지 않았어. 강 서방한테 전부 얘기하고, 집을 옮기거나 아니면 우리 집에 와 있든가 해. 그러면 네 아빠도 더는 어떻게 하지 못할 거야."

"이현 씨가 이해해 줄까? 나 같으면 정떨어질 것 같은데. 헤어지자고 하면, 다시는 안 보겠다고 하면 어떡하지? 그러면 나는 어떡해, 엄마?"

길 잃은 어린애같이 막막한 얼굴, 인영이 딸의 그런 얼굴을 보는 것은 정확히 십 년만이었다. 법정에 섰던 그날 이후로, 유채는 언제나 세상과의 사이에 보이지 않는 두꺼운 장막을 치고 사는 것처럼 보였다.

그건 바깥에 있는 것들, 바깥에서 온 사람들로부터 더는 상처 입지 않으려는 소리 없는 몸부림이었고, 인영의 헌신적인 애정과 보살핌조차 그 막을 완전히 뚫고 들어가지는 못했다. 그런데 지금, 유채는 그 막을 스스로 걷어버린 채 나약하고 무방비한 자신을 고스란히 내보이고 있었다. 그렇게 만든 것은 이현의 힘이고, 그를 향한 유채의 마음이 그만큼 깊다는 의미이기도 했다.

"유채야. 엄만 강 서방이 널 이해해 줄 거라고 믿어. 하지만 만일 그러지 않는다 하더라도, 그건 그 사람의 선택이야. 넌 받아들여야 해."

"하지만 엄마, 난……. 이제 그 사람 없이 살면 행복하지 못할 것 같아."

　통증처럼 날카로운 절박함이 어린 눈으로 호소하는 유채에게, 인영은 어떻게 설명해야 할지를 몰랐다. 사랑을 잃어버릴지도 모른다는 두려움과 고통은, 누군가에게 마음을 내주면서 어쩔 수 없이 감수해야 하는 위험이라는 것을.

　그때, 빈틈없이 굳게 닫혀 있던 VIP 병동 게이트가 열리고 종필이 밖으로 나왔다.

　"서 변호사님."

　"매니저님!"

　"이제 들어가 보셔도 될 것 같아요. 기자들 출입은 완전히 차단해 놨습니다. 이현이가 변호사님을 찾네요. 음, 정확히 말하면, 눈 뜨는 순간부터 지금까지 줄기차게 찾고 있어요."

　마 대표와 기자들, 그리고 유채를 밖에 혼자 내버려 두었다고 들들 볶아대는 이현에게 시달린 종필의 얼굴은 하룻밤 만에 푹 삭아버린 것 같았다.

　"이현 씨 깨어났어요? 상태는 어때요?"

　"괜찮아요. 가벼운 뇌진탕이 왔고, 왼쪽 손목을 가볍게 삔 정도래요. 사실 당장 퇴원해도 되긴 하지만 혹시 후유증이 있을지도 모르니 내일까지만 경과를 지켜보자고 하네요."

　그제야 유채는 온몸의 긴장이 풀리면서 숨이 제대로 쉬어지는 것 같았다. 그늘졌던 인영의 안색도 대번에 밝아졌고, 그녀는 유채를 향해 부산하게 손짓을 하면서 독촉했다.

　"아이고, 다행이네요. 유채야, 얼른 가 봐."

　"엄마는? 이현 씨 얼굴 보러 온 거 아니야?"

"강 서방 말고 우리 딸 괜찮은지 보러 온 거야. 강 서방은 푹 쉬어야 하는데 괜히 나 보면 신경이나 쓰이지. 나중에 퇴원하고서 집으로 갈게. 사람들 관심 좀 줄어들면."

반쯤 열린 병동 문을 보았다가, 다시 인영을 돌아보는 유채의 얼굴에는 아직도 불안함을 떨치지 못하는 기색이 역력했다. 인영은 그런 딸의 곁으로 다가가, 손을 한 번 강하게 쥐었다가 놓으면서 속삭였다.

"다녀와, 딸. 너에게는 언제나 돌아올 곳이 있다는 걸, 무슨 일이 있어도 혼자 남지 않는다는 걸 잊지 말고."

39. 거절당한 프러포즈

유채는 인적 끊긴 병동 복도를 걸어가 맨 끝에 있는 1인실 앞에
섰다. 어찌나 보안을 철저히 하는지 명패에는 이름조차 쓰여 있지
않았다. 그녀는 가슴을 펴고 심호흡을 한 후 천천히 문을 열었다.

"유채 씨! 괜찮아요? 얼마나 걱정했는지 알아요?"

침대에 누워 있던 이현이 유채를 보자마자 벌떡 일어나 앉으면서
소리쳤다. 유채는 부목을 대고 압박 붕대를 감아 놓은 그의 왼쪽 손
목을 보면서 어이가 없다는 듯 물었다.

"누가 누굴 걱정해요, 지금?"

"왜요? 아, 이거요? 아무것도 아니에요. 찜질만 잘 해주면 금방 나
을 거라고 그랬어요."

이현은 다친 팔을 풍차처럼 힘차게 휘둘러 보이면서 씩씩하게 말
했다. 사실 그는 오늘 바로 퇴원해서 유채와 함께 집으로 돌아가고
싶었는데, 기자들을 의식한 종필의 주장으로 병실에 머물러 있게

되었던 것이다.

"유채 씨는요? 아까는 왜 그렇게 급하게 달리고 있었어요? 쌍둥이 임산부가 그렇게 뜀박질하면 안 돼요. 발목에 무리가 갈 수도 있다고요."

"……."

어떤 상황에서도 자신을 먼저 챙기는 이현을 보면서, 유채는 가슴 한구석이 먹먹해졌다. 미안하다는, 고맙다는 진부한 말로는 그 느낌을 표현하기에 턱없이 부족했다. 그에게 조금이라도 보답할 수 있는 길은, 진실을 남김없이 말하는 것뿐이었다.

"이현 씨한테 할 얘기가 있어요."

유채는 이현의 침대 발치에 걸터앉아, 숨을 한 번 가다듬고 나서 말을 이었다.

"아주 오래전에 들려줬어야 하는 얘기예요. 이 세상에서 단 세 사람밖에는 모르는 얘기예요. 듣기 쉬운 얘기는 아니겠지만, 그래도 들어 줄래요?"

그때부터 유채는 이현에게 과거에 있었던 모든 일을 얘기하기 시작했다. 한때는 누구보다 다정했지만 술을 마시면서 변하기 시작한 아빠에 대해서, 언젠가부터 당연하다는 듯 가해졌던 손찌검에 대해서, 가정폭력 상담 센터 앞에서 이루어진 인영과의 첫 만남에 대해서, 대학 등록금으로 쓰기 위해 모아두었던 돈을 가져가려는 아빠를 말리려고 하다가 당했던 심한 폭행에 대해서, 그런 아빠를 감옥에 넣기 위해서 그녀가 저지른 위증에 대해서.

그뿐만이 아니었다. 그녀의 사건을 담당했던 선우와의 첫 만남과 대학에서의 재회, 약혼과 파혼에 이르기까지 있었던 일들도 숨기지 않고 낱낱이 고백했다. 그녀가 기나긴 얘기를 하는 동안 이현은 속을 읽을 수 없는 차분한 표정을 유지한 채 그녀의 음성에 말없이 귀를 기울이고 있었다. 마침내 얘기를 마친 유채는 조바심과 긴장을 숨기지 못하는 낯빛으로 이현을 응시했다.

"이제 내가 싫어졌죠? 그렇다고 해도 나는 이해해요. 나 같아도 경멸스러울 테니까, 이렇게 독하고 이기적인 여자는."

그 순간, 유채는 이현으로부터 버림받을 각오를 하고 있었다.

'그래도 어쩔 수 없어.'

유채는 부족하더라도 진실한 자신의 모습으로, 이현에게 사랑받고 싶었다. 그렇기에 모든 경계를 내려놓고 이렇게 무방비한 상태로 그의 앞에 서 있었다. 금방이라도 허물어질 모래성처럼 위태로운 모습으로, 이런 나라도 사랑해 달라고 말없이 애원하면서.

그때였다. 이현이 붕대를 감지 않은 오른손을 뻗어 그녀의 손을 잡은 것은. 그는 예전에 법원 앞 계단에서 그랬던 것처럼 나지막한 음성으로 되뇌듯이 말했다.

"미안해요."

"뭐가 미안해요?"

"내가, 열네 살의, 열아홉 살의 유채 씨와 같이 있어 주지 못해서. 지켜주지 못해서요."

이현의 따스한 목소리가 유채의 황량했던 마음속에 돌을 던지는 동시에, 그녀의 얼굴에 형언할 수 없을 만큼 무수한 감정들이 뒤엉키면서 지나갔다. 그녀는 왈칵 목이 메어오는 것을 간신히 참으면서 애써 가벼운 어조로 말했다.

"이현 씨는 그때 초등학생이었잖아요? 같이 있었다고 해도 아무

도움 안 된다고요."

"그래도 그냥 내 마음이 그래요. 타임머신을 타고 가서라도 어린 유채와 같이 있어 주고 싶어요."

이현의 눈가에 봄날의 햇살 같은 잔잔한 미소가 번졌다. 유채의 가슴에 난 생채기 위를 스쳐 가면서 부드럽게 어루만져 주는 듯한 그런 미소였다.

"그게 전부예요? 내가 무섭거나, 혐오스럽거나, 정이 떨어지지 않아요?"

모래처럼 까끌까끌한 목소리로 묻는 유채의 턱이 가늘게 떨리고 있었다. 그 순간, 이현은 겉으로는 멀쩡해 보이지만 실은 만신창이 인 그녀의 내면을 엿보았다. 낯선 남자가 주먹을 들어 올리는 것을 볼 때마다 기절할 것처럼 떨면서 주저앉던 그녀의 모습이 떠오르자, 명치끝이 뻐근해지는 것 같았다. 그는 그녀의 눈동자를 들여다 보면서 확신에 가득 찬 목소리로 대답했다.

"아니, 전혀요. 여전히 예쁘고, 사랑스럽고, 정이 가기만 하는데요."

"이현 씨 아이들의 엄마가 될 사람이 범죄를 저질렀다는데, 그게 꺼려지지도 않아요?"

"난 유채 씨가 한 행동이 그렇게 나쁘다고 생각하지 않아요. 자신을 지키려고 한 일이었잖아요. 누군가가 비난받아야 한다면, 그건 유채 씨가 그런 행동을 할 수밖에 없도록 몰고 간 사람들이 받아야 하는 거죠."

이현이 거듭 괜찮다고 하는데도, 유채는 그 대답을 쉽게 믿지 못했다.

"그래도……. 혹시라도 이 일이 밝혀지면, 세상 사람들이 이현 씨한테까지 손가락질할 수도 있어요. 그러니까 차라리 지금 끝내는 게……."

희망 고문을 당하느니 차라리 단번에 버려지는 게 낫다는 듯 자꾸만 이현의 대답을 유도하려던 유채는, 결국 뱉어서는 안 될 말을 뱉어버리고 말았다. 자신이 무슨 말을 했는지 뒤늦게 깨달은 유채는 다급히 두 손으로 입을 가리면서 말끝을 흐렸다. 무슨 대단한 죄라도 지은 사람처럼 어깨를 움츠리며 눈을 내리까는 그녀를 보는 이현의 가슴에 안쓰러움이 물밀 듯 차올랐다.

"유채 씨, 나랑 끝내고 싶어요?"

군이 대답을 들을 필요도 없었다. 금방이라도 눈물을 머금을 것처럼 일렁이는 유채의 눈동자가, 미세하게 떨리는 속눈썹이, 차마 그에게 다가오지 못하고 허공에서 서성이는 손끝이, 아니라고 절절히 외치고 있었으니까. 이현은 거침없이 손을 뻗어 그녀의 손을 잡으면서 선명한 목소리로 말했다.

"나도 그래요. 끝내고 싶은 마음 같은 거 조금도 없어요. 남들이 욕할 테면 하라고 하죠. 내가 사랑하는 사람인데 뭐 어때요?"

"……."

"내가 사랑한다고 했잖아요. 기억 안 나요?"

유채의 눈을 천천히 응시하는 이현의 진갈색 눈동자가, 그녀의 영혼까지 움켜쥐려는 것처럼 강렬했다. 이현이 사랑한다는 말을 입 밖으로 낸 것은 집들이하던 날 밤, 술에 잔뜩 취해서 유채의 방에서 자게 되었던 그때 단 한 번뿐이었다.

"난 기억하는데……. 이현 씨는 술김에 한 말이라 기억 못 하는 줄 알았어요."

"그 말 할 때는 술 깨어 있었어요."

"아……."

"술김에 그냥 한 말이라고 여겼다면, 지금 다시 한 번 말할게요. 그러니까 똑똑히 잘 들어요."

이현은 유채를 정면으로 응시하면서 한 글자씩 그녀의 심장에 새겨 넣듯 또박또박 말했다.

"사랑해요. 당신의 상처 입은 과거도, 연약한 현재도, 불확실한 미래까지 전부."

이현이 말을 마치기 무섭게 유채의 눈에서 후드득 눈물이 떨어져 내렸다. 그녀는 얼른 고개를 돌리면서 감추려고 애썼지만, 이현은 이미 그 눈물을 보아버린 후였다. 순간적으로 드러난 그녀의 애처로운 눈빛이 그의 가슴을 후벼 파는 것 같았다. 유채는 어깨를 가늘게 떨면서 희미하게 울음이 배어든 목소리로 웅얼거렸다.

"나도……. 나도……."

나도 당신을 사랑한다고, 당신이라는 기적이 나의 세상에 찾아와 준 게 너무도 고맙고 벅차서 가끔은 두렵기까지 한다고 그렇게 말하고 싶었다. 그러나 자꾸만 가슴에서 뜨거운 것이 치받혀 오르면서 목이 잠기고 목소리가 잦아들었다. 이현은 오른쪽 손바닥을 펼쳐 그녀의 뺨을 감싸 쥐고, 부드럽고 다정하게 어루만지면서 간결하게 말했다.

"알고 있어요."

'사랑'이라는 단어가 두 사람 모두에게 마법을 걸었고, 슬프고 비참하고 연민에 잠겼던 시간은 어느새 의식에서 지워져 버렸다. 이현은 유채의 앞으로 바짝 다가앉으면서 지그시 몸을 기울였고, 그의 투명한 눈빛이 달의 인력처럼 강하게 그녀를 끌어당겼다. 유채가 오로지 자신의 모습만으로 빈틈없이 채워진 연갈색 눈동자를 홀린 듯 바라보는 동안, 이현은 은밀하게 낮아진 목소리로 그녀의 귓가에 대고 속삭였다.

"오늘 밤 여기서 자고 갈래요? 나랑 같이."

"……."

"이번에는 그때처럼 도중에 곯아떨어지지 않겠다고 약속할게요."

유채의 심장이 요동치기 시작했다. 너무도 세차게 쿵쾅거려서 온몸 구석구석에서 그 박동이 느껴질 정도였다. 세상 그 무엇보다 당신을 원한다고 여과 없이 갈망을 드러낸 눈빛이 사슬처럼 그녀를 옭아맸다. 유채가 입술을 벌린 채 아무 대답도 하지 못하자, 이현은 그녀의 사락거리는 머리카락 사이에 손을 넣어 장난치듯 가볍게 만지작거리면서 떠보듯이 물었다.

"싫어요?"

"아니요, 그게 아니라……."

유채는 가만히 등 뒤로 손을 뻗어 병실 침대의 헤드보드에 달린 스위치를 눌렀다.

위잉—.

전자음이 나면서 병실 문의 걸쇠가 자동으로 채워지는 소리가 들렸다. VIP 병실의 장점은 일반 병실과 다르게 환자가 안에서 문을 잠글 수 있는 잠금장치가 있다는 거였다.

"문을 먼저 잠가야 할 것 같아서요."

유채가 그렇게 말하는 순간, 도톰한 입술 사이로 진주처럼 고른 치아가 엿보였다. 은밀하게 도발하는 듯한 말에, 이현의 이성을 붙잡고 있던 끈이 툭 하고 끊어졌다. 머리가 텅 빈 것처럼 하얗게 비워지는 가운데 모든 감각과 신경이 그녀를 향해서만 열렸다.

"내가, 이 순간을 얼마나 간절하게 기다려 왔는지 당신이 알 수 있다면……."

이현은 손목에 감긴 압박 붕대를 주저 없이 풀어버렸다. 욱신거리는 통증 같은 것은 까맣게 잊어버린 지 오래였다. 이현이 더는 가까워질 수 없을 때까지 유채를 향해 다가갔을 때, 봄 들판에 피어나는 꽃 무리처럼 은은하고 청아한 향취가 그를 취하게 했다. 그녀는 최면에 걸린 사람처럼 손가락 하나 움직이지 못하는 상태에서 그에게 몸을 맡긴 채 되물었다.

"알 수 있다면요?"

"그랬다면 도망갔을 텐데."

이현은 빙긋 웃더니, 고개를 숙여 유채와 눈높이를 맞추면서 그녀의 이마 위에 사뿐하게 입술을 포갰다. 어딘가 경건하기까지 한 자상한 입맞춤이었다.

유채는 살며시 눈을 감았고, 이현은 그 감은 눈가에 차례대로 입술을 겹치면서, 입술 표면에 사뿐하게 와 닿는 속눈썹의 감촉을 즐겼다. 계속해서 오똑한 코끝에, 탐스러운 두 볼에, 단아한 턱선에 정성스럽게 열병처럼 붉은 입술 자국을 남기고 지나갔다. 유채에게 느껴지는 것이라고는 그 입술의 무게뿐이었다. 조금도 부담스럽지 않은, 따스하고 향긋하며 친밀한 그 무게.

"오늘 밤만, 말 놓아도 돼요?"

뜨겁게 달아오른 이현의 숨결이 얼굴 전체에 훅 끼쳐오는 것을 느끼면서 유채는 아무 말 없이 고개를 끄덕였다. 그는 커다란 손으로 그녀의 허리를 감으면서 평소와는 전혀 다른 목소리로 유혹하듯 속삭였다.

"유채야, 좀 더 가까이 와. 키스하게."

강한 악력에 붙잡힌 유채는 저항 한 번 해보지 못하고 그대로 그의 품 안으로 끌려 들어갔다. 이현은 조금 서두른다 싶을 정도로 급하게 그녀의 입술을 삼켰다. 두 입술이 닿았다가 떨어졌다가 다시 맞닿는 소리가, 가쁜 두 개의 숨소리 사이사이로 흘렀다. 입술로 입술을 간질이는 감미로운 감촉이 유채의 애를 태우면서 몽롱하게 만들었다.

"저기, 잠깐만."

이현이 그녀를 조심스럽게 침대 위에 눕혔을 때, 그녀가 그의 어깨를 잡으면서 다급하게 말했다.

"왜? 여기서 멈추라고 하면, 나 진짜로 앓아누울지도 모르는데."

"그게 아니라, 불 좀 꺼주면 안 돼?"

"아……."

유채는 허벅지까지 말려 올라간 원피스 위로 담요 자락을 끌어당겨 덮으면서 시선을 돌렸다. 소녀처럼 수줍어하는 그 모습이 이현을 더욱 강하게 자극했다. 아이를 품고 있는 여자의 몸만큼이나 아름다운 건 없다고 생각했지만, 유채가 싫다고 하는 데 억지로 불을 켜 놓고 그녀를 안을 마음도 없었다.

달칵—.

이현은 아까 유채가 했던 것처럼 침대의 헤드보드로 손을 뻗어 병실 전체의 불을 껐다. 고요한 병실 안에 어둠이 내려앉자 그것만으로도 한층 더 농밀한 긴장감을 자아냈다. 유채는 방 안의 공기가 없어지면서 숨이 막히는 것 같은 느낌이 들었다.

"환자복은 처음 입어 봤는데, 이게 편하네. 벗기 쉽다는 거."

이현이 손끝에 힘을 주자 헐거운 환자복의 단추가 투두둑 소리를 내면서 단번에 벗겨졌다. 어둠 속에서 묵직하면서도 날렵한 상반신의 윤곽이 드러났다. 유채는 머뭇거리면서 그의 가슴 위로 손가락을 가져갔다. 그녀의 손바닥이 허리와 그 주변을 쓸듯이 어루만지자, 그의 탄탄한 복근이 욕망으로 꿈틀거리면서 물결을 일으켰다.

"얘들아. 너희는 지금 자고 있겠지? 아빠가 엄마 좀 잠깐 빌려 갈게."

이현은 유채의 아랫배에 대고 장난스럽게 중얼거리더니, 그녀의 목덜미로 손을 집어넣어 원피스의 지퍼를 내렸다. 원피스가 벗겨지고, 속옷 자락이 내려가면서 베일처럼 하얀 살결이 발하는 빛이 그의 시선을 잡아당겼다. 그는 그녀의 비단처럼 부드러운 어깨에, 가슴에, 허리에 입을 맞추면서 아래로 내려갔다. 그의 손가락이 피아노를 연주하는 것처럼 그녀를 연주했다.

"아……."

이현의 손길과 입술이 지나간 자리마다 장맛비처럼 세찬 쾌감이 내려앉았고, 유채는 탄식 같은 한숨을 내쉬었다. 그는 그녀를 두 팔로 안아 일으켜 자신의 허벅지 위에 앉힘으로써, 최대한 그녀에게 부담이 가지 않도록 했다. 그리고 그녀의 얼굴을 양손으로 감싼 채다시 한번 입술을 집어삼키듯 깊숙한 각도로 베어 물고는 입안 곳곳을 탐색하듯 훑고 어루만지며 음미했다. 아까보다 훨씬 열정적이고, 영원히 끝나지 않을 것처럼 오랫동안 이어지는 진한 키스였다.

"오늘 밤은, 당신도 편하게 내 이름을 불러주면 좋겠는데. 안 될까?"

입술을 뗀 이현은 유채의 턱을 잡아 자신의 눈을 쳐다보도록 만

들더니 그렇게 속삭였다. 어둠 속에서 본 그의 동공은 진갈색이 아니라, 물감으로 칠한 것처럼 짙은 검은색이었다. 그 눈빛의 포로가 된 그녀가 가만히 고개를 끄덕이는 순간, 그가 아주 천천히 그녀의 안으로 들어왔다. 그는 그녀가 긴장하지 않도록 등허리를 느릿하게 어루만져 주는 손길을 멈추지 않았다.

"혹시 아프거나 불편하면 얘기해. 바로 멈출 테니까."

그는 혹시나 거칠게 다루면 그녀가 깨지기라도 할 것처럼 부드럽고 다정하게 움직였다. 그들은 잠시도 상대방의 눈에서 눈을 떼지 않았고, 네 개의 눈동자 속에는 온전히 서로의 모습만이 담겨 있었다. 마치 그녀를 위해 만들어진 것처럼 잘 들어맞는 그의 육체가, 살갗이 스치는 관능적인 소리가, 숨 가쁘게 하는 열기가 합쳐져서 그녀에게 정신을 잃을 것 같은 황홀함을 선사했다.

"이현아, 강이현……."

유채는 고개를 뒤로 젖히면서, 심장 속에 새겨 넣으려는 것처럼 간절하게 이현의 이름을 불렀다. 온 세상이 빙글빙글 돌아가는 것처럼 아찔한 기분이 들었다. 그는 그녀의 것이었고, 그녀는 그의 것이었다. 그보다 더 완벽한 기적이 있을 수 있을까. 그는 자기 자신을, 시간의 흐름을 잊은 채 오로지 그녀를 탐닉하는 데만 열중했고 그녀도 마찬가지였다. 정신이 아득해지는 감각과 관능의 향연 속에서 얼마나 오랜 시간이 지났을까. 마침내, 모든 감각과 주위의 사물들이 산산이 부서지면서 물처럼 녹아내리는 순간이 찾아왔다.

"하아……."

유채는 이현의 가슴에 얼굴을 묻으면서 쾌락에 젖은 나른한 한숨을 내쉬었다. 그는 침대를 젖혀 그녀가 편안하게 눕게 해 준 다음,

한쪽 팔꿈치로 고개를 괴고 그 옆에 드러누웠다. 그리고 온몸에 힘이 빠져 기진맥진해진 그녀를 들여다보면서 걱정스러운 말투로 물었다.

"내가 아프게 했어?"

"아니, 전혀."

유채는 혹시나 그녀를 아프게 했을까 봐 안절부절못하는 이현이 마냥 사랑스럽기만 했다. 그녀는 그의 품 안으로 파고들었고, 그는 그녀의 머리카락 속에 입술을 파묻으면서 혼잣말처럼 말했다.

"매일 이렇게 잠들었으면 좋겠다. 나하고, 당신하고, 이판사판이도."

유채의 춥고 불안했던 마음이 담요처럼 따뜻하게 감싸주는 이현의 안에서 거짓말처럼 데워지고 있었다. 다른 사람으로부터 이렇게 위안을 받아본 게, 상처가 치유되고 아무는 느낌을 받아본 게 언제였는지 기억나지 않았다.

사랑이 이렇게 감미롭고 포근한 것이라면, 언젠가 사랑을 잃을지도 모른다는, 또다시 상처를 입을지도 모른다는 두려움을 감수하면서 살아가는 것도 그리 나쁘지는 않을 것 같았다.

'이 남자였구나, 내가 평생 함께할 사람. 처음부터 이 남자였어. 단 한 번도 다른 사람인 적은 없었던 거야.'

이윽고 두 사람은 서로에게 의지한 채 악몽 없는 단잠 속으로 빠져들었다. 이따금 하얀 달만이 창문 너머로 기웃거리면서 그 모습을 몰래 들여다보고 가는, 한없이 평화롭고 아름다운 밤이었다.

다음 날 이른 아침, 이현의 곤한 잠을 깨운 것은 유채의 가녀린 숨소리였다. 어렴풋이 눈을 뜬 이현은 한동안 옆으로 누운 채, 자신의 팔을 베고 잠든 그녀의 얼굴을 물끄러미 바라보았다. 상쾌한 아침 햇살이 병실 구석구석까지 들어와 간밤의 어둠을 밀어내고 있었다.

"왜 사람 자는 걸 쳐다보고 있어요, 민망하게."

잠결에 그의 시선을 느낀 유채가 잠이 덕지덕지 묻은 눈꺼풀을 힘겹게 밀어 올리면서 중얼거렸다. 그녀는 정신을 차리자마자 손부터 뻗어서 하얀 담요로 벗은 몸을 감았다. 이현은 열기와 쾌락으로 정신없이 들떴던 지난밤 일이 꿈인 것처럼, 존댓말을 쓰면서 부끄러워하는 그녀의 모습이 귀엽기만 했다.

"일어났어요? 잘 잤어요?"

이현은 다정하게 물으면서 유채의 얼굴 위로 손가락을 미끄러뜨렸다. 눈썹을 올올이 결대로 쓸어보고, 작고 곧은 콧날 위를 거닐다가, 보드라운 뺨을 매만졌다. 그의 입술이 열리면서 우물처럼 깊고 나지막한 목소리가 흘러나왔다.

"유채 씨, 나랑 결혼해 줄래요?"

아직도 곤한 잠의 여운에서 깨어나지 못하고 있던 유채의 두 눈이 커다랗게 벌어졌다. 영화처럼 근사한 레스토랑도 아니고, 아이스링크도 아니고, 단둘이 있는 차 안도 아니고, 복도를 돌아다니는 급식 카트 소리가 새어 들어오는 병실에서 청혼 받게 될 줄은 예상치 못했다.

"내가 계획한 프러포즈는 엉망진창이 되어버렸지만, 사이즈를 몰라서 반지도 준비 못했지만, 그래도 받아주지 않을래요?"

유채는 이현의 한 마디 한 마디에, 심장에서부터 시작된 따스한 온기가 온몸으로 서서히 퍼져나가는 것을 느꼈다. 평범한 사람들은 아마도, 이 온기를 행복이라고 부를 것이다. 그녀는 살포시 미소 지으면서 지난밤 그의 품에서 잠들며 찾아냈던 단 하나의 정답을 말했다.

"아니요, 절대 받아주지 않을 거예요. 왜냐하면 내가 당신을 사랑하니까."

"사랑하니까 거절한다고요?"

어리둥절한 표정을 짓는 이현을 향해 유채는 달래듯 조곤조곤한 말투로 설명했다.

"그래요. 사랑하는 사람의 꿈이 내 꿈이고, 사랑하는 사람의 행복이 내 행복이에요. 그러니까 이현 씨는 가고 싶은 곳에 마음껏 가요. 하고 싶은 일도 마음껏 해요."

"유채 씨………."

"그렇게 아무런 후회도 남지 않을 이십 대를 보내고 와요. 우리가 부부로 함께 할 수 있는 시간은 그 후에도 지겨울 만큼 넉넉하게 있어요."

유채는 목덜미에 얹힌 이현의 손 위에 자신의 손을 겹쳐 놓으면서, 그를 향해 봄날 햇살처럼 눈부시고 따뜻한 미소를 지어 보였다.

"당신이 마지막에 돌아오는 곳이 나이기만 하면 돼요. 난 그걸로 만족해요."

그게 유채가 찾아낸 해답이었다. 당장 이현과 결혼한다면 그녀에게는 편리하겠지만, 그에게는 아마 여러 가지 제약과 구속이 가해질 수밖에 없을 것이다. 유채는 쌍둥이가 요람에 있다가, 걸음마를 하다가, 말을 배울 그 시간들이 자신과 이현 모두에게 순수한 축복으로만 기억되길 바랐다. 그 기억 속에 조금이라도 후회나 아쉬움이 섞여드는 것은 싫었다.

"매순간 최선을 다해줬으면 좋겠어요. 언젠가 아이들이 컸을 때, 무대에서 멋지게 노래하던 아빠의 모습을 보여줄 수 있게 말이에요. 내가 원하는 건 결혼반지가 아니라 그거예요."

이현은 벅찬 감동에 잠시 할 말을 잃었다. 유채의 현명함과 어른스러움은 이따금 그로 하여금 어리고 세상 물정 모르는 철부지 소년이 된 듯한 기분을 느끼게 했다. 두 사람 사이의 나이 차이는 여섯 살이지만, 그녀의 정신연령을 따라잡으려면 백 년은 더 살아야 하지 않을까 하는 생각이 들 때가 있었다.

"와, 나는 정말…… 어쩌다 이렇게 생각이 깊은 여자를 만났을까?"

사랑하는 연인에게 입 맞추지 않고는 도저히 견딜 수 없는 순간이 있다면, 그게 바로 지금이리라. 이현이 유채의 목덜미에 손을 얹으면서 고개를 숙이자, 그의 흔적이 남아 있는 입술이 바르르 떨면서 그를 향해 열렸다. 서로의 입술이, 가슴이 맞닿고, 네 개의 심장이 하나로 연결되어서 함께 뛰었다. 새롭게 찾아온 이 날 아침, 강이현은 청혼을 거절당한 것이 세상에서 가장 행복한 남자였다.

40. 안녕, 아빠

"이현 씨, 밥 먹어요!"

유채는 볶음밥과 김치찌개, 인영이 부지런히 보내준 밑반찬으로 그럴듯하게 꾸민 저녁식탁을 뿌듯하게 보면서 거실에 있는 이현을 향해 소리쳤다. 퇴원한 지 일주일이 지났고, 손목의 압박붕대도 풀었지만, 이현은 여전히 집에서 꼼짝도 하지 않고 안정을 취하는 중이었다. 혈기왕성한 나이에 집에 갇혀 있으려면 좀이 쑤실 법도 한데, 이현은 유채와 단둘이 단란하게 보내는 하루하루가 마냥 행복하기만 했다.

"나 유채 씨가 차려주는 밥상 처음 받아보는 거 같아요. 너무 아까워서 못 먹을 것 같아."

싱글벙글하면서 식탁에 와서 앉은 이현은 숟가락을 집어 들다 말고 유채를 빤히 쳐다보았다. 앞치마를 벗으면서 그의 평가를 조마조마한 심정으로 기다리던 유채는 의아한 표정이 되었다.

"왜요? 맛이 없을 것 같아요?"

"그게 아니라……. 유채 씨가 떠먹여주면 안 돼요?"

이현은 방금 전까지만 해도 작사 노트에 부지런히 글을 쓰고 있던 손목을 붙잡으면서 엄살을 떨었다.

"손목 아프단 말이에요, 막 시큰거리고. 욱신욱신하고. 아아, 아프다 아파. 아이고, 아파 죽겠네. 이게 누구 때문에 다친 거였더라."

"알았어요, 알았다고요! 1절만 해요!"

못 말린다는 듯이 고개를 설레설레 저으면서 항복한 유채가 이현의 옆자리에 앉았다. 그녀가 숟가락에 밥을 떠서 이현의 입가로 가져가자, 그는 기쁨이 가득한 얼굴로 입을 아, 소리나게 벌리면서 음식을 받아먹었다.

"자, 계란말이도 먹어요."

유채는 강아지에게 간식 주는 주인이 된 기분으로 이현에게 반찬을 집어주었다. 아기새처럼 작게 벌리는 입이 귀여워 문득 그 입술에 키스하고 싶은 충동이 들었다.

그때, 눈치 없이 요란한 초인종 소리가 현관 쪽에서부터 울려 퍼졌다.

"또 택배 왔나 보네. 이러다가 우리 집 문턱 닳겠다."

유채는 한숨을 푹 내쉬면서 중얼거렸다. 이현의 부상 소식이 전해진 후, 회사와 숙소에 끝없이 쇄도하는 위문 선물을 더는 감당할 수 없다면서 종필이 그중 일부를 유채의 집으로 보내오고 있었다. 만리장성을 쌓고도 남을 것 같은 선물 행렬에 질린 유채는 현관문을 열었다. 오늘만 해도 세 번이나 얼굴을 본 택배기사가 지긋지긋하다는 표정을 지으면서 서 있었다.

"택배입니다. '울 남편 강이현'님 맞으세요?"

택배기사는 이런 일에 매우 익숙한 듯, 택배 상자에 붙은 수신인 이름을 읽으면서 민망해하는 티조차 내지 않았다. 엊그제부터 이현을 '울 남편, 울 남친, 울 자기, 천년의 사랑, 달링' 등 다양한 명칭으로 부르는 택배에 익숙해진 유채도 마찬가지로 무덤덤한 말투로 대꾸했다.

"네, 제 동생이에요. 아까도 제가 택배 받았잖아요. 기억하시죠?"

유채는 택배기사가 내미는 PDA에 사인을 하고, 그가 열 개나 되는 택배 상자를 들여놓는 동안 문을 잡아주었다. 마침내 택배 전달이 끝나고 문을 닫으려는 찰나, 좁은 문틈으로 저만치서 어른거리는 왜소한 그림자 하나가 눈에 들어왔다.

"……."

유채는 더 이상 그 그림자를 보고 겁에 질리거나, 공황상태에 빠지지 않았다. 반쯤 닫혔던 문을 천천히 다시 열어젖히는 그녀의 낯빛은 침착하기만 했다. 그런 그녀를 보고 주춤한 것은 오히려 그림자 쪽이었다.

이현을 다치게 한 일이 생각나서였을까. 그녀와 눈이 마주친 그림자는 소스라치게 놀라면서 도망가려고 했고, 그런 기미를 알아차린 유채가 선명한 음성으로 그를 불렀다.

"아빠."

십 년 만에 처음으로 불러보는 호칭이었다. 단 두 음절이었지만 입 밖에 내는 게 어색하기만 했다. 딸의 목소리를 듣자마자 아빠의 그림자는 화석처럼 단단하게 굳어져 버렸다.

"밥은 먹었어요?"

아빠는 유채에게 다가오지도 못하고, 반대편으로 가지도 못한 채 어쩔 줄 몰라 하며 서 있었다. 볼품없이 말라붙은 몸뚱이와 소심하게 쪼그라든 얼굴은 그녀에게 혼이 날까봐 벌벌 떨며 두려워하는 것처럼 보였다. 고작 이런 사람을 두고 10년간 공포에 떨면서 악몽에 시달렸던가. 유채는 그렇게 생각하면서 차분하게 입을 열었다.

"안으로 들어오세요. 일단 밥부터 먹어요."

이렇게 아무렇지도 않은 태도로 아빠를 대할 수 있게 될 줄은 그녀도 몰랐다. 다만 이현의 교통사고를 겪은 것을 계기로, 생각을 곱씹어보고 자문하게 되었을 뿐이었다.

'법정에서 보았던 그 괴물 같은 모습이, 그때 오갔던 끔찍한 말들이 아빠와의 마지막 대화로 기억된다면, 나는 평생 후회하지 않을 수 있을까?'

아빠를 영영 안 보고 산다면 당장 마음이야 편하겠지만, 가슴 속에 화석처럼 딱딱하게 굳어져 박혀버린 상처들은 고스란히 남아서 죽을 때까지 그녀를 괴롭힐 것 같았다. 그래서 유채는 아빠가 그토록 하려고 하는 말이 무엇인지 일단 들어보기로 했다.

유채가 문을 활짝 열어놓고 앞장서서 안으로 들어가자, 아빠는 한참을 미적거리다가 느리게 발걸음을 떼어 문간을 넘어섰다. 그 낮은 문간이 태산처럼 높은 장벽이라도 되는 것처럼 힘겨운 몸짓이었다.

"유채 씨, 택배 받는 데 뭐가 그렇게 오래 걸려요. 기다리다 지쳐 죽는 줄 알았네."

현관문 열리는 소리에 후다닥 달려 나갔던 이현은, 유채를 따라 들어오는 늙은 남자를 보고 흠칫 놀랐다.

"이현 씨, 인사해요. 우리 아빠예요."

"아, 네. 안녕하세요. 저번에 뵀었죠. 강이현입니다."

재빨리 정신을 차린 이현이 깍듯한 말투로 인사하며 허리를 숙이자, 유채의 아빠는 머뭇거리다 그를 향해 악수를 청하는 것처럼 슬쩍 손을 내밀었다. 그 손을 맞잡았던 이현은 손바닥 사이에 들어온 손이 너무도 앙상하게 여위어 있어서, 뼈에 거죽만 덮여 있는 듯한 그 느낌에 놀라지 않을 수 없었다.

"지난번에는 미안했습니다. 나 때문에 사고가 나서……."

"아닙니다. 별로 다치지도 않았는걸요."

이현은 너그럽게 웃으면서 유채의 아빠를 유채가 준비해놓은 식탁으로 이끌었다. 아빠는 유채의 맞은편에 조금 거리를 두고 떨어져 앉았고, 이현은 유채를 보호하는 기사가 된 것처럼 그녀의 옆자리에 바짝 붙어 앉았다.

건너편에 어깨를 옹송그리고 앉아 있는 남자는, 그가 들었던 이야기 속의 폭력적인 아버지와는 완전히 다른 인물처럼 보였다. 유채는 아빠의 앞에 밥공기와 숟가락, 젓가락을 차례대로 놓아주며 퉁명스럽게 말했다.

"먹어요, 얼른. 여기 오래 계실 건 아니잖아요."

마지막으로 딸과 함께 밥을 먹어보았던 게 언제였던가. 회한인지, 비애인지, 아빠는 뭐라고 이름 붙여야 할지도 모를 감정에 휩싸여 쉽게 숟가락을 들지 못했다.

"보호 관찰은 왜 빠지셨어요? 규정 위반으로 가석방 취소될 수 있는 건 아실 거 아니에요? 다시 감옥 가고 싶으세요?"

"그건 아닌데, 어떻게든 널 봐야겠다는 생각에……."

아빠는 기가 죽어서 우물거릴수록 유채의 얼굴빛은 싸늘해지기만 했다. 비이성적인 공포감에서 벗어나고 나자, 그동안 그의 스토커처럼 음침한 행동들로 인해 얼마나 많은 사람이 고충을 겪었는지 떠올라서 왈칵 짜증이 밀려왔다.

"뭐가 그렇게 급했는데요? 돈 필요하셨어요? 아니면 지낼 곳이 없어서?"

"아니, 그런 게 아니라 나는 단지…….'

한참을 망설이면서 메마른 입술만 짓씹던 아빠가 마침내 토해낸 말이, 유채의 고막을 찌르듯이 파고들었다.

"미안하다는 말을, 하고 싶었다."

억눌려 있던 공기 속으로 그의 절실한 말들이 분분하게 흩어졌다.

"어디서부터 미안하다고 말해야 할지 모를 만큼, 내 죄가 크고 무겁구나. 전부 다 미안하다. 마지막으로 이 말을 꼭 해야 한다고 생각했다."

"마지막……이라고요?"

유채는 아연한 눈길로 아빠를 쳐다보면서 되물었다.

"나는 다음 주에 요양병원에 들어가야 하거든. 간암 3기라는구나. 수술도 어렵다고 해서 항암치료를 받으러 가는데, 아마 다시 나오기 어렵지 싶다."

그제야 이현과 유채는 이해할 수 있었다. 유채의 아빠가 왜 금방이라도 쓰러질 것처럼 병약한 몰골을 하고 있는 건지, 당당하게 나설 용기도 없으면서 왜 그렇게까지 집요하게 딸의 뒤를 따라다녔는지도.

그에게는 남겨진 시간이 얼마 없었던 것이다. 유채는 가슴이 싸늘하게 식어 내리는 것 같은 기분이 들었다.

"이제 와서, 네가 날 용서하기가 쉽지 않으리라는 거, 잘 알고 있다. 나중에 내 시신이라도 네가 거두어 준다면 좋겠지만, 싫다고 해도 이해하마. 그러니 부담은 갖지 말고……."

"왜……. 나한테 왜 이래?"

유채의 입술 사이에서 원망 서린 말이 정제되지 않은 채 불쑥 튀어나와 버렸다. 어느새 그녀는 가족을 잃고 집을 잃어버린 열아홉 살의 연약한 소녀로 돌아가 있었다.

"어떻게 끝까지 이럴 수가 있어? 이제야 나타나서 한다는 말이 고작, 암이라고? 죽는다고?"

"유채야……."

"왜 원망하지 않아? 왜 그랬냐고 물어보지도 않고 욕하지도 않아? 아빠가 이제 와 그렇게 좋은 사람인 척하면 내가 뭐가 돼?"

가슴 밑바닥에서부터 분노인지 슬픔인지 알 수 없는 감정들이 홧홧 치밀어 올라서, 유채는 자꾸만 목소리가 까칠하게 갈라져 나왔다.

"어쩌면 사람이 그렇게 끝까지 제멋대로일 수가 있어! 이제 겨우 아빠와 대화라는 걸 해 볼 마음이 생겼는데, 그런데 이게 끝이라고? 지금 장난해? 이럴 거면 차라리 찾아오지 말지, 왜 잘 살던 사람을 괜히 찾아와서 들쑤시고 괴롭게 만들어?"

"유채 씨……."

유채를 내버려 두었다가는 나중에 후회할 말을 하게 될지도 모른다는 생각이 든 이현이 그녀를 말리려고 어깨를 잡았지만, 그녀는 그것마저 휙 뿌리치면서 아까보다 더 매몰차게 말했다.

"가, 다시는 오지 마. 감옥에 가든 병원에 가든 마음대로 해. 나는 상관 안 할 테니까."

유채가 벌떡 일어나는 바람에 앉아 있던 의자가 뒤로 나동그라졌다. 그녀는 쾅 소리가 나도록 문을 닫으면서 안방에 틀어박혀 버렸고, 아빠는 낙담한 기색이 역력한 낯빛으로 고개를 깊숙이 떨어뜨렸다. 이현은 거꾸로 뒤집힌 의자를 바로잡으면서 그를 위로하듯 말했다.

"죄송합니다. 임신 7개월째라 신경이 많이 예민해서 그래요. 이해해 주세요."

"아, 역시 그랬군요. 처음 봤을 때부터 궁금했는데, 주제넘게 물어본다고 싫어할까 봐……. 기쁜 일이네요."

유채 아빠의 눈빛에는 온화함과 함께 안도감이 깃들었다. 감히 걱정할 자격조차 없다는 걸 알면서도, 유채가 자신에게 받은 상처로 인해 결혼도 자식도 포기하지 않을까 옥중에서 걱정했던 그였다.

"제가 들어가서 얘기해 볼 테니, 여기서 저녁 드시면서 기다리고 계시겠어요?"

"아닙니다. 유채 말대로 괜히 찾아왔나 봅니다. 이제는 전화도 안 하고, 집 근처에서 얼쩡거리지도 않겠다고 전해주세요. 예쁘고 건강한 아기를 낳기를 빌겠다는 말도……."

손도 대지 않은 저녁 식탁을 내버려 둔 채 허둥지둥 도망치듯 떠나려고 하는 유채 아빠의 등에 대고 이현이 다급하게 소리쳤다.

"저, 아버님! 병원 들어가시는 날짜가 언제인지 알려주실 수 있을까요? 저라도 배웅 나가겠습니다. 아무리 그래도 그런 곳에 혼자 가시게 내버려 두는 건 아닌 것 같아서요."

그 말을 들은 유채 아빠는 이현을 몇 초 동안 빤히 쳐다보다가,

돌연 혼잣말처럼 중얼거렸다.

"자네, 좋은 사람이구먼."

"네?"

"애비를 미워하는 딸은 그와 정반대의 남자를 만난다더니, 딱 그렇게 되었군. 다행이야."

사위를 사위라고 부를 자격도 없는 장인은 어딘지 쓸쓸해 보이는 눈빛으로 이현을 바라보면서 보일 듯 말 듯 한 미소를 지었다. 됐다고 마다하는 그를 굳이 골목 어귀까지 배웅하고 돌아온 이현은 여전히 굳게 닫혀 있는 안방 문으로 다가가 조심스럽게 두드렸다.

"유채 씨, 나예요."

몇 분 후, 안에서 달칵 문고리를 돌리는 소리가 들렸다. 유채는 문만 열어주고 이현을 쳐다보지도 않은 채, 인형처럼 표정 없는 얼굴로 화장대 거울 앞으로 가서 우두커니 앉았다.

"갔어요?"

"네. 바래다 드렸어요."

이현은 어떻게 하면 유채의 기분을 풀어줄 수 있을지 고민하다가, 화장대 위에 놓인 머리빗을 들고 그녀의 등 뒤로 다가갔다. 잔뜩 굳어 있는 가냘픈 어깨 위에서 옷자락이 미세하게 떨리는 모습이 보호본능을 자극했다.

"그거 알아요? 유채 씨는 머리 푼 모습이 참 예뻐요."

이현의 손바닥이 유채의 머릿단 끝을 천천히 쓰다듬는가 싶더니 이내 섬세한 손길이, 올이 고운 빗살이 미끄러지듯 머리카락 사이를 파고들었다.

"내가 머리를 기르기 시작한 건 지금의 엄마와 함께 살면서부터

였어요. 그 전까지는 항상 단발머리였어요. 초등학교 때도, 중학교 때도, 고등학교 때도."

"그랬어요? 단발머리도 잘 어울렸을 것 같은데."

그는 나지막하게 말하는 소리에 맞춰 위에서 아래로 부드럽게 빗을 움직였다.

"여자애들은 보통 긴 머리를 좋아하잖아요. 하지만 난 머리가 조금만 길면 곧바로 미용실로 가서 잘라 버렸어요. 처음 잘랐던 건 초등학교 1학년 때였죠."

유채는 그녀가 초등학교에 입학하던 날을 떠올렸다. 아이에게는 가장 특별하고 자랑스러운 그날, 다른 여자애들은 하나 같이 공주 같은 옷차림에, 공들여 가꾼 머리 모양을 하고 있었다. 곱슬곱슬하게 파마를 한 아이도 있었고, 양 갈래로 묶어 나비 리본을 맨 아이도 있었지만, 그 중 유채를 가장 부럽게 만들었던 건 총총 땋은 머리를 한 아이들이었다.

노란 고무줄로 질끈 묶은 머리, 사내애들과 구분 안 가는 티셔츠에 바지 차림을 한 그녀는 등교 첫 날 구석 자리에 웅크려 앉은 채, 짓궂은 애들이 자신을 찾아내지 않기를 빌어야 했다. 다음 날 아침, 졸린 눈으로 책가방을 챙기는 아빠에게 머리를 땋아달라고 졸라보았지만, 공장에서 기계를 돌리는 투박한 손은 여자애의 실처럼 가는 머리카락을 다루는 데는 영 서툴렀다.

— 아얏! 아빠, 머리카락 잡아당기지 마!

— 어, 미안! 처음부터 다시 해 볼게.

아빠는 등교 시간이 거의 다 될 때까지 식은땀까지 뻘뻘 흘리면서 고생했지만, 거울을 들여다본 유채는 삐죽삐죽 봉두난발이 되어

버린 머리카락을 발견하고는 기겁해야만 했다.

— 이게 뭐야! 아까보다 더 이상해졌잖아! 이러고서 어떻게 학교에 가!

— 미안해, 오늘만 모자 쓰고 가면 안 될까?

— 교실 안에서는 모자 쓰면 안 된단 말이야! 아빠는 그런 것도 몰라? 학교도 안 다녔어?

엉망진창이 된 머리 모양을 하고 앵돌아져서는 집을 뛰쳐나가는 유채는, 그날 온종일 장난치기 좋아하는 사내아이들로부터 '빗자루' 소리를 들으면서 놀림과 괴롭힘을 당했다.

— 아빠한테 괜히 얘기했어. 아빠는 아무 도움이 안 된다니까.

속상한 마음으로 쫑알거리면서 하교하는 길, 교문 앞은 언제나 그렇듯 자기 아이들을 데리러 온 엄마들로 북적거렸다.

— 엄마아아!

— 어이구, 이쁜 우리 딸! 오늘 학교에서 재미있었어?

처음에는 엄마와 딸의 다정한 장면을 볼 때마다 눈물이 찔끔 나올 만큼 부럽고 서글펐지만, 이제는 무뎌져서 괜찮았다. 무덤덤하게 교문을 빠져나가던 유채는, 우아한 원피스와 투피스 사이에 섞여 있는 먼지와 녹 묻은 푸른 작업복을 발견하고는 흠칫 놀라며 발걸음을 멈췄다.

— 아빠?

밤새 공장에서 일하고 낮에는 잠을 자느라 여태 단 한 번도 유채를 데리러 온 적 없는 아빠가, 옆에 서 있는 중년 여자에게 겸연쩍어하면서 말을 거는 게 보였다.

— 죄송하지만, 혹시 여자아이 머리 땋는 법 좀 알려주실 수 있을

까요?

— 뭐라고요?

여자는 유채 아빠를 노골적으로 수상해하는 시선으로 쳐다보면서 대놓고 뒤로 물러섰다.

— 딸아이가 땋은 머리를 하고 싶어 하는데, 제가 할 줄 몰라서…….

— 그러면 아이 엄마한테 땋아주라고 하시면 되잖아요?

— 아이 엄마가 없어서…….

주변 학부모들뿐만 아니라, 하교하던 아이들의 시선까지 일순간 그쪽으로 집중되었다. 허름하고 꾀죄죄한 아빠, 다른 아이의 엄마에게 머리 땋는 법을 알려달라고 애걸해야 하는 구차한 처지, 그리고 학교에서는 숨기고 있던 엄마의 부재까지. 유채가 어떻게든 숨기고 싶어 했던 비밀들이 전교생과 학부모 앞에서 밝혀져 버렸다.

— 아빠! 여기서 뭐하는 거야? 창피하게!

— 유채야…….

— 얼른 공장에 가! 머리 안 땋아줘도 되니까 학교에 오지 마! 가란 말이야!

발을 동동 구르면서 울음을 터뜨리는 딸을 보고, 아빠는 입술만 달싹거릴 뿐 아무 말도 하지 못했다. 유채는 눈물범벅이 된 얼굴로 아빠를 노려보다가, 책가방을 바닥에 내팽개치고는 집과는 반대 방향으로 도망치듯 뛰어가 버렸다. 정신없이 달리다가 돌부리에 발이 채이면서 바닥에 꽈당 넘어지고 말았다.

— 흑흑, 아빠 미워……. 아빠 바보야…….

유채는 아스팔트에 쓸려 살갗이 벗겨진 무릎을 보면서 흐느껴 울었다. 많은 사람들 앞에서 망신을 준 아빠를 원망하고 싶었지만, 한

편으로는 머리 땋는 법을 물어보겠다고 눈도 붙이지 못한 채 학교까지 왔을 아빠가 불쌍하고 안쓰러웠다. 세련되고 화려한 옷차림의 엄마들 사이에서 혼자 초라하게 주위를 두리번거리고 있던 그 모습이 뇌리에 박혀 사라지지 않았다.

'내가 잘못했어, 아빠. 미안해.'

저녁 시간이 다 되어서야, 유채는 혹시 혼나진 않을까 슬금슬금 눈치를 보면서 집으로 돌아왔다. 차라리 아빠가 공장에 가 있으면 좋겠다고 생각했는데, 그는 부엌에서 요리를 하고 있었다. 냄비에서는 3분 카레가 끓고 있었고, 어설프게 뚝뚝 끊어지는 칼질 소리가 들렸다. 현관을 등지고 서 있던 아빠는 문 열리는 소리가 나자마자 밝은 목소리로 말했다.

— 유채야, 아빠가 예쁜 머리띠 사 왔어. 내일부터는 머리띠 하고 학교 가자. 응?

— 나 머리 잘랐어, 아빠.

깜짝 놀라 칼질을 멈추고 고개를 돌린 아빠의 시야에, 몰라보게 짧아진 머리카락을 매만지고 있는 딸이 들어왔다.

— 요새는 이게 유행이야. 세일러 머큐리도, 카드캡터 체리도 이렇게 하고 나와. 땋은 머리보다 훨씬 예쁘지?

생전 처음 가보는 미장원이라는 곳의 문을 스스로 열고 들어가서, 주인아주머니에게 머리를 잘라 달라고 말하는 건 부끄러운 일이었다. 하지만 아빠도 그녀를 위해 창피한 걸 참았으니까, 똑같이 할 수 있다는 걸 보여주고 싶었다. 아빠는 붉어진 눈시울로 딸을 끌어안으면서, 귓가에서 찰랑거리는 짧은 머리카락을 쓰다듬었다. 이게 유채가 아빠에게 미안하다고 말하는 방식이었다.

— 응, 예쁘다. 우리 딸이 세상에서 제일 예쁘고말고.

그들은 엄마의 빈자리를 지울 수는 없었지만, 끌어안고 사는 방법을 배워나가고 있었다. 때로는 다투고, 때로는 의지하고 다독여가면서 그렇게 단둘이. 오랫동안 잊고 살았던 그날의 기억이, 그날의 감각이 머리를 쓰다듬는 이현의 손길로 인해 되살아나 버렸다. 유채의 눈가가 아련하게 젖어들기 시작했을 때도, 이현은 모른 척 하고 계속해서 그녀의 머리를 빗겨주고 있었다.

툭—.

뺨을 타고 흐른 눈물이 무릎 위로 떨어져 옷깃을 적시자, 이현은 유채가 앉은 등받이 없는 의자를 돌려서 자신을 올려다보게 만들었다.

"유채 씨, 괜찮아요."

이현은 고개를 수그려 그녀의 눈물 끝에 입을 맞추었다. 그녀의 깊은 슬픔까지 함께 나누어 가지려는 것처럼.

"아직 늦지 않았다고요. 괜찮아요. 내가 도와줄게요."

그로부터 사흘 후, 유채의 아빠가 요양병원에 입원하는 날이었다. 장기 투숙하던 허름한 여관방에서 짐을 챙겨 나오는 그의 낯빛은 죽은 사람처럼 파리했다. 여관 입구에는 요양병원에서 온 봉고차가 대기하고 있었고, 유니폼을 입은 직원이 조수석에서 내리면서 유채 아빠를 향해 싹싹한 어조로 말을 걸었다.

"오늘 입원하시는 분 맞으시죠? 타시죠. 병원까지는 갈 길이 멉니다."

직원이 뒷좌석 문을 열어주고 기다리고 있는데도, 유채 아빠는 곧바로 움직이지 못했다.

"누가 더 오기로 했습니까? 서류에 보호자가 없다고 써놓으셔서 그런 줄 알았는데요.”

“그렇긴 한데…….”

유채 아빠는 미련을 버리지 못하고 자꾸만 주위를 두리번거렸지만, 사람들의 발길이 끊어진 후미진 골목길에는 빈 술병과 쓰레기만 휑하니 나뒹굴 뿐이었다.

“그럼 출발하겠습니다.”

유채 아빠를 독촉해서 뒷좌석에 태운 직원이 문을 닫으려는 순간, 별안간 승용차 한 대가 경적을 울리면서 봉고차 바로 앞까지 달려왔다. 허겁지겁 승용차 문을 열고 내린 유채가 직원을 향해 필사적으로 소리쳤다.

“잠깐만요! 제가 딸이에요!”

유채의 음성을 들은 아빠가 재빨리 문을 열고 뛰쳐나오는 모습은, 그가 내심 얼마나 애타게 딸을 기다렸는지 여실히 보여주었다. 아빠와 얼굴을 마주하고도 뭐라 말해야 할지 몰라 머뭇거리던 유채는, 봉고차에 시동 거는 소리가 들리는 순간 발갛게 상기된 두 뺨을 희미하게 떨면서 비명처럼 소리쳤다.

“아빠, 나도 미안해!”

“유채야…….”

“그때 거짓말한 거, 연락 안 받고 한 번도 안 찾아간 거, 그리고 10년 동안 아빠를 미워한 거, 전부 다 미안해!”

유채의 말을 들은 아빠는 쇠뭉치로 머리를 얻어맞은 것 같은 표정을 짓더니, 목에 가시가 걸린 사람처럼 힘겹게 대꾸했다.

“네가 왜 미안해? 사과하지 마. 다 아빠 잘못이야.”

“금방 옛날로 돌아가긴 힘들겠지만, 조금씩 마음을 열 수 있게 노력할게. 그러니까 아빠도 그렇게 쉽게 포기하지 마. 약속해, 포기하지 않겠다고."

유채가 반쯤 열려 있는 봉고차 뒷문을 양손으로 매달리듯 붙잡자, 아빠는 해골처럼 둥글게 패인 눈가에 씁쓸해 보이는 주름을 잡으면서 대답했다.

"그래, 포기하지 않을게."

그러자 승용차에 기대어 서서 그 장면을 바라보고 있던 이현이 천천히 다가오더니, 깊게 눌러쓰고 있던 모자를 벗으면서 장인을 향해 작별 인사를 고했다.

"유채 씨와 쌍둥이는 제가 잘 돌보겠습니다. 너무 걱정하지 말고 치료 잘 받고 오세요."

"쌍둥이라고?"

은식은 놀라움과 반가움이 뒤섞인 어조로 되묻고는, 이제 한눈에 보기에도 확연하게 임산부 태가 나는 유채의 배를 경탄하듯 바라보았다.

이제 더는 배를 감추고 다닐 필요가 없는 유채는 자랑스러운 말투로 대답했다.

"응, 아들딸 쌍둥이야."

광대뼈가 앙상하게 드러난 아빠의 얼굴에 해바라기처럼 환한 미소가 퍼져나갔다. 딸을 되찾은 것만으로도 분에 넘친다고 생각했는데, 사위와 손자, 손녀까지 한꺼번에 생겨 버렸으니 얼떨떨하면서도 기쁘지 않을 수 없었다.

"자, 이제 인사 다 하신 거죠? 문 닫겠습니다!"

직원의 외침에 유채는 어쩔 수 없이 뒷문을 잡았던 손을 놓았다.

인정하고 싶지는 않아도 이것이 마지막이 될지도 몰랐기에, 짧은 말들 속에 간곡한 마음을 담아내려고 애썼다.

"항암 치료 잘 받고, 애들 태어나면 보러 와. 이번에는 늦지 않게 와."

"그래, 꼭 보러 가야지."

10년 동안 쌓였던 말들을 미소 어린 눈으로 대신하면서 부녀는 다시 한번 헤어졌다. 아빠는 봉고차의 뒤꽁무니를 바라보고 앉은 채 끝까지 손을 흔들었고, 유채는 점점 멀어지는 유리창 속에서 허수아비처럼 가는 몸이 휘청거리는 모습을 보며 입술을 지그시 깨물었다.

그래도 다행이었다. 따뜻한 말과 다정한 미소를 주고받으며, 다시 만날 것을 약속하면서 아빠를 보낼 수 있어서. 이현은 그녀의 어깨를 감싸듯이 끌어안으면서 흐뭇한 어조로 말했다.

"우리 쌍둥이한테 외할아버지가 생겼네요."

"그러게요. 전부 이현 씨 덕분이에요."

유채는 이현을 올려다보면서, 온 진심과 애정을 담아 말했다. 이현은 그런 그녀를 마주 내려다보면서 두 뺨을 사랑스럽게 손바닥으로 감싸더니 문득 이런 말을 했다.

"유채 씨, 사실 부탁하고 싶은 게 하나 있어요."

"부탁이요?"

"이번 주말에 부모님을 뵈러 갈 건데, 유채 씨가 함께 가줬으면 좋겠어요."

이미 결심을 굳힌 듯 단호한 어조로 말하는 이현의 비장함이 유채에게도 고스란히 느껴져서, 그녀까지 덩달아 긴장되었다.

"내가 같이 가면 남들 눈에 띌 수도 있는데, 괜찮겠어요?"

"괜찮아요. 부모님은 아들이 연예인이라는 거, 누구한테도 얘기 안하셨을 거예요. 노인들만 사는 동네라 날 알아보는 사람도 없을 거고요. 내 아이들의 엄마라고, 사랑하는 여자라고, 유채 씨를 정식으로 소개하고 싶어요."

"……."

"무리일까요? 유채 씨 몸이 많이 힘들다는 건 알아요. 뒷좌석에 전신 쿠션도 깔고, 휴게소가 나올 때마다 쉬어 가기도 할 건데, 그래도 안 되겠다 싶으면 뒤로 미룰게요. 부담 갖지 말고 대답해줘요."

아무리 조심해도 임산부에게 장거리 여행은 힘들 수밖에 없었고, 그래서 이현은 유채의 눈치를 볼 수밖에 없었다.

'네 부탁이라면 더한 것도 기꺼이 들어줄 텐데, 바보같이.'

유채는 마음을 졸이고 있는 이현이 귀여워서 입가에 엷은 미소를 머금으며 선뜻 대답했다.

"그래요, 가요. 첫 밀월여행이 가족 방문이라니 김새긴 하지만, 이번만 봐 줄게요."

41. 고마웠어, 진심으로

이현과 함께 첫 여행을 떠나기 전, 유채에게는 먼저 해야 할 일이 있었다. 그날 저녁, 선우가 일하는 검찰청을 찾아간 그녀는 건물 입구에서 그에게 전화를 걸었다. 야근하던 그는 지체하지 않고 달려나왔고, 그녀는 별다른 설명 없이 그를 택시 정류장으로 이끌었다.

"가자, 선배. 오늘은 내가 저녁 살게."

유채가 선우를 데려간 곳은 그들이 졸업한 대학교 정문 앞에 있는 소박한 덮밥집이었다. 대학 시절 걸핏하면 끼니도 거른 채 도서관에 처박혀 있던 유채를, 선우가 억지로 끌어내서 여기에 앉혀놓고는 했었다.

— 유채 너, 이거 다 먹을 때까지 여기서 못 나간다. 내가 꼼짝도 안 하고 지키고 있을 거야.

엄포를 놓아 가면서 그녀가 접시를 싹싹 다 비울 때까지 놓아주지 않던 선우를 떠올리자 유채는 슬그머니 웃음이 나오려고 했다.

"와, 진짜 오랜만이다. 나 미국에 있을 때 여기 덮밥 자주 생각났었어. 손님이 오면 물어보지도 않고 무조건 덮밥 한 그릇씩 갖다 주는 것도 옛날이랑 똑같네."

선우도 싱글벙글하면서 반가운 기색을 드러냈고, 그들은 부표처럼 떠오른 추억들을 나눠 가면서 둘이서 맛있게 밥을 먹었다. 식사가 끝난 후, 유채는 손목에 차고 있던 스마트 워치를 풀어서 선우에게 돌려주었다.

"이거, 이제 필요 없어. 아빠가 요양병원으로 들어갔거든."

"……"

"선배는 알고 있었지? 우리 아빠가 간암 3기라는 거. 그 이유로 가석방이 결정됐을 테니까. 왜 나한테 미리 알려주지 않았어?"

선우는 수많은 사람의 손때가 묻어서 반들반들해진 나무 탁자를 내려다보면서 한참 동안 침묵을 지키다가, 마침내 일자로 다물었던 입을 천천히 열면서 나지막하게 말했다.

"네가 마음이 약해질까 봐 걱정돼서 그랬어."

"그게 무슨 말이야?"

"유채야, 난 너희 아빠 같은 사람들을 잘 알아. 자기보다 강한 사람 앞에서는 꼼짝도 못 하지만, 조금이라도 약하다 싶으면 곧바로 달려들어서 물어뜯고 착취하지. 그런 기질은 잠시 억누르거나 위장할 수는 있어도, 근본적으로 바꿀 수는 없어."

"우리 아빠가 그렇다고 말하고 싶은 거야?"

"그래. 몸이 아프다고 마음이 약해져서 받아줬다간, 또 어떤 방식으로 너를 해코지하고 괴롭힐지 몰라. 그래서 너에게 말하지 않았어, 널 위해서."

선우에게 따지거나 화를 내려고 이곳에 온 것은 아니었다. 그러나 유채는 그동안 꾹꾹 억누르며 얘기하지 않았던 것들이 한꺼번에 목구멍을 넘어 올라오는 것을 도저히 막을 수가 없었다.

"선배는, 뭐가 날 위한 거고 나한테 이로운 건지 왜 선배가 판단하려고 들어? 어째서 내가 알아서 결정하도록 내버려 두질 않아? 선배는 내가 아니잖아. 나만큼 날 잘 알지 못하잖아."

"유채야."

"선배는 대단하고 위세 높은 아버지의 그림자에 가려져서 자랐잖아. 그래서 선배가 보기에 약하고 불쌍한 사람들을, 성모 마리아처럼 구원하고 돌보는 것으로 자신을 증명하려고 드는 것 같아. 그 사람들이 제 발로 설 수 있다고는 생각하지도 않고 말이야."

유채의 지적에 선우의 눈이 커다랗게 벌어졌지만, 그녀는 이제 와 멈출 마음은 없었다.

"나도 그렇지. 내가 선배에게서 받은 건 사랑도 열정도 아니라, 동정이고 희생이었어. 내가 살 곳이 없다고 하니까 결혼하자고 했던 것처럼, 길 잃고 헤매는 강아지를 주워오는 것 같은 마음이었던 거야. 선배는."

선우는 유채를 만나는 동안 단 한 번도 그녀에게 화를 낸 적이 없었다. 유채가 약속에 늦거나 아예 까먹고 나타나지 않았을 때, 그가 사준 반지를 잃어버렸을 때, 기념일을 까맣게 잊어버렸을 때, 연인이라면 으레 싸움이 일어날 법한 상황에서도 그는 눈썹 한 올 찡그리는 법이 없었다. 그게 자연스러운 일이 아니라는 걸, 유채는 그와 헤어지고 나서야 깨달았다.

"바로 이게, 3년 전 우리가 헤어져야 했던 이유지. 내가 아빠한테 의자로 머리를 맞았다고 위증을 해서도 아니고, 그걸 가지고 한 의원님으로부터 협박을 당해서도 아니야. 나에 대한 선배의 감정이 사랑이 아니었기 때문이야. 그게 전부야."

유채는 거의 무의식중에 말을 쏟아내 놓고는 흠칫하면서 선우의 낯빛을 살폈다. 그녀의 위증 사실에 대해 모르고 있던 그가 크게 충격 받을 줄 알았는데, 그는 동요하는 기색을 전혀 내비치지 않았다.

"알고 있었어?"

"위증에 대해서라면 대충 그런 게 아닐까 짐작하고 있었어. 항소심에서 네가 증언하러 나오지 않겠다고 하는 게 이상했거든. 우리 아버지가 그걸 가지고 협박한 건 몰랐지만."

이번에는 선우가 아닌 유채가 충격 받을 차례였다. 그녀는 망연자실한 얼굴로 빈 숨을 삼키면서 혼잣말처럼 중얼거렸다.

"짐작했으면서…… 왜?"

"이미 네가 증언한 후였으니까. 미성년인 가정폭력 피해자를 위증으로 벌한다고 해서, 딸이 죽든 말든 경마하러 가는 아버지를 집으로 돌려보낸다고 해서 정의가 실현되는 건 아니잖아."

"아니, 그게 아니라……. 왜 나와 결혼하겠다고……."

"왜긴 왜겠어? 좋아하니까, 사랑하니까 결혼하겠다고 한 거지."

선우에게 진실을 털어놓는 장면을 머릿속에서 수십 번, 아니 수백 번도 넘게 상상했지만, 이런 식의 전개가 펼쳐지리라고는 짐작도 하지 못했다. 허를 찔린 표정으로 아무 말도 못 하는 유채를 보면서 선우는 서슴없이 말을 이었다.

"우리 아버지 일은 내가 대신 사과할게. 미안하다. 네가 얼마나 상처받았을지 짐작이 가. 하지만 너에 대한 내 마음이 가짜였다고 멋대로 단정 짓지는 말아줬으면 좋겠어. 고작 동정심 때문에, 법복 벗고 부모 버릴 각오까지 하는 미친놈은 아니니까."

선우는 그 시점에서 말을 끊으면서 조금 억울한 것처럼 들리는 한숨을 내쉬었다. 그가 손바닥으로 이마를 짚었을 때, 벌어진 손가락 사이로 보이는 두 눈에서 정직한 감정이 엿보였다.

"살 곳이 없다고 해서 청혼했다고? 네가 졸업할 때까지 맘 졸이면서 기다렸을 거라는 생각은 안 해봤어? 혹시 다른 놈을 마음에 뒀으면 어쩌나, 나이 많은 아저씨가 들이댄다고 싫어하면 어쩌나 해서 일부러 가벼운 말로 떠본 거라는 생각은 못 해봤어? 너처럼 똑똑한 여자가?"

"선배……."

"걱정하지 마, 이젠 깨끗이 포기할 테니까. 하지만 그건 내 마음이 거짓이었기 때문이 아니라, 지금 네 곁에 있는 남자를 인정하기 때문에 그런 거야. 널 위해서라면 달리는 차에라도 서슴없이 뛰어들 수 있다는 걸 증명해 보였잖아."

선우는 뭔가 더 얘기하려다가, 식당 문 앞에 길게 늘어선 학생들 줄을 보고는 일단 자리에서 일어났다. 두 사람이 식당을 나와 택시 정류장 앞에 나란히 섰을 때, 선우는 유채를 물끄러미 바라보면서 어딘가 씁쓸해 보이는 미소를 지었다.

"사실 난 처음부터 승산이 없었지. 혈연보다 강력한 무기가 어디 있겠어. 그걸 알아서 일부러 억지 쓰고 허세를 부렸는지도 몰라. 강이현 씨한테 미안했다고 전해줘. 다음에는 좋은 분위기에서 한잔하자고."

"그래요. 잘 가, 선배. 이번에는 정말로……. 잘 가."

"유채 너도 잘 지내고. 나중에 쌍둥이가 태어나면 사진 찍어서 보내줘. 누구 닮았을지 궁금하니까."

택시가 도착하자 선우는 뒷좌석 문을 열고 유채를 먼저 태우려고 했지만, 그녀는 손사래 치면서 사양했다.

"선배 먼저 타. 일하러 가야 하잖아."

"무슨 소리야, 당연히 임산부가 먼저 타야지. 서 있는 거 힘들잖아."

"아직 그 정도는 아니야. 바로 뒤에 한 대 더 오는데, 뭘."

실랑이에서 진 선우가 택시에 먼저 올라타고 문이 닫히려는 순간, 열린 창문 틈으로 유채의 낭랑한 목소리가 흘러들어왔다.

"선우 오빠."

"……."

유채로부터 처음 들어보는 호칭에 애써 담담한 척하던 선우의 눈빛이 물결치듯 일렁거렸다. 사귀던 동안 '오빠'라고 불러 달라고 그렇게 졸랐는데도, '선배'가 편하다면서 굳이 그 딱딱한 호칭을 고집하던 그녀였다.

"고마웠어. 열아홉의, 스물의, 스물다섯의 불완전하고 나약했던 나를 사랑해줘서. 오빠가 있었기 때문에, 지금의 내가 있을 수 있었던 거야. 평생 잊지 않을게. 그러니까 오빠도 이젠 좋은 사람 만났으면 좋겠어. 내가 이현 씨를 만나 기적 같은 행복을 찾게 된 것처럼."

진심이 담긴 유채의 말을 들으면서 선우는 뭐라 말하기 어려운 감회에 젖었다. 그는 얼굴 표면까지 범람하려는 감정을 숨기기 위해 얼토당토않은 농담을 던졌다.

"그럼 나도 여자 아이돌 만나볼까? 강이현 씨한테 트와이스랑 친한지 좀 물어봐 줄래?"

"……."

솔직한 반응을 숨기지 못하고 경직되어버린 유채를 보고, 선우는 호탕한 웃음을 터뜨렸다.

"농담이야. 그건 됐으니까 나중에 내가 결혼하게 되면 와서 축가나 불러 달라고 해. 검찰청 직원들이 좋아서 까무러칠 테니까."

42. 집으로 돌아오다

유채가 이현에게 선우의 말을 전했을 때, 그는 흔쾌히 웃으며 승낙했다. 둘만의 첫 여행을 떠나는 길, 기쁘고 들뜬 나머지 무슨 부탁을 받는다 해도 다 들어줄 수 있을 것 같았다. 이현이 좋아하는 노래를 열띤 설명과 함께 들으면서 쭉 뻗은 고속도로를 달리는 드라이브는 한없이 즐거웠다. 이현의 약속대로 휴게소마다 쉬었다 가느라 상당한 시간이 걸리긴 했지만.

하늘은 구름 한 점 없이 맑게 개어 있었고, 간간이 불어오는 산들바람이 상쾌했다. 한 시간 남짓 고속도로를 달리다가 국도로 접어들자, 산그늘이 짙게 깔린 야트막한 분지에 고적하게 자리 잡은 마을이 나타났다.

"와, 요즘 시대에도 이런 곳이 있네요."

구불구불한 골목을 돌고 또 돌아서 마침내 이현이 태어나고 자란 집에 도착한 유채는 흙담 위로 솟아오른 고풍스러운 한옥을 보면서 감탄을 금치 못했다.

"가요."

골목에 차를 세운 이현은 구경하느라 정신이 팔린 유채의 손을 잡고 대문으로 다가갔다. 잠겨 있지 않은 문을 살짝 밀어서 열자, 고운 모래가 깔린 마당에서 비질을 하고 있는 중년 여자의 옆모습이 눈에 들어왔다.

오래 입어서 빛이 바랜 개량 한복의 깃 위로 드러난 목덜미에 잔주름이 잡혀 있었고, 단정하게 틀어 올린 머리카락에는 군데군데 새치가 섞여 있었다. 그간 마음고생이 심했을 어머니는 기억보다 훨씬 더 늙어버린 모습이어서, 이현은 그만 코끝이 시큰해졌다.

"어머니, 저 왔어요."

이현이 희미하게 떨리는 목소리로 입을 열자, 빗자루를 쥐고 있던 중년 여자의 손이 정지 버튼을 누른 것처럼 우뚝 멈췄다. 천천히 옆을 돌아본 그녀의 눈이 휘둥그레졌다.

배부른 젊은 여자의 손을 잡고 서 있는 아들. 아침 드라마를 한 번이라도 본 적 있는 주부라면 그 상황을 파악하는 데는 그리 오랜 시간이 걸리지 않았다.

"요놈아! 누가 널 그렇게 가르쳤어? 말 안 듣고 결국 서울에 가더니 못된 짓만 배웠구나!"

"으앗! 어머니! 엄마! 잠깐만! 내 말 좀 들어봐요!"

이현은 무자비하게 날아오는 빗자루를 피해 고개를 숙이면서, 다음부터는 여자들에게 말을 걸기 전에 손에 뭘 쥐고 있는지 반드시 먼저 확인해야겠다고 다짐했다.

이현 엄마가 아들을 성에 찰 때까지 두들겨 팬 후에야, 세 사람은 다소 진정된 분위기 속에서 대청마루에 둘러앉을 수 있었다.

"미안해요. 모든 게 우리가 자식을 잘못 가르친 탓이에요. 남의 집 귀한 딸자식에게 죽을죄를 졌어요."

이현 엄마는 아직 흥분이 완전히 가라앉지 않았는지 조금 가쁘게 숨을 몰아쉬면서, 화채가 담긴 소반을 내려놓고 유채의 건너편에 앉았다.

"아니에요, 별말씀을요."

이런 반응을 예상치 못한 유채는 송구스러워하면서 마주 고개를 숙였다. 이현 엄마는 이현과 똑같이 생긴 갸름한 눈매를 아들을 향해 돌리면서 물었다.

"그래서, 날짜는 언제로 잡았니? 신접살림은 어디에 하려고? 아이고, 내 정신 좀 봐. 일단 양가 상견례부터 해야겠구나."

"그게요, 엄마. 결혼은 나중에 하기로 했어요. 당분간은 제가 방송 활동을 해야 해서요."

둘이 미리 상의해서 준비한 대답이었지만, 이현 엄마는 그 말을 듣자마자 소스라치게 놀라며 유채에게 고개 숙여 사죄하기 시작했다.

"아이고, 미안해요, 정말로. 그쪽 부모님께 맞아 죽어도 할 말이 없겠네요."

"제가 먼저 그러자고 한 일인데요, 자꾸 사과하지 않으셔도 돼요."

유채는 웃으면서 말했고, 이현은 그에 덧붙여 자초지종을 설명하기 시작했다. 유채와는 서로 깊이 사랑하는 사이이고, 같은 집에 살고 있으며, 곧 아들딸 쌍둥이가 태어날 예정이라는 것까지.

"그래, 잘했네. 귀하고 소중한 생명인데. 쌍둥이라면 더욱 감사한 마음으로 낳아서 키워야지."

이현 엄마는 무슨 일이 있어도 아이들을 잘 키워 보겠다는 이현의 말에 눈에 띄게 안도하는 빛을 띠더니, 바가지를 씌워놓은 것처럼 둥그스름해진 유채의 배를 흐뭇하게 바라보았다.

"그런데 아버지는 어디 가셨어요? 연구원 가셨어요?"

"아니, 거긴 문 닫았다. 어디 가셨는지 나도 모르겠네. 이따 들어오시면 같이 저녁 먹고, 오늘은 여기서 하룻밤 자고 가."

이현 엄마는 무심코 그렇게 말했다가, 이건 아니다 싶었는지 멈칫하면서 유채를 보았다.

"아, 혹시 여기서 자는 거 불편해요? 내가 눈치가 좀 없어요, 미안해요. 저기, 이름이…….."

"서유채라고 합니다."

"그래, 유채 씨가 하고 싶은 대로 해요. 일찍 올라가는 게 편하면 그렇게 하고."

유채는 조바심이 엿보이는 예비 시어머니의 순박하고 선량한 눈동자를 바라보았다. 인영에게는 미안한 일이었지만, 순간적으로 호기심이 생겼다. 낳아주고 키워준 엄마가 있다는 건 어떤 기분일까, 얼마나 따뜻하고 안심되는 것일까, 하는.

"저희 자고 가게 해 주세요. 전 이현 씨 부모님과 가까워지고 싶어서 여기에 온 거니까요."

그렇게 해서 이현과 유채는 고즈넉한 흙냄새가 향기처럼 배어 있는 고옥에서 하룻밤을 보내게 되었다. 이현은 그가 옛날에 쓰던 방으로 유채를 데리고 갔다.

"와, 여기는 하나도 변하지 않고 그대로네요."

"이게 처음으로 용돈을 모아서 산 음반이고요, 이건 실용음악부에 들어갔을 때 선배한테서 선물 받은 기타예요. 금방이라도 부서질 것 같죠? 이래봬도 소리가 제법 괜찮게 나요."

새록새록 밀려드는 추억에 기분이 들뜬 이현은 아직 탄력을 잃지 않은 기타 줄을 튕겨 보면서. 띄엄띄엄 이어지는 선율에 맞춰 가사를 붙이지 않은 멜로디를 흥얼거렸다.

"언젠가, 유채 씨만을 위한 노래를 만들어서 불러주고 싶어요."

"그래요, 기대할게요."

두 사람의 시선이 만나면서 말로는 다 담을 수 없는 교감이 오고 가는 그때, 밖에서 조심스럽게 방문을 두드리는 소리와 함께 이현 엄마의 음성이 들렸다.

"이현아, 아버지 오셨다."

드디어 아버지를 대면한다는 생각에 긴장한 것은 이현뿐이 아니었다. 유채 또한 마른 침을 삼키면서 사랑채로 나아갔다.

그곳에는 그녀의 미래 시아버지가 될지도 모르는 장년 남자가 등을 꼿꼿하게 세운 채 앉아 있었다. 그의 외모는 이현이 스무 살 정도 나이를 먹은 것처럼 보일 만큼 비슷했지만, 풍기는 분위기는 사뭇 달랐다. 각을 이룬 이목구비와 강인해 보이는 턱, 꽉 다물린 입술이 엄격하고 권위적인 인상이었다.

"오랜만에 보는구나. 하는 일은 잘 되고?"

아들이 가출했다가 몇 년 만에 돌아온 게 아니라 반나절 동안 집 앞에 나갔다 온 것처럼, 아버지는 그렇게 짧고 무뚝뚝한 말로 이현을 맞이했다.

"네, 아버지. 제가 활동하는 그룹도 이제 인지도가 높아졌어요."

일루전의 인기를 표현하기엔 턱없이 부족한 말이었지만, 이현은 아버지가 TV는 정신을 갉아먹는 바보상자로, 대중가수는 돈에 팔려 다니는 딴따라로 취급한다는 걸 알고 있었기에 일부러 겸손한 태도를 취했다. 가방 속에서 근사하게 사인한 앨범 세 장과 금색 테두리가 둘려진 봉투를 꺼내어 조심스럽게 아버지의 앞에 내놓았다.

"이건 그동안 냈던 앨범들인데, 한번 보시라고 가져왔어요. 저희 콘서트 티켓도 있어요. 어머니랑 같이 보러 오시라고요."

이현 아버지는 아들이 가져온 사인 앨범들과 콘서트 티켓을 무표정한 낯으로 잠시 쳐다보다가, 손끝으로 도로 밀어 놓으면서 무뚝뚝하게 말했다.

"우리는 됐다. 네 친구들한테 나눠줘라."

이현의 손가락이 서운한 기색을 감추지 못하고 티켓이 든 봉투를 만지작거렸다.

"그럼 새 앨범 나오면 그거라도 보내드릴까요? DVD처럼 영상도 재생할 수 있어요."

"아니, 그것도 필요 없다."

이번에도 무심하기만 한 아버지의 대답에, 이현의 눈빛은 주눅 들고 어깨는 축 처졌다. 그 순간 유채는, 아버지의 관심을 갈구하고 인정받기 위해 노력했지만 언제나 뒷전이기만 했던 어린 소년의 모습을 엿보았다.

'그 살아남기 힘든 연예계에서 아들이 성공했는데, 좀 기뻐해 주면 안 되나? 어떤 음악을 하는지 관심 있는 시늉이라도 해 주면 안 돼?'

어쩌면 이현은 아무리 잘해도 칭찬해 주지 않는 아버지 때문에 늘 인정받지 못한다는 기분에 시달리면서 살지 않았을까. 유채는 만일 쌍둥이가 나중에 그녀의 마음에 들지 않는 직업을 갖는다고 하더라도, 우선 열심히 해보라고 응원해 주어야겠다고 다짐했다.

그때, 잠시 자리를 비웠던 이현 엄마가 정갈하고 맛깔스러워 보이는 음식이 가득 담긴 밥상을 두 손으로 든 채 돌아왔다.

"자, 다들 저녁 먹으면서 얘기하자고요. 이현 아버지, 이현이, 그리고 유채 씨도요."

유채는 이현 엄마의 권유에 따라 이현의 옆자리에 앉았다.

소고기가 듬뿍 들어간 미역국에 살코기가 두툼하게 붙은 갈비찜, 기름기 쫙 빼고 구운 고등어구이와 각종 나물 무침이 식욕을 당겼지만, 바로 맞은편에 이현 아버지의 근엄한 얼굴이 버티고 있어서인지 선뜻 음식에 손이 가지 않았다.

"그러지 말고 먹어요. 어제부터 휴게소에서 군것질한 것 빼고 제대로 먹은 게 없잖아요."

오랜만에 만나는 집밥이 반가워 허겁지겁 먹어치우고 싶을 법도 한데, 이현은 부모님이 뚫어지게 쳐다보는 것도 개의치 않고 반찬을 덜어 얹어주며 유채를 챙기는 데 여념이 없었다. 그때 이현 아버지가 처음으로 유채에게 말을 걸었다.

"서유채 양이라고 했죠. 직업은 뭔가요? 실례가 안 된다면 나이는?"

"변호사 일을 하고 있습니다. 나이는 서른이고요."

유채는 그녀의 나이를 들은 이현 아버지가 얼굴을 찌푸릴 거라고 생각했지만, 그는 여전히 낯빛 하나 변하지 않은 채 단조로운 어조로 질문을 계속했다.

"부모님은 뭘 하시는 분들인지 물어봐도 될까요?"

"아버지, 왜 그런 걸⋯⋯."

이현은 질문을 막으려고 했지만 유채는 담담하게 대답했다.

"친어머니는 제가 태어날 때 돌아가셨고, 아버지는 수감생활을 하시다가 지금은 요양병원에 계십니다. 대신 고등학교 때부터 절 돌봐주시던 변호사님을 어머니로 모시고 살고 있고요."

유채는 이제 과거 때문에 움츠러들지 않았다. 이현이 받아들이고 감싸준 상처는, 그녀에게 있어서도 더는 상처가 아니었기 때문이다.

"힘든 환경에서 이렇게 잘 자랐다니 대단하군요. 중요한 건 사람의 배경이 아니라, 사람이 그 배경을 이용하는 방식이니까."

이현 아버지는, 나무랄 데 없이 완벽하고 절도 있는 동작으로 국을 한 숟갈 떠먹고 나서 덧붙였다.

"유채 양과 쌍둥이는 우리 집에서 확실하게 책임지도록 하겠습니다. 이현이 상황 때문에 호적에 올리기 어렵다면, 우리가 입양하는 방법도 있으니까. 물론 재정적으로도 도울 것이고."

"……."

"혹시 내 태도가 딱딱하고 어색하게 느껴진다면 그건 이해해 줘요. 우리에게도 이 갑작스러운 소식을 받아들일 시간이 필요하니까. 시간을 두고 자연스럽게 가까워지면 좋지 않겠어요?"

"예, 물론 이해합니다. 편하신 대로 대해 주세요."

이어진 말에서 유채는 그가 감정표현이 서툴긴 하지만, 경우 바른 사람이라는 인상을 받았다. 그렇기에 이현과 같이 반듯하고 사리 분별 확실한 아들을 길러낼 수 있었을 것이다. 친해지긴 쉽지 않겠지만, 이런 할아버지가 있는 것도 아이들에게 괜찮겠다는 생각이 들었다.

"유채 씨, 미래의 시부모님을 만난 감상은 어땠어요?"

저녁 식사가 끝나고 유채와 함께 밤 산책을 하러 나온 길, 이현은 유채의 손을 꼭 잡고 뒤뜰을 천천히 걸으면서 물었다. 공기는 거짓말처럼 맑고 잔잔했고, 이따금 청량한 바람이 불 때면 뜰에 우거진 나뭇잎들이 서로 몸을 비비며 노래하는 소리가 들렸다.

"생각보다 무섭진 않더라고요. 아, 그러니까, 좋은 분들인 것 같다고요."

혹시 이현의 기분을 상하게 했을까 봐 얼른 변명하듯 덧붙인 유채의 말에 그는 피식 웃었다.

"뭘 상상한 거예요? 아들 훔쳐간 도둑이라고 김치로 뺨이라도 맞을 줄 알았어요? 우리 부모님 그런 분들 아니에요. 아까 봤죠? 일단 나부터 때리는 거."

이현은 넉살 좋게 말하면서 유채와 함께 아련한 연꽃 향기가 감도는 연못 언저리를 천천히 돌았다. 그들이 별채가 있는 쪽으로 들어선 순간, 건물 입구에서 달그락달그락 문고리를 잡아당기는 것 같은 수상한 소음이 들려왔다.

"쉿."

이현은 유채에게 조용히 하라는 표시로 손가락을 입술에 가져다 대 보이고는, 천천히 앞으로 나아갔다. 별채 문 앞에서 수상하게 얼쩡거리면서 달그락달그락 소리를 내는 검은 그림자는 이현이 너무도 잘 아는 사람이었다.

"어머니? 거기서 뭐 하세요?"

"어이쿠, 깜짝이야!"

이현의 엄마는 펄쩍 뛰어오르면서 양손을 등 뒤로 후다닥 감추었지만, 이현과 유채는 이미 그녀의 손에 들린 젓가락을 목격한 후였다. 이현은 엄마가 젓가락을 열쇠 구멍에 넣고 이리저리 돌려보면서 문을 따려고 했다는 걸 알아차렸다.

"누가 문을 잠가 놨어요?"

"너희 아버지가 잠가 두셨어. 나 못 들어가게 하려고. 아니, 나뿐만 아니라 자기 말고는 그 누구도 서재에 못 드나들게 한다니까."

"조용히 읽고 싶은 책이라도 있으신가 보죠. 왜 꼭 열어보려고 하시는 건데요?"

이현 엄마는 굳게 닫힌 문을 노려보면서 입술을 잘근잘근 깨물다가, 이윽고 마음을 정했는지 입술을 떼고서 말했다.

"아무래도, 너희 아버지가 바람이 난 것 같다."

이현과 유채는 누가 먼저라고 할 것도 없이 당혹스러운 기색을 드러내며 굳어져 버렸다. 그 얘기가 진짜든 아니든, 어쨌든 하하호호 웃으며 할 얘기가 아니라는 것만은 확실했다. 유채는 어색함과 민망함을 견디지 못하고 자리를 피하려 했다.

"전 잠시 방에 가 있을게요. 제가 들을 얘기는 아닌 것 같아서요."

"아니에요, 유채 양도 들어요. 이제 우리 식구가 될 사람이니까."

이현 엄마는 그렇게 유채를 붙잡더니, 오랫동안 혼자서만 곪아지고 있었던 불만과 불안을 한꺼번에 토로하기 시작했다.

"너희 아버지의 행동이 이상해지기 시작한 게 2년 전부터야. 처음에는 바람 쐬고 온다면서 행선지도 안 밝히고 나가더니, 점점 외출 시간이 길어졌어. 아침에 나가서 밤늦게 들어오기도 하고, 주말에는 밤새고 첫차로 오는 일도 있었어."

"외박하신다고요?"

아직 본격적인 얘기는 시작도 안 했는데, 이현은 벌써 충격을 받았다. 그가 이 집에서 살았던 스무 해 동안 그의 아버지는 매일 11

시에 취침해서 해 뜰 무렵이면 기상하는 규칙적인 생활을 했는데, 어찌나 칼 같은지 스님이나 군인에 비교해도 될 정도였다.

"그렇다니까. 어딜 다녀왔느냐고 물어보면 친구 만나고 왔다고 하는데, 누군지는 대답 못 하더라. 언제 한 번 작정하고 옷을 뒤져봤는데, 서울, 대전, 대구, 부산, 광주, 전국 방방곡곡으로 가는 차표가 나오는 거야."

"서울, 대전, 대구, 부산……."

충격에서 헤어 나오지 못한 이현은 넋 나간 듯 중얼거렸다.

"여자가 여러 명 있거나, 아니면 여기저기 여자를 두고 있거나 둘 중 하나겠지. 통장에서 수시로 돈이 빠져나가는 걸 보면 선물도 사다 바치고 그러는 것 같아. 어디 그뿐인 줄 아니?"

셜록 홈즈라도 된 것처럼 팔짱을 낀 채 날카롭게 추리하던 이현 엄마는, 말하다 보니 욱했는지 점점 언성이 높아졌다.

"컴퓨터도 켤 줄 모르던 양반이, 뭔 바람이 불었는지 스마트폰에 디지털 카메라에, 그것도 모자라 노트북까지 장만하더니 그걸 다 서재에 모아놓고 나한테는 보여주지도 않는단다. 한 번 밖에 나갔다 오면 반나절을 서재에 처박혀서 꼼짝도 안 해. 누가 봐도 수상하잖니, 이건."

"스마트폰에 노트북이요? 정말로요?"

"서재에서 자판 치는 소리도 들리고, 누구랑 줄곧 통화하는 소리도 들리는데, 내가 뭐 하냐고 물어보면 절대 대답을 안 해 줘. 왜 그러겠니? 그 여자랑 밤새 데이트하고, 집에 와서 또 통화하고, 채팅하고, 메일 주고받고. 이놈의 영감탱이 미쳐도 아주 단단히 미친 게 분명해."

아버지에게 늘 존칭을 사용하던 엄마가 영감탱이 소리까지 하는 거 보면, 그간 가슴에 쌓인 게 어지간히 많은 모양이었다.

"제가 한 번 말씀드려 볼까요?"

"됐어, 무슨 소용이야. 보나 마나 아니라고 잡아뗄 텐데. 그보다도 이현아."

"네, 어머니."

이현이 고분고분하게 대답하자, 엄마는 그의 두 손을 붙잡으면서 사뭇 간절하게 말했다.

"이제 그 가수 하는 거 할 만큼 했으면, 집으로 돌아오면 안 되겠니?"

"……."

이현은 그만 말문이 막혔다. 집에 돌아오면 당연히 이런 요구를 받을 거라고 예상했지만, 아버지가 아닌 어머니가 그럴 줄은 몰랐다.

"아버지가 겉도는 이유가 맘 붙일 데가 없어서 그런 것 같아. 네가 집으로 돌아와서 아버지랑 같이 연구원 일을 시작하면 다시 마음을 잡을 수 있을 거야. 너도 이제 딸린 식구가 생겼으니까, 다 같이 내려오면 어떨까? 유채 씨는 어떻게 생각해요? 응?"

그야 당연히 말도 안 되는 소리라고 생각했지만, 유채는 그렇게 대놓고 말할 수는 없었다. 30년 가까이 믿고 의지하며 살아온 반려자에게 배신당한 괴로움과 비참함이란 그녀가 이해할 수 없는 영역이었기 때문에, 판단력이 흐려졌다 해도 이해해야 할 것 같았다. 더구나 이현의 엄마는 지금 이 상황에서도 남편을 비난하지 않으려 애쓰고 있었다.

"너희 아버지가 겉으로 티를 안내서 그렇지 사실은 정이 많고 외로움을 잘 타는 사람이야. 이현이 네가 그런 것처럼. 오죽하면 평생 딴 짓 안 하던 양반이 바람이 다 났겠니. 화가 나긴 하지만 한편으로는 조금 안쓰럽구나."

"……."

곱게 주름진 이현 엄마의 눈가에는 어느덧 흐릿한 물기가 배어 있었다. 자존심이고 뭐고 다 내버리고 아들에게 간곡하게 매달리는 엄마가 가여워서, 이현은 좋다고도, 싫다고도 하지 못했다.

누구도 먼저 입을 열지 못하고 망부석처럼 우두커니 서 있는 와중에, 아까 이현과 유채가 왔던 그 방향에서 또 한 사람이 불쑥 나타났다.

"여기서 뭐하고들 있는 거야?"

호랑이도 제 말하면 나타난다더니, 지금까지 뜨거운 화제의 주인공이 되고 있던 이현의 아버지였다. 두 손으로 보온병을 감싸고 있는 것을 보니, 따뜻한 차를 후후 불어마시면서 한가로운 밤 산책을 즐기고 있었던 듯 했다.

이현 모자는 당황한 기색이 역력했지만, 유채는 차라리 잘됐다고 생각했다. 이현이 어린 시절도 모자라 성인이 되어서까지 아버지 때문에 상처받게 내버려 둘 수 없었고, 권위주의가 지배하는 이 꽉막힌 집안에서 누군가 용감하게 나서야 한다면 그건 자신의 몫이라고 생각했다.

"아버님, 결례가 아니라면, 아니 결례라고 해도 드려야 할 말씀이 있어요."

"나한테 말인가요?"

"네, 아버님은 전혀 모르시는 것 같아요. 이현 씨만큼 성공하는 게 얼마나 어려운 일인지 말이에요. 매년 평균 300팀이 데뷔하는 살벌한 아이돌 산업에서, 일루전은 대형 기획사의 뒷받침 없이 자기들 힘만으로 빌보드 차트에 오를 만큼 어마어마한 성공을 거둔 거라고요!"

유채는 이현의 아버지가 소 닭 보듯 무심하게 외면해버렸던 콘서트 티켓을 떠올리며 열변을 토했다.

"물론 아버님 세대야 빌보드가 뭔지 모르시겠죠. 그래도 콘서트에 와주시고, 앨범도 들어주시고, 잘한다, 멋있다, 말해주는 게 이현 씨에게 의미 있을 거라고 생각하지 않으세요?"

이제 조신한 며느릿감이라는 인상을 심어 주기는 틀렸지만, 유채는 이판사판이라는 심정으로 어제부터 계속하고 싶었던 말을 쏟아 놓았다.

"이현 씨와 저에 대해서도 그래요. 이현 씨가 뭔가 잘못해서 책임져야 한다는 식으로 말씀하셨잖아요. 그게 아니라 제가 이현 씨를 쌍둥이 아빠로 선택한 거예요. 저희는 서로의 부족함을 채워주는 동등한 관계고, 굳이 결혼하지 않아도 이대로 충분히 잘 살 수 있어요."

유채는 그녀의 말에도 별다른 동요를 보이지 않은 채 보온병을 천천히 들어 올려 입가로 가져가고 있는 이현 아버지를 향해, 선전포고하듯 당돌하게 말했다.

"그러니깐 아버님, 눈 딱 감고 아드님을 저에게 주세요."

푸우―!

지금까지 아무 반응 없던 이현 아버지가 갑자기 입에서 더운물을 뿜어냈고, 그와 마주하고 있던 이현은 졸지에 물세례를 받았다. 그러나 유채는 하고 싶은 말은 다 해야 직성이 풀리는 여자였다.

"제가, 아니 우리가, 반드시 이현 씨를 행복하게 해 줄 거니까요. 본업을 그만두고 이 집으로 돌아오라는 강요도 안 하시면 좋겠습니다. 이현 씨는 음악으로 수십만 명의 사람들에게 기쁨과 행복을 주고 있어요."

"누가 이현이에게 음악을 그만두라고 강요하던가요?"

벙어리처럼 침묵을 지키던 이현 아버지가 돌연 입을 열자, 이현의 엄마가 눈에 띄게 당황한 낯빛을 하면서 고개를 돌렸다.

"방금 어머니께서 말씀하고 계셨어요. 이제 그만하고 집으로 내려와서 가업을 이으라고요. 물론 어머님 마음도 이해 못 하는 건 아니에요. 하지만 아버님이 가정에 충실하지 못하고 어머님을 쓸쓸하게 만드시는 게 이현 씨 잘못은 아니잖아요?"

"누가 가정에 충실하지 못하다고요?"

이현 아버지의 눈썹이 활처럼 휘어졌고, 무슨 말인지 짐작조차 안 간다는 듯한 천연덕스러운 태도에 이현 엄마는 인내심의 한계에 다다르고 말았다.

"당신 말이에요! 바람피우고 있잖아요. 서울에 사는 여자랑!"

"내가? 서울에 사는 여자랑 바람을 피운다고? 그게 무슨 말도 안 되는 소리야? 당신 어디서 꿈이라도 꾸고 왔어?"

이실직고하면서 납작 빌어도 모자랄 판에, 적반하장으로 남의 말을 헛소리 취급하고 나오는 게 이현 엄마를 더욱 성나게 했다.

"바람피우는 게 아니면 허구한 날 어딜 그렇게 쏘다니는 건데요? 여자랑 데이트하면서 사진 찍어주고, 집에 오면 통화하고 채팅하느라 서재에 틀어박혀 있는 걸 내가 모를 줄 알았어요?"

"……."

"어쩌다가 내가 서재 청소라도 한 번 하려면 난리가 나잖아요! 도대체 그 안에다 뭘 숨겨 놨길래 그렇게 비밀스러워요? 벌거벗은 여자 사진이라도 대문짝만하게 붙여 놨대요? 세상에나, 늙어빠진 노인네가 부끄러운 줄 알아야지!"

졸지에 여자에 미친 노인네가 되어 버린 이현 아버지는 황당해하더니, 옷소매로 얼굴을 닦고 있는 아들에게 물었다.

"이현이 너도 그렇게 생각하냐? 내가 다른 여자를 사귄다고?"

"죄송해요, 아버지. 저도 믿고 싶지 않지만, 정황이 확실해서……."

우물쭈물 말끝을 흐리는 아들을 보고, 아버지는 이마를 짚으며 한숨을 쉬었다. 이걸 어쩌면 좋을지 잠시 골똘히 생각에 잠겼던 그는 이윽고 결심한 듯, 한 발짝 앞으로 나섰다.

"알았어. 당신이 원하는 대로 서재 안을 보여주지."

이현 엄마와 이현, 유채까지 이끌고 서재 앞에 선 이현 아버지는 문에 걸린 자물쇠를 풀면서 아내에게 말했다.

"자, 이젠 자물쇠도 걸어두지 않겠어. 당신도 마음대로 드나들라고."

마침내 열린 서재는, 어마어마한 비밀이 숨겨져 있다고 하기엔 너무도 평범해서 오히려 실망스러웠다. 앉은뱅이 책상과 목재 책꽂이, 필기구가 꽂힌 필통은 이현의 눈에도 익었고, 책상에 놓인 최신형 노트북과 디지털 카메라가 이질적이긴 했지만, 요즘 세상엔 별 것도 아닌 물건들이었다.

"자, 이게 내가 전국 방방곡곡을 데이트하면서 찍었다는 사진이다. 네 눈으로 한 번 봐라. 얼마나 예쁜 여자인지."

이현은 아버지가 건네주는 카메라를 받아들면서도, 이걸 과연 자기가 살펴봐도 될지 확신이 서지 않았다. 그러나 독촉하는 아버지의 눈짓에 못 이겨 카메라 전원을 켜고 디스플레이 창을 열어보았을 때, 그의 두 눈은 휘둥그레지고 말았다.

"아버지, 이게 다 뭐에요?"

대용량 메모리칩을 꽉꽉 채운 수천 장의 사진들은 전부 단 하나의 피사체, 바로 강이현을 담고 있었다. 날짜별로 다양하게 방송국 포토월에서 찍은 사진, 시상식 레드카펫에서 찍은 사진, 콘서트 장 객석에서 찍은 사진, 이현도 기억 못 하는 소규모 행사장에서 찍은 사진까지 있었다.

"어머, 이건 이현이 네 사진들이잖니!"

아무리 넘겨도 끝이 없는 사진들을 보면서 이현 엄마와 이현, 그리고 유채가 벌어진 입을 다물지 못하는 동안, 조용히 노트북을 켠 이현 아버지는 인터넷에 접속해 SNS 계정을 열었다.

— 한강 하이터치회 고화질 사진 공개합니다. 자유롭게 다운 받아가세요!

— 강이현의 과거 사진 독점 포착 공개! 아기아기한 백일사진을 구경하세요!

팔로워 수가 무려 10만 명에 이르는 SNS 계정을 아버지가 자유자재로 다루는 것을 본 이현은 놀라지 않을 수 없었다.

그렇지 않아도 공개하지 않은 과거 사진들이 인터넷에 돌아다니는 걸 보고 친척이나 학교 동창들을 의심하고 있었는데 엉뚱한 곳에 범인이 숨어 있었다니.

"아버지, 혹시……. 제 홈마[1] 세요?"

---

1) '홈페이지 마스터'의 줄임말. 고성능 카메라를 들고 아이돌을 따라다니면서 사진이나 동영상을 촬영해 SNS에 올리거나 굿즈를 만들어 판매하는 팬을 뜻하는 말이다. '대포', '대포 여신' 등으로 불리기도 한다. 법적으로는 초상권 침해에 해당하지만, 굿즈 판매나 전시회, 영상회 수익금으로 아이돌에게 거금이 들어가는 광고를 해주거나 서포트 선물을 해주고, 고화질 영상으로 입덕을 유도하기 때문에 아이돌에게는 고마운 존재이기도 하다.

43. 홈마가 된 아이돌 아버지

그러니까 그날은, 아이돌 그룹 일루전이 음악방송에 첫 데뷔하는 역사적인 날이었다.

"아이고, 이현이 아버님. 어서 오십시오. 먼 길 오느라 고생 많으셨습니다. 이현이는 지금 드라이 리허설 중인데요, 대기실에서 잠시만 기다리시면 금방 데리고 오겠습니다."

생전 처음 와보는 방송국이라는 곳을 촌닭처럼 두리번거리던 이현 아버지는, 깍듯하게 맞아주는 매니저의 친절한 말에 손사래를 치며 사양했다.

"아니요, 제가 온 건 비밀로 해 주세요. 방청석에서 다른 사람들과 함께 이현이가 노래하는 걸 지켜보고 싶습니다."

"오, 그렇게 깊은 뜻이 있으셨군요."

종필은 감동받은 표정을 짓더니, 스태프용 출입구를 통해 빠져나가 무대가 잘 보이는 프레스 석으로 이현 아버지를 데리고 갔다.

"아버님, 저는 애들을 챙겨야 해서 먼저 실례하겠습니다. 아드님의 멋진 모습, 자랑스럽게 지켜봐주세요."

종필이 꾸벅 인사하고 나서 사라지자, 이현 아버지는 공손했던 태도를 싹 바꾸면서 팔짱을 끼고 의자에 등을 기대어 앉았다.

"어디 뭘 얼마나 잘 하는지 한 번 두고 보자. 조금이라도 성에 안 찬다 싶으면 목덜미를 끌고서라도 집에 데려갈 테니까."

이현 아버지가 아들의 데뷔 소식을 듣고 아내에게는 비밀로 한 채 고속버스까지 타고 이 먼 길을 온 것은, 격려나 응원을 해 주기 위해서가 아니라 어떻게든 트집을 잡기 위해서였다.

그는 방청객 출입구에서 조금이라도 더 빨리 들어오려고 스태프까지 밀쳐가면서 아귀다툼을 벌이는 수백 명의 여학생들을 한심하게 쳐다보았다.

'너희들 부모님은 자식이 가수 나부랭이나 쫓아다니는 걸 알긴 하시냐?'

동물원에 온 것처럼 여기저기 구경하던 이현 아버지는, 스태프가 자리를 비우자마자 맨 앞줄에 앉은 팬들이 신호라도 떨어진 듯 일사불란하게 카메라를 꺼내 드는 것을 보고 놀랐다.

'뭐 하는 사람들이지? 저 카메라들은 또 뭐고?'

여기 오기 전 매니저로부터 듣기로는 사진 촬영이 금지되어 있다고 했는데, 그래서인지 그들이 카메라를 꺼내는 장소는 그야말로 기상천외했다. 펑퍼짐한 후드 티셔츠 안, 긴 치맛자락 사이, 꽃다발 속, 심지어 모자 속에서 나오기도 했다.

"저기요, 저 사람들은 뭔가요?"

이현 아버지는 자신의 옆에 앉아 노트북으로 부지런히 기사를 쓰고 있는 여기자에게 물었다.

"저 사람들이요? 아이돌 홈마잖아요."

멀뚱멀뚱한 이현 아버지의 표정을 보고, 그가 전혀 알아듣지 못했다는 걸 눈치 챈 여기자는, 아이돌 홈마가 무엇인지 자세히 설명해주는 친절함을 발휘했다.

"그 홈……. 그건 유명하고 인기 많은 가수들한테만 있는 건가요?"

"꼭 그렇진 않아요. 요즘은 반대로 아이돌이 홈마 덕분에 유명해지는 경우도 있어요. 홈마가 찍은 사진이나 영상이 인터넷에서 화제가 되면, 못 나가던 아이돌도 단번에 뜨거든요."

여기자의 상냥한 말투에 용기가 생긴 아버지는 그녀에게 넌지시 물어보았다.

"혹시 일루전이라는 그룹 아세요? 그 아이들은 인기가 많나요?"

"누구요?"

여기자가 의아한 표정으로 되묻는 순간, 무대에서 일루전의 데뷔 무대를 소개하는 MC의 멘트가 울려 퍼졌다. 그와 동시에 앞줄을 차지하고 있던 홈마들이 카메라를 우르르 내리면서 주고받는 대화가 이현 아버지의 귀에 또렷하게 들려왔다.

"망돌 나왔네. 저런 것들 때문에 우리 방청권 TO가 줄어들었다는 게 믿기지 않는다, 진짜."

"쟤네 팬싸에 50명 왔는데 그 중 30명이 알바라면서. 완전 개그 아니냐? 아이돌은 대형 기획사에서 매년 5팀만 데뷔시키게 법으로 정해야 된다니까. 돌판도 수질관리를 해야지."

이현 아버지는 아무것도 알아듣지 못했지만, 지금 오가는 게 좋은 얘기가 아니라는 것만은 확실히 알 수 있었다. 그는 무대 위에서 땀을 뻘뻘 흘리면서 춤추고 노래하고 있는 아들과 그 친구들을 보았다. 카메라를 찾지 못해 엉뚱한 곳을 헤매다 허겁지겁 돌아오거나, 마이크를 떨어뜨리거나, 서로 부딪쳐 비틀대는 그들의 서툰 모습은 실소를 자아냈지만, 이현 아버지는 웃을 수가 없었다.

'저렇게 목이 터져라 부르는데…….'

대중가요에 대해 모르는 이현 아버지는 일루전의 노래가 유행에 맞는 건지는 몰랐지만, 그들이 이 한 번의 무대를 위해 얼마나 많은 정성과 노력을 바쳤는지는 생생히 느낄 수 있었다. 하지만 사람들은 무명 신인 그룹의 노래에 귀를 기울이려 하지 않았고, 카메라가 단 한 대도 보이지 않는 휑한 방청석이 이현 아버지의 눈을 아프게 찔렀다.

'다른 그룹들은 수십 대의 카메라에 둘러싸여 있는데, 누구도 자기들을 찍으려고 하지 않는다니 애들 마음이 어떨까.'

이현 아버지는 일루전의 무대가 끝나자마자 도망치듯 방송국을 빠져나왔다. 막상 아들이 자신의 눈앞에서 처참하게 실패하는 모습을 보자 속이 쓰렸고, 모르는 척해주고 싶었다.

집으로 돌아오는 길, 종합터미널 앞에 있는 전자상가에서 찍는 방법도 모르는 디지털 카메라를 구입한 것은 순전히 충동에 의한 것이었다.

'딱 한 번만 카메라를 들고 가자. 애들 기만 살려주고 곧바로 돌아와야지.'

이현 아버지는 돋보기를 쓰고 설명서를 거듭 읽으며 조작법을 배웠고, 일주일 후 그 카메라를 들고 서울의 어느 종합운동장에서 진행되는 케이 팝 페스티벌 행사장으로 향했다. 어디가 사진을 찍기 좋은 자리인지 모르는 이현 아버지는 10대 홈마들 중 가장 시끄럽게 목소리를 내는 무리를 눈치껏 쫓아갔고, 그들은 샛길을 통해 순식간에 백 스테이지까지 갔다.

"쟤네 누구야? 인지도도 없는 것들이 왜 우리 오빠들 앞에 서 있어? 짜증나게."

백 스테이지에 대기 중인 다른 그룹들의 근처에는 카메라를 든 홈마들이 몰려 있었지만, 일루전 주변에는 아무도 없었을 뿐만 아니라 시야를 가린다면서 욕까지 얻어먹고 있었다.

바로 그때, 등산 모자를 눌러 쓰고 카메라로 얼굴을 가린 이현 아버지가 백 스테이지 근처로 접근했다.

"형! 저기 봐! 우리한테도 홈마가 생겼어!"

카메라를 발견한 래원이 잔뜩 들떠서 혁의 어깨를 때렸지만, 혁은 그쪽을 보지도 않은 채 혀를 쯧쯧 찰뿐이었다.

"불쌍한 새끼, 네가 관심에 목마른 나머지 이제 환각을 다 보는구나."

"아, 정말이라니까! 저기, 등산모 쓴 남자 분 보이지? 지금도 여기 찍고 있잖아!"

혁이 반신반의하는 표정으로 래원이 가리키는 방향을 쳐다보자, 이현 아버지는 그 타이밍에 맞춰 마치 보란 듯이 차르르륵 소리가 나도록 연사 촬영을 했다. 경쾌한 셔터음이 울려 퍼지자 혁은 기절할 것처럼 놀라더니, 난생 처음 받아보는 카메라 마사지에 어떻게 반응해야 할지 몰라 허둥지둥했다.

"어, 어떡하지? 웃어줘야 하나? 아니면 멋있는 척 해야 하나? 야, 나는 어떤 각도가 멋있냐?"

"나한테서 안 보이는 각도."

합을 맞추지도 못하고 옥신각신하던 그들은 결국 평범하게 카메라를 향해 브이를 그리며 웃어 보였다. 이현 아버지는 열두 살 소년들처럼 풋풋한 그들의 모습을 렌즈에 담으면서 흐뭇한 기분이 되었다.

"이현이 형! 노아야! 이리 와 봐! 우리 도촬 당하고 있어! 완전 좋아!"

무대 동선을 파악하는 데 열중하던 이현이 그 말을 듣고 뒤를 돌아보려는 찰나, 이현 아버지의 심장이 쿵쾅거렸다. 아들이 자신을 알아봐주었으면 하는 마음 반, 이대로 모르고 지나갔으면 하는 마음 반이었다.

그러나 이현의 얼굴이 미처 보이기도 전에 유니폼을 입은 스태프가 요란하게 호루라기를 불면서 나타났다.

"일루전! 이동합니다! 인원 체크해주세요!"

이현이 곧바로 등을 돌리고 스태프를 따라가는 것을 본 아버지는 안도의 한숨을 내쉬었지만, 한편으로는 가까운 거리에 있을 때 아들을 찍지 못한 것이 아쉬워 미련이 남았다.

'다음에 한 번만 더 오자. 그러고 나서 그만둬야지.'

그러나 사진 찍을 핑계는 끝도 없이 생겼기에, 그만둔다는 게 말처럼 쉽지 않았다. 아들을 정면으로 찍고 싶어서, 환하게 웃는 얼굴을 찍고 싶어서, 멤버들과 사이좋게 어울리는 모습을 찍고 싶어서, 단 한 번이라도 좋으니 1위라는 것을 하는 모습을 찍고 싶어서 자꾸 욕심이 났다.

데뷔 앨범으로 인기를 얻지 못한 일루전이 아주 먼 지방까지 돌면서 동네 양로원 위문공연 격밖에 되지 않는 행사를 하는 동안에도, 이현 아버지는 지치지 않고 따라갔다.

"어이구, 역시 오프 뛰는 건 힘드네……."

온라인이 아닌 오프라인으로 가수를 보러 가는 걸 '오프 뛴다'고 표현한다는 것도 행사장을 다니면서 알게 되었다. 류머티즘 관절염으로 욱신거리는 무릎을 주무르면서 행사장 앞 카페로 들어간 이현 아버지가 테라스에 앉아 그날 찍은 사진들을 점검하고 있을 때였다. 지나가다가 그의 카메라를 넘겨다본 당고머리 여고생 하나가 싹싹하게 말을 걸어왔다.

"와, 아저씨 사진 되게 잘 찍으신다. 연예부 기자세요?"

"아니, 기자는 아니고요. 그냥 취미로 찍는 거예요."

여고생은 어지간히 붙임성이 좋은지 대뜸 이현 아버지의 옆자리에 앉더니, 두 눈을 반짝이면서 카메라를 보여 달라는 무언의 신호를 보냈다. 이현 아버지는 어쩔 수 없이 그녀에게 카메라를 내 주었고, 그녀는 무대에서 노래하는 이현의 옆얼굴을 클로즈업한 사진을 보면서 손뼉을 쳤다.

"저도 이현 오빠 광팬이에요! 이 사진 갖고 싶은데 파시면 안 돼요? 혹시 계정 있으면 알려주실래요? 팔로우할게요."

"계정이요? 팔로우요? 그게 뭐죠?"

"모르시는구나, 제가 알려드릴게요. 일루셔니스트라면 서로 도와야죠."

그렇게 시작된 대화는 두 시간, 세 시간으로 점점 길어졌다. 여고생은 가수를 널리 알리고 싶으면 사진을 혼자만 보는 게 아니라 인터넷에 올려서 사람들이 보게 해야 한다는 조언도 해 주었지만, 이현 아버지는 자신이 없었다.

"사람들이 내 사진을 보고 싶어 하겠어요? 제대로 배운 적도 없는 사람인데."

"에이, 아니에요. 제가 덕질을 원데이 투데이 해 본 게 아니라 이런 데는 촉이 좋거든요. 아저씨 사진에는 초강력 애정필터가 있는 것 같으니까 금방 탑시드 되실 거예요."

여고생이 하는 말들을 다 알아들을 순 없었지만, 결국 이현 아버지는 그녀의 도움으로 SNS 계정을 만들고 팬 페이지를 개설하게 되었다. 아들의 목덜미를 잡고 본가로 끌고 가야겠다는 생각은 싹 사라져 버린 지 오래였다.

고화질 사진을 성실하게, 그것도 무료로 올리고 배포하는 팬 계정 '일루젼 아버지회'는 팬들 사이에서 금세 입소문을 탔고, 달랑 한 명으로 시작했던 팔로워도 천 명 단위로 늘어났다.

"아저씨는 왜 돈을 안 받으세요? 분명히 떼돈을 버실 수 있을 텐데. 돈 많이 벌면 이현 오빠 서포트도 빵빵하게 해줄 수 있잖아요."

어느덧 이현 아버지의 '덕메', 이른바 '덕질 메이트'가 된 여고생 팬 슬기는 그가 사진을 공짜로 뿌리는 걸 아까워했다.

"그런 건 됐다. 돈보다는 한 사람이라도 더 사진을 보고 이현이를 알게 되는 게 중요해."

낳아주고 키워준 것만으로도 서포트는 충분히 한 것 같으니, 그보다는 아들이 꿈을 이루어나가는 모습을 지금처럼 가까이서 지켜보고 싶었다. 일루젼이 명실공한 탑 아이돌이 된 후에도 카메라를 내려놓지 못하는 이유가 바로 그것이었다. 혹시 아들에게 들킬까 봐 매번 조심했지만, 이현은 등산모를 눌러쓴 그 파파라치 같은 남자가 자신의 아버지일 거라는 생각은 꿈에도 하지 못했을 것이다.

"그러니까, 내가 바람이 났다면 난 거겠지. 그 대상이 여자는 아니지만."

이현 아버지의 설명이 끝난 후에도, 이현과 유채는 떡 벌어진 입을 다물지 못하고 있었다. 그러나 이현의 엄마는 아직도 의심이 완전히 가시지 않은 듯했다.

"당신이 애들 사진을 찍느라고 돌아다닌다고 쳐요. 그러면 통장에서 빠져나간 그 돈은 뭐예요? 다 어디에다 쓴 거냐고요?"

"그건, 밤샘하는 애들 뭐 좀 사다 먹이고, 땡볕에 줄 서 있다가 쓰러지는 애들 생기면 병원 데려가고, 택시 태워서 집에 보내주기도 하고……. 이런저런 일들이 자꾸 생겨서 그렇지."

아버지는 난처한 듯 시선을 내리면서 변명하듯 말하는 것에 이현은 다시금 놀랐다.

"아버지가 그런 걸 왜 하세요?"

"내 아들을 좋아해 주는데 얼마나 고맙냐. 내 아들 1위하라고, 좋은 상 받으라고 비가 오든, 눈이 오든, 덥든 춥든 쫓아다니면서 응원해주는 애들이잖아. 나라도 챙겨줘야지. 그 애들도 누군가의 소중하고 귀한 자식이잖니."

아버지는 당연하다는 듯 대답했고, 이현은 그만 말문이 막혔다. 늘 자기 일정을 소화하는 데 바쁜 이현을 대신해서 어린 팬들을 돌봐준 건, 감정이 없는 사람처럼 보이던 무뚝뚝한 아버지였다.

'부모님 그늘을 벗어나서 나 혼자 성공했다고 생각했는데, 말도 안 되는 소리였구나.'

긴 한숨을 내쉬면서 아버지의 손때가 묻은 앉은뱅이책상 앞에 앉았던 이현은, 반쯤 열린 서랍 안에 눈에 익은 물건들이 잔뜩 들어 있는 것을 보고 깜짝 놀랐다.

"아버지, 우리 앨범을 왜 이렇게 많이 사셨어요? 이거 7, 80장은 되겠는데요?"

"그 정도는 안 되고 정확히 68장이야. 팬 사인회를 가려고 샀는데 떨어졌다. 너희들 팬 사인회 컷이 말도 안 되게 높아졌더구나. 200장이 뭐냐, 200장이. 나 죽으면 그걸로 관이라도 짜라는 건지, 원."

'팬 사인회 컷'이란 보통 앨범을 몇 장이나 샀을 때 팬 사인회 티켓에 당첨될 수 있는지 그 확률을 말하는 것으로서, 아이돌 그룹의 인기를 가늠하는 중요한 척도 중 하나였다.

"팬 사인회에 가게 되면 거기서 너한테 말할 생각이었다. 내가 '일루전 아버지회' 운영자라고. 다 밝히고 나서 이번 콘서트는 너희 엄마랑 같이 가려고 했지. 맨 앞줄 티켓을 구해놨거든."

그제야 이현은 아버지가 왜 콘서트 티켓이 필요 없다고 했는지 알게 되었다. 그것도 모르고 자신은 왜 부모님으로부터 인정받지 못하는지 모르겠다고 밤새 고민했다니.

이현이 아버지와 1대1 팬 미팅을 하며 팬들의 고충을 직접 전해 듣는 것으로, 느닷없는 바람 소동은 훈훈하게 마무리되었다. 그날 밤, 이현은 오랜만에 돌아온 집에서 그 여느 때보다 달고 깊은 잠을 잘 수 있었다.

다음 날 아침, 무뚝뚝함의 아이콘인 줄 알았던 이현 아버지는 서울로 떠나는 이현과 유채를 차 앞까지 배웅하러 나왔다.

"이현아. 아버지는 일과 취미생활을 병행하면서 씩씩하게 이 집을 지키고 있을 거다. 넌 아무 걱정 말고 하고 싶은 걸 해. 네가 잘되는 걸 보는 게 내 삶의 가장 큰 즐거움이란다."

"네, 아버지."

"그리고 넌 갈발보단 흑발이다. 그게 사진도 더 잘 나오더구나. 콘서트에서는 흑발, 알지?"

"그만 좀 해요. 갈발하고 흑발은 또 누구 발이람. 이 양반이 언제 이렇게 잔소리가 늘었대."

이현의 엄마는 옆에서 남편의 어깻죽지를 창피하다는 듯이 잡아당기면서 말렸다. 이현도 아버지가 이렇게 말을 잘하는 사람인 줄은 몰랐고, 그동안 대화할 사람 하나 없는 주방에 틀어박혀 어떻게 참고 지냈나 싶을 정도였다.

아버지가 이현을 몰랐던 것처럼, 그도 아버지를 몰랐고 이해하려고 하지 않았는지도 몰랐다. 이현은 차에 시동을 걸다가 불현듯 생각난 듯 손을 멈추면서 그렇게 말했다.

"아버지는 제가 밉지 않으셨어요? 멋대로 집을 나가 4년 동안 돌아오지도 않아서, 결국 연구원 맥이 끊어졌잖아요."

이현의 말을 들은 아버지는 잠시 엄마와 마주 보며 눈으로 대화하는 듯하더니, 입술 양 끝을 올리고 자상하게 미소 지었다.

"이현아, 자식이 무슨 짓을 해도, 부모는 미워할 수가 없단다. 너도 이제 곧 알게 될 거다."

그 두 마디에 가슴이 울컥 뜨거워져 고개 숙이는 아들을 부드럽게 지켜보던 아버지는, 조수석에 앉은 유채에게로 시선을 돌렸다.

"그리고 서유채 양, 어제 나눴던 얘기에 대해서 말인데요."

"아, 죄송합니다. 아버님. 제가 너무 주제넘었어요. 자세한 사정도 모르면서……."

"아니에요. 사실은 반갑더군요. 우리 이현이는 남에게 미움 받는 걸 두려워해서 싫은 소리를 하지 못하는 경향이 있는데, 속 시원하게 말해줄 수 있는 사람이 옆에 있어서요."

이현 아버지의 말투에서는 오랫동안 꾹꾹 눌러 담아놓은 진심이 느껴졌다.

"이 나이까지 살아 보니 사람이라는 게 그렇습니다. 조금 잘 된다 싶으면 그걸 이용해 먹으려는 사람들 아니면 끌어내리려는 사람들만 모여들어서, 정작 도움 되는 얘길 해주는 사람이 별로 없어요. 유채 양이 이현이에게 그 역할을 해주면 좋겠군요. 똑똑하고 현명한 사람 같으니까."

"네, 노력할게요."

유채는 완전히 가벼워진 마음으로 함박웃음을 지으며 대답했다. 부부 사이도, 부모 자식 사이도, 가족이라는 게 참 어려운 것 같았다. 아무리 노력해도 어느 지점에선가 반드시 오해가 생기고 마니까.

그녀와 이현, 그리고 쌍둥이 사이에도 언젠가 갈등과 다툼이 생기겠지만, 솔직하게 기뻐하고, 슬퍼하고, 화내고, 다투고, 다시 화해하고 사랑하면서 서로 아끼고 감싸줄 줄 아는 가족을 만들어 가면 되는 게 아닐까.

이현과 유채가 타고 가는 차를, 이현의 부모는 한참 동안이나 열심히 손 인사를 하면서 따라왔다. 나란히 선 그들의 어깨 위로 찬연한 여름 햇빛이 황금색 부챗살 모양으로 흩어지고 있었다.

44. 공포의 분만 동영상

"뭐야, 이것도 안 맞아?"

산부인과에 갈 준비를 하던 유채는 석 달 전 샀던 임부복 원피스의 지퍼가 끝까지 올라가지 않고 중간에 턱 걸려버리는 것에 당황하며 중얼거렸다. 아무리 쌍둥이의 무게가 더해졌다지만, 한때 44 사이즈였다가 임부복조차 맞지 않을 만큼 몸이 불어난 현실은 쉽게 받아들이기 어려웠다.

'난 뚱뚱해진 게 아니야. 쌍둥이가 자라고 있는 것뿐이라고.'

자기 암시를 걸다가도, 막상 거울 속에 비치는 집채만 한 배를 보면 두 눈을 질끈 감아버리고 싶었다. 유채는 날씬한 게 아름다운 거라는, 30년간 주입된 사회적인 미의식이, 임신을 했다고 해서 단번에 바뀌지는 않는다는 걸 절감했다. 그녀가 등 뒤로 손을 뻗어 올라가지 않는 지퍼를 어떻게든 올리려고 끙끙거리고 있을 때, 밖에서 현관문이 열리면서 이현이 들어오는 소리가 났다.

"유채 씨, 방에 있어요? 오늘 병원 간다면서요?"

"헉!"

재킷 사진을 촬영한다며 이른 아침 집을 나갔던 이현이 계획보다 일찍 돌아온 모양이었다. 유채는 지퍼를 반만 채운 상태로 기우뚱 기우뚱 걸어가 방문을 쾅 닫아버렸다.

"들어오지 말아요!"

"왜요?"

"나 지금 얼굴도 손발도 통통 붓고 배는 엄청나게 나와서 완전히 못생겼단 말이에요! 이런 모습 보여주기 싫어요!"

유채가 로펌에 있을 때, 선배 변호사들로부터 애를 낳고 나면 부부관계가 소원해진다는, 아내가 더 이상 여자로 보이지 않게 된다는 말을 자주 들었다. 나이를 먹을 만큼 먹은 유부남들도 그렇다면, 20대 초반의 미혼남인 이현은 더하면 더했지 덜할 것 같지는 않았다. 유채는 필사적으로 문고리를 붙잡은 채 소리 없는 외침을 내질렀다.

'제대로 연애한 지 얼마나 됐다고, 벌써부터 볼 장 다 본 사이가 되기는 싫다고!'

유채의 절박한 고민을 아는지 모르는지, 태연하게 방 문 앞까지 걸어온 이현은 웃음을 참는 기색이 역력한 목소리로 넌지시 물어왔다.

"그러면 나도 못생겨져서 오면 돼요? 그러면 들여보내줄 거예요?"

"뭐라고요?"

이게 도대체 무슨 소리인지 궁금해진 유채는 고개를 내밀 수 있을 정도로만 살짝 문을 열었다가, 깜짝 놀라서 자기도 모르게 문고리를 붙잡았던 손을 놓아버렸다. 순정만화를 찢고 나온 남자 강이현의 모습은 온 데 간 데 없고, 예전에 한 번 본 적이 있는 KFC 할아버지의 손자가 집채만 한 몸집과 피둥피둥 살찐 팔 다리, 오동통한 턱 선을 자랑하며 거실 한복판에 서 있었다.

"저번에 데이트할 때 입고 나갔던 팻 슈트. 스타일리스트 누나한테 특별히 부탁해서 구했어요. 앞으로 필요할 때마다 빌려준다고 했으니까, 쌍둥이 낳으러 병원 갈 때도 같이 갈 수 있고, 산후조리원으로 면회도 갈 수 있을 거예요. 어때요?"

"……"

유채는 감쪽같은 특수 분장 속에 가려진 이현을 보면서 입술을 벌린 채 할 말을 찾지 못했다. 그녀와 인영이 산후조리원을 알아보고 병원에 가져갈 짐을 싸면서 출산 준비를 하는 가운데, 이현은 어딘지 소외감을 느끼는 것처럼 보였다. 그는 다른 아빠들처럼 쌍둥이를 낳을 때, 처음으로 안아볼 때, 처음으로 젖을 먹일 때 함께 할 수도 없었고, 조리원 근처에는 얼씬도 할 수 없는 신세였으니 말이다.

유채도 실은 일생에 한 번밖에 없을 그 시간에 이현이 함께 있어주기를 바랐지만, 처음부터 정해져 있던 일이니까 불평해선 안 된다고 스스로를 다잡고 있었다. 그런데 그가 고심 끝에 절묘한 해결책을 찾아낸 것이다.

"좋은 점이 또 있어요! 나랑 같이 다니면 유채 씨는 상대적으로 날씬해 보일 거예요. 그러면 뚱뚱해졌다고 속상해하지 않아도 되겠죠? 봐요, 유채 씨가 무슨 젓가락처럼 보이잖아요."

유채가 방심한 틈을 타서 재빨리 방으로 밀고 들어온 이현은 그녀의 어깨를 감싼 채 거울 앞에 나란히 섰다. 아닌 게 아니라, 팻 슈트를 입은 이현의 옆에 선 유채는 꼬챙이처럼 앙상하게 말라 보였다.

"못 말려, 진짜."

유채는 보일 듯 말 듯 한 엷은 미소를 입가에 띠었다. 이현은 필요할 때마다 팻 슈트를 입겠다고 했지만, 30kg 넘는 실리콘 덩어리를 몸에 걸치고 3시간 넘게 분장하는 게 쉬운 일이 아니라는 걸 그녀도 잘 알았다.

강이현은 그런 남자였다. 다른 남자들이 그러는 것처럼, '예전과 똑같다'고 거짓말을 하는 대신, 어떻게든 그녀가 겪고 있는 고생을 함께 겪으려고 애쓰는 남자였다.

"자, 그럼 산부인과로 가실까요, 사모님? 차를 대기시켜 놨는데요."

이현이 모는 차를 타고 산부인과까지 가는 길, 차에서 내려서 산부인과에 들어가는 동안에도, 그 누구도 이현을 알아보지 못했다. 물론, '뭐 저렇게 뚱뚱한 사람이 다 있나' 하고 신기하게 쳐다보는 시선은 있었지만. 유채는 안내 데스크에 예약하고 왔음을 알린 후 당당하게 이현과 함께 복도 소파에 자리 잡고 앉았다.

"서유채 씨, 들어가세요."

유채가 이현의 커다란 덩치 뒤에 가려져서 진료실로 들어가는데, 느닷없이 버럭 터져 나오는 고함 소리가 그들의 고막을 때렸다.

"이 정신 나간 기집애야! 너 학원비 뺑땅친 걸 엄마가 모르고 넘어갈 줄 알았어? 삼수생 주제에 어디 돈 쓸 데가 그렇게 많아? 뭐? 뉴욕 타임 스퀘어 광고? 타임 스퀘어 스펠링은 아니?"

봉 원장은 휴대폰을 귀에다 바짝 갖다 붙인 채 통화 중이었고, 이현과 유채는 그녀의 눈치를 보면서 맞은편 의자에 주춤주춤 몸을 앉혔다.

— 에스, 씨, 에이, 알! 스케어잖아!

봉 원장의 딸이 수화기 속에서 당당하게 외치는 말이 이현과 유채의 귀에도 고스란히 들렸다. 눈에 쌍심지를 켠 채, 딸의 헛소리를 듣던 봉 원장은 휴대폰을 으스러져라 세게 움켜쥐었다.

"너 이따 집에서 보자. 엄마는 지금 진료 봐야 하니까. 네가 나중에 진학도 못하고, 취업도 못하고, 시집도 못가고 방구석 폐인이 되면 널 부양해줄 돈이 있어야 하지 않겠니?"

봉 원장이 신랄하게 쏘아붙이고 전화를 끊으려는데, 딸의 카랑카랑한 목소리가 또다시 전화선을 타고 흘러나왔다.

— 엄만 아무것도 몰라. 컴백하기 전에 빵빵하게 광고를 때려줘야 초동도 팍팍 올라간단 말이야! 아이돌 그룹한테 앨범 초동 성적이 얼마나 중요한지 알아?"

"그러는 넌, 삼수생한테 수능 성적이 얼마나 중요한지 아니? 엄마 죽는 꼴 보고 싶지 않으면 당장 빵땅친 돈 찾아와서 학원에 갖다줘. 알았어? 야, 박슬기!"

걸걸한 목소리로 호통치던 봉 원장은 뚜뚜, 하고 전화가 끊어졌음을 알리는 신호음이 난 후에야 휴대폰을 귀에서 뗐다. 얼굴이 벌겋게 상기되어서 씩씩대던 그녀는 이현과 유채를 보고서야 뒤늦게 정신을 차렸다.

"정말 미안해요. 쌍둥이가 놀라지 말았어야 할 텐데. 환자 앞에서 예의가 아닌 걸 알면서도 끊지를 못했네요. 망할 딸년 때문에."

"그 나이엔 다 그렇죠. 뭐."

유채는 봉 원장을 위로하기 위해 한 말이었지만, 역으로 분노에 불을 지피는 결과를 초래하고 말았다. 봉 원장은 팔꿈치를 책상에 대고 손으로 얼굴을 가리면서 으르렁대듯 중얼거렸다.

"아니, 나이 때문이 아니에요. 그놈의 아이돌 때문이지. 빌어먹을 일루전 놈들, 빌어먹을 강이현, 언젠가 내 손으로 끝장내고 말겠어."

당장이라도 메스를 쥐고 달려들 것 같은 살벌한 기세에 이현은 자기도 모르게 움찔했다. 그제야 이현의 존재를 인식한 봉 원장은 험악하게 일그러졌던 눈매를 누그러뜨리면서, 삽시간에 태도를 사근사근하게 바꿨다.

"오늘은 못 보던 분이 계시네요? 가족 분이신가요?"

"네, 이 사람이 쌍둥이 아빠예요. 출산할 때도 함께 있을 거예요."

보호자 없이 홀로 출산하는 산모를 보는 건 그녀에게도 가슴 아픈 일이었기에, 그 말을 들은 봉 원장의 표정도 한껏 밝아졌다.

"그러시구나. 드디어 뵙게 됐네요. 반갑습니다. 봉 원장이에요."

"안녕하세요. 우리 유채 씨하고 이판사판이, 잘 부탁드립니다."

이현이 깍듯한 말투로 인사하는 순간, 그의 음성을 들은 봉 원장의 눈썹이 무슨 탐지기라도 되는 것처럼 꿈틀 움직였다.

"이 목소리, 어디서 많이 듣던 목소리인데……."

아무도 모를 거라고 방심하고 있던 이현은 얼굴을 샅샅이 훑는 봉 원장의 예리한 눈길에 등골이 다 서늘해졌다.

"아이돌 가수 강이현하고 이목구비가 좀 닮으신 것 같네요. 설마 친척은 아니시죠?"

"아하하, 그럴 리가 있나요."

"전혀 안 닮았어요, 원장님. KTX 타고 가면서 봐도 안 닮았다고요."

이현과 유채는 미리 짜고 온 사람들처럼 어색할 정도로 큰 소리로 웃으면서 열심히 부인했다.

봉 원장은 그래도 미심쩍은 듯 계속 이현을 힐끔거리다가, 배둘 레햄을 실감나게 구현해 놓은 그의 뚱뚱한 배를 보고서야 의심을 풀었다. 봉 원장은 이현과 유채에게 어느새 눈, 코, 입의 윤곽을 알 아볼 수 있을 정도로 자란 쌍둥이를 초음파로 보여주면서 쾌활하게 말했다.

"상태가 아주 좋네요. 둘 다 태동도 활발하고, 체중도 주수에 딱 맞아요. 산모 골반 상태도 좋아서 자연 분만하는 데 별 문제없을 것 같고요."

"선생님, 제가 다음 주말에 콘서트에 가려고 하는데 그건 괜찮을 까요? 자리도 일부러 스피커에서 가장 먼 자리로 골랐는데요."

"도중에 수분섭취를 충분히 하고, 뛰고 소리 지르고 하지만 않으 면 괜찮아요. 산모님 중에서 아기 낳으면 문화생활 못하게 된다고 여기저기 다니시는 분들도 있어요. 그런데 무슨 콘서트죠? 다음 주 말이면 혹시……?"

"나훈아 디너쇼요! 친정엄마 모시고 다녀올 거예요!"

유채는 봉 원장이 뒷말을 잇기 전에 재빨리 선수를 쳤다. 다음 주 말에는 일루전의 4집 앨범 컴백 기념 콘서트가 예정되어 있었고, 이 현은 유채를 VIP석으로 초대했다. 그녀만을 위해서 노래할 수는 없 겠지만 그녀를 생각하면서 노래하겠다는 달콤한 말과 함께.

"아, 그래요. 난 또……."

봉 원장은 또다시 솟구치는 울화를 어디에든 풀고 싶었는지 아무 죄 없는, 아니 사실은 죄가 많은 이현을 다시 한 번 지그시 노려보았다.

"그러면 다음 진료일에 봬요, 원장님."

조금만 더 있다가는 정말로 이현의 정체가 들통 날 수도 있겠다 싶어, 유채는 그를 데리고 허둥지둥 진료실을 빠져나왔다. 진료실 문이 닫히기 직전, 봉 원장이 아주 작게 중얼거리는 소리가 청력 좋은 이현의 귀에 들어왔다.

"강이현 이놈 자식, 너도 인스턴트 음식 잔뜩 먹고 살이나 확 쪄버려라. 그리고 은퇴길만 걸어!"

연예인을 하면서 별별 욕을 다 먹어봤지만, 살쪄서 은퇴하라는 욕은 이현도 처음이었다. 왠지 모를 오기가 생긴 이현은 자기 관리를 더 철저히 해서 10년이고 20년이고 오래오래 아이돌을 해주겠다고 생각했다.

그가 유채와 나란히 병원 복도를 걸어 나가는데, 이번에는 난데없이 귀를 찢는 여자의 비명소리가 메아리쳤다.

"으아아아아악!! 엄마! 나 죽어!"

고막을 먹먹하게 할 정도의 소리에 놀란 이현은 반사적으로 유채의 두 귀를 양손으로 막았다. 그러나 계속해서 울려 퍼지는 날카로운 소리는 이현의 손바닥을 뚫고서 유채의 귀에 들어올 정도로 컸다.

"이게 무슨 소리에요?"

유채는 눈꺼풀을 깜박거리면서 소리가 나는 곳을 찾았고, 복도 의자에 앉아 있던 다른 산모들도 그녀처럼 걱정스러운 표정으로 주변을 두리번거리고 있었다. 그러나 카운터에 서 있는 의료진은 무슨 소리가 나기는 했냐는 듯 태연한 태도를 유지했으며, 심지어 그 와중에 태평하게 과자를 먹고 있는 간호사마저 있었다.

유채가 그녀의 귀를 가린 이현의 손을 떼어내면서 간호사에게 무슨 일인지 물어보려고 하는 찰나, 이번에는 울음까지 섞인 비명소리가 들려왔다.

"흐아악! 원장님 좀 불러주세요! 원장 불럿! 흑흑……."

"조금만 참으세요, 산모님! 아직 자궁이 4센티밖에 안 열렸어요!"

이번에는 조곤조곤 달래는 간호사의 목소리가 같이 들렸고, 그제야 유채는 복도 끝에 있는 분만실에서 자연분만이 진행되고 있는 중이라는 걸 깨달았다. 출산이 고통스럽다는 건 당연히 알고 있었지만, 막상 출산 중에 있는 사람의, 죽기 일보 직전에 있는 것 같은 처절한 비명을 현장에서 들으니 기분이 전혀 달랐다.

유채는 이현도 자기 못지않게 충격 받았을 거라 생각하면서, 옆에 장승처럼 우뚝 서 있는 이현을 쳐다보았다.

"이현 씨, 혹시 지금 나랑 같은 생각해요?"

"유채 씨도 그렇게 생각했어요?"

두 사람은 동조의 시선을 교환하면서, 서로의 머릿속에 떠오른 말을 여과 없이 내뱉었다.

"뱃속에서 사람이 나온다는 건 정말 끔찍……."

"아이를 낳는다는 건 참으로 숭고한 일이에요! 어머니는 참으로 위대한 존재군요!"

다행히도 유채가 하려던 말은 이현의 말에 묻혀 버렸다. 이현은 벽에 장식된 아기들의 탄생 장면 폴라로이드 사진들을 바라보며 저 혼자 기대와 감동에 흠뻑 젖어들었다.

"난 얼마나 설레고 기대가 되는지 몰라요! 데뷔할 때보다 더요! 유채 씨도 쌍둥이를 만날 날이 너무 너무 기다려지지 않아요?"

유채는 만면에 함박웃음을 띠고 있는 이현의 기분을 차마 망쳐놓을 수가 없어서, 잘 움직이지 않는 입술 끝을 간신히 치켜 올리면서 애매한 미소를 지어 보였다. 아까는 쌍둥이가 잘 자라고 있다는 말이 더없이 반가웠는데, 지금은 하나도 아니고 둘씩이나 자궁을 헤집으면서 나올 생각을 하니 두려움이 밀려왔다.

'잠깐, 나오지 말고 일단 안에 있어 봐! 내가 도대체 무슨 생각으로 임신을 했는지 나도 모르겠으니까!'

꾸물꾸물 나올 준비를 하는 아이들을 향해 소리치면서 입구를 손으로 막고 싶은 기분이었다. 출산의 아름다움에 대해 떠들어대는 이현을 내버려둔 채, 혼자 몰래 '자연분만의 고통' 같은 키워드로 인터넷 검색을 하고, 산모들의 무시무시한 체험담을 읽으면서 걷잡을 수 없이 우울해졌다.

산부인과에 다녀온 사흘 후 아침에는, 식탁에서 기운 없이 밥그릇을 깨작거리다가 결국 숟가락을 내려놓기까지 했다.

"이현 씨, 나 사랑하죠? 날 위해 뭐든지 해줄 수 있죠? 그럼 대신 애 좀 낳아줄래요?"

"네? 에이, 어떻게 그래요."

장조림 안에 들어 있는 메추리알을 무서우리만큼 빤히 쳐다보다가 불쑥 던진 유채의 뜬금없는 말에 이현은 당연히 농담이라고 생각하고 웃어넘기려 했지만, 그녀는 무척 진지해 보였다.

"역시 이현 씨도 직접 낳기는 싫죠? 그럴 줄 알았어요. 난 아직 모성애가 부족한가 봐요. 아래가 찢어지는 고통을 겪으면서 애 낳을 생각을 하니 입맛이 뚝 떨어지네요."

이현은 그제야 유채의 얼굴이 유난히 핼쑥하고 창백해 보인다는 사실을 깨달았다. 그녀가 갑자기 왜 그렇게 진통에 대해 고민하는지는 알 수 없었지만, 밥 생각도 안 날 만큼 우울하다는데 그걸 무시하고 신나게 춤추고 노래할 수 있을 리가 없었다.

심혈을 기울여 준비해온 컴백 콘서트의 드라이 리허설을 하러 간 자리에서도, 이현은 영 집중하지 못했다.

"이현아, 거기서 대열 바꿀 때 조금만 더 빨리 움직일래?"

"이현아, 자꾸 너 혼자 뒤처지는 것 같다. 정신 안 차리지?"

"강이현! 지금 장난해? 같은 곳을 몇 번째 틀리는 거야?"

처음에는 타이르듯 부드럽게 지적하던 무대감독의 언성이 점점 높고 날카롭게 변했고, 그때마다 멤버들과 동떨어진 자리에 장승처럼 우두커니 서 있던 이현은 허둥지둥 사과하느라 바빴다. 결국 오전에 시작한 리허설은 늦은 오후가 되어서야 끝났다.

"형, 오늘 왜 그래? 무슨 고민거리라도 있어?"

멤버들과 함께 늦은 점심을 먹기 위해 대기실로 이동하는 길, 래원이 이현의 곁으로 다가오면서 물었다.

"아니, 내가 아니고. 유채 씨가."

"형수님이 왜?"

이현은 잠시 망설이다가, 유채와 나누었던 대화를 그대로 멤버들에게 들려주었다.

"어떻게 생각해? 애 낳는 게, 정말 애 낳는 것 자체가 싫어질 정도로 그렇게 아픈 걸까?"

"……."

어떻게 생각하고 뭐고, 애를 낳은 적도 없고 앞으로도 낳을 일이 없을 남자들에게 그런 질문을 해 봤자 다들 난감할 뿐이었다. 서로 미적거리면서 눈치만 살피는데, 혁이 턱을 문지르면서 슬며시 입을 열었다.

"우리 할머니한테 들은 얘긴데, 옛날에 밭에서 호미질하다가 막

192

내 삼촌 낳고 돌아와서 풀 뽑았다고 하셨어. 그런 걸 보면 그래도 그럭저럭 견딜 만한 정도 아닐까?"

혁이 아는 게 많은 노아를 보면서 눈짓으로 동의를 구하자, 노아도 조심스레 고개를 끄덕였다.

"전 세계적으로 하루에 태어나는 신생아의 숫자가 20만 명이 넘잖아. 출산이라는 게 도저히 견딜 수 없게 고통스러운 거라면, 그만큼 많이 태어날 수는 없지 않을까?"

"그래, 역시 그렇겠지? 유채 씨가 감정 기복이 심해져서 그런 것 같아. 시간이 지나면 자연스럽게 해결될 거야."

이현은 한층 밝아진 낯빛으로 대기실 문을 열고 들어갔다. 이현의 부모님이 집에서 직접 만들어서 당일택배로 보내 준 신선한 도시락이 그들을 기다리고 있었다.

"우와, 집밥이다!"

혁이 소리치면서 테이블을 향해 달려간 것을 필두로, 나머지 멤버들도 질세라 달려들어 하이에나처럼 도시락을 먹어치우기 시작했다. 길고 고된 리허설 끝에 먹는 점심이라 더더욱 꿀맛이었다.

그러나 네 멤버가 한 자리에 모여 있는 이상 평화로운 시간이 길게 갈 리가 없었다. 도시락을 먹으며 리허설 과정을 되짚어보던 혁과 노아가 별안간 아옹다옹 다투기 시작한 것이다.

"너 거기서 왼쪽으로 갔다니까? 감독님은 지적 안 하신 것 같은데, 난 분명히 봤다. 나 몽고인 시력인 거 알지?"

"나 왼쪽 아니고 오른쪽으로 갔다고. 거기서 나 혼자 왼쪽으로 갔으면 당연히 감독님 눈에 띄었겠지. 형은 왜 자꾸 억지를 부려?"

"아, 미치겠네. 진짜 내가 봤다고! 야, 강이현! 동영상 좀 틀어 봐."

일루젼의 매니저인 종필은 일루젼이 하는 무대는 그게 콘서트든, 음악방송이든, 아니면 리허설이든, 하나도 빠짐없이 촬영해 이현의 태블릿에 저장해놓고 꼼꼼한 모니터링을 하게 했다. 억울한 듯 가슴을 쾅쾅 쳐대는 혁과 답답해 죽겠다는 듯 고개를 설레설레 젓는 노아 사이에서 공정한 심판을 내려주기 위해, 이현은 태블릿을 켜고 오늘 저장된 파일을 찾았다.

　'형이 동영상 파일을 폴더가 아니라 바탕화면에 뒀네. 아, 근데 파일명이 좀 낯간지럽네. 오늘 우리 무대가 멋지긴 했나 봐.'

　이현은 바탕화면 구석에서 수줍게 고개를 내밀고 있는 'miracle. avi' 파일을 재생하고 음량을 최대로 키운 후, 모두가 태블릿을 볼 수 있도록 밥상 한가운데에 올려놓았다.

　"으아아악!"

　다음 순간 태블릿 PC를 뚫고 나온 것은 'Fantasy'가 아니라, 목이 쉬고 갈라진 여자의 울부짖음이었다. 래원은 불고기를 씹다 만 채로, 노아는 식혜를 마시다 만 채로 그대로 얼어붙듯 뻣뻣하게 굳어져 버렸고, 혁의 입술 사이에서 튀어나온 밥알이 눈처럼 후두둑 흩어졌다.

　"뭐야? 뭐야!"

　다들 혓바닥이 굳어버린 듯, 혁의 외마디 외침과도 같은 물음에 아무도 대답하지 못했다. 이현이 잠든 사이 그의 태블릿을 가지고 분만 후기를 검색하던 유채가, 블로그에서 다운받은 자연분만 동영상을 삭제하는 것을 깜박 잊고 바탕화면에 그대로 두었다는 것을 그들이 알 턱이 없었으니까.

　"호, 혹시 아기 낳는 거야? 저게?"

그들은 그동안 영화나 드라마 속에서 보았던 분만 장면이 모두 거짓이었다는 걸 깨달았다. 머리를 예쁘게 풀어 내린 산모가 적당한 수준의 신음을 내 가면서, 이따금 자신의 손을 잡아주는 남편을 보고 땀에 젖은 얼굴로 살포시 웃어 보이는 훈훈한 일 따위는 있을 수가 없었다.

　　실제로는 어떤가. 전설의 고향 스타일로 머리를 산발한 산모는 우드스탁 페스티벌에 온 것처럼 목청껏 소리를 지르고 있었다. 남편이란 남자는 피가 난무하는 광경에 겁에 질려 아무도 자신을 찾지 않길 바라면서 분만실 구석에 찌그러져 있다가, 이따금 침상으로 끌려가 머리끄덩이를 잡히거나 욕을 얻어먹었다.

　　— 그러니까 내가! 잠깐 멈추고 콘돔 사 오랬잖아! 이기적인 새끼야!

　　인간이 아닌 듯한 산모의 처절한 고함소리와 함께 닫혀 있던 입구가 쥐어짜듯이 서서히 열리면서, 동그란 아기의 머리가 살짝 보였다. 몇 올 붙어 있지도 않은 머리카락에 끈끈한 핏물이 엉겨 붙은 그 징그러운 머리가, 물에 잠겼다가 떠올랐다 하는 것처럼 나왔다 들어가기를 반복하면서 구멍을 넓혀놓고 있었다. 고통에 몸부림치던 산모에게서 아기가 조금씩 나오기 시작하자, 혁은 자기도 모르게 괴성을 질렀다.

　　"흐어엇! 나온다!"

　　그는 흥분한 나머지 옆에 앉아 있는 래원의 어깨를 퍽 소리 나게 때렸다. 이현은 구멍을 내기라도 할 것처럼 화면을 주시하다가, 속이 타는지 생수병을 따서 벌컥벌컥 끝까지 들이마셨다.

　　"안 되겠다! 누가 저것 좀 꺼! 제발 좀 꺼달라고!"

　　산부인과 의사가 벌어진 회음부에 손을 집어넣어 도중에 걸린 아기 머리를 끄집어내는 장면이 나오자, 혁이 두 손으로 얼굴을 가리면서 애원하듯 소리쳤다.

머리 좋은 막내 노아가 도시락 찬합이 담겼던 사각 보자기를 마치 투우하듯 휙 허공으로 내던졌고, 보자기는 사뿐하게 태블릿 위에 내려앉았다. 화면이 완전히 가려지는 순간 래원이 손을 뻗어 기기 전원을 꺼 버렸고, 아예 배터리까지 분리해서 소파 구석에 던져 버렸다.

다시는 동영상이 나오지 않을 것이 확실해진 후에야, 네 남자는 약속이나 한 듯 일제히 후우 하고 한숨을 내쉬었다. 그중에서도 이현의 한숨이 가장 길고 깊었다. 아무것도 모르면서 입방정을 떨어 댔던 자신이 믿어지지 않을 정도로 멍청하게 여겨졌다.

그날 오후, 리허설을 마친 이현은 간식을 시켜먹자는 멤버들의 유혹을 단호하게 뿌리치고 서둘러 집으로 돌아갔다.

"유채 씨, 어디 있어요?"

이현의 목소리를 듣고 아기방에서 걸어 나온 유채는, 그의 양손에 들린 커다란 쇼핑백 두 개를 보면서 의아한 표정을 지었다.

"그게 뭐예요?"

"유채 씨 입맛 없다고 그래서요. 시원하고 부드러운 아이스크림은 먹을 수 있지 않을까 생각했어요. 뭘 좋아하는지 몰라서 종류별로 다 사와 봤는데."

유채는 쇼핑백에서 끝없이 쏟아져 나오는 아이스크림 컵들을 보면서 어처구니없는 표정이 되었다.

"이 중 하나라도 마음에 드는 거 있어요? 없으면 다른 가게에 가서 또 싹 다 털어올게요!"

"그럴 필요 없어요! 이거 내가 좋아하는 거예요!"

유채는 대충 손에 잡히는 대로 아무거나 집어 들면서 허둥지둥 소리쳤다. 괜히 이현을 여기저기 돌아다니도록 내버려 뒀다가는 애꿎은 매장들만 아수라장으로 만들 게 분명했다.

두 사람은 거실에 마주 앉아 아이스크림을 떠먹기 시작했다. 연두색의 와사비 아이스크림을 한 입 떠먹은 유채가 뭐라 형언할 수 없는 맛에 입가를 일그러뜨리자, 이현은 아무 말 없이 자신이 먹고 있던 바닐라 아이스크림과 바꾸어주었다.

"유채 씨, 내가 잘 알지도 못하면서 너무 함부로 말했어요, 미안해요."

"뭘요?"

"아기 낳는 거 말이에요, 얼마나 아프고 무섭겠어요. 들어줄 사람은 나밖에 없는데, 내가 별 도움이 못 되니까 혼자서 답답하고 불안했을 거예요."

"이현 씨……."

"난, 대신 아이를 낳아줄 수도 없고, 어떻게 하면 덜 아프게 할 수 있는지도 몰라요. 하지만 뭐든 노력할게요. 분만실에도 같이 들어갈 거고요. 내 머리카락을 잡고 흔들고 싶으면 그렇게 해도 괜찮아요. 나, 두피가 아주 튼튼해요!"

이현이 확인시켜주려는 것처럼 유채에게 정수리를 들이미는 바람에, 그녀는 입가에 떠오르는 웃음기를 억누르려고 애써야 했다.

"괜찮아요. 나 이제 그렇게 무섭고 걱정스럽지 않아요. 다 극복했어요."

"극복했다고요? 어떻게요?"

유채는 방금까지 아기 방에서 읽고 있던 책을 들어 보이면서 이현에게 설명했다.

"출산하는 과정에서 태아가 겪는 고통은 엄마의 30배 이상이래요. 분만 직후에 보면 머리뼈가 찌그러진 아기도 있고, 골반에 긴 자국이 남아 있는 아기도 있대요. 엄마가 아기를 세상에 내보내는 거라고 생각하지만, 사실은 아기도 나오려고 죽을힘을 다하는 거죠."

"……."

"태아는 열 달 동안 안전하게 있던 둥지를 나와서, 좁은 길목을 자기 힘으로 헤쳐 나오는 거예요. 오직 엄마만 믿고서. 그 말을 들으니까 용기가 났어요. 내가 아무리 아파도, 우리 아이들은 이보다 훨씬 더 아프고 고생한다고 생각하면 견딜 수 있을 것 같아요. 아니, 견뎌야죠."

당찬 어조로 또박또박 말하는 유채에게서, 한때 이현이 알았던 연약하고 상처투성이인 여자의 모습은 보이지 않았다. 지켜주어야 할 아이들의 존재가 그녀를 성숙하고 강인한 어머니로 만들어놓은 것이다.

이현은 늘어진 트레이닝복 차림으로 산만해진 배를 끌어안고 앉아 있는 지금의 서유채가 이 세상 그 어떤 여자보다도 아름답다는 생각을 했다.

"그래요, 유채 씨는 충분히 해낼 수 있을 거예요. 하지만 혼자 하게 두지는 않을 거예요. 내가 처음부터 끝까지 함께 있을 거니까."

다짐하듯 말하는 이현을 향해 유채는 살포시 미소를 지으면서 아이스크림 한 스푼을 떠서 내밀었다. 그러나 이현은 그 아이스크림을 받아먹는 대신, 스푼을 잡은 그녀의 손목을 잡아당기면서 그대로 입술을 포갰다. 아직 물기가 남아 있는 두 입술이 맞닿으면서 서늘한 감촉이 입술 선을 타고 흘렀다. 차가우면서도 뜨거웠고, 심장이 다 녹아내릴 것처럼 달콤했다.

45. 아이돌, 콘서트장에서 탈주하다

드디어 대망의 컴백 콘서트 날 아침이 밝았다. 콘서트는 저녁 7시에 시작할 예정이었지만, 그 전에 의상 피팅, 헤어 메이크업, 사진 촬영과 프레스 인터뷰까지 할 일이 한두 개가 아닌 이현은 날이 밝기도 전에 침대에서 일어났다.

그가 깨어나는 기척에 곁에 누워 있던 유채도 덩달아 눈을 뜨자, 그는 허리 아래로 흘러내린 이불을 가슴까지 끌어올려 덮어주면서 다정하게 말했다.

"일어나지 마요. 푹 자고 이따가 봐요."

유채는 비몽사몽인 채 그대로 이불 속으로 다시 파고들려고 하다가, 뭔가 생각난 듯 이현을 올려다보며 중얼거렸다.

"강이현, 오늘 너무 멋있지 마. 적당히만 멋있어. 안 그러면 질투 나니까."

"질투할 거 없어요. 난 오로지 당신 거니까."

어느덧 고른 숨소리를 내며 잠들어 버린 유채의 귓가에 속삭이고서, 이현은 가방과 재킷을 챙겨 집을 나섰다. 오늘 하루는 최고로 행복한 날이 될 거라는 기분 좋은 예감에 사로잡힌 채.

이현이 나간 후로도 유채는 한참 동안 꿈결을 헤맸고, 시간의 흐름을 완전히 잊어버렸다. 그녀가 눈을 뜬 것은 휴대폰이 불이 난 것처럼 요란하게 울어댔을 때였다.

"서유채! 전화를 왜 이렇게 안 받아? 나 지금 거의 다 왔다고! 준비 끝났지?"

"전화했었어? 못 들었는데."

멍하니 되물으면서 휴대폰 화면을 들여다보았던 유채는 두 가지 사실을 깨닫고서 소스라치게 놀랐다. 하나는 부재중 전화가 무려 12통이나 와 있다는 것, 또 하나는 지금이 오후 4시라는 것. 만삭이 되면서 전보다 잠이 늘긴 했지만, 이건 좀 너무한 게 아닌가 싶었다.

"휴, 전화 못 받았으면 자다가 콘서트를 놓칠 뻔했어."

그러면 이현이 얼마나 실망했을지 유채는 생각만 해도 아찔해서 고개를 저었다. 전화를 끊고 기지개를 한 번 편 다음 침대에서 일어나는데, 뭔가 이질적인 느낌이 들었다. 무심코 아래를 내려다보았던 그녀는 발목이 어제보다 훨씬 심하게 부어 있는 것을 발견했다.

"이래서는 운동화 끈도 못 묶는 거 아니야? 슬리퍼 신고 가게 생겼네."

옷을 갈아입기 위해 옷장을 열던 유채는, 느닷없이 정수리가 반으로 쪼개지는 듯 극심한 두통을 느끼면서 비틀거렸다. 손가락으로 관자놀이를 누르는 순간, 이번에는 물에 빠진 것처럼 숨이 턱 막히면서 가슴이 답답했다. 불길한 예감이 엄습했지만, 그녀는 고개를 저으면서 떨쳐 버리려고 했다.

'바로 며칠 전에 병원 갔을 때도 아무 이상 없다고 했잖아.'

유채는 괜히 불안해지는 마음을 가라앉히면서 미리 사둔 하얀색 A라인 원피스로 갈아입었다. 마침 현관에서 초인종 소리가 났고, 옷장 문을 닫고 몸을 돌리던 유채는 뱃속이 출렁거리는 것 같은 느낌과 함께 살짝 휘청거렸다. 다소 위태로운 걸음으로 현관까지 나가서 문을 열었을 때, 유채는 순간적으로 몸이 안 좋은 것도 잊고 두 눈을 커다랗게 떴다.

"누구세요? 몇 년도에서 오셨어요?"

형광색 티셔츠에, 저래 갖고 숨이나 쉴 수 있을까 싶을 정도로 꽉 끼는 스키니 진을 입고, 요새는 아무도 안 하는 스타일로 의과대학 점퍼를 허리에 묶은 주미가 두 손을 흔들어 보였다.

"아이돌 콘서트에 가는 거잖아! 한 살이라도 더 어려 보여야지! 혹시라도 알아? 거기서 일루젼을 좋아하는 잘생긴 연하남을 만나게 될지? 너도 내가 다시 코디해줄까?"

"아니, 됐어. 그냥 나랑 최대한 멀리 떨어져서 걸어주라."

유채는 손사래를 치면서 극구 사양한 후, 신발장 문턱에 앉아 사이즈가 넉넉한 흰 스니커즈를 골라 신기 시작했다. 그런데 자꾸만 운동화 끈 끄트머리가 엉뚱한 구멍에 들어가 엉켜버리는 바람에, 몇 번이나 시도해도 운동화 끈을 제대로 묶을 수가 없었다.

"왜 이러지……?"

부옇게 안개가 낀 것처럼 흐릿한 눈을 깜박이며 헛손질을 거듭하는 유채를 주미가 독촉했다.

"왜 그렇게 오래 걸려?"

"신발 끈이 잘 안 보여서. 나이 드니까 눈도 침침해지나 봐. 나 어 떡하니."

"뭐?"

유채는 가벼운 투로 농담 삼아 말했지만, 그 말을 들은 주미는 낯 빛이 변했다. 주미는 허리에 묶었던 의과대학 점퍼를 풀어버리고는 유채의 곁으로 다가와 앉더니, 복숭아뼈가 보이지 않을 정도로 통 통 부은 발목을 발견하고는 정색했다.

"발목도 심하게 부었네. 언제부터 이랬어? 혹시 이거 말고 다른 증상도 있어? 두통이나 복통이라든가, 숨 막히는 느낌이라든가 그 런 거."

"일어났을 때부터 머리가 아프고 숨 쉬는 게 좀 불편하긴 한데……."

"그럼 나한테 곧바로 전화했어야지! 집에 구급상자 있지? 혈압계 도 있어?"

"응, 안방 화장대 맨 아래 서랍에."

유채가 일어난 지 얼마 안 돼서 전화할 틈도 없었다는 설명을 하 기도 전에, 주미는 허겁지겁 안방으로 달려가 구급상자와 휴대용 혈압계를 가져왔다. 수치가 찍히는 것을 보고 유채는 자신의 눈을 의심했다.

"180? 잘못 잰 거 아냐?"

주미는 묵묵히 혈압을 다시 쟀지만, 이번에는 오히려 수치가 더 높아진 185가 나왔다. 혈압계를 내려놓고 두 팔을 올려 유채를 부 축하는 주미의 눈빛은 여태 유채가 본 것 중에서 가장 심각했다.

"당장 병원에 가자. 너 아무래도 급성 임신중독이 온 것 같아."

같은 시각, 무대 의상을 입고 메이크업을 완벽하게 마친 상태로 대기실에 앉아 있는 이현의 주머니 속에서 휴대폰이 진동했다. 휴대폰을 꺼내 화면에 뜬 번호를 확인한 이현은 반가운 표정으로 전화를 받았다.

"진 원장님? 벌써 도착하셨어요?"

"강이현 씨, 지금부터 내가 하는 말 놀라지 말고 잘 들어요."

도로에서 나는 자동차 경적과 도로의 잡음 사이로 주미의 긴장감 어린 음성이 들려왔다.

"왜요? 무슨 일인데요?"

반듯하고 단정한 그의 얼굴이 스치듯 굳어졌고, 옆에 있던 멤버들도 심상치 않은 분위기를 눈치채고 일제히 입을 닫았다.

"유채를 데리고 병원에 가는 중이에요. 급성 임신중독이 온 것 같은데, 혈압 수치가 무척 높아서 어쩌면 당장 제왕절개 수술해야 할 수도 있어요."

"당장이요?"

"네, 임신중독은 다른 치료법이 없고, 출산해야만 호전되는 증상이거든요."

이현의 머릿속이 지우개로 지운 것처럼 새하얗게 변하면서 주미의 목소리를 비롯한 주변의 소음이 헝클어지고 뭉개졌다.

"강이현 씨가 지금 올 수 없는 상황인 건 잘 알아요. 내가 유채 옆에 있을 테니까 공연 마치고 와요. 수술 들어가게 되면 연락할게요. 아, 병원에 도착했어요. 끊을게요."

"진 원장님!"

이현은 애타게 불렀지만 돌아오는 건 뚜뚜 하는 무정한 신호음뿐이었다. 돌처럼 딱딱하게 굳어져 버린 이현을 향해 노아가 물었다.

"형, 왜 그래? 애들이 지금 나온다니 무슨 소리야?"

"급성 임신중독이라는 게 생겨서 당장 수술하지 않으면 유채 씨도 애들도 위험하대."

그 말을 들은 래원이 오후 5시 30분을 가리키고 있는 시계를 쳐다보면서 당황한 듯 내뱉었다.

"지금? 하루만 있다가 낳으면 안 된대?"

"안 된대, 시간 끌다가는 산모나 애들이 잘못될 수도 있대."

째깍거리는 시계 초침 소리가 침묵 속에서 유달리 크게 들리는 가운데, 이현은 목구멍까지 치밀어 올라온 말을 간신히 다시 삼켰다. 멤버들이 단 하루의 콘서트를 위해 한 달 가까이 밤새 준비해온 것을 생각하면, 가 보면 안 되겠냐는 그 한 마디를 차마 꺼낼 수가 없었다.

그때, 허공을 노려보고 있던 혁이 결심한 듯 먼저 입술을 떼었다.

"이현아, 가 봐라."

"뭐?"

"가 보라고. 여기 모자랑 마스크 있으니까 쓰고, 스태프용 출입구로 나가서 택시 타고 가."

혁은 이현의 가방에 모자와 마스크를 넣어 건네주었지만, 이현은 감히 그걸 받아들 생각조차 하지 못했다.

"내가 어떻게 가?"

"아직 한 시간 반 남았잖아. 게스트 무대가 10분이고, 순서를 바꿔서 우리 셋이 하는 솔로나 유닛 무대를 앞으로 당기면 20분은 더 끌 수 있을 거야. 어떻게든 너 올 때까지 버텨 볼게"

"하지만……."

귀중한 시간을 지체하는 이현이 답답해 보였던지 이번에는 래원이 나섰다.

"잘 들어, 형. 정 안 되면 콘서트는 잠시 중단할 수도 있고, 아예 연기할 수도 있어! 하지만 형수님과 조카들한테 무슨 일이 생기기라도 하면 그건 어떻게도 할 수 없다고. 그러니까 평생 후회할 일 만들지 말고 얼른 죽어라 뛰어가!"

단호하게 말하면서 옷걸이에 걸어놓았던 자신의 야상 점퍼를 떼어내 이현의 무대 의상 위에 걸쳐 주는 래원에게서, 평소의 바보 같고 장난기 어린 모습은 조금도 찾아볼 수 없었다. 이현은 가슴 밑바닥에서부터 뜨거운 것이 울컥 치밀어오르는 것을 느끼면서 입술을 지그시 깨물었다.

"고맙다. 무슨 일이 있어도 시간 안에 돌아올게."

그러나 이현이 대기실 문에 손을 대보기도 전에, 바깥쪽에서부터 문이 벌컥 열리면서 마 대표가 모습을 드러냈다.

"지금 뭐 하는 거니, 너희들?"

"……."

두 눈을 세모꼴로 뜨고 있는 마 대표를 향해 혁이 용감하게 말했다.

"대표님, 이현이가 잠시 밖에 나갔다 올 겁니다. 죄송하지만 무대 순서를 바꿔야 할 것 같아요. 넷이 함께 나가는 무대를 최대한 늦게 시작할 수 있게요."

"그게 무슨 말도 안 되는 소리야? 이현이가 가긴 어딜 가?"

마 대표의 옆에서 고개를 불쑥 내민 종필이 황당하다는 듯 물었다. 프레스 인터뷰를 위해 기자들을 한 자리에 모아놓았는데, 리더가 자리를 비운다니 당치 않은 말이었다.

"서 변호사님이 지금 긴급수술을 하신대요. 위험한 상태인 것 같아서, 저희가 가 보라고 했습니다."

"긴급수술이라고? 아무리 그래도 지금 무대 순서를 바꾸긴 어려울 텐데."

조용히 난색을 보이는 종필을 제치고, 이마에 핏대를 세운 마 대표가 가차 없이 치고 나왔다.

"긴급수술이고 뭐고, 외출은 절대 안 돼. 너희들 정신 나갔니? 생중계로 나가는 콘서트고, 외신들까지 와 있어. 순서는 그대로 갈 거다. 이현이도 당연히 첫 무대부터 함께 올라갈 거고."

"대표님, 사람 목숨이 걸린 일이잖아요."

래원이 항의해 보았지만, 마 대표가 속사포처럼 쏟아내는 말들에 곧바로 묻히고 말았다.

"사고 쳐서 애를 만들고, 숙소를 뛰쳐나가서 여자랑 동거까지 하는데도 눈감아 줬잖아? 이 정도면 회사에서도 할 만큼 했다. 더는 못 봐줘. 무려 10억 넘게 들여서 이 콘서트를 준비했고, 관객들은 너희를 보러 오려고 티켓을 샀어. 그에 대한 책임은 져야지."

마 대표는 냉랭한 말투로 말하면서 두 팔을 활짝 벌려 대기실 입구를 가로막고 섰다.

"내 눈에 흙이 들어가기 전에는, 아니 흙이 들어가더라도 넌 여기서 나가지 못할 줄 알아."

마 대표의 강경한 태도를 보고, 처음에는 이현에게 동정적이었던 종필도 한 걸음 뒤로 물러설 수밖에 없었다.

"이현아, 대표님께서 저렇게까지 말씀하시는데 일단은 콘서트 마치고 나서……."

종필이 말끝을 흐리던 찰나, 지금까지 가만히 있던 노아가 별안간 마 대표에게 와락 달려들어 그녀의 허리를 양손으로 붙잡았다.

"죄송해요, 대표님! 형, 어서 가!"

"노아 너, 이게 뭐 하는 짓이야! 놔! 놓지 못해!"

뜻밖의 기습을 당한 마 대표는 관자놀이에 울룩불룩한 핏대를 세우면서 몸부림을 쳤지만, 그럴수록 노아는 더 필사적으로 매달리면서 그녀를 놓지 않았다. 마냥 수줍음을 타는 줄만 알았던 막내의 당돌한 행동에 놀란 형들도 순간적으로 입을 떡 벌린 채 그 광경을 지켜보았다.

"뭐 하고 있어? 가라니까!"

그제야 정신을 차린 이현은 황소처럼 콧김을 뿜어내고 있는 마 대표의 옆을 지나쳐 복도로 뛰어나갔다.

"강이현! 너 때문에 콘서트를 망치기라도 하면 그땐 정말 끝이야!"

분노 어린 마 대표의 목소리가 이현의 등을 때렸지만, 그는 대꾸하지 않고 출구를 찾아 달려갔다. 곳곳에서 마주친 공연 스태프들이 눈이 휘둥그레져서 쳐다보는 눈길이 느껴졌다. 불행 중 다행으로 출구 앞에는 빈 택시가 서 있었고, 이현은 허겁지겁 가방에서 꺼낸 모자와 마스크를 쓰면서 택시 문을 열고 올라탔다.

"기사님, 쑥쑥 산부인과로 가주세요!"

이현은 한마음 한뜻이 되어 자신을 도와준, 지금까지 쌓아온 모든 것을 망치게 될지도 모르는 위험을 무릅써준 멤버들의 얼굴을 되새기면서 다짐했다.

'너희들의 그 마음을 절대 헛되게 만들진 않을게. 약속해.'

한편, 주미의 차에 실려 산부인과로 온 유채는 양호한 경과를 보이지 못하고 있었다. 혈압강하제를 투여한 후에도 떨어지기는커녕 185로, 190으로 계속 오르기만 하는 혈압계 숫자를 지켜보던 봉 원장은 마침내 결단을 내렸다.

"지금 당장 수술 준비합시다. 이대로 두면 뇌나 신장이 망가질 수도 있고, 실명할 수도 있어요. 대학병원으로 가면 좋겠지만 시간이 촉박하니까 산모만 찬성하면 그냥 여기서 수술할게요. 우리 병원에도 인큐베이터가 있으니까."

인큐베이터라는 말을 들은 유채는 목 끝에 턱턱 걸리는 숨을 삼키면서 힘겹게 물었다.

"애들이 인큐베이터에 들어가야 하나요?"

"그러지 않길 바라지만, 그래야 할 수도 있어요. 일단 수술하고 나서 상태를 봅시다."

쌍둥이가 인큐베이터 신세를 지게 될 거라고는 한 번도 생각해 본 적 없는 유채였다. 조막만 한 아기가 온몸에 튜브와 주삿바늘을 꽂고 플라스틱 상자 속에 누워 있는 모습을 상상하니 왈칵 목이 메려고 했다. 금방이라도 눈물을 흘릴 것 같은 유채의 모습이 봉 원장은 안쓰러운 모양이었다.

"왜 그렇게 죽을상을 하고 있어요? 인큐베이터에 들어간 아기들도 얼마나 건강하게 잘 자라는데. 두고 봐요, 이판사판이도 여섯 달만 지나면 엄마가 안고 다니기 힘들 만큼 무거워질 테니까. 만일 그러지 않으면 내가 일루전 팬클럽에 가입할게요."

자기 가슴을 툭툭 치면서 호언장담하는 봉 원장을 향해, 유채는 희미하게라도 웃어 보이려고 애썼다. 자기가 약해지면 쌍둥이도 무서워할 거라는 생각을 하면서 용기를 내려고 애썼지만, 영 쉽지 않았다.

'이현 씨가 옆에 있으면 좋을 텐데…….'

지금 이 순간, 어느 때보다 이현이 보고 싶었다. 괜찮을 거라고 말해주는 그 편안한 목소리가 듣고 싶었다. 그러나 그가 올 수 없다는 걸, 와서도 안 된다는 걸 누구보다 잘 알고 있었기에 그 간절한 바람은 마음속에 묻어둘 수밖에 없었다.

"이판사판 어머님, 이쪽으로 오세요."

유채가 수간호사의 안내를 받아 복도 끝에 달린 자동문 안으로 들어가자, 소독약 냄새가 진하게 풍기는 수술 구역이 나타났다. 환자용 수술 대기실과 의료진용 수술 준비실, 그리고 수술실이 일렬로 연결된 구조였다. 수술 대기실에는 칸막이가 쳐진 침대가 여러 개 나란히 붙어 있었고, 가운데에 너스 스테이션이 설치되어 있었다.

"여기로 들어가세요."

수간호사는 유채를 맨 끝에 있는 침대로 데려갔다.

옆 칸에는 다른 산모가 누워 있는지, 못으로 철판을 긁는 것처럼 높은 신음 소리가 간간이 새어 나왔다. 통증에 지친 나머지 비명을 지를 기력도 없는 것 같은 목소리가 애처로웠고, 여자의 남편이 칸막이를 요란하게 흔들면서 항의하는 음성이 들렸다.

"도대체 수술은 언제 시작하는 겁니까? 와이프가 아파 죽겠다잖아요!"

"죄송해요. 방금 응급수술이 잡혀서, 조금 더 기다리셔야 할 것 같아요."

"그런 게 어디 있어요? 당연히 먼저 온 사람을 먼저 수술해줘야죠!"

유채는 남자가 따지고 드는 말이 꼭 자기에게 하는 말 같아서 눈치가 보였다. 노련한 수간호사는 그런 기색을 눈치 챘는지 칸막이와 칸막이 사이의 커튼을 더 단단히 여미고는 유채의 환자복을 챙겨주었다.

"이 옷으로 갈아입으시고요. 혈압 때문에 호흡이 힘드실 테니까 산소 호흡기를 해 드릴게요."

수간호사는 유채가 옷을 갈아입을 수 있도록 칸막이를 닫아주고 너스 스테이션으로 향했다. 그곳에서는 유채의 가방과 겉옷을 챙겨서 허둥지둥 따라온 주미가 초조하게 기다리고 있었다.

"수술 동의서를 받아야 하는데요. 친구 분이라고 하셨죠? 환자 가족은 언제 오시나요?"

"제가 보호자 할게요. 저도 산부인과 의사예요."

주미는 지갑에서 명함을 꺼내 수간호사에게 보여주었지만, 그녀는 양 눈썹을 가운데로 모으면서 곤란한 표정을 지을 뿐이었다.

"보호자가 되려면 부모 형제 아니면 배우자여야 해요. 아무리 의사라도 친구 분은 안 되세요."

"환자 아버지는 요양병원에 있고요, 어머니는 돌아가셨어요. 후견인 해주시던 분은 변호사신데 지방 재판을 갔다가 지금 올라오고 계시고요. 저 말고 다른 사람은 없다고요!"

"아무리 그래도 친구 분은 안 돼요."

"그러면 어떻게 하라고요!"

주미도 같은 의사로서, 어떤 종류의 병원이든지 위험한 수술을 할 때는, 미성년자가 아닌 성인인 경우에도 반드시 친족 관계가 있는 보호자의 동의를 받아야 한다는 건 알고 있었다. 그러나 현실적으로는 모든 병원이 그 원칙을 고수하는 건 아니었고, 급할 때는 전화로 구두 동의를 받거나 아니면 일단 수술해놓고 사후 동의를 받는 경우도 드물지 않았다. 그러나 이 병원은 개인 병원이다 보니 그런 원칙을 더 까다롭게 지키고 있는 모양이었다.

"저 환자는 지금 수술 안 한다는 거죠? 그러면 제 아내 먼저 수술받을 수 있는 겁니까?"

발을 동동 구르고 있는 주미의 옆에서 불청객처럼 튀어나와 끼어든 남자는, 아까 칸막이를 흔들며 소리치던 바로 그 음성의 주인공이었다.

"땡초 아버님이시죠? 수술 순서라는 게 그렇게 마구잡이로 정해지는 게 아니에요."

"무슨 소립니까, 이쪽 환자 보호자는 지방에서 온다잖아요! 그럼 기다리는 동안 우리 와이프 수술해 주면 되는 거 아닙니까! 그게 뭐 어렵습니까? 나 참, 기가 막혀서."

"땡초는 유도 분만하다가 산모님이 너무 힘들어하셔서 수술하기로 한 경우라서요. 아기한테 탯줄이 감긴 것도 아니고, 양수도 충분하고, 몇 시간 기다려도 아무 문제없어요. 원장님께서도, 이쪽 환자 보호자분 오시면 바로 수술할 수 있게 대기하라고 하셨고요."

수간호사는 참을성을 가지고 차근차근 설명했지만 남자는 들은 척도 하려고 하지 않았다.

"뭐요? 아무런 문제가 없어? 몇 시간 동안 진통에 시달리는 건 어쩔 건데? 너희들 내가 누군지 알아? 뭐 하는 사람인 줄 알아? 이러다가 나중에 땅 치면서 후회하지 말라고!"

남자가 수술 구역이 떠나가게 쩌렁쩌렁 고함을 쳐대자. 수술실에서 마취과 의사와 함께 수술 준비를 하던 봉 원장이 밖으로 나왔다. 그녀는 당장이라도 한바탕 뒤집어엎을 것 같은 남자의 분위기에도 눈 하나 깜짝하지 않았다.

"보호자님이 뭐 하시는 분인지 쥐똥만큼도 관심 없고요. 이러셔도 수술 순서는 바뀌지 않습니다. 그쪽 산모님께는 무통 주사를 더 세게 놓아드려서, 통증을 덜 느끼시게 해 드릴 겁니다."

살얼음이 낀 것처럼 엄격한 봉 원장의 말투에, 남자는 기세가 한 풀 꺾였다.

"저희 업무 처리 방식이 마음에 들지 않으신다면 지금이라도 대학병원으로 전원시켜 드리겠습니다. 하지만 장담하는데, 대학병원에 가면 수술 순서가 훨씬 더 밀리게 되실 거예요. 그곳에는 생사를 오가는 응급환자들이 잔뜩 있으니까."

당연히 남자는 이제 와 대학병원으로 옮기는 번거로움을 감수할 생각은 없었다. 그저 소동을 부리면 어쩔 수 없이 수술 순서를 앞당겨주지 않을까 기대했던 것뿐이었다. 그가 슬그머니 꼬리를 내리고 아내가 있는 칸막이 쪽으로 사라지자, 주미의 입가에는 통쾌한 미소가 떠올랐다. 그러나 원리원칙을 고수하는 봉 원장의 입장은 주미에게도 마찬가지로 적용되는 것이었다.

"쌍둥이 엄마도 마찬가지예요. 난 이 병원 원장으로서, 보호자 동의 없는 수술을 감행해서 마취과 선생님과 간호사들까지 잠재적인 의료사고와 소송의 위험에 노출시킬 수는 없습니다."

"······."

단 한 번의 의료사고로도 의사의 직업적인 생명이 끝날 수 있다는 걸 아는 주미는, 지극히 타당하고 합리적인 그 말에 더는 반박하지 못했다. 봉 원장은 당장 수술하지 못하는 게 자신도 안타까운지 미안해하는 표정으로 덧붙였다.

"보호자 분이 지방에서 올라오고 계신 거죠? 그럼 기다리겠습니다. 산모에게는 혈압강하제를 고용량으로 투여해 볼게요. 당장 혈압이 더 올라가는 건 막을 수 있을지도⋯⋯."

그때 수술대기실의 자동문이 스르륵 열리고, 그 사이로 곤두박질치듯 뛰어 들어온 사람이 있었다.

"보호자 왔습니다! 여기 왔어요!"

46. 아빠가 된 아이돌

"저 사람 남편 맞아요! 법률혼 배우자는 아니지만, 동거 중인 사실혼 배우자예요. 사실혼 배우자에게도 수술에 동의할 권한이 있잖아요? 그러면 이제 수술을 시작할 수 있는 거죠?"

검은 모자에 검은 마스크를 쓴 이현을 알아본 주미가 수간호사의 손에 쥐어진 수술 동의서 모서리를 홱 잡아당겼다.

"잠깐, 이 사람은 쌍둥이 아빠가 아닌데. 내가 며칠 전 진료하면서 쌍둥이 아빠를 만났는데, 몸이 이 사람의 두 배가 넘었다고요."

동의서를 가져가려는 주미의 손을 가로막은 다름 아닌 봉 원장이었다. 이현이 팻 슈트를 입고 가서 봉 원장에게 눈도장을 찍어둔 탓에, 원래 모습으로 나타났을 때 봉 원장이 알아보지 못하는 사태가 발생한 것이다.

"그때는 제가 특수 분장을 하고 있었던 거고요. 이게 원래 제 체격입니다. 목소리 들으면 모르시겠어요?"

"누가 병원에 특수 분장을 하고 와요? 살다 보니 별말도 안 되는 소리를 다 듣네."

봉 원장은 주미의 손에서 매몰차게 빼앗은 동의서를 도로 간호사에게 넘겨주면서, 이현을 향해 단칼에 잘라 말했다.

"떳떳하게 신분을 밝힐 게 아니면 당장 나가요. 안 그러면 경찰을 부를 테니까. 쌍둥이 엄마는, 제대로 된 보호자가 나타날 때까지 좀 더 기다리겠습니다."

몸을 돌려 수술 준비실로 도로 들어가 버리려는 봉 원장의 등을 본 이현은, 이게 마지막 기회라는 사실을 깨닫고는 절박하게 외쳤다.

"잠깐만요, 원장님! 보여드릴 게 있습니다!"

이현은 천천히 봉 원장의 앞으로 걸어가 그녀를 마주 보고 선 다음, 깊숙이 내려쓰고 있던 모자의 챙을 잡아 뒤로 넘겼다. 시원스럽게 뻗은 눈매와 깊고 선명한 갈색 눈동자가 봉 원장과 세 명의 간호사를 똑바로 주시하고 있었다.

봉 원장의 표정이 미묘하게 변하는 것을 확인한 이현은 귀에 걸려 있던 마스크까지 벗었다. 곧게 뻗은 콧날과 선이 또렷한 입술, 날렵하면서도 강인한 턱선이 나타나고, 이윽고 얼굴 전체가 드러났다. 그를 알아본 간호사들이 일제히 헉하고 숨을 들이켜는 소리가 들렸다.

"원장님, 저 아시죠? 그러면 제 아내가 왜 미혼모 행세를 했는지, 제가 왜 특수 분장을 하고 병원에 왔었는지 이해하실 거라 믿습니다. 저 쌍둥이 아빠 맞고, 수술 동의할 자격 있습니다."

곧바로 대답하지 않고 물끄러미 쳐다보기만 하는 봉 원장의 시선에, 이현은 저도 모르게 마른 침을 삼켰다. 어쩌면 정체를 밝힌 것이 역효과가 날지도 몰랐다. 봉 원장은 의미를 알 수 없는 짧은 한숨을 내쉬더니, 그녀의 지시가 떨어지기만을 기다리고 있던 수간호사를 향해 말했다.

"저분께 수술 동의서 드리세요. 10분 후에 수술 시작합니다. 그리고 강이현 씨에게는 다른 사람들 눈에 띄지 않게 임시 대기실을 따로 마련해주도록 해요."

"네, 원장님."

계속해서 봉 원장은 수간호사의 옆에 서 있는 두 명의 간호사를 향해 엄숙한 어조로 말했다.

"황 간호사, 박 간호사도 방금 여기서 본 것은 잊도록 해요. 환자와 그 보호자의 프라이버시를 보호하는 건 의료인의 첫 번째 원칙입니다. 만일 오늘 있었던 일이 어딘가로 퍼져 나간다면, 그때는 여기 있었던 사람의 소행으로 간주하고 책임을 묻겠습니다. 알겠죠?"

"네, 원장님."

봉 원장의 엄포에 어수선한 분위기가 일시에 가라앉고 간호사들의 표정이 사뭇 진지해졌다.

기대하지도 않았던 배려를 받은 이현은 봉 원장을 향해 허리를 깊이 숙이면서 인사했다.

"감사합니다, 원장님."

"됐어요. 정 인사를 하겠다면 수술이 무사히 끝난 다음 받죠. 지금은 산모한테 가 보세요. 무섭고 힘들 테니 잘 다독여줘요."

봉 원장은 인기 절정의 아이돌 가수도 수많은 산모 남편 중 하나인 것처럼, 무덤덤하고 차분한 태도로 유채가 누워 있는 침대 쪽을 가리키며 말했다.

이현이 천천히 칸막이 커튼을 걷고, 유채의 이마 위에 가만히 손을 얹자, 서늘한 감촉을 느낀 그녀가 살며시 눈을 떴다.

"이현 씨?"

유채의 가느다란 목소리는 인공호흡기에 막혀 제대로 들리지 않았다. 그 사실을 깨달은 그녀는 손으로 인공호흡기를 떼어냈다. 동공에 이현의 부드러운 눈빛이 가득 들어오자, 그녀는 도저히 믿을 수 없다는 듯 천천히 눈꺼풀을 깜박였다.

"여기에 어떻게 왔어요? 콘서트는요?"

"동생들이 최대한 시간을 끌어주기로 했어요. 걱정하지 말고 무사히 수술 받고 나올 생각만 해요. 알았죠?"

이현은 다정하게 말하면서 유채의 손을 잡았다. 담요처럼 포근하게 손을 감싸는 온기가 무척이나 따뜻해서 유채는 눈물이 날 것만 같았다. 그가 온 이상, 더는 억지로 씩씩한 척하지 않아도 됐다.

"이현 씨, 나 무서워요."

"무섭긴 뭐가 무서워요. 어려운 수술도 아닌데. 눈 깜짝할 사이에 끝날 거예요."

이현은 유채에게 손깍지를 끼면서 다독거렸지만, 그녀는 금방이라도 눈물이 떨어질 것처럼 그렁거리는 눈으로 도리도리 고개를 저을 뿐이었다.

"내 친엄마도 산부인과 수술대 위에서 돌아가셨어요. 나도 그렇게 되면 어떡해요?"

"왜 그런 소리를 해요? 바보같이."

"충분히 있을 수 있는 얘기니까 하는 거예요. 내가 너무 생각이 없었어요. 더 조심해야 했는데. 다 내 탓이에요."

"그건 유채 씨 탓이 아니에요, 이런 일이 일어나게 될 줄 누가 알았겠어요. 유채 씨, 내 부탁 하나만 들어줄래요?"

"산소 호흡기 달고 누워 있는 사람에게 부탁이라고요?"

이현은 고개를 끄덕이더니, 어깨에 멘 크로스백에서 조그맣게 접은 종이를 꺼내어 유채의 손바닥 위에 올려놓았다.

"열어봐요."

수액주사를 꽂아놓은 유채의 손이 조심스럽게 종이쪽지를 여는 순간, 평생 맞닥뜨릴 일이 없을 줄 알았던 다섯 글자가 어렴풋한 시야 속으로 날아들었다.

'혼인신고서'

혼인신고서에는 이현과 유채의 이름과 인적사항이 정갈한 글씨체로 적혀 있었고, 이현의 이름뿐만 아니라 증인으로 적힌 인영과 노아의 이름 옆에도 도장이 찍혀 있었다. 유채의 서명만을 기다리고 있는 혼인신고서, 이게 바로 이현이 콘서트가 끝난 후 백 스테이지에서 주려고 준비했던 이현의 깜짝 선물이었다.

"……"

유채가 넋 나간 사람처럼 혼인신고서를 들여다보는 동안, 이현은 앉아 있던 의자에서 몸을 일으켰다. 그는 대기실의 바닥에 한쪽 무릎을 꿇고 다른 한쪽 무릎을 세운 자세를 취하더니, 다시 한번 가방 속에 손을 넣어 작게 포장된 꾸러미 같은 것을 꺼냈다. 꾸러미 포장 안에서 나온 것은, 노아가 예전에 유채에게 선물했던 두 쌍의 아기 신발이었다.

"유채 씨 남편이라고 말하고 여기 들어왔거든요. 거짓말하는 건 싫어서, 이참에 그걸 진짜로 만들어보려고요. 이게 몇 번째 프러포즈더라."

이현은 바닥에 한쪽 무릎을 꿇은 채로 두 쌍의 신발을 양쪽 손바닥 위에 올려놓았다. 그러자 그중 한 개의 신발 속에서, 눈꽃처럼 투명한 보석이 박힌 백금 반지가 은은하면서도 눈부시게 반짝이는 게 보였다.

"일단 혼인신고만이라도 해요. 오해할까 봐 말해두는데 애들 호적이나 부모님 잔소리 때문에 이렇게 하자는 거 아니에요. 내 20대가 그렇게 소중한 거라면, 그 시간을 가장 사랑하는 사람과 함께 하고 싶어요. 수십 번, 수백 번 생각해도, 나에게 그 사람은 바로 당신이에요."

"……."

"당신 말고 없어요. 그 어떤 어리고 예쁘고 날씬한 여자도 내 눈에는 안 들어와요. 이미 당신으로 가득 차서 조금도 빈자리가 없으니까."

시간의 흐름이 정지된 것처럼 고요해진 작은 공간 안에서 이현의 낮은 음성만이 울려 퍼지자, 유채는 최면이라도 걸 것처럼 투명한 그의 눈빛에 빨려 들어가는 것 같은 기분이었다.

"그러니까, 그만 못 이긴 척 넘어와 주지 않을래요?"

이건 누군가에게 등을 떠밀려서 하는 청혼도, 벅찬 감정에 못 이겨 충동적으로 하는 청혼도 아니었다. 오랫동안 고심하고 또 고심해도 결국 하나의 결론밖에 없다는 걸 깨달았기에, 온 마음을 담아서 하는 그런 청혼이었다. 유채는 천천히 이현의 손에서 아기 신발을 받아들었다. 괜히 가슴이 시큰거려서, 그녀는 눈가에 고인 물기를 엷은 미소 뒤에 숨기면서 가만히 고개를 끄덕였다.

"그래요. 한번 해 보자고요. 그 결혼이라는 거."

유채는 심플하고 우아하게 세공된 반지를 자그마한 신발 속에서 꺼내면서 호기롭게 말했다. 그녀가 이현을 향해 반지를 내밀자, 그 의미를 알아차린 그는 그녀의 손을 잡고 반지를 끼워주었다. 부어 오른 네 번째 손가락에 반지가 들어가다가 중간에 막혀버리자, 그 들은 마주 보면서 누가 먼저라고 할 것도 없이 유쾌한 웃음을 터뜨 렸다.

"평생 후회하지 않게 해줄게요."

이현은 유채의 네 번째 손가락에서 빼낸 반지를 새끼손가락에 다 시 끼워주면서 다짐하듯 말했다. 어떤 관계든 길어지고 깊어질수록, 크든 작든 후회가 생겨날 수밖에 없지만, 그래도 유채는 후회하지 않 게 해주겠다는 그 마음이 평생 변치 않고 한결같을 것임을 믿었다.

이현은 반지를 낀 유채의 손가락 위에 입술을 가까이 가져다 대 면서 키스했다.

"유채 씨를 위해서 만든 노래, 지금 불러줄까요?"

"노래요? 여기서?"

유채는 화들짝 놀라면서 주위를 둘러보았지만, 그래 봤자 사방에 는 꽉 막힌 커튼뿐이었다.

"이 노래를 처음 듣는 사람은 유채 씨여야 하니까. 제목이 '청혼' 이거든요."

"아……."

이현은 여전히 무릎을 꿇은 자세로 휴대폰을 마이크처럼 손에 잡 았다. 그에게 있어 노래하는 것은 숨 쉬는 것만큼이나 자연스러운 것이었지만, 이번만큼은 입술을 떼는 순간부터 목소리가 떨려 나왔다. 지금 이 자리에서 그는 전 세계에 팬을 거느린 한류 스타도, 잘 나가는 아이돌 가수도 아니고 그저 사랑하는 여자 앞에 서 있는 한 명의 남자일 뿐이었기에.

"오랫동안 기다렸죠―. 오늘 꼭 해야 할 말이 있어요―."

기교도 꾸밈도 없는 담담한 목소리가 귓가를 채우는 동안 유채는 두려웠던 것도, 걱정스러웠던 것도, 불안했던 것도 다 잊을 수 있었다.

잔잔한 음률을 타고 그동안 그들이 함께 해왔던 나날들이 바닷가를 구르는 작은 모래알들처럼 스치고 지나갔다. 같이 웃기도 하고, 같이 울기도 하고, 가끔은 서로를 오해하기도 하고 그러다가 이해하기도 했던 바람 잘 날 없는 날들이었다. 그러나 그 어떤 순간에도, 함께였기 때문에 불행하지는 않았다.

"이 길 처음부터 끝까지 함께―."

그때 갑자기 커튼이 휙 젖혀지면서, 떡하니 팔짱을 낀 봉 원장과 수간호사가 모습을 드러냈다.

"!"

연인에게 세레나데를 바치는 중세 시대의 기사처럼 무릎을 꿇은 채 노래를 부르고 있던 이현은 흠칫 그대로 굳어졌다. 봉 원장과 수간호사가 조금이나마 동요하기라도 했으면 그나마 덜 무안했을 텐데, 그들은 전문가답게 철저히 무미건조한 표정을 유지하고 있었다.

"보호자 분, 여기서 이러시면 안 됩니다. 병원 안에서 고성방가 안 돼요."

봉 원장이 단호하게 말하면서 수간호사를 향해 손짓하자, 수간호사는 버튼을 눌러 유채의 침대를 아래로 내리고 산소 호흡기를 도로 씌워 주었다.

"이제 산모는 수술 들어가야 하니까, 강이현 씨는 임시 대기실에
가 있으세요."

"……네."

일말의 여지도 내주지 않는 봉 원장의 단호한 말에 이현은 결국
노래하는 걸 포기했다. 수간호사를 따라 커튼 밖으로 나가던 이현은
마지막으로 유채를 돌아보면서 힘차게 파이팅 포즈를 취해 보였다.

"여보, 힘내!"

유채는 우울한 기색이 완전히 가신 말간 눈빛으로 이현을 향해
웃어 보였다. 그가 기다리고 있다고 생각하면, 그 어떤 난관도 용감
하게 극복할 수 있을 것 같았다.

한편, 복도로 나온 수간호사는 탕비실을 비워 임시로 만든 1인용
대기실에 이현을 밀어 넣으면서 신신당부했다.

"안에서 문 잠그고 앉아 계세요. 혹시 누가 지나가다가 실수로라
도 열어보지 못하게요."

"신경 써 주셔서 감사합니다."

이현의 예의 바른 인사를 받은 수간호사는 고개를 까닥하고서 그
대로 나가려다가, 하고 싶은 말이 있는 듯 문득 발걸음을 멈췄다.

"강이현 씨는 유명세도 있고 나이도 어린데. 자기 행동에 책임지
겠다고 나선 게 대단하네요. 앞으로 고된 일이 많이 생길 텐데 힘내
요. 아버지는 남자보다 몇 배는 더 강한 존재거든요."

의미심장하게 덧붙인 수간호사는 이현이 뭐라고 대답하기도 전
에 바깥으로 나가 버렸다. 이현은 그녀가 알려준 대로 문을 걸어 잠
갔지만, 탕비실 의자에 태평하게 앉아 있을 마음은 들지 않았다. 문
에 나 있는 조그만 창을 통해 수술실 내부의 광경을 엿보려고 애써

봐도, 불투명한 수술실 문에 비치는 거라고는 보라색 수술복을 입은 봉 원장의 어릿한 뒷모습뿐이었다.

"진짜 미치겠네……."

온몸의 피가 바싹바싹 말라 들어가는 기분에 입술을 잘근잘근 깨물고 있는데, 거기 있는지도 몰랐던 휴대폰이 바지 뒷주머니에서 바르르 떨면서 울었다. 잔뜩 신경을 곤두세우고 있던 이현이 휴대폰 화면에 뜬 이름을 확인하고 통화 버튼을 누르자, 아버지의 중후한 목소리가 흘러나왔다.

— 이현아, 너 어디 있냐? 너희 엄마가 대기실 구경하고 싶다는데.

"아버지, 저 지금 병원이에요. 유채 씨가 긴급 제왕절개 수술을 받게 됐어요."

병원이라는 말을 듣고 놀란 엄마가 옆에서 아우성치는 소리가 들렸다. 아버지가 수화기를 손으로 막고 엄마에게 사정을 설명해주는 듯 짤막한 정적이 흘렀다. 잠시 후, 침착하려고 애쓰는 아버지의 목소리가 다시 들려왔다.

— 유채 양은 괜찮은 거냐?

"수술하면 괜찮아질 거래요. 수술 끝나고 유채 씨 상태 확인한 다음에 돌아갈 거예요."

"그래, 우리도 지금 당장 병원으로 가야겠다. 옆에서 돌봐줄 사람이 있어야지. 병원 주소 문자로 보내주고. 여보, 우리 자리로 가서 짐 챙겨와. 나는 택시 잡을게."

그것도 아들에 대한 배려라고, 통화를 길게 하지 않고 전화를 끊으려는 아버지를 이현이 다급하게 불렀다.

"잠깐만요, 아버지! 저, 잘 모르겠어요."

이현은 혼란스럽고 복잡한 머릿속을 미처 정리하지 못한 채 불쑥 두서없는 말을 내뱉었다.

"뭘 모르겠다는 거냐?"

"이제 드디어 쌍둥이를 만나게 될 텐데 뭘 어떻게 해야 할지, 무슨 말을 해주어야 할지, 저는 아무것도 몰라요. 아기를 어떤 자세로 안아야 하는지도 모르는데, 말도 안 되는 실수를 해 버리면 어떻게 하죠? 인생에서 가장 중요한 순간인데……."

유채에게 든든한 울타리가 되어주어야 한다는 생각에, 봉 원장에게도 책임감 있는 보호자라는 인상을 주어야 한다는 생각에 조금 전까지는 억지로 자신감 넘치는 척했다. 그러나 도저히 외면할 수 없는 사실은, 어쩌면 유채보다 그가 더 두려워하고 있을지 모른다는 것이었다. 앞으로 몇 분 후면 쌍둥이의 아빠가 되고, 24살의 젊은 가장이 된다. 일곱 달 넘게 준비해온 일이었지만, 갑자기 아무것도 준비 못 한 것 같은 막막한 기분이 들었다.

"아버지는 저를 처음 만날 때 어떻게 하셨어요? 어떤 기분이셨어요?"

"음, 너무 오래전이라 기억 안 나는데……. 일단은 무척 고마웠지."

"아, 역시……."

이현은 휴대폰을 손에 꼭 쥔 채로 그럴 줄 알았다는 듯 고개를 끄덕였다. 표현하지 않을 뿐 아버지에게도 하나뿐인 아들의 탄생은 벅찬 감동이었구나 하는 생각이 들었다. 하지만 이어지는 아버지의 말은 이현의 환상을 산산이 부수어 놓았다.

"광박을 쓸 뻔한 순간에 네가 태어나줬거든. 그때부터 효자였어."

느닷없이 여기서 광박이 왜 튀어나오나 갈팡질팡하던 이현은 문득 한 군데 짚이는 곳이 있었다.

"아버지, 혹시……. 저 태어날 때 화투 치고 계셨던 거예요?"

"이현아, 이건 인간적으로 이해해줘야 한다. 너 낳는 데 20시간이나 걸렸단 말이다. 다른 산모 남편이 먼저 산부인과 복도에서 판을 벌였는데 인원이 모자란다고 하길래 어쩔 수 없이……."

아버지는 숙제를 해오지 못한 이유를 둘러대는 초등학생처럼 어물어물 변명했다.

"아니, 아무리 그래도 그렇지, 엄마는 진통하는데 밖에서 화투 칠 생각을 하실 수가 있어요? 그것도 돈까지 걸고서?"

"음, 너희 엄마한테는 비밀이다. 알면 죽을 때까지 바가지를 긁힐 거야."

이현은 아버지와 이런 식의 대화를 나누게 될 거라고는 한 번도 생각해 본 적이 없었다. 이현이 어릴 때, 아버지는 그의 작고 안전한 세상을 다스리는 하느님 같은 존재였다. 그런데 진짜 세상으로 나오고 나자, 그렇게 위대해 보이던 아버지도 그저 서툴고 불완전한 한 명의 인간에 불과하다는 걸 깨닫게 되었다. 언제까지고 태산처럼 버티고 있어 주길 바랐던 아버지가 왜소하고 초라해지는 것이 슬펐지만, 한편으로는 사람 대 사람으로서 아버지에게 한결 가까이 다가갈 수 있어서 기뻤다.

"이현아, 남자는 그런 거다. 아기를 뱃속에 열 달이나 품고 있었던 여자와는 출발점부터가 달라. 아기를 처음 만날 때는 신기하긴 하지만, 그게 정말 자기 핏줄이라는 느낌은 안 들거든."

"……."

"그래서 남자가 아빠가 되려면, 여자가 엄마가 되는 것보다 많은 노력이 필요해. 틈만 나면 아기와 함께 시간을 보내고, 알아듣지 못

해도 자꾸 말을 걸어주고, 분유도 직접 타서 먹여주고, 가끔은 데리고 자기도 하면서 조금씩 시간을 두고 친해져야지."

"친해진다고요?"

지금까지 이현은 부성애라는 것이 자연스럽게 생겨나는 거라고 생각했지, 노력하면서 만들어가야 하는 거라고는 생각해본 적 없었다.

"그래, 지금까지 네가 만들어온 다른 인간관계처럼 아기와의 관계를 만들어나가는 거다. 때로는 화도 나고, 지치고, 짜증도 나고, 내가 장담하는데 짐 싸서 어디론가 멀리멀리 도망가고 싶은 순간도 있을 거다. 그렇게 숱한 일들을 겪으면서 점점 아버지가 되어가는 거다."

"……."

"그러다 보면 어느새 나처럼 전국을 돌아다니면서 아들 사진을 찍는 팔불출 아버지가 되어 있는 자신을 발견할 수 있을 거다. 아기를 낳는 건 끝이 아니야, 시작에 불과하지. 힘내라, 아들."

힘내라고 말해주는 아버지의 음성에는 그동안 표현하지 못했던 애정이 듬뿍 담겨 있어서, 이현에게 작은 파도처럼 잔잔한 감동을 실어다 주었다. 전화를 끊은 후에도 아버지의 온화한 목소리가 귓가에서 맴도는 것 같았다.

"으애애애앵—!"

이현이 아버지에게 병원 주소를 적어 보내고 있을 때, 누가 꼬집기라도 한 것처럼 자지러지는 아기 울음소리가 복도에 길게 메아리쳤다. 유채가 수술실에 들어간 지 10분도 지나지 않았기 때문에, 이현은 그게 자기 아기일 거라고는 생각도 하지 못했다.

'어느 집 아기가 저렇게 요란하게 울지? 목청도 좋네. 나중에 가

수해도 되겠다.'

그때, 수간호사가 탕비실 문 앞으로 걸어와 똑똑 소리 나게 문을 두드리며 이현을 불렀다.

"이판사판 아빠, 문 좀 열어주세요."

"무슨 일이죠? 산모한테 이상이 생긴 건 아니죠?"

이현은 수간호사의 얼굴을 보자마자 득달같이 문을 열면서 달려들 듯 성급하게 물었다.

"산모님은 괜찮으세요. 그런 게 아니라……."

수간호사가 손짓하자, 초록색 천에 둘둘 싸인 무언가를 품에 안은 박 간호사가 조심스럽게 탕비실 안으로 들어왔다. 작디작은 그 무언가에는 그보다 더 작은 눈, 코, 입이 달려있어 이현을 놀라게 했다. 정말이지 말도 안 되게 작았다. 그 밖에는 뭐라고 표현할 말이 없었다.

"아드님이에요. 자기 아빠를 쏙 빼닮았네요."

박 간호사는 안아보라는 듯 이현에게 아기를 건네주었다. 그는 머뭇거리면서 어설픈 몸짓으로 아이를 받아 안았다. 조금이라도 힘을 주면 아기가 부서지기라도 할까 봐 무서웠다. 머리를 어떻게 받쳐줘야 할지 몰라 안절부절못하는 그를 수간호사가 친절하게 도와주었다.

"한 손으로 목과 머리를 받치고요, 다른 한 손으로는 엉덩이를 받쳐주세요. 네, 그렇게요."

이현은 어색하게 뻗은 팔이 불편한 줄도 모르고, 간호사가 잡아준 자세 그대로 뻣뻣하게 굳어져서 아기를 안고 있었다. 새카맣게 돋아난 짧은 머리카락, 크기는 작지만 윤곽이 또렷한 코, 아무것도 모르는 주제에 뭔가 진지하게 고민하는 것처럼 질끈 감은 눈과 꼭 다문 입술이 야무져 보였다. 이현이 강보 사이로 삐져나온 밤톨만 한 주먹을 톡 건드렸을 때, 거짓말처럼 짧은 다섯 개의 손가락이 펴지면서 이현의 손가락을 감아쥐었다. 웃음이 나올 정도로 작은 체구와 어울리지 않는 강한 힘이 이현을 놀라게 했다. 아기는 마치 그 소박한 손짓을 통해서 자신의 존재를 힘주어 주장하고 있는 것 같았다.

'봐요, 아빠. 내가 세상에 왔어요!'

꼭 그렇게 외치는 목소리가 들리는 것 같은 게, 이현은 꿈인가 현실인가 싶었다.

"안녕?"

그게 아기를 향해 건넨 아이돌 아빠의 첫인사였다. 지금 이 순간은 그 자체만으로도 이미 완벽해서, 그 어떤 거창한 인사말도 필요하지 않았다.

"내가 네 아빠야. 만나서 반갑다."

아기는 이현의 목소리를 알아듣기라도 한 것처럼 눈을 뜨려고 안간힘을 썼다. 그러나 풀로 붙여놓은 것처럼 감긴 눈꺼풀은 떠질 줄을 몰랐다. 물기에 젖어 쪼글쪼글해진 눈가를 있는 힘껏 찡그리면서 버둥거리는 아기를 보는 이현은 코끝이 얼얼하게 아려올 만큼 급격히 밀려드는 애처로움과 안쓰러움에 잠시 숨을 참아야만 했다.

"세상에 나오느라 고생했어. 참 잘했어."

그는 자신의 오른쪽 검지를 꼭 쥐고 있는 아기의 손등을 왼쪽 손바닥으로 덮고 어루만지면서 속삭였다. 이렇게나 부드럽고 사근사근한 목소리가 자기 안에 숨어 있었다는 것조차 몰랐다.

"따님도 오셨네요. 어머, 얘는 엄마 판박이네. 아주 예쁘게 생겼어요."

이현이 아들의 존재에 완전히 적응하기도 전에 황 간호사가 또 다른 아기를 안고 들어왔다. 이현이 딸을 안아볼 수 있도록 박 간호사가 아들을 다시 받아 안았다. 무게는 똑같을 텐데, 딸이라고 하니 왠지 더 가벼운 것 같은 착각이 들었다. 이현은 이제 시작이라는 아버지의 말을 되새기면서 두 번째 아기에게 인사를 건넸다.

"안녕? 네가 우리 집 막내구나. 앞으로 잘 부탁한다."

그토록 갖고 싶어 난리였던 딸인데, 막상 품에 안게 되니 기분이 복잡했다. 형광등 조명에 비치는 발그스름한 작은 뺨이, 하트 모양 얼굴이, 실핏줄이 들여다보이는 투명한 살결이, 뭔가 말하고 싶은 것처럼 오물거리는 입술이 너무도 가냘프고 연약해 보였다. 이 작은 생명을 아빠로서 보살펴 주어야 한다는 무거운 책임감이 그의 어깨에 얹어졌다.

"아가야, 걱정하지 마. 아빠가 널 지켜줄게."

이현은 행여 아기가 놀라기라도 할까 낮은 목소리로 속삭였다. 지금 이 순간을 기점으로, 그의 삶은 더 이상 그의 것이 아니게 되었다. 그가 가진, 앞으로 가지게 될 모든 것은 오직 이 작고 힘없는 아기를 위한 것이었다.

"둘 다 체중은 적지만, 자가 호흡에 문제없고 건강해서 인큐베이터에 안 들어가도 되겠어요. 산모님 혈압도 떨어지기 시작했으니 걱정하실 것 없고요. 축하드려요. 축복받은 가족이네요."

수간호사가 친절하게 말해주자, 이현은 그제야 안도의 한숨을 내쉬면서 가슴을 쓸어내렸다. 간호사들이 두 아기를 안고 있는 동안 이현은 재빨리 휴대폰을 꺼내 사진을 찍었다.

"쌍둥이 이름은 지어 두셨어요? 일단 태명으로 부를까요?"

아직 쌍둥이의 이름을 결정하지 못 했다는 데 생각이 미친 이현이 흠칫하는 데, '이판이'를 안고 있던 박 간호사가 끼어들었다.

"아, 산모님이 이름 지어 놓으셨더라고요. 봉합 마쳐 들어가기 전에 알려주셨어요."

"그랬어요?"

"아드님은 '강혁'이고, 따님은 '강노아'라네요. 쌍둥이 아빠도 좋아할 거라고 하셨어요."

"아……."

이현이 말하지 않아도 유채는 알고 있었던 것이다. 일루전 멤버들이 도와주었기에 이현이 오늘 이 자리에서 쌍둥이의 탄생을 지켜볼 수 있었다는 것을. 두 개의 이름을 심장 속에 깊이 새겨 넣고 있는 이현을 향해 박 간호사가 말했다.

"그리고 쌍둥이 아버님께 전해 달라는 말씀도 있으셨는데요. 당장 택시 잡아타고 콘서트장으로 달려가지 않으면 집에서 쫓겨날 줄 알라고 하셨어요."

정확히 유채가 했을 법한 말이었다. 완전히 긴장이 풀린 이현이 함박웃음을 지었다. 아침에 일어나자마자 생각했던 것처럼, 오늘은 그가 세상에 태어난 후 가장 행복한 날이 되었다. 그리고 이제는 그렇게 만들어준 사람들에게 보답하러 가야 할 때였다.

47. 망쳐버린 콘서트

"일루전! 일루전! 우와아아아!"

게스트의 오프닝 공연이 끝나고 돔 안의 모든 조명이 일시에 꺼지면서 암막처럼 짙은 어둠이 깔리자, 종전과는 비교도 되지 않을 만큼 어마어마한 환호성이 터져 나왔다. 드디어 진짜 콘서트가 시작된 것이다. 누가 시키지도 않았는데 3만 명의 팬들은 하나의 목소리로 일루전을 연호했고, 암전된 구장을 빈틈없이 채운 야광 응원봉이 별 무리처럼 눈부셨다. 7시 15분이 되었을 때, 무대 뒤에 버티고 서 있던 초대형 전광판이 반으로 갈라지면서 열리기 시작했다.

"우와아아아─!"

갈라진 전광판 뒤에는 마치 하늘에서 내려온 것처럼 새하얀 계단이 뻗어 있었다. 계단의 첫 번째 단에 핀 조명이 떨어지자, 마이크를 들고 서 있는 노아의 모습이 드러났다. 눈썹까지 자연스럽게 늘어뜨린 앞머리와 데님 재킷, 하늘색 티셔츠와 청바지에서 소년 미가 물씬 풍겼다.

"서툰 내 고백이—. 오늘은 너에게 닿을 수 있을까—."

샘물처럼 맑은 미성이 드높은 천장까지 닿을 듯 울려 퍼지자, 장내는 막을 씌운 것처럼 일제히 조용해졌다. 노아가 언제나 하고 싶어 했던, 어쿠스틱 사운드가 가미된 팝 R&B 장르의 솔로곡이었다. 당연히 4집 컴백 타이틀 곡을 처음으로 듣게 될 줄 알았던 팬들은 조금 실망했지만, 마음을 정화해주는 목소리와 유리처럼 매끄럽게 올라가는 고음에 어느새 엄마 미소를 머금게 되었다.

"이 길을 너와 같이 걸을 수 있다면—. 너의 손을 잡을 수 있다면—."

가볍고 산뜻한 분위기의 노래가 무대에 봄을 불러온 것처럼, 노아가 계단을 한 단씩 내려올 때마다 공중에 매달린 매직 벌룬이 하나씩 터지면서 종이 꽃잎이 눈보라처럼 흩날렸다. 만개한 꽃잎에 에워싸인 채로 열창을 마친 노아는 마이크를 두 손으로 꼭 잡은 채 수줍은 미소를 띠면서 무대 앞으로 걸어 나왔다.

"일루셔니스트 여러분, 보고 싶었어요! 여러분도 제가 보고 싶으셨나요?"

"으아아아아아아—!"

대답 대신 터져 나오는 어마어마한 성량의 함성에 노아는 화들짝 놀랐다.

"아, 많이 보고 싶으셨구나. 오늘 공연은 조금 특별하게 저의 솔로곡으로 시작해 봤어요. 이번 4집 'Completion'은 저희 멤버들의 솔로곡이나 유닛곡이 수록되어 있을 뿐만 아니라, 전 곡이 자작곡이어서 더욱 의미 깊은 앨범이거든요."

평소에는 누가 시켜야 마지못해 한두 마디 하는 정도인데, 오늘 따라 노아는 재잘재잘 말이 많았다.

— 솔로곡이 끝나면 그때부터는 아무 말 대잔치를 해. 앨범 소개도 하고, 팬들한테 안부도 묻고, 노가리도 좀 까고. 정 안 되면 전화번호라도 공개하란 말이야!

래원은 그렇게 당부했지만, 형들 없이 혼자 무대에 서서 줄곧 떠들어낸다는 건 노아에게는 너무도 큰 용기가 필요한 일이었다.

"다음은 전 국민이 인정하는 아이스링크 커플, 권혁과 홍래원의 유닛 곡을 만나보실 차례입니다. 많은 환호 부탁드려요."

"와아아아아—!"

노아는 시간을 끌지 못했다는 자책감에 미안한 얼굴로 계단을 내려왔지만, 혁과 래원은 그를 향해 괜찮다는 듯 고개를 끄덕여 보이고는 남다른 에너지로 계단을 뛰어올라갔다.

"여러분, 다들 즐길 준비 되셨나요? 다같이, 소리 질러!"

두 래퍼가 등장하면서 무대의 분위기는 완전히 뒤바꾸었다. 팬들이 일제히 자리에서 일어나 몸을 흔들기 시작하면서 분위기는 순식간에 달아올랐고, 구장 전체가 들썩이는 것 같은 착각이 들었다.

"저걸로 5분은 더 벌 수 있겠지."

팬들이 이현의 부재를 눈치 못 채도록, 공연 순서가 이상하다고 생각할 틈도 없도록 열정적인 무대를 펼치는 형들을 바라보면서 노아는 일단 숨을 돌렸다. 하지만 5분이라는 시간이 누구에게나 충분한 것은 아니었다. 그가 수건으로 땀을 닦으면서 백 스테이지로 돌아왔을 때, 그곳은 이미 아수라장이었다.

"강이현 어디 있어? 아직도 안 왔어?"

무대 감독은 손에 말아 쥔 큐시트로 백 스테이지 벽을 두들기며 이현을 애타게 찾았고, 그 등쌀에 못 이긴 스태프들은 있을 리 없는 이현을 찾아다니는 시늉을 하며 우왕좌왕하고 있었다. 마 대표와 종필은 그들에게, 이현의 손목 상태가 좋지 않아 잠시 물리치료를 받고 온다고 둘러대 놓은 상태였다.

"돔 콘서트가 무슨 애들 장난도 아니고! 프로 정신은 어디다 갖다 팔아먹었어!"

무대 감독은 큐시트를 곤봉처럼 휘둘러 조감독의 머리를 때리면서 고래고래 소리를 질렀다. 백 스테이지 구석에서는 마 대표가 발을 동동 구르면서 애꿎은 종필만 들들 볶아대고 있었다.

"도대체 전화는 왜 안 받는 거야! 내가 복장이 뒤집혀서 죽는 꼴을 봐야 속이 시원하겠대? 계속 전화해 봐! 휴대폰이 터질 때까지!"

하지만 아무리 전화를 걸어도 무정한 이현은 응답하지 않았다. 혁과 래원은 원곡에는 없던 댄스 브레이크를 넣고, 후렴구를 세 번이나 반복하면서 곡을 길게 끌었지만, 유닛 곡도 슬슬 종반부에 이르고 있었다. 그다음은 이현이 솔로 곡 '청혼'을 불러야 할 차례였다.

"감독님, 크레인 스탠바이 됐습니다!"

폭발 일보 직전에 있는 무대 감독을 향해 장비 담당 스태프가 소리쳤다. 억대의 돈을 아낌없이 쏟아 부은 역대급 콘서트답게, 이현의 솔로 곡 무대에도 눈이 번쩍 뜨일만한 연출이 준비되어 있었다. 고공 크레인이 새하얀 그랜드 피아노를 실은 공중무대를 관객석 위까지 끌어올리고, 바로 그 곳에서 이현이 직접 피아노를 치면서 노래를 부를 예정이었다.

"내가 저 염병할 크레인 올리는 거 허가받으려고 구청에 몇 번을 갔는데……"

무대 감독은 그랜드 피아노와 공중무대를 싣고 작동할 준비를 마친 크레인을 보면서 바득바득 이를 갈았다. 혹시나 무대 감독이 다 때려치우겠다고 하면 어쩌나 조마조마한 심정으로 그 모습을 지켜보던 종필이 불현듯 옆을 지나가는 노아의 팔을 붙잡았다.

"안 되겠다, 노아야. 너라도 대신 올라가. 이현이 곡, 다 외우고 있지?"

"외우고는 있는데요, 그게 문제가 아니라……."

"그럼 됐어, 어서 올라가!"

종필에게 등을 확 떠밀린 노아는 얼떨결에 크레인의 발 받침대를 딛고 올라갔다. 공중무대가 생각했던 것보다 훨씬 좁은 것을 보자, 예쁘장한 얼굴에서 핏기가 싹 가셨다.

"형! 저 높은 거 무서워하는데, 그냥 이거 안 타고 노래만 하면 안 돼요?"

"안 돼, 이제 와 멈출 순 없어! 정 무서우면 그냥 눈 감고서 해!"

은근슬쩍 크레인에서 내려오려고 하는 노아와 그걸 가로막으려는 종필이 실랑이를 벌이는 동안, 혁과 래원의 유닛 곡이 끝나고 말았다. 탈곡기로 영혼까지 털털 털어서 그 한 곡에 쏟아 부은 두 남자는 누가 먼저라고 할 것 없이 기진맥진해서 무대 위에 주저앉았고, 조명감독은 서둘러 불을 꺼 버렸다.

"크레인 올라갑니다!"

이제 무대 감독에게는 류노아든, 강이현이든, 아니면 지나가는 똥개라도 공중무대를 채워주기만 하면 상관이 없었다. 그는 창백하게 질린 낯빛을 한 노아가 크레인을 붙잡고 서 있는 걸 보고도 별다른 말을 하지 않고 큐 사인을 내렸고, 기어가 덜컹덜컹 육중한 소음을 내면서 움직이기 시작했다.

"으아, 난 몰라!"

가벼운 고소공포증이 있는 노아는 발을 딛고 선 무대가 둥실 떠오르는 것을 내려다보면서 울상을 지었다. 3만 명의 관객이 내려다보이는 높이에, 그것도 난간도 테두리도 없는 평면 무대에 혼자 서 있자니 등골이 오싹해지고 다리에서 힘이 풀렸다. 차라리 그냥 보지 말자 싶어서, 두 눈을 질끈 감은 채로 피아노가 있는 곳을 찾아 허공을 더듬거렸다. 그때, 단단한 손이 마치 기적처럼 노아의 손목을 덥석 잡는 것과 동시에 그 무엇보다 반가운 목소리가 들렸다.

"막내야, 늦어서 미안."

"형!"

이현은 노아의 손을 잡지 않은 다른 한쪽 손으로 공중무대 바닥을 짚고 훌쩍 뛰어 올라왔다. 그가 모자와 마스크를 훌쩍 벗어 바닥에 던지자, 땀으로 흠뻑 젖은 하얗고 준수한 얼굴이 나타났다.

"무서웠지? 너는 얼른 내려가."

"응!"

노아는 이제 사람의 허리 높이까지 올라온 공중무대에서 잽싸게 뛰어내렸다. 그 아래서는 마 대표와 종필, 그리고 무대감독이 일심동체가 되어 안도의 한숨을 내쉬고 있었다.

"조명 큐!"

활기를 되찾은 무대 감독이 신호를 보내자, 암흑에 잠겨 있던 무대가 돌연 다시 밝아졌다. 무대 천장에는 초승달을 본 따 만든 거대한 오브제가 내걸렸고, 그 주변을 남색 조명과 안개가 채우면서 마치 실제 달이 떠오르기라도 한 것처럼 신비스러운 분위기를 자아냈다.

"강이현! 강이현!"

푸르스름한 공기를 헤치면서 올라오는 공중무대를 보고, 팬들은 입을 모아 이현의 이름을 외치기 시작했다. 누가 말해주지 않아도 이번이 그가 등장할 차례임을 모두가 알고 있었다. 꾸준한 속도로 움직이던 크레인이 드디어 동작을 멈추자, 조명감독은 그 방향을 향해 눈 뜨기 어려울 정도로 강렬한 스포트라이트 조명을 폭포수처럼 쏟아 부었다.

"우와아아아!"

그 장대한 무대 연출에 감탄한 팬들의 함성이 절정에 이르렀을 때, 마술 상자에서 튀어나온 비둘기처럼 이현이 그랜드 피아노 뒤에서 모습을 드러냈다. 병원에 다녀오는 동안 걸쳤던 야상 점퍼와 모자, 마스크는 재빨리 벗어 피아노 뚜껑 아래 감춰둔 후였다.

눈처럼 흰 재킷과 흐르듯 얇은 셔츠, 흠잡을 구석 하나 없이 몸에 잘 맞게 재단된 흰 바지는 그의 훤칠한 키와 단정한 이목구비, 어둡게 물들인 머리카락에 기가 막히도록 잘 어울렸다.

초대형 전광판에 비친 이현의 얼굴은 언제 땀을 흘렸냐는 듯 말끔했고, 그는 차분한 태도로 그랜드 피아노 앞에 앉았다. 그의 길고 유연한 손가락이 건반을 누르는 게 아니라 스치듯 가볍게 어루만지자, 빗소리처럼 영롱한 선율이 하늘에서부터 울려 퍼졌다.

"오랫동안 기다렸죠—. 오늘 꼭 해야 할 말이 있어요—."

몽롱한 안개에 휩싸인 밤바다 빛깔이 조명이 그의 또렷한 얼굴선을 스치면서 물감처럼 엷게 퍼져나갔다. 팬들은 그 몽환적인 분위기에 정점을 찍는 이현의 부드럽고 감미로운 음색에 완전히 취해버렸다. 이현이 밤하늘의 별이 된 것처럼 휘황한 무대를 꾸미는 동안,

백 스테이지에서는 나머지 멤버들이 탈진한 상태로 널브러져 있었다. 그들이 구사일생으로 살아난 기분을 만끽하는 동안 이현의 솔로곡이 끝나고, 공중무대는 올라갈 때보다 훨씬 빠른 속도로 내려왔다.

"이현이 형!"

"네 이놈 강이현!"

마침내 공중무대가 바닥에 착지하자, 멤버들은 이현을 향해 일제히 달려가서 그를 에워쌌다.

"다들……."

말을 잇지 못하고 도중에 멈추어버린 이현은 뭔가 말할 듯 말 듯 입술만 달싹거렸다. 고맙다고 말하고 싶은데, 그 말로는 부족했다. 더는 기다릴 수 없었던 노아가 앞으로 치고 나오면서 진짜 궁금한 걸 물어보았다.

"무사해? 형수님도 쌍둥이도?"

"응, 모두 건강해."

이현의 대답을 들은 노아는 그 어느 때보다 환한 미소를 지으면서 이현을 와락 껴안았다. 그 옆에 서 있던 혁과 래원도 질세라 합류했고, 네 남자는 한동안 서로를 꽉 끌어안은 채 벅찬 감정을 다스렸다. 이현은 자신의 가슴에 이마를 맞댄 노아의 머리를 쓱쓱 쓰다듬어 주다가 문득 이렇게 말했다.

"노아야, 유채 씨가 네 이름을 따서 우리 딸 이름을 지었어."

그 말을 들은 노아의 얼굴에 놀라움과 기쁨이 섞인 표정이 물결처럼 퍼져나갔다. 혁과 래원이 서로 자기 이름을 가져다 붙이라고 아웅다웅하는 걸 유치하다고 핀잔주긴 했지만, 사실 노아도 거기 끼어들고 싶었다. 가장 좋아하는 형의 아이들이었고, 외동아들인 노아에게는 평생 갖게 될 유일한 조카들이나 다름없었으니까. 하지만 친척도 가족도 아닌데 이름을 붙여 달라고 하는 것은 지나친 욕심인 것 같아서 말도 못 꺼내 보았던 것이다. 그런데 자기와 같은 이름을 가진 예쁜 조카가 생기다니.

노아가 감동을 완전히 만끽하기도 전에, 혁과 래원이 이현에게 와락 달려들어 다그쳐댔다.

"나는? 내 이름은? 리틀 혁이가 생겼어?"

"리틀 래원이는?"

이현은 말 잘 듣는 두 마리의 강아지들처럼 초롱초롱 눈망울을 빛내는 두 남자를 번갈아 바라보다가, 혁을 향해 보일 듯 말 듯 넌지시 고개를 끄덕여 보였다.

"앗싸, 내가 이겼다!"

딱히 이기고 지고의 문제는 아닌데도, 혁은 힘차게 뛰어오르면서 허공에 주먹질했다. 이현은 입을 비죽 내밀면서 토라진 시늉을 하는 래원을 타일렀다.

"쌍둥이가 아니라서 어쩔 수가 없었어. 미안, 래원아. 대신 셋째를 낳게 되면 그땐 네 이름을 붙일게. 원래 진정한 주인공은 마지막에 등장하는 법이잖아."

셋째가 태어나는 일이 결코 없을 거라는 것도 모른 채, 래원은 그 말에 금방 혹해서 입꼬리가 쓱 올라갔다. 어쨌든 오늘은 일루전의 컴백 날이자, 조카들이 탄생한 경사스러운 날이었다.

"애들 사진 찍어왔어? 보여줘!"

"그래, 우리 세계 최고 미남 아기 혁이의 사진을 봐야지!"

"노아 사진도 보여줘. 형수님 닮았어?"

다행히 전광판에서는 다른 가수들의 컴백 축하 메시지 영상이 나오는 중이어서 막간의 여유가 있었다. 이현은 팔을 잡아당기며 재촉하는 멤버들에게 휴대폰 속에 담긴 쌍둥이의 출생 직후 사진을 보여주었다.

"와아, 귀여워! 갓 태어난 아기들은 이렇게 조그맣구나!"

"이쪽이 리틀 혁이지? 사나이답게 잘생겼네."

"아니야, 형. 그쪽은 리틀 노아 같은데. 여기 얘가 리틀 혁이 아냐? 눈썹 찡그린 게 이현이 형 잠잘 때랑 비슷해 보이는데?"

멤버들은 사이좋게 얼굴을 맞대고 화면 속 쌍둥이를 들여다보며 신기해서 어쩔 줄 몰랐다. 언제까지나 그들과 함께 어울려 놀 줄 알았던 이현이었는데, 한꺼번에 두 아이의 아빠가 되었다니 눈으로 보고도 믿기 어려웠다. 사진을 뚫어지게 보고 있는 그들의 등 뒤에서 무대 감독의 우렁찬 목소리가 들려왔다.

"VCR 끝나간다, 다음 곡 스탠바이! 애들 어디 갔어?"

순식간에 이루어진 의상 교체와 메이크업 수정이 끝나고, 드디어 컴백 앨범의 타이틀곡을 선보일 차례가 되었다. VCR 상영이 끝난 후 돔 구장 안은 다시 한번 암전되었고, 관객들은 이제 네 명이 모인 일루젼 완전체가 무대에서 나타나기를 기대하면서 오직 그 방향만을 열렬히 주시하고 있었다.

"큐!"

감독의 신호에 맞춰 강렬한 스포트라이트가 4층 관객석 한가운데에 내리꽂히더니, 홍해처럼 반으로 갈라진 통로 사이에서 이현이 떠오르듯 나타나 모두를 놀라게 했다. 이현이 싱긋 웃으면서 사방을 둘러싼 관객들을 향해 손을 흔들자, 우레와 같은 함성이 쏟아졌다.

"안녕하세요, 일루전의 리더 강이현입니다. 귀중한 시간을 쪼개어 콘서트를 보러 와 주신 여러분, 직접 오시지는 못했지만 생중계를 지켜보고 계신 여러분도, 모두 감사드립니다."

시끌시끌했던 구장 안은, 이제 바늘 하나 떨어지는 소리도 들릴 만큼 고요했다. 팬들은 이현의 말을 한 단어라도 놓치지 않기 위해 주의를 기울이고 있었다.

"여기 이렇게 서 있으니까, 객석에 사람이 거의 없었던 데뷔 무대가 생각나네요. 그때는 콘서트는 감히 바라지도 않았고, 딱 100명에게만 저희 노래를 들려줄 수 있으면 좋겠다고 생각했어요. 그런데 지금, 저희가 여기 있습니다. 전 석이 매진된 돔구장 한가운데 말이에요."

이현은 감회가 새로운 듯 잠시 말을 멈추고, 팬들의 얼굴 하나하나를 정성스럽게 살펴보았다.

"저는 지금까지 이 자리에 올라온 게 제 힘이라고 착각하고 있었습니다. 제가 잘해서, 제가 노력해서 꿈을 이룬 거라고요. 하지만 최근 일어난 일들을 계기로 그게 아니라는 걸 깨닫게 되었습니다."

이현은 지금 하려는 말이 스피커를 통해서, 아니면 전파를 타고서라도 모든 고마운 이들에게 전해지기를 빌었다. 멤버들과 종필, 리강, 그의 부모님, 장모님과 주미, 봉 원장과 간호사들, 그리고 마지막으로 유채와 쌍둥이들까지.

"이 세상의 그 어떤 것도 한 사람의 힘으로 완성되는 건 없습니다. 일루전의 무대는 저와 멤버들, 그 가족들, 팬 여러분을 비롯해 저희 노래를 들어주는 모든 이가 함께 만들어가는 겁니다. 앞으로

이 노래를 부를 때마다 되새기고 고마워할게요."

4집 앨범 타이틀곡의 전주가 시작되자, 카메라가 설치되어 있던 3층 객석 뒤편이 스르르 움직이면서 마이크를 잡은 노아가 모습을 드러냈다. 계속해서 2층 객석에서는 래원이, 마지막으로 1층 객석에서는 혁이 나타났다.

"일루전! 일루전!"

객석 이곳저곳에서 깜짝 선물처럼 나타난 일루전 멤버들의 모습은 콘서트장을 열광의 도가니로 만들었다. 멤버들은 무대 위를 날아다니듯 하면서 훌륭한 라이브 공연을 펼쳤다.

막간 토크 시간이 끝나고 노래를 몇 곡 더 부르고 나니 어느덧 마지막 곡을 부를 순서가 되었다. 일루전의 콘서트에서 대미를 장식할 곡은 언제나 정해져 있었다. 바로 일루전을 지금의 자리에 있게 해준 노래, 'Fantasy'였다.

"일루셔니스트 여러분, 함께 불러주세요! 이 노래는 여러분의 노래입니다!"

멤버들은 전주가 시작되자마자 본 무대를 벗어나 돌출 무대로 뛰쳐나갔고, 팬들은 한 명도 빠짐없이 자리를 박차고 일어나 노래를 따라 부르면서 팔을 흔들거나 춤을 추었다.

"오늘 밤은 너와 나의 Fantasy—."

돌발 사태가 일어난 것은 1절의 후렴구를 부르고 있을 때였다. 스탠딩 석의 첫째 줄, 이현의 사진이 새겨진 슬로건을 흔들며 즐거워하던 어느 여학생의 휴대폰이 돌연 진동한 것이다. 여학생은 공연에 집중하기 위해 휴대폰을 무시하려 했지만, 그런 그녀를 재촉하기라도 하듯 진동은 잠깐 멈추었다가 또 울리고, 다시 멈추었다가 울리기를 되풀이했다.

"누구야? 우리 이현님 노래하시는데 매너 없이."

투덜거리면서 휴대폰을 꺼냈던 여학생은 화면에 뜬 메시지를 읽더니 눈이 휘둥그레졌다. 그녀는 옆에서 방방 뛰면서 노래를 따라 부르고 있는 친구의 어깨를 툭툭 쳤다.

"야, 이것 좀 봐. 지금 당장."

"뭔데? 중요한 거 아니면 너 나한테 죽는다."

짜증 섞인 어조로 말하면서 휴대폰을 받아든 친구 또한 화면을 보자마자 안색이 확 달라졌다. 두 여학생은 더는 소리를 지르며 뛰어오르지도, 리듬에 맞춰 몸을 흔들지도 않았고, 그저 충격으로 실어증에 빠진 사람처럼 말없이 휴대폰 화면만 들여다볼 뿐이었다.

그런데 그와 비슷한 일이, 그 줄뿐만 아니라 관객석 도처에서 일어나고 있었다. 다들 심각한 얼굴로 휴대폰을 들여다보면서 서로 말을 주고받거나, 아예 무대로부터 뒤돌아서서 전화를 거는 팬들도 있었다. 1분 남짓 지나자, 군데군데서 몇몇 팬들이 울음을 터뜨리는 모습마저 보이기 시작했다.

"이거 진짜야? 조작 아니야?"

"말이 안 되잖아, 어떻게 우리한테 이럴 수가 있어?"

아까보다 훨씬 약해진 응원의 목소리 가운데, 개탄하는 말들이 군데군데 섞여 들려왔다. 아직 노래가 끝나지 않았는데도 자리를 박차고 일어나 밖으로 나가버리는 팬들도 있었다. 팬들의 중도 이탈이라는, 일루전 콘서트에서는 절대 있을 수 없는 일이 일어나고 있었다.

'왜 이러지?'

이상한 분위기를 가장 먼저 눈치챈 것은, 평소 노래하면서 팬들과 눈 맞춤하는 습관이 있는 이현이었다. 아까까지만 해도 눈이 마주칠 때마다 사랑한다고 외치던 여자 팬이 돌연 고개를 돌려 외면하는 것을 본 순간, 싸한 느낌이 이현의 등골을 타고 흘렀다.

'내가 무슨 실수라도 했나?'

노아가 단독 파트를 부르는 사이에 객석을 좀 더 자세히 살펴보던 이현은, 스탠딩 셋째 줄에서 교복 차림의 소녀팬 둘이 서로 끌어안고 흐느끼고 있는 것을 발견했다.

"미쳤어! 어떡해, 정말!"

그들의 입 모양이 그렇게 말하고 있는 것 같았다. 물론 콘서트 도중 감격에 겨워 통곡하는 팬들을 보는 건 드문 일이 아니었다. 그런데 이번에는 그 눈물의 느낌이 현저히 달랐다.

"오늘 밤은 너와 나의 Fantasy—."

2절 후렴구는 이른바 '떼창' 구간으로, 3만 명의 목소리가 한 갈래로 정확하게 합쳐져 거대한 구장을 웅장하게 울리는 그 압도적인 장관이야말로 일루전 콘서트의 진정한 하이라이트였다.

펑—! 펑—!

공중에서 황금색 폭죽 세례가 나이아가라 폭포수처럼 쏟아지고, 일루전 멤버들은 팬들과 더 가까워지기 위해 무대 아래로 뛰어 내려와 활개 치며 뛰어다녔다. 그런데도 분위기는 되살아나지 않았고, 노래를 따라 부르는 팬들보다 부르지 않는 팬들이 훨씬 많았다.

'뭐지? 어디서 대형 사고라도 났나?'

이현은 그가 떠올릴 수 있는 유일한 설명을 떠올리면서 다른 멤버들과 시선을 교환했다. 그들도 콘서트장 안에 흐르는 이상 기류를 감지하고 당혹스러워하고 있었다.

"파앙—!

모두 혼란스러운 와중에 마지막으로 발사된 폭죽이 휘황하게 허공을 수놓으며 노래가 끝났다.

"감사합니다!"

"일루셔니스트 여러분 사랑합니다!"

본무대로 올라온 멤버들은 일렬로 손을 잡고 허리를 숙이며 마지막 인사를 했다. 뒤숭숭한 분위기를 뒤로 한 채 일루전은 일단 형식적으로 무대에서 퇴장했다.

"뭐야? 분위기 왜 이래?"

"뭔가 일이 났나 봐. 다들 휴대폰만 들여다보고 있던데."

혁과 래원이 말을 주고받는 가운데, 이현과 노아는 굳어진 표정으로 뒤를 돌아보았다. 원래는 그들이 퇴장하기 시작한 때부터, 아니 퇴장하려는 기미만 보여도 팬들이 '앙코르'를 연호하는 게 정상이었는데, 지금은 무대에서 완전히 내려왔는데도 여전히 술렁거림만 들려왔다.

자꾸만 뒤를 돌아보면서 백 스테이지 계단을 내려오는데. 매니저 종필이 계단 바로 앞에서 그들을 기다리고 있었다. 그의 손안에서 휴대폰이 요란하게 울고 있었지만, 그는 전화를 받을 생각이 없는 듯 보였다.

"형, 리강이 누나는요? 저 메이크업 다 번져서 고쳐야 하는데."

래원은 어쩐지 횅해 보이는 백 스테이지를 두리번거렸다. 종필은 그 짧은 찰나에도 끊겼다가 다시 울리는 휴대폰을 고집스럽게 무시하면서 단호하게 말했다.

"오늘 앙코르는 없다. 너희는 지금 당장 여기를 빠져나가야 해."

"그게 무슨 말이에요? 저희가 왜요?"

놀라서 묻는 이현에게 종필은 그의 태블릿 PC를 건네주었다. 아까 병원으로 달려가기 전 대기실 소파 위에 두고 나갔던 물건이었다. 그 사이 종필의 휴대폰에는 다시 불이 붙었고, 이현은 태블릿 화면을 힐끗 들여다보았다.

— 유명 아이돌 가수와 그 애인의 산부인과 갑질 논란!

포털 사이트 메인 화면에 뜬 기사의 진한 헤드라인이 송곳처럼 동공을 찌르고 들어왔다. 이현은 순간적으로 숨 쉬는 법을 잊어버렸고, 그의 주위를 에워싸고 태블릿 화면을 함께 들여다보던 멤버들도 일제히 얼음이 되었다.

48. 누명을 쓰다

— 파워 블로거 P씨가 1시간 전 올린 글이 SNS를 중심으로 급속히 퍼져나가고 있다. 유명 아이돌 K씨가 애인이 입원한 산부인과에서 유명세를 이용해 갑질을 했다는 내용으로…….

기사 원문을 내리면서 쭉 읽어가던 이현은 어느 순간부터 손끝을 움직이지 않았다. 이현의 눈치를 보던 래원이 그 대신 슬쩍 손가락을 뻗어 기사 끄트머리에 링크된 블로그 주소를 클릭했다. 그러자 '고발합니다'라는 대문짝만한 제목의 포스트가 첫 화면을 장식한 블로그가 나타났다.

— 너무도 억울하고 부당한 일을 당해서 하소연해 봅니다. 만삭인 아내가 서울 소재 S 산부인과에서 유도분만을 하게 되었습니다. 아내는 촉진제를 맞고 진통을 시작했지만, 무려 여덟 시간 동안 자궁 입구가 열리지 않아 그야말로 저승 문턱을 왔다 갔다 하는 고통을 겪었습니다.

그 아래에는 환자복을 입은 땡초 엄마의 사진과 분만실 내부를 찍은 사진이 첨부되어 있었다.

— 저는 원장님을 붙잡고 울면서 애원했습니다. 그냥 수술시켜 주시라고요. 그렇게 저희 부부는 수술 대기실로 옮기게 되었습니다. 이제야 아내가 고통에서 벗어날 수 있겠구나 싶었죠.

이현은 눈에 익은 내부를 찍은 사진을 보고, 그 남자가 '쑥쑥 산부인과'의 수술 대기실에 있었다는 사실을 깨달았다.

— 수간호사가 오더니 갑자기 수술을 한 시간만 미루자고 하더라고요. 다른 환자의 수술을 먼저 해야 한다는 거예요. 그 환자분이 누군지 알기나 하냐고 그런 말까지 하더라고요.

보아하니, 유채 때문에 이 남자의 아내가 조금 늦게 수술을 받게 된 모양이었다. 그러나 이현이 만났던 그 사리분별 뚜렷하고 프로의식 강해 보이는 수간호사가, 환자를 막무가내로 밀어붙였다는 말은 도무지 믿기 어려웠다.

— 수간호사에게 애걸복걸하는데, 원장이 수술 준비를 하다 말고 나왔습니다. 그러더니 대뜸 절 협박하더라고요. 입 닥치고 있지 않으면 다른 병원으로 쫓아내겠다는 겁니다. 저는 꼼짝없이 피눈물을 흘리며 물러날 수밖에 없었습니다.

이쯤 되자 이현은 이 글이 거짓이라는 확신이 들었다. 그토록 싫어하는 이현도 환자 보호자라는 이유로 철저히 보호해주었던 봉 원장이, 다른 환자의 보호자를 협박했을 리가 없지 않은가.

— 그때, 제 아내보다 먼저 수술 받는 산모 보호자가 밖에서 큰소리를 떵떵 치는 게 들리더군요. 얼마나 대단한 사람인지 알고 싶었던 저는 칸막이 밖으로 휴대폰을 내밀어 동영상을 찍었습니다.

문제의 동영상은 약 50초 분량으로 편집되어 블로그 포스트에 첨부되어 있었다. 이번에도 래원이 이현 대신 영상을 재생했다.

— 제가 보호잡니다! 쌍둥이 아빠고, 남편이에요!

동영상은 모자와 마스크로 얼굴을 가린 채 그렇게 부르짖는 이현의 모습으로 시작되었다.

— 이 사람 남편 맞아요! 법률혼 배우자는 아니지만 동거 중인 사실혼 배우자예요.

휴대폰 렌즈의 좁은 시야를 주미의 손가락이 휙 가로질러가면서 그녀의 목소리가 프레임 밖에서 들렸다. 실제대로라면 그다음에는 봉 원장이 이현의 정체를 의심하는 장면이 나올 차례였다. 그런데 영상은 그 부분을 건너뛴 채 몇 분 후로 훌쩍 넘어가 버렸다.

— 원장님, 따님이 일루젼 팬이시죠? 저 아시죠?

화면 속 이현이 그렇게 말하고는, 화면 밖 이현이 실제로 기억하고 있는 것보다 조금 빠른 속도로 마스크와 모자를 벗었다. 그걸 본 이현은 이 동영상이 교묘하게 편집되어 있다는 사실을 깨달았다. 이현이 자신의 정체를 확인시켜 주려고 마스크를 벗은 게 아니라, 마치 자신이 스타라는 사실을 과시하려고 마스크를 벗는 것처럼 보였다. 그다음에 이어진 게 봉 원장이 간호사들에게 엄숙히 명령하는 장면이었기에 더욱 그랬다.

— 강이현 씨에게는 다른 사람들 눈에 띄지 않게 임시 대기실을 따로 마련해주도록 해요. 황 간호사, 박 간호사도 방금 여기서 본 것은 잊도록 해요.

— 네, 원장님.

일사불란하게 대답하는 간호사들의 모습을 마지막으로 동영상이 끝났다. 누가 봐도 이현이 산부인과에서 자기 이름값을 내세워서 갑질을 했다고 오해할 만했다.

— 굉장하지 않습니까? 얼굴 한 번 보여주었을 뿐인데 산부인과 원장이 알아서 CCTV까지 삭제해 주네요. 저는 연예인에 관심이 없어 동영상을 확인하고도 누군지 몰랐는데, 제 아내가 알아보더군요. 요새 한창 인기 있는 일루전이라는 아이돌 그룹의 리더 강이현이라고요.

블로거는 친절하게도 이현의 맨얼굴이 나오는 영상 부분을 캡쳐해 프로필 사진과 나란히 합성해놓기까지 했다.

— 이 글을 읽으신 분들은 여기저기 맘껏 퍼뜨려 주세요. 모든 대한민국 국민이 강이현의 실체를 알아야 한다고 생각합니다.

마음껏 이현을 난도질한 포스팅은 그 비장한 한 마디를 마지막으로 끝을 맺었다. 시간이 정지되어 버린 것처럼 서늘한 침묵만이 감도는 가운데, 래원이 이현을 쳐다보면서 불쑥 질문을 던졌다.

"형, 이거 진짜야?"

이현이 대답을 하기도 전에 혁의 두툼한 손바닥이 래원이 뒤통수를 세게 후려치고 지나갔다.

"닥쳐, 강이현이 어떤 놈인지 몰라서 그런 걸 묻냐? 딱 봐도 편집한 거잖아. 화면이 뚝뚝 끊기는 게."

"아니, 나도 그건 눈치챘는데. 어쨌든 이현이 형이 저런 말들을 하긴 한 거잖아."

래원의 말이 딱히 틀린 것은 아니었다. 그 블로거가 멋대로 짜깁기하긴 했지만, 이현이 하지 않은 말을 더빙해서 입혀 놓은 것은 아니었으니까. 이현이 고개를 돌린 채 입술을 사려 무는데, 보다 못한 종필이 태블릿을 도로 가져가면서 말했다.

"편집된 건지 아닌지는 전혀 중요하지 않아. 중요한 건 저게 인터넷에 싹 퍼졌다는 거고, 기자들이 개떼처럼 몰려와서 사옥과 숙소는 물론이고 여기 출입구까지 포위하고 있다는 거지."

"그러면 어떻게 해요?"

이런 사태를 처음 겪어보는 노아의 음성은 긴장한 나머지 모기만큼 조그맣게 잦아들었다. 종필은 부지런히 손가락을 움직여 휴대폰으로 누군가에게 문자메시지를 보내면서 말했다.

"대표님이 이사진과 긴급회의 중이신데, 내일 공식 입장을 발표하실 거야. 너희들은 그전까지 찍 소리도 내지 않고 숨어 있어야 해. 호텔에는 못 갈 테니 일단 우리 집으로 가자."

"지금요? 앙코르도 안 하고요? 팬들이 서운해 할 텐데."

래원의 말에, 종필은 무슨 한가로운 소리를 하느냐고 말하는 듯한 눈빛이 되었다.

"정신 차려. 사태 파악 안 돼? 너희가 다시 무대로 나갔다간 광분한 팬들한테 돌 맞고 실려 갈 수도 있어. 다행히 여기가 원래 야구장이라 선수 전용 출입구가 따로 있더라. 거기 통해서 바로 주차장까지 갈 거야."

종필이 빠른 속도로 일러주는 동안에도 그의 휴대폰은 끊임없이 울렸다. 그제야 일루전 멤버들은 사태의 심각성을 제대로 실감했다. 백 스테이지의 얇은 판자벽 너머, 저 광대한 돔구장을 가득 메운 군중이 지금쯤 아군이 아닌 적으로 돌변했을지도 모른다고 생각하니 머리끝이 쭈뼛했다.

"자, 가자."

더 지체할 여유가 없었던 종필은 즉시 그들을 데리고 백 스테이지를 빠져나갔다. 그들이 복도로 나오자마자, 경호업체 조끼를 입은 경호원들이 열 명 남짓 따라붙어서 그들의 주변을 빈틈없이 에워쌌다. 다행히 긴 복도를 걸어가 비상구 계단을 내려가는 동안에는 다른 사람들과 마주치지 않았다. 계단을 다 내려가자 보안 장치가 되어 있는 자동문이 나왔고, 종필이 미리 알아온 비밀번호를 키패드에 입력하자 문이 열렸다.

"한 명씩 나가는 거다. 알았지?"

종필은 경호원들을 먼저 내보내 양옆으로 늘어서도록 해 놓고 일루전 멤버들을 한 명씩 내 보냈다. 제일 급하게 도망가야 하는 이현이 최우선이었고, 그다음이 래원, 노아, 그리고 혁 순서였다. 그러나 그들은 절반도 가지 못한 채 발각되고 말았다.

"저기 온다! 일루전이다!"

"강이현이다! 찍어! 얼른 찍어!"

혹시나 일루전이 이쪽으로 오지 않을까 기대하면서 하이에나처럼 서성이던 기자 무리가, 고함을 치면서 달려오고 있었다.

"강이현 씨! 동영상 속 남자가 본인이 맞습니까? 직접 확인하셨나요?"

"동영상 속에서 애인과 동거하고 있다고 시인했는데, 현재 숙소에서는 나온 상태인 겁니까? 소속사에서도 두 사람의 관계를 이미 알고 있었던 건가요?"

얼굴 바로 앞에서 연달아 강렬하게 터지는 플래시 섬광, 부산스럽게 찰칵거리는 카메라 셔터 음과 더불어 무슨 청문회라도 하는 것처럼 공격적인 질문들이 날아왔다. 이현이 시선을 바닥에 고정한 채 아무 대답도 하지 않고 지나가자, 노리고 있던 먹잇감을 놓친 기자들은 그 뒤를 따르는 래원과 노아에게 추궁하듯 물었다.

"홍래원 씨! 리더의 비밀 연애에 대해서 알고 있었나요?"

"류노아 군! 이번 일로 일루전이 해체하게 될 거라고 생각하나요?"

연기력이라면 자신 있는 래원은 아무것도 듣지 못한 시늉을 하며 태연하게 지나갔지만, 지나치게 잔인한 질문을 받은 노아는 그만 우뚝 제자리에 멈춰 서고 말았다. 노아의 해사한 얼굴에서 핏기가 가시자, 드디어 하나 물었다 싶은 기자들과 카메라맨들은 너나 할 것 없이 달려들어 클로즈업 샷을 찍어댔다.

"됐어, 저런 쓰레기 같은 질문에는 대답 안 해도 돼. 대답하지 마."

그 뒤에서 나타난 혁이 노아의 어깨를 감싸 안아 얼른 밴 쪽으로 데려가면서, 조금 전 질문을 던졌던 기자를 향해 다소 험악하게 말했다.

"적당히 좀 합시다, 적당히. 예?"

그러나 멤버들이 밴에 올라탄 후에도 기자들은 포기하지 않고, 까맣게 선팅한 유리창에 얼굴이 찌그러지거나 말거나 개의치 않고 달라붙은 채 아우성을 쳐댔다. 마이크를 내밀면서 끈덕지게 달라붙는 기자의 손을 힘겹게 뿌리친 종필이 운전석에 올라타면서 문을 닫았다.

종필은 글러브 박스에서 보조키를 꺼내 시동을 걸면서 뒷좌석에 앉아 있는 혁에게 말했다.

"혁아, 아까는 네가 경솔했다. 아무리 그래도 기자한테 그런 식으로 말하면 안 되지."

"그 자식이 먼저 선을 넘었잖아요! 어떻게 그따위 질문을 해요!"

혁은 아직도 화가 가라앉지 않았는지 씩씩대며 받아쳤다.

"그런 문제가 아니잖아. 지금 너희는 무슨 말을 해도 욕을 먹는다고. 그러니 트집거리만 더 만들지 말고 제발 조용히 있어!"

종필이 사정하듯 말하는 도중에도 그의 휴대폰은 계속 울려서, 저러다가 배터리가 과열되지 않을까 싶을 정도였다. 종필은 신경질적인 동작으로 휴대폰을 거치대에 꽂으면서 이현과 래원, 노아를 둘러보았다.

"너희들도 마찬가지다. 내가 말하라고 허락할 때까지는, 그냥 벙어리가 되었다고 생각해. 휴대폰도 내놓고."

"폰은 왜요? 어차피 번호는 가족하고 회사 사람들만 아는데."

"내일 발표 전까지는 가족하고도 연락하지 마. 어디서 어떤 말이 퍼져 나갈지 모르니까."

"하지만, 부모님이 걱정하실 텐데."

"내 말 들어. 이게 다 어떻게든 너희를 살려보겠다고 그러는 거니까."

혁과 노아가 차례차례 항변해도 종필은 꿈쩍하지 않았고, 결국 일루전 멤버 전원은 가지고 있던 휴대폰을 그에게 건네주었다. 종필은 멤버들로부터 받은 휴대폰의 전원을 끄고 철두철미하게 배터리까지 분리한 후, 글러브 박스에 넣고 문을 닫아버렸다. 그가 깜박이를 켜고 거친 엔진음을 내면서 후진할 태세를 보이자, 시위하듯 밴을 포위하고 있던 기자들은 그제야 슬금슬금 물러났다.

디리리링—.

기자들로부터는 벗어났지만, 통신국으로부터 벗어날 수는 없었다.

종필의 의도와 상관없이 그의 휴대폰은 자동으로 블루투스 연결이 되어 버려서, 전화벨이 시끄럽게 울릴 때마다 차체가 들썩거리면서 일루전 멤버들을 흠칫흠칫 놀라게 했다. 소음 공해를 참지 못한 종필이 짜증 가득한 얼굴로 손을 뻗어 통화 버튼을 눌렀다.

— 안녕하세요, 스포츠중앙의 김상준 기자입니다. 잠시 인터뷰할수…….

"노코멘트입니다. 내일 공식 입장 발표가 있을 예정이니 참고해주십시오."

종필은 기계적인 어조로 대답하고 곧바로 전화를 끊어버렸다. 그러나 통화종료 버튼을 누르기가 무섭게 또다른 전화가 걸려왔다. 종필은 지긋지긋하다는 표정으로 다시 통화 버튼을 누르면서 이번에는 아예 선수를 치고 들어갔다.

"노코멘트입니다."

— 노코멘트 좋아하시네. 당신 이게 무슨 소리야? 누가 집으로 온다고?

"여, 여보."

살얼음 낀 목소리로 전화를 건 사람은 다름 아닌 종필의 아내였다. 종필은 통화 내용을 멤버들이 듣고 있다는 사실을 의식하고 블루투스 연결을 차단하려고 했지만, 때마침 우회전 구간이라 운전대에서 손을 뗄 수가 없었다.

— 아무리 급해도 그렇지, 우리 집에 데리고 온다고 하면 어떡해. 여기까지 기자들이 쳐들어오기라도 하면 당신이 책임질 거야? 동네방네 민폐 끼치는 거 변상하고 다닐 거냐고!

"여보, 지금은 내가 통화하기가……."

목덜미가 벌게질 만큼 당황한 종필이 전화를 끊으려고 했지만, 그 기미를 귀신같이 알아챈 그의 아내는 더욱 신경질적으로 변했다.

— 끊기만 해 봐! 일루전 애들이 당신 자식들이라도 돼? 퇴근 시간도 없이 일하고, 주말이고 휴가고 다 갖다 바치고, 월급은 쥐꼬리만하게 받아오면서. 이제는 우리 집까지 내주라고?"

"아니, 집을 내주라는 게 아니고 하룻밤만……."

"하룻밤 좋아하시네! 물러터진 당신 성격을 내가 모를 줄 알아? 하루가 이틀 되고, 이틀이 열흘 되고 한 달 되겠지. 데리고 오기만 해. 그날로 이혼 서류에 도장 찍게 될 테니까!"

아내가 종필의 오금이 저리도록 쐐기를 박고 전화를 끊은 후, 종필도 일루전 멤버들도 서로를 보기가 미안하고 무안해서 한동안 어쩔 줄 몰랐다. 종필의 집에 도착할 때까지 차 안에는 질식할 것 같은 침묵만이 흘렀다.

다행히 기자들도 매니저의 집까지 찾아올 생각은 하지 못한 듯 인근은 한산했지만, 마음을 놓을 수 없었던 멤버들은 머리에 재킷을 뒤집어쓴 채 밴을 나와 빌라 계단을 걸어 올라갔다.

"여보, 나 왔어. 문 좀 열어 봐."

현관 앞에 서서 초인종을 누르는 종필의 손길은 한없이 비굴하기만 했다. 집 안에서 아무런 대답도 들려오지 않자, 종필은 가방에서 열쇠를 꺼내 스스로 문을 열고는 일루전 멤버들을 그 안쪽으로 가볍게 떠밀었다.

"얼른 들어가, 누구 눈에 띄기 전에."

멤버들이 마지못해 문간 너머로 발을 들여놓자, 스무 평 남짓의 낡은 집 안이 눈앞에 펼쳐졌다. 식탁에 놓인 두 개의 보조 의자며, 거실에 쳐진 작은 인디언 텐트, 바닥에서 아무렇게나 굴러다니고 있는 스케치북과 크레파스 토막은 아이의 흔적이었다. 단단히 심사가 뒤틀린 종필의 아내는 아이를 데리고 안방에 틀어박혀 버린 모양이었다.

"자, 이쪽으로 와라."

종필은 거실 옆에 있는 작은 방으로 멤버들을 데리고 갔다.

"불편하겠지만 오늘은 여기서 다 같이 자도록 해. 우리 집은 방이 두 개뿐이라서."

묵묵히 방문을 닫고 사라졌던 종필은, 잠시 후 양손에 비닐봉지를 든 채 다시 나타났다. 왼쪽 봉투에는 샌드위치와 삼각 김밥, 음료수가, 오른쪽 봉투에는 세면도구와 편의점에서 파는 남성용 속옷 세트가 들어 있었다.

"이거 먹고, 대충 속옷만 갈아입고 얼른 자. 이따 밤중에라도 TV나 컴퓨터 켤 생각은 하지 마라. 알았지? 지금 언론이나 인터넷에 떠도는 말들은 차라리 안 보는 게 나아."

"네."

"우리 마누라 말이 완전히 틀리지는 않은 게, 파파라치는 언제 어디서 어떤 방식으로 나타날지 모르거든. 그러니까 절대 창문 열지 마라. 정 바람 쐬고 싶거든 베란다로 나가. 거기는 산 방향이라 누가 엿볼 수도 없을 테니까."

그렇지 않아도 다 큰 남자 네 명이 있기엔 비좁은 방이었는데, 종필이 창문에 드리워진 블라인드까지 닫아 버리자 정말 감옥에 있는 것처럼 답답했다. 폐소공포증이 있는 래원은 다른 건 다 참아도 이 것만큼은 도저히 참을 수 없었다.

"형, 꼭 그렇게까지 해야 해요? 우리가 무슨 죄를 지은 것도 아니잖아요."

"꼭 그렇게까지 해야 하냐고?"

블라인드로도 모자라 그 위에 커튼을 치고 있던 종필의 손이 불현듯 정지했다.

"너희들은 아직 몰라. 악의를 품은 대중이 얼마나 무서운지. 너희들이 바닥에서 정상으로 올라갈 때 사람들이 기뻐하고 축하해줬지? 바로 그들이 너희를 바닥으로 끌어 내릴 수도 있어."

종필은 더러운 연예계에서 오래 굴러먹은 사람으로서, 아직도 소년처럼 순수한 면이 있는 일루전 멤버들만은 그 생리에 물들지 않게 보호해주려고 노력해왔다. 하지만 어떻게든 일루전이라는 브랜드에 흠집을 내고 싶어서 안달 난 이들이 호시탐탐 기회를 노리고 있는 지금은, 멤버들에게도 현재 상황을 똑바로 인식시켜 줄 필요가 있었다.

"뭐가 죄이고 아닌지는 너희가 정하는 게 아니야. 사람들이 정하는 거지. 너희는 지금 아슬아슬한 낭떠러지 끝에 서 있어. 여기서 단한 발짝만 잘못 디디면, 그때는 변명할 기회도 없이 끝장나는 거야. 그렇게 되고 싶어?"

여태껏 한 번도 본 적 없는 종필의 냉혹한 태도에 멤버들은 합죽이가 되어 버렸고, 종필은 그런 그들을 보며 안쓰러움이 목구멍까지 차올라오는 것을 간신히 참았다.

"일단 자라. 내일은 오늘보다 더 혹독한 하루가 기다리고 있을 테니까."

종필이 문을 닫고 나간 후, 방 안에는 몇 분 동안이나 태산 같은 침묵이 흘렀다. 보다 못한 이현이 비닐봉지에서 음식을 꺼내면서 말했다.

"일단 밥부터 먹자. 다들 배고프지?"

두말없이 삼각 김밥을 받아든 혁이 포장지를 뜯자마자 고소한 참기름 냄새가 확 풍기는데, 그 순간 모두에게 급격한 허기가 몰려왔다. 예정대로였다면 지금쯤 고깃집을 통째로 빌려서 콘서트 뒤풀이를 하고 있어야 했지만, 시장이 반찬이라고, 식어빠진 샌드위치조차 더없이 먹음직스러워 보였다. 네 남자는 허겁지겁 달려들어 게 눈 감추듯 음식을 먹어치웠고, 래원은 세 겹으로 된 샌드위치를 꾸역꾸역 입에 욱여넣다가 목이 막혔는지 켁켁거렸다.

"콜록! 콜록!"

혁은 그 모습을 불쌍하게 쳐다보면서 생수병을 건네주자, 래원은 물이 목덜미로 줄줄 흘러내리는 것도 모른 채 벌컥벌컥 들이켰다. 이현은 몹시도 청승맞아 보이는 그 모습을 보면서 다시 한번 뼈저리게 깨달았다. 제아무리 언론이 슈퍼스타라고 떠받들어 줘도, 앨범을 몇백만 장씩 팔아치워도, 노래할 수 있는 무대와 그 노래를 들어줄 청중이 없다면 그들은 아무것도 아니라는 사실을.

"얘들아, 미안하다."

이불에 떨어진 빵 부스러기를 줍는다고 수선을 떨던 멤버들은 일제히 입을 다물면서 그들의 리더를 주목했다. 이현은 동영상을 처음 본 순간부터 지금까지 내내 생각하던 말을 꺼냈다.

"내가 일루전을 탈퇴할게. 너희들은 아무것도 몰랐던 걸로 하고 내가 팀을 나가면, 그러면 너희는 살아남을 수 있을 거야. 잘못 없는 너희까지 휘말릴 필요 없잖아."

"야, 강이현."

그때, 혁이 사뭇 험악해진 낯빛과 거친 말투로 이현의 말을 가로

막았다.

"뚫린 입이라고 아무 말이나 막 하냐? 탈퇴? 새끼야, 그 말이 그렇게 쉽게 나와?"

목에 핏대를 세우며 자리에서 벌떡 일어난 혁의 손이 이현의 멱살을 휘어잡아 그대로 벽에 밀어붙였다. 방 안의 온도가 내려간 듯 서늘한 공기가 감돌았고, 동생들은 곧 이현을 치기라도 할 것 같은 혁의 살벌한 기세에 눌려 감히 끼어들 엄두도 내지 못했다.

"우리가 언제 그렇게 하고 싶다고 했어? 혹시 네가 그런 생각 할까 봐 다들 말도 못 하고 쫄아 있던 거 몰라? 아니면 알면서도 무시하고 지껄이는 거냐?"

"혁아, 난 너희들을 위해서……."

"혼자 떠안고 간다는 거겠지. 누가 너한테 그렇게 해달라고 했냐고. 나도, 래원이도, 노아도 자기가 뭘 하는 건지 알고 책임질 줄도 안다고. 그러니까 어쭙잖은 희생 따위 필요 없어."

혁은 이현이 이런 식으로 행동할 때마다 울화통이 터졌다. 지지고 볶고 부대끼며 산 세월이 있으니 이제 혁에게도, 동생들에게도 가끔은 기대고 폐를 끼쳐도 된다는 걸 알 법도 한데, 이현은 번번이 이렇게 선을 그으려 들었다.

"어차피 다 공범이야. 처음에만 반대했지, 나중에는 우리가 더 신나서 설쳤잖아. 그러니까 빌어먹을, 이렇게 된 거 끝까지 다 같이 가. 만신창이가 된 다음에 다시 일어나는 것도, 넷이서 손잡고 일어나는 게 좀 더 쉽지 않겠냐?"

솔직히 말하면 이현도 멤버들에게 떠나지 말아 달라고, 함께 있어 달라고 하고 싶었다. 남에게 미움 받는 데 익숙하지 않은 그였기에 사람들의 신랄한 욕설과 야비한 조롱, 잔혹한 돌팔매질 속에 혼자 서야 한다고 생각하면 두려웠다. 하지만 어쩌면 세 명 중 한 명 정도는, 빠져나가고 싶은데도 이 분위기에 휩쓸려 말 못하는 사람이 있을지도 모른다는 생각에 차마 그들에게 기댈 수가 없었다. 그리고 혁은 그런 이현의 속내마저 훤히 꿰뚫고 있었다.

"자, 말해 봐, 홍래원. 류노아. 너희들은 어떻게 생각하는지."

으르렁대면서 말하던 혁은 그런 식으로 하면 협박으로밖에 보이지 않는다는 걸 스스로 깨달았는지, 느닷없이 바닥에 털썩 주저앉더니 벽을 보고 돌아앉았다.

"난 뒤돌아서 눈감고 귀 막고 있을 테니까, 너희들 진짜 속마음을 말하라고. 눈치 보느라 마음에도 없는 말 하면 나한테 뒤진다."

애초에 뒤진다는 말을 한 시점에서부터 눈치 보지 말라는 말은 어불성설이었지만, 그 모순을 알아차리지 못한 혁은 양 손바닥으로 귀를 가리고 눈을 질끈 감았다. 이게 뭐 하는 짓인가 싶었던 이현이 그만두자고 하려는데, 래원이 불쑥 내뱉었다.

"이현이 형도 알겠지만, 난 원래 아이돌이 될 마음은 없었어. 연기 전공이잖아. 스크린 진출이 최종 목표였고, 일루전에 합류할 때는 인지도를 높여서 배우로 전향할 작정이었어."

래원은 다들 이미 눈치채고 있던 걸 대단한 비밀이라도 털어놓는 양 진지하게 말했다.

"근데 하다 보니까 재밌는 거야. 난 인내심이 부족한 놈이라 뭐든지 오래 붙잡고 있질 못하는데, 넷이서는 단 하루도 지루한 날이 없었어. 랩이랑 춤 배우는 것도, 숙소에서 사는 것도, 이현이 형이 만든 멜로디에 우리 목소리가 입혀져서 노래가 되는 것도, 질리지를 않았다고."

그 치열했던 시절을 잊지 못하는 건 모두가 마찬가지였다. 서로 뒤엉켜 쓰러져 자던 연습실 바닥에서 풍기던 진한 땀 냄새도, 옹기종기 모여 앉아 끓여 먹던 컵라면의 매콤한 맛도, 밤새 탈탈거리며 돌아가던 고물 선풍기 소리도, 하나하나 오감에 배어들어 꼬부랑 노인이 된 후에도 생생히 새길 수 있을 것 같았다.

"그러다 보니 어느새, 평생 이렇게 살고 싶다고 생각하게 된 내가 있었어. 이 사람들이랑, 이 일을 하면서 살고 싶다고. 그래서 나한테는 일루젼이란 이름보다 우리 넷이 먼저야. 넷이 함께 무대에 서는 게 아니면 의미 없다고. 뭐, 내 생각은 이래. 막내 넌 어때?"

이현에게 가까이 다가온 래원이 그의 어깨에 손을 올리면서 씩 웃으면서 말했다. 남들은 노아가 이현의 말을 잘 듣는 순둥이 막내인 줄만 알지만, 사실 네 사람 중 음악에 대한 욕심이 가장 큰 게 바로 노아였다. 나이는 제일 어려도 주관이 제일 확고하고, 명문대 진학을 포기하고 미국에서 한국까지 건너올 정도로 의지도 강했다. 그래서 이현은 노아의 대답을 듣는 게 래원의 대답을 듣는 것보다 더 긴장되었다.

"나는 나중에 리틀 노아한테, 사람들이 다 등을 돌렸을 때도 삼촌은 네 아버지 편에 서 있었다고 떳떳하게 말하고 싶어."

접었던 시선을 들어 올린 이현은 그를 향해 격려하듯 고개를 끄덕이는 노아와 눈이 마주쳤다. 너무도 과분한 애정을 받고 있다는 생각에 코끝이 시큰거렸다.

"무슨 말이 이렇게 길어? 나 계속 이러고 있는 것도 답답하단 말이다."

보이는 것도 들리는 것도 없는 혁이 투덜투덜했지만, 그조차 이 순간을 망쳐놓지는 못했다. 벽에 기대어 앉아 있던 이현은 부쩍 커 버린 것 같은 동생들을 바라보면서 가슴이 먹먹해졌다.

"고맙다, 다들."

이현은 래원과 어깨동무를 한 채로 팔을 뻗어 노아를 끌어당겼고, 세 남자는 벽에 등을 기댄 채 사이좋게 붙어 앉았다.

"됐냐? 나 이제 귀에서 손 떼도 되냐? 아니면 좀 더 있을까?"

여전히 귀를 막고 눈을 감은 채 바보짓을 하는 혁을 본 동생들은 마주 보면서 큭큭 소리 내어 웃었고, 이현의 입가에도 미소가 번졌다.

그들과 함께라면, 그는 언제 어디서든 즐겁게 웃을 수 있었다. 그 웃음이 영영 계속되길 바라는 게 비겁하고 이기적이라 해도 어쩔 수 없었다. 그들도 그의 소중한 가족이니까. 가족과는 헤어질 수 없으니까.

"아직도 얘기 중이야? 도대체 언제 끝나는 거야?"

혁의 부르짖음이 방 안에 울려 퍼지는 가운데, 파란만장했던 콘서트 날의 밤이 깊어갔다.

49. 아이돌의 소녀 팬

뎅―!

이현이 불 꺼진 거실로 나오는 것과 동시에 괘종시계가 자정을 울리는 종을 쳤다. 안방에서 쫓겨날 뻔했던 종필이 그래도 막판에 사면 받은 모양인지, 거실 소파에서 자는 사람은 없었다.

'그래, 아까 여기에 있는 걸 봤어.'

거실 소파 옆 벽에는 이현이 아까 은밀하게 관찰해두었던 대로 무선 전화기가 붙어 있었다. 종필은 절대 외부에 연락을 취하지 말라고 했지만, 유채와 쌍둥이의 안부가 궁금하고 걱정스러워 견딜 수 없었던 이현은 결국 멤버들이 곯아떨어진 틈을 타 몰래 빠져나온 참이었다.

깨금발로 걸어가 수화기를 집어 들었던 이현은 이내 어리둥절한 표정이 되었다. 전화기의 전화선은 물론이고 플러그까지 통째로 뽑혀서 사라져버린 상태였다.

'종필이 형, 철저하네.'

매니저의 철두철미함은 거기서 끝이 아니었다. 거실에 설치된 텔레비전도, 그 옆에 세팅된 데스크톱도 전부 선이란 선은 죄다 뽑혀나가 있었다. 그 많은 선을 어디에다 숨겨놨는지는 오로지 종필만 알고 있을 터였다. 어쩌면 베개 밑에 두고서 쿨쿨 자고 있을지도 모르는 노릇이고.

'아냐, 안방에 갖고 들어가진 않았을 거야. 그랬다간 형수님한테 또 호되게 구박당할 테니까.'

군식구를 넷이나 끌고 와 방을 내준 것도 모자라서 개네들 때문에 온 집안의 선이란 선은 다 뽑아놨느냐고, 귀 따가운 타박이 쏟아질 것을 종필도 모르지 않았을 것이다.

'너무 뻔하지 않은 곳, 아이 손이 닿지 않는 곳, 열이 가해질 위험이 없고, 숨기고 다시 찾는 데 오래 걸리지 않는 곳. 그런 곳이 어딜까?'

목을 길게 빼서 책꽂이 뒤편도 들여다보고, 바닥에 엎드려서 소파 밑 깊숙한 바닥도 살펴보며 열심히 기웃거리던 이현의 눈에, 문득 눈에 띈 물건이 있었다. 거실에서 주방으로 들어가는 길목에 우뚝 서 있는 회색 냉장고였다. 아이가 있는 집안이라 그런지 다른 가구나 가전에 비해 크기가 꽤 크고, 양쪽 문짝에 플라스틱 안전 잠금 장치가 달려 있었다.

'저거다!'

혹시 아빠가 되면 총각 때는 없었던 육감이 새롭게 발달하는 걸까. 전에는 좀 둔한 편이었던 이현은 한밤중에도 위이이잉 소리를 내며 돌아가고 있는 냉장고를 보는 순간 예리한 직감이 발동했다. 신세를 지는 집의 냉장고 문을 함부로 여는 것은 이현이 배운 예의

범절에 어긋났지만, 이번만 예외를 두기로 했다. 그는 다시 한 번 뒤꿈치를 들고 걸어가 냉장고 문을 신중하게 열었다.

'역시……'

밀봉한 이유식과 우유팩이 겹겹이 쌓여 있는 냉장고 바깥쪽 선반에서, 이현은 반투명한 비닐백 안에 들어 있는 전선 뭉치를 찾아냈다.

이현은 그중 무선 전화기 선을 찾아 연결하고, 잠시 수화기가 충전되기를 기다렸다가 집어 들고서 베란다로 나갔다. 창틀 사이로 찬 바람이 새어 들어오는지 냉기가 훅 끼쳤지만, 유채의 휴대폰 번호를 누르는 이현의 손끝은 추위 때문이 아닌 긴장과 설렘으로 떨리고 있었다.

— 여보세요?

낭랑한 음성을 듣는 순간, 이현의 가슴이 뭐라 말할 수 없을 정도로 일렁였다. 유채를 마지막으로 본 지 7시간밖에 지나지 않았는데 7일은 지난 것 같은 기분이 들었다.

"유채 씨, 나예요. 혹시 자는데 깨웠어요?"

"푹 자고, 목말라서 잠깐 깼던 참이었어요. 이현 씨는 지금 통화할 수 있는 상황이에요? 괜찮아요?"

아직 물 한 모금도 넘기지 못해 힘들고 고단할 텐데 유채는 이현 걱정부터 했다.

"지금 종필이 형 집인데 다른 사람들은 다 자요. 유채 씨, 어디 아프진 않아요?"

"무통 주사 덕분에 통증도 없고, 엄마가 옆에서 돌봐주고 있어요. 이현 씨 부모님도 늦게까지 계시다 가셨고, 리혁이, 리아도 신생아실에 잘 있고요."

"리혁이, 리아요?"

"리틀 혁이, 리틀 노아. 삼촌들이랑 헷갈리지 않게 붙인 별명이에요. 지금 일루전 멤버들이 워낙 화제의 중심에 서 있으니까, 신생아실에서도 그렇게 부르는 게 편하겠더라고요."

유채는 현재 벌어지고 있는 사태를 알고 있음을 그런 식으로 이현에게 넌지시 알려주었다.

"병원은 괜찮아요? 기자들이 얼씬대지는 않았어요? 유채 씨나 병원 사람들한테 피해가 생긴 건 아니죠?"

블로그에 올라온 사진과 동영상에 사진 내부가 그대로 찍혔으니, 혹시 그걸 보고 어느 병원인지 알아차리는 사람이 있을까 봐, 이현은 그게 제일 걱정이었다.

"간호사들 말로는, 여기가 영세한 동네 병원이고 리모델링한 지얼마 안 돼서 다들 못 알아볼 거래요."

"그럼 다행이긴 한데……."

"봉 원장님 성격 알죠? 동영상 올라온 거 아시자마자 그 블로거한테 전화해서 명예훼손, 업무방해, 불법행위에 초상권 침해까지 걸수 있는 소송은 모두 걸겠다고 하셨대요. 법원 드나드느라 블로그할 시간도 없게 해 주겠다고요."

유채의 말에 이현은 잠시 긴장을 풀고 피식 웃었다. 적군이라고 여겼던 사람이 위기 상황이 되자 가장 든든한 아군으로 돌변한 게 재미있었다.

"그래서 지금 그 블로거, 잔뜩 겁먹고 글 원본이랑 동영상 전부삭제한 상태에요. 복사본, 캡처본도 지워달라고 요청하고 다니는 모양이에요. 며칠 후면 검색해도 안 나오게 될 거에요."

"그래도, 상황이 좋진 않죠?"

이현은 유채를 알고 있었다. 그녀가 그를 위로하기 위해 뻔한 거짓말을 늘어놓을 사람이 아니라는 것을.

그리고 유채도 이현을 알고 있었다. 그가 눈앞에 닥친 시련을 외면하거나 도망가지 않고, 현실을 직시하고 맞서 싸울 만큼 강인한 사람이라는 것을.

"초대박 엔터테인먼트 주가는 8% 이상 폭락할 걸로 예상된대요. 공식 팬카페는 임시 폐쇄 중이라고 들었고, 인터넷에서는 일루전 팬들이 3인 지지와 4인 지지로 갈려서 패싸움을 벌이고 있는 모양이에요."

유채가 따로 설명하지 않아도, 이현은 그게 무슨 의미인지 단번에 알아들을 수 있었다. 스캔들로 분란을 일으킨 멤버인 자신을 배척하고 나머지 3명만을 일루전 멤버로 인정하고 응원할 것인지, 아니면 자신까지 포용하고 지지할 것인지 팬덤 내부에서도 갈등이 생긴 것이다.

"청와대 국민청원도 올라왔어요. 이현 씨가 비윤리적이고 문란한 사생활로 팬들을 실망시키고 미성년자들에게도 해로운 영향을 끼쳤으니, 일루전을 강제 해산시키고 지금까지 받은 모든 트로피를 반납하게 해 달라는 내용이에요. 말도 안 되는 청원이지만, 벌써 2만 명이 넘었어요."

그 말을 들은 이현은 어처구니가 없기도 하고, 놀랍기도 하고, 얼떨떨하기도 했다. 아무리 유명해봤자 자신은 고작 아이돌 가수인데, 천인공노할 중범죄를 저지른 것도 아닌데, 설마 국민청원 게시판에 이름이 올라가게 될 줄은 몰랐다.

"잘 모르는 사람들이 군중심리에 휩싸여서, 아니면 장난삼아 동의한 게 대부분일 거예요. 그러니까 이현 씨, 휘말려 들지 말고 침착해요. 이현 씨하고 동생들 앞날을 위해서 어떻게 입장을 정리하는 게 최선일지, 그것만 생각해요."

유채는 보조 침대에 웅크려 자는 인영이 혹시 깨어나진 않는지 곁눈질로 살피면서, 수화기 너머의 이현을 향해 진지하게 말했다.

"이현 씨, 이건 내 생각인데요. 전부 다 솔직히 얘기하는 건 어떨까요? 쌍둥이는 인공수정으로 생겼고, 이현 씨는 정자기증을 한 것뿐이라고 말이에요. 생물학적 아버지이기 때문에 책임감이 느껴져서 돌봐주려고 한 거라고 하면, 사람들도 다 이해해줄 거예요."

"하지만 그렇게 하면 유채 씨가 곤란해지잖아요. 정자기증을 받은 사실이 알려지면, 변호사를 못 하게 될 수도 있다면서요."

"난 괜찮아요. 변호사가 아니어도 다른 일을 하고 살면 되니까."

"내가 안 괜찮아요."

이현은 칼로 자르듯 단호하게 말했다. 전 국민의 관심이 쏠려 있는 이 스캔들에서 변호사인 유채가 산부인과 의사인 친구와 공모해 불법 인공수정을 받은 일이 밝혀진다면, 그게 어떤 파장을 불러일으킬지는 아무도 몰랐다.

어쩌면 지금 임신 사실을 숨기고 휴직중인 로펌으로 다시 돌아가지 못하게 될 수도 있었다. 물론 동정표를 받을 가능성도 전혀 없는 건 아니었지만, 이현은 자신의 위기를 모면하기 위해 유채의 미래를 걸고 승률이 희박한 도박을 하고 싶진 않았다.

"나, 여자를 방패로 삼아 살아남으려고 할 만큼 비겁한 놈 아니에요. 평화로웠던 당신 삶에, 내가 먼저 끼어들어서 뒤죽박죽으로 만

들어 놓은 거잖아요. 언젠가는 겪어야 할 거라고 각오했던 일이었어요."

"이현 씨……."

"공식 발표에서 뭐라고 말할지는 회사 사람들과 의논해서 신중히 고민해 볼게요. 하지만 그 어떤 경우에도, 내 입으로 유채 씨의 비밀을 폭로하는 일은 없을 거예요."

유채는 이현을 잘 알았기에, 아무리 입이 아프게 떠들어도 그의 고집을 꺾을 수 없다는 것도 알았다. 그러나 이대로 그가 섶을 지고 불에 뛰어드는 걸 보고 있어도 되는 건지 확신이 서지 않았다.

그럴 바에는 차라리 지금이라도 그를 놓아주어야 하는 것은 아닌지. 아니면 반대로 그가 완전히 무너지지 않도록 그녀가 더 단단히 잡아주는 게 맞는지. 상반된 두 가지 감정 사이에서 갈등하고 있는 유채를 향해 이현이 나지막한 음성으로 말했다.

"유채 씨, 하나만 약속해줄래요?"

"뭘요?"

"무슨 일이 있더라도, 내 손을 놓겠다는 생각은 하지 말아요. 그게 내 행복을 위한 거라고 혼자 멋대로 생각하지도 말고요."

그는 마치 유채의 머릿속을 들여다본 사람처럼 말해서 그녀의 가슴을 뜨끔하게 만들었다.

"우리는 이제 가족이잖아요. 가족을 버리면서 얻을 수 있는 행복 같은 건 없어요."

그건 경험과 시간이 그들에게 가르쳐준 가장 큰 교훈이었다. 유채는 감옥에 간 아빠를 처음부터 존재하지 않았던 사람이라 여기면서 변호사로 성공했고, 이현은 가족을 떠난 채 스타의 삶을 누렸지만, 둘 다 진정으로 행복하진 못했다.

"다시 무대에 서지 못하게 된다고 해도 괜찮아요. 매번 무대에 설 때마다 이게 마지막이라고 생각하고 노래했으니까 미련 없어요. 그러니 기다려줘요. 어디에도 가지 말고. 이 일이 끝나면 내가 당신 곁으로 돌아갈 수 있게."

"......"

가슴이 먹먹해져서 차마 대답은 못하고 혼자 고개만 끄덕이는 유채의 몸짓이, 마법처럼 수화기 건너편의 이현에게도 전해진 모양이었다.

"지금 방금 고개 끄덕였죠?"

유채는 이번에도 대답 대신 고개를 끄덕였다. 이현은 그런 그녀의 모습이 눈에 선히 보이는 것 같아 후후, 소리 내어 웃었다. 마음 같아서는 밤새도록 통화하고 싶었지만, 그녀를 푹 쉬게 해 주는 게 훨씬 더 중요했다.

"너무 늦지 않게 갈게요. 그때까지 리혁이, 리아랑 사이좋게 지내고 있어요. 잘 자요."

"잘 자요."

"내가 사랑하는 거 알죠? 아, 보고 싶어 죽겠네."

이현은 그 말을 마지막으로 먼저 전화를 끊어버렸다.

그러지 않으면 조금만 더 얘기하자고 철부지 사내아이처럼 조르기 시작할지도 몰랐다. 아니, 지금 당장 그녀를 보러 달려가겠다고 베란다 창문을 열고 뛰어내릴 것만 같았다.

서로 떨어져서 만날 수도 볼 수도 없는 밤은 유채에게도 유난히 길게 느껴졌다. 이현을 걱정하며 쉽게 다시 눈을 붙이던 그녀는, 늦은 새벽이 되어서야 겨우 얕은 잠에 들었다.

"일어나세요, 엄마. 리혁이, 리아가 왔어요."

간호사의 낭랑한 목소리에 눈을 뜬 유채는, 병실 창틈으로 빗살처럼 스며들어오는 햇살에 고운 이마를 살짝 찡그렸다. 온통 하얗기만 한 천장과 벽, 바닥을 둘러보며 여기가 병실이고, 오늘이 입원 이틀째임을 기억해내던 유채의 눈앞에, 포대기에 싸인 쌍둥이가 나란히 내밀어졌다.

"신생아실에 있을 때는 면회 시간에만 볼 수 있는 게 원칙이지만, 쌍둥이 엄마는 다른 사람들 앞에 나오지 않는 게 좋을 것 같다고 원장님이 특별히 예외를 인정해 주셨어요. 감염 위험이 있으니까 오래는 안 되고요, 조금 있다가 데리러 올게요."

수간호사와 유채의 침대 옆에 놓여 있는 아기 침대에 리혁이를 뉘면서 설명하자, 박 간호사가 그 옆에 리아를 뉘면서 눈을 찡긋해 보였다.

"원장님이 강조하셨어요. 쌍둥이네한테 잘해주시는 건 연예인 특혜가 아니라 전우애라고요. 같이 억울한 누명을 썼으니까, 같이 열심히 싸워나가자고요."

"감사합니다. 정말……"

유채의 말끝이 가만히 잦아들었다. 봉 원장과 간호사들에게는 어떤 욕을 먹어도 할 말이 없는 처지인데, 탓하지 않고 함께 싸워주겠다고 하는 것이 얼마나 고마운지 몰랐다.

"쌍둥이는 잠시만 여기에 두었다가, 이따가 다시 데리러 올게요. 감염 위험이 있어서 밖에 오래 있으면 안 되거든요."

간호사들이 떠난 후, 유채는 아기용 침대를 하나씩 차지하고 누운 쌍둥이를 내려다보며 그들이 찾아온 세상이 따뜻한 곳이라서 다행이라고 생각했다. 세상에는 아무 이유 없이 남의 인생을 망가뜨리고 싶어 하는 파워 블로거 같은 사람이 있는 반면, 마찬가지로 아무 이유 없이 남을 도와주는 사람도 있었다. 이 작은 병원에서 일하는 사람들처럼, 그리고 어제 오후 재판을 하다 말고 지방에서부터 올라와 밤새 피 한 방울 섞이지 않은 딸의 곁을 지켜준 엄마 인영처럼.

'엄마 밥 먹고 금방 올게.'

침대 헤드보드에 붙어 있는 쪽지를 뒤늦게 발견한 유채는 급하게 휘갈겨 쓰느라 갈수록 위로 올라간 글씨를 보면서 가슴이 짠해졌다. 그리고 보니 어제 엄마가 뭘 먹거나 마시는 걸 보지 못했고, 이현의 아버지가 바리바리 싸 들고 온 음식을 유채가 먹으라고 권했을 때도 그저 손만 내저었던 게 기억났다.

— 생각 없다. 내 새끼가 물 한 모금 못 먹고 누워 있는데 내가 뭘 먹어.

유채는 지금쯤 뜨거운 밥에 찬물을 부어서 제대로 씹지도 않고 후룩후룩 들이키고 있을 인영을 떠올리며 쌍둥이를 향해 속삭였다.

"엄마도 너희들을 아끼고 사랑해줄게. 할머니가 그랬던 것처럼."

아직 눈을 뜨지 못한 두 아이가 속싸개에 폭 싸인 채 강아지처럼 꼬물거렸다. 조그만 녀석들이 뭐가 그리 심각한지, 꽉 움켜쥔 주먹하며 연신 오물거리는 동그란 입이 얼마나 귀여운지 평생 봐도 지겹지 않을 것 같았다. 그때, 누군가 입원실 문을 똑똑 두드렸다.

'간호사? 벌써 데리러 왔나? 아님 이현 씨 부모님?'

너스 스테이션에서 입원실 방문객을 통제하고 있었기에 유채는 크게 경계하지 않았다.

"들어오세요."

미닫이문이 스르륵 열리고. 그 틈으로 걸어 들어온 사람은 유채가 처음 보는 여자아이였다. 바이올렛 빛깔로 염색한 단발머리, 깡마르고 왜소한 체구, 솜털을 벗지 못한 앳된 외모는 스무 살을 조금 넘긴 것 같았다. 안으로 들어오지 못하고 문 앞에서 쭈뼛거리는 모습이 더없이 수상해 보였다.

'사생 팬이 어떻게 알고 여기까지 찾아왔지?'

유채가 간호사를 호출하는 벨을 향해 민첩하게 손을 뻗는 찰나, 그 몸짓이 의미하는 바를 알아차린 여자아이가 애걸하듯 소리쳤다.

"잠깐만요! 벨 누르지 마세요! 저 이상한 사람 아니에요."

"이상한 사람 아닌데 왜 남의 병실에 들어와요? 병원 입구에서 간호사들이 막지 않았어요?"

유채는 당장이라도 벨을 누를 기세로 날카롭게 추궁하자, 여자아이는 발끝을 바닥에 세우고 빙빙 돌리면서 우물쭈물 말했다.

"그냥, 엄마 만나러 왔다고 했는데……."

"그쪽 엄마가 누군데요?"

"여기 원장 선생님이요. 저 봉 원장님 딸이에요."

예상치 못했던 말에 흠칫 놀라 여자아이를 주시한 유채는, 아이의 이목구비에서 봉 원장과 닮은 구석을 몇 가지 찾아냈다.

"그럼 네가 슬기니?"

"어? 제 이름은 어떻게 아세요?"

이걸로 여자아이의 신원은 확실해졌지만, 그녀가 이현의 열성 팬이라는 사실을 떠올린 유채는 경계심이 더욱 강해졌다.

"아직 내 질문에 대답 안 했는데? 여긴 왜 들어왔어?"

"아기들이 얼마나 예쁜지 보고 싶어서 참을 수가 없었어요. 죄송해요."

유채는 슬기가 슬몃슬몃 쌍둥이의 침대를 향해 다가오는 것이 난감했지만 제지하지는 못했다.

자기 아이를 예뻐해 주는 사람에게 마음이 누그러지는 것은 세상 모든 부모가 공통으로 가진 약점이니까.

"이현 오빠 아기들 맞죠? 얼굴 한 번만 보게 해 주시면 안 돼요? 부탁드려요."

유채는 거짓말쟁이를 감별해내는 데는 자신이 있었는데, 두 손을 모아 비는 시늉까지 하는 이 여자아이는 아무리 봐도 진심인 것 같았다. 유채가 고개를 끄덕이기 무섭게 쪼르르 달려와 쌍둥이 앞에 선 슬기는 입을 턱 바로 아래까지 떨어뜨렸다.

"와! 우리나라에서, 아니 전 세계에서, 우주에서 제일 예뻐요. 이현 오빠 눈 닮았는지 보고 싶었는데 눈은 아직 못 떴나 봐요. 코하고 턱 선은 둘 다 확실히 오빠 닮았네요. 입술은 언니 닮은 것 같아요."

아기 침대에 꼭 붙어서 홀딱 반한 눈으로 쌍둥이를 바라보며 격찬을 쏟아내던 슬기는 급기야 유채에게 언니라고 친근한 호칭까지 붙였다.

"그런데 얘네 이름이……. 어머, 어떡해! 멤버들 이름 따서 지은 거예요?"

쌍둥이의 이름을 찾아 발목에 찬 이름표를 확인한 슬기는 금방이라도 울먹거릴 것 같은 표정이 되면서 두 손으로 입을 막았다. 유채는 그 반응을 도무지 이해할 수가 없었다.

"넌 얘네가 정말 귀엽니? 미운 게 아니라?"

"왜 미워요? 이렇게 예쁜데!"

"네가 좋아하는 아이돌이 몰래 연애해서 쌍둥이까지 있다는데, 그게 화가 안 나?"

"아이돌은 사람 아니에요? 아이돌도 누구 좋아할 수 있고, 그러다가 연애할 수도 있고, 아이가 생길 수도 있는 거죠. 저는 이현 오빠 닮은 아기들이 태어나서 좋은데요. 나중에 권혁 2세, 홍래원 2세, 류노아 2세랑 모여서 5인조로 뉴 일루전 결성하면 덕질할 의향도 있어요."

슬기는 열띤 기세로 막힘없이 대답했다. 유채도 그 말이 지극히 상식적이라는 건 알았지만, 그녀가 아는 아이돌 팬이란 보통 상식과는 관계없이 아이돌을 자기 애인처럼 여기고 소유하고 싶어 하는 심리가 있는 사람들이었다.

"네가 좋아하는 사람이 다른 사람을 좋아한다는 데 그래도 괜찮다고?"

"안 괜찮을 건 또 뭐 있어요? 전 이현 오빠를 3년 동안 좋아했지만, 연애나 결혼상대로 여긴 건 아니에요. 상상은 많이 해 봤지만, 진지하게는 아니라고요. 저 남자친구도 있어요."

"그럴 거면 아이돌을 왜 좋아해?"

"왜 좋아하냐고요?"

슬기는 유채를 빤히 쳐다보았고, 유채는 슬기를 빤히 쳐다보았다. 그 순간 슬기의 기억은 3년 전, 그녀가 일루전에 처음으로 '입덕'했던 때로 거슬러 올라갔다.

50. 그날의 덕통사고

"아, 정말. 왜 하필 지금 신호가 오는 거야!"

기나긴 줄의 한가운데 서있던 슬기는 아랫배가 살살 아픈 것을 느꼈을 때 버럭 짜증부터 났다. 모처럼 학원까지 째고 음악방송 사전녹화를 보러 왔는데, 결국은 잠시 줄에서 이탈해 복도 끄트머리에 있는 화장실로 향할 수밖에 없었다.

"휘경아, 조금만 기다려. 누나가 간다."

휘경은 슬기가 요즘 한창 빠져 있는 인기 그룹 '엔젤 보이즈'의 멤버였다. 고등학교 2학년인 슬기는 이제 겨우 17살인 휘경을 오빠라고 부를 수 없는 게 천추의 한이었다.

"하아, 늙으면 그저 죽어야지……."

청승맞게 한탄하면서 세면대에서 손을 씻던 슬기의 시선이 수도꼭지 옆에 덩그러니 놓여 있는 물건을 발견했다. 그건 목에 거는 형태의 스태프 출입증이었는데, 전면에는 슬기가 방금 들어가려던 음악방송인 '뮤직 파노라마' 타이틀이 떡하니 박혀 있었다.

'이거 있으면 스튜디오 안에 들어갈 수 있는 거 아니야? 대기실도 들여다볼 수 있고! 헐, 대박!'

슬기의 심장이 갈비뼈 밖으로 튀어나올 기세로 쿵쾅거리기 시작했다. 들키면 혼쭐이 날 거라는 생각이 아주 잠깐 스쳤지만, 그보다는 엔젤 보이즈를 가까이 보고 싶다는 유혹이 훨씬 강했다.

뭐에 홀린 사람처럼 스르르 출입증을 집어 들고 목에 건 슬기는 화장실을 나와, 스태프 전용 출입구 쪽으로 향했다. 슬기는 이미 몇백 번이나 이곳을 지나가 본 사람처럼 태연하게 출입증을 게이트에 찍고 안으로 들어갔다.

'우와, 성공했어! 내가 진짜 스튜디오에 들어왔다고! 휘경이는 어디 있지? 무대 아니면 대기실일 거야. 만나자마자 사랑한다고 말하면 너무 들이대는 것 같을까?'

혼자 김칫국을 벌컥벌컥 들이켜고 있는데, 뒤에서 누가 큰 소리로 슬기를 불렀다.

"이봐, 거기! 지금 할 일 없지? 이거 엔젤 보이즈 대기실에 좀 갖다 줘."

"네? 제가요?"

슬기가 화들짝 놀라면서 뒤를 돌아보자, 슬기와 똑같을 출입증을 걸고 '뮤직 파노라마' 로고가 박힌 조끼를 입은 나이 많은 남자가 손가락을 까딱거리며 그녀를 부르고 있었다. 그의 발치에 비싸기로 유명한 수입 생수 12개들이 박스가 놓여 있는 게 보였다.

"국산 생수병 갖다 놨더니 싸구려는 안 마신다고 얼마나 유세를 떠는지. 어디 배 터질 때까지 마셔 보라 그래. 어린 것들이 벌써 스타병에 걸려 가지고는."

다짜고짜 생수 박스를 슬기에게 떠안긴 남자는, 거친 말투로 일방적인 불평을 쏟아놓은 후 바쁜 걸음으로 사라져 버렸다.

"뭐? 우리 애들이 얼마나 착한데. 노래하느라 힘들다 보면 좋은 생수 찾을 수도 있고 그런 거지 쪼잔하기는. 어쨌든 덕분에 대기실에 들어갈 구실이 생겼네요. 고마워요, 쫌생이 씨!"

슬기는 생수병을 껴안은 채 남자의 등짝에 대고 입만 쫑긋거리면서 욕을 퍼부어준 후, 엔젤 보이즈의 대기실을 찾아 주위를 휘휘 둘러보았다. 좁은 복도를 따라 작은 방들이 쭉 붙어 있고 문짝마다 출연 가수의 이름을 붙여 놓았는데, '엔젤 보이즈'의 이름표는 슬기로부터 가장 가까운 문에 붙어 있었다.

'저기다!'

문 앞에 선 슬기는 허리를 곧추세우고 심호흡을 크게 세 번 한 후, 가볍게 노크를 했다.

똑똑―.

안에서 대답이 들리기를 기다리는 1초도 안 되는 시간 동안, 슬기는 긴장해 죽을 것 같았다.

"누구야?"

귀찮아하는 기색이 역력한 퉁명스러운 반말 투의 목소리가 튀어나왔다. 슬기는 엔젤 보이즈의 매니저인가보다 생각하면서 고분고분하게 대답했다.

"저, 생수 가져왔는데요."

"들어와. 시끄러운 소리 내지 말고."

무슨 왕이라도 된 것처럼 갈수록 불손해지는 말투에 슬기는 기가 죽었다. 문손잡이 돌리는 소리조차 내지 않으려고 거북이처럼 느릿 느릿 움직여 문을 열고 발을 들여놓았는데, 정작 대기실 안은 부산스러웠다. 슬기가 언제나 멀찌감치 봐야만 했던 엔젤 보이즈 멤버들이 거울 앞에 다닥다닥 붙어 서서 머리 모양과 옷매무새를 다듬고 있었다.

"씨X, 머리를 무슨 걸레짝을 만들어놨냐. 헤어 담당 확 조져버릴까?"

"코디는 어떻고. 옷 입혀주면서 대놓고 가슴 훔쳐보더라. 오크같이 생겨 가지고 존X 남자에 환장했다니까."

슬기는 대기실 안으로 발을 들이자마자 고막을 파고들어오는 저속한 말들과 킬킬대는 웃음소리에 어안이 벙벙해졌다.

'애, 애들이 피곤해서 그런 걸 거야. 평소에 항상 저러진 않을 거라고.'

슬기는 애써 합리화하면서 생수 박스를 둘 곳을 찾아 주변을 두리번거렸다. 대기실 구석에 놓인 테이블을 발견해서 낑낑대며 생수 박스를 올리고 있는데, 그 옆에 놓여 있는 소파 옆쪽으로 누군가가 불쑥 고개를 내밀었다.

"야, 너 매점 가서 샌드위치 두 개만 사 와라."

소파 등받이에 두 다리를 올려놓고 벌러덩 누운 채 휴대폰 게임에 열중하고 있는 그 사람은 바로 슬기가 그토록 좋아하는 아이돌 휘경이었다.

"조공은 존X 많이 들어왔는데 다 쓸데없는 것밖에 없어. 명품도 없고, 먹을 것도 없고. 배고파서 립싱크할 힘도 없으니까 가서 샌드위치 좀 사 오라고."

스태프에게 아무 거리낌 없이 반말과 폭언을 퍼붓고 제 하인마냥 심부름까지 시키고, 팬들이 정성스럽게 만들어 보내준 선물을 쓰레기통에 처박고 거들떠보지도 않는 모습. 그 어느 것도 슬기가 알고 있는 천사표 아이돌 휘경과는 어울리지 않았다.

슬기가 이 상황을 어떻게 받아들여야 할지 몰라 혼란스러워하는데, 바깥에서 누군가 정중한 태도로 대기실 문을 두드렸다.

"안녕하세요, 오늘 데뷔하는 신인 그룹이 인사드리러 왔습니다!"

힘찬 인사말과 함께 슬그머니 열린 문 쪽을 무심코 쳐다보았던 슬기는 순간적으로 숨 쉬는 법을 잊어버리고 말았다. 문틈으로 그녀가 지금까지 태어나서 본 것 중에 가장 잘생긴 얼굴이 웃고 있었다, 그 얼굴에 비하면 말린 오징어 같아 보이는 휘경은 게임하던 손가락을 멈추지 않은 채 무성의하게 입만 움직였다.

"우리 바쁘니까 빨리 끝내고 가라."

그 말이 끝나자마자 문이 열리고 나머지 세 명이 들어오는데, 셋다 워낙 인물이 출중해서 눈에 확 띄었다. 특히 마지막에 들어온 어린 소년은 휘경 또래로 보였는데, 무슨 도자기 인형이 살아서 걸어다니는 것 같았다. 네 명의 남자는 일렬로 나란히 섰고, 슬기가 처음 봤던 그 잘생긴 남자가 선창하며 인사를 이끌었다.

"안녕하세요, 일루전입니다. 저는 리더 강이현이고, 여기서부터 권혁, 홍래원, 류노아라고 합니다. 앞으로 잘 부탁드립니다!"

그러나 엔젤 보이즈 멤버들은 대기실 곳곳에 뿔뿔이 흩어진 채 그쪽을 쳐다보는 시늉도 하지 않았다.

"선배님들, 바쁘신데 실례 많았습니다. 그러면 이만 가 보겠습니다."

일루전이 인사를 마치고 뒤돌아서려고 하는 순간, 그때까지 그들의 존재를 인식 못한 것처럼 굴던 휘경이 휴대폰을 내려놓으면서 일어섰다.

"야, 잠깐 거기 서 봐. 너희들 인사 그따위로 하라고 누가 가르쳤냐? 존X 성의 없네. 직각으로 똑바로 안 하냐?"

"......."

이현을 비롯한 일루전 멤버들이 당황한 낯빛을 드러내자, 휘경은 건수를 잡았다는 듯한 표정을 지었다.

"왜? 나이도 어린 게 선배 노릇하는 게 꼽냐? 그럼 짬밥 더 처먹고 오든가. 아까도 그래. 노크하고 나서 대답도 안 했는데 막 문을 열어재끼냐? 그건 어디서 배워먹은 버릇이야. 이 바닥이 그렇게 만만한 곳인 줄 알아? 어디서 근본도 없는 중소 새끼들이 설쳐, 설치길."

"죄송합니다, 선배님. 저희가 아직 미숙해서 잘 몰랐습니다. 다음부터는 주의하겠습니다!"

이현은 예의 바르게 사과하면서 깍듯이 고개를 숙였지만, 휘경은 거기서 끝낼 마음이 없어 보였다.

"몰랐다면 다야? 기본이 안 됐으면 씨X 데뷔를 하지 마. 기분 더러우니까."

어느새 다른 엔젤 보이즈 멤버들도 각자 하던 일을 멈추고 이쪽을 쳐다보고 있었다. 그러나 누구 하나 말릴 생각이 없어 보였고 오히려 재밌어하는 분위기였다.

"어쩌라고……."

사과를 받아주기는커녕 더 꼬투리를 잡으려 드는 태도에 저도 모르게 울분을 터뜨리고 만 것은 이현이 아니라, 그 뒤에 병풍처럼 서 있기만 하던 덩치 큰 멤버 혁이었다.

"너 이 새끼 방금 뭐라고 지껄였냐?"

휘경은 진한 아이라인이 그려진 눈을 부릅뜨면서 워커 신은 발로 이현과 혁의 정강이를 차례대로 걷어찼다. 힘을 가득 실은 발짓에 이현은 눈썹을 찡그렸지만 휘청거리진 않았고, 혁은 아예 얼굴 근육 하나 움직이지 않는 게 둘 다 맷집이 상당한 모양이었다.

아무래도 무슨 사달이 나고 말 듯 심상치 않은 기운이 세 남자 사이를 맴돌고 있을 때, 아까 슬기에게 심부름을 시켰던 남자 스태프가 문을 벌컥 열어젖히면서 소리쳤다.

"엔젤 보이즈, 스탠바이 해 주세요!"

"어휴, 너희 스태프 덕분에 살아난 줄 알아라. 다음부터는 조심해, 어?"

허둥지둥 말하고는 자기 멤버들이 있는 쪽으로 도망쳐버리는 휘경을 향해 혁이 어금니를 으득 깨물면서 주먹을 쥐어 보이는 모습이 보였다. 이현은 그런 혁을 묵묵히 다독이면서 데리고 나갔고, 래원과 노아는 시무룩한 낯빛으로 형들을 따라 나갔다. 슬기는 그 뒤를 쫓아갔다.

"저기요!"

이현의 등에 대고 애타게 부르면서도, 슬기는 자기가 왜 그러는지 몰랐다. 뒤를 돌아봤던 일루전 멤버들은, 땀을 뻘뻘 흘리면서 씩씩대고 있는 여자 스태프의 모습에 의아한 표정이 되었다.

"왜 가만히 있어요? 왜 당하고만 있냐고요!"

"……."

"휘경이 쟤 17살밖에 안 먹었어요! 근데 조인트 까이고 열 받지도 않냐고요! 그냥 확 패주지 그랬어요!"

"괜찮아요. 17살이어도 선배는 선배잖아요. 팬덤도 큰 인기 그룹이고. 그에 비하면 우리는 팬 하나 없는 신인이니까, 후배 노릇하라면 해야죠."

서글프리만큼 담담하게 대답하는 이현을 보던 슬기는 자신이 왜 그렇게 흥분했는지 그 이유를 불현듯 깨달았다. 그녀는 그들에게서 자기 자신의 모습을 본 것이다.

전교 꼴등이라는 이유로 집에서도, 학교에서도, 학원에서도 무시당하고, 함께 어울려주는 친구 하나 없는 자신. 그 외로움과 열등감을 아이돌 가수에 목매는 것으로 해소하고 있는 자신. 학원에 결석해도 학원 선생님조차 눈치 못 챌 만큼 존재감 없는 자신과 겹쳐 보인 것이다.

"팬이 왜 없어요? 팬 있어요!"

슬기는 부끄러운 것도 모르고 혼신의 힘을 다해 외쳤다.

"저 엔젤 보이즈 오늘 자로 탈덕할 거예요! 가수가 되기 전에 인간이 먼저 되어야지, 저런 개싸가지인 줄 알았으면 처음부터 안 좋아했어요! 그리고 오늘부터 일루전 팬 1호 할게요!"

복도가 쩌렁쩌렁 울리도록 우렁차게 소리치는 슬기의 목소리에, 복도를 지나가던 다른 가수들과 스태프들의 호기심 어린 시선이 화살처럼 날아들었다. 뒤늦게 창피함을 느낀 슬기는 홍시처럼 붉게 달아오른 얼굴로 마지막 용기를 짜내어 일루전 멤버들을 향해 파이팅 포즈를 해 보였다.

"힘내요! 일루전 파이팅! 일루전 흥해라!"

그 응원에 일루전 멤버들이 어떤 표정을 짓는지 확인하기도 전에, 등 뒤에서 스태프들이 수군대는 소리가 들렸다.

"쟤 뭐야? 스태프 아니지?"

"사생 아니야? 잡아!"

"헉!"

슬기는 잡히면 끝이라는 생각으로 죽어라 달리기 시작해 스튜디오를 빠져나왔다. 입장 시각은 이미 지난 지 오래였기 때문에 방청객 입구로 가봤자 소용없었고, 대신 방송국 본관 건물 앞으로 방향을 틀었다. 그곳에서는 안으로 들어오지 못하는 팬들을 위해 녹화 현장을 보여주는 대형 스크린을 볼 수 있었다.

"헉헉……."

마침 녹화 무대에 등장하는 일루전의 모습이 스크린을 통해 비추었다. 팬 1호가 되겠다고 큰 소리 떵떵 치긴 했지만 일루전에 대해 아는 게 아무것도 없던 슬기는 별달리 기대를 걸지 않은 채 어디 한번 들어나 보자는 심정으로 귀를 기울였다. 그러나 감미로운 전주가 흐르고, 이현의 깊은 저음과 노아의 청량한 고음이 어우러지는 순간 슬기의 관심도는 기하급수적으로 올라갔다.

"우와, 노래 좋다!"

슬기는 그때까지 살면서 한낱 대중가요가 사람의 마음을 위로할 수 있다고 생각해 본 적이 없었다. 그런데 일루전의 노래 가사가, 립싱크 따위에 의존하지 않고 한 글자 한 글자 진심을 담아 부르는 그들의 목소리가 그랬다. 아무것도 잘하는 게 없는, 인생에서 잘 되어 가고 있는 거라고는 하나도 없는 슬기에게 괜찮다고, 우리 같이 힘내자고 말해주는 것 같았다.

이현이 마이크를 두 손으로 쥔 채 섬세하고 깊은 눈동자로 카메라를 지그시 응시하는 순간, 슬기의 심장이 쿵 소리를 내면서 내려 앉았다.

'아아, 사이비 오빠 따윈 갖다 버리자. 저분이 오늘부터 내 오라버

니시다.'

한 번 당하면 백약이 무효하다는 덕통사고였다. 그날부터 슬기는 엔젤 보이즈의 앨범과 화보집을 모두 폐기처분하고 일편단심 일루전 덕질을 시작했다.

그러나 인기 없는 아이돌을 홀로 덕질하는 건 고독하고 힘겨운 일이었다. 비유하자면, 풀 한 포기 안 나는 황량한 신대륙을 곡괭이 하나만 들고 개척하는 것과 비슷했다. 2집 앨범 발매 기념으로 열린 야외 팬 사인회도, 줄을 선 사람이 열 손가락 안에 다 꼽을 수 있을 정도였다.

"그쪽은 몇 장 사고 당첨되셨어요? 저 두 장 샀는데, 제 친구는 한 장 사고도 당첨됐다고 해서 후회 중이거든요. 심지어 걘 팬 사인회도 안 왔어요. 귀찮다고."

"전 세 장 샀는데, 두 장은 되팔려고 중고나라에 올려놨어요."

앞에 선 두 사람이 주고받는 대화가 들려온 순간, 일루전의 앨범이 가득 담긴 쇼핑백을 두 팔에 안고 서 있던 슬기의 이마에 불끈하고 핏대가 치솟았다

'이봐요, 그게 지금 팬으로서 할 소리예요? 3장이 뭐가 많아요? 하나는 소장용! 하나는 감상용! 하나는 선물용! 그 정도는 기본 아니에요? 'Fantasy'가 얼마나 명반인데! 두고 봐요, 언젠가는 전부 다 팔려나가서 사고 싶어도 사지 못할 날이 올 테니까!'

그러나 입 밖으로 낼 용기도 없었고, 무엇보다 그런 날이 오지 않으리라는 걸 슬기 자신이 제일 잘 알고 있었다. 데뷔 앨범으로 빛을 보지 못한 아이돌 그룹이 두 번째, 세 번째 앨범으로 인기를 얻는 건 뭔가 아주 예외적인 사건이 일어나지 않는 한 불가능에 가까웠다.

'노래가 이렇게 좋은데, 왜 다들 몰라주는 거야. 세상은 정말 불공평해.'

슬기는 용돈을 아껴서 산 앨범 더미를, 세상으로부터 천대받는 제 자식인 양 소중하게 보듬어 안았다. 책상 위에 놓인 일루전 CD를 보고 깔깔거리면서 비웃던 같은 학교 애들이 생각났다.

— 일루전? 존나 망한 개네들? 그 가수에 그 팬이라니, 망돌이라서 팬도 전교 꼴등이구나. 완전 웃긴다.

이번 수능을 처절하리만큼 심하게 말아먹은 슬기였기에 그 말에 반박할 수도 없었다.

엄마에게는 독감에 걸려 컨디션이 안 좋았다고 둘러댔지만, 실은 컨디션이 좋았어도 풀 수 있는 문제가 있었을 것 같지는 않았다.

'나는 구제불능인가 봐. 재수해도 아마 별 거 없을 거야. 평생 빌빌대면서 루저로 살 거라고.'

팬 사인회 줄이 점점 짧아지는 동안에도, 슬기는 비관적인 생각에만 골몰해 침울해져 있었다. 드디어 그녀가 사인을 받을 차례가 되자, 단상 옆에 서 있던 매니저가 보고 싶은 멤버의 앞에 가서 앉으라는 손짓을 보내왔다. 그녀는 주저 없이 이현의 앞에 가서 앉았다.

"안녕하세요."

이현은 슬기를 보자마자 입술 양쪽을 끌어올리면서 환하게 웃었지만, 그녀를 알아보는 기색은 엿보이지 않았다. 음악방송에서 나름 역사적이었던 '팬 1호 선언'을 하고 그 후에도 부지런히 각종 행사에 쫓아다녔는데도 이현은 그녀를 기억하지 못하는 모양이었다. 슬기는 체념어린 축 처진 목소리로 이현의 인사에 답했다.

"안녕하세요, 이현 오빠."

"목소리에 왜 그렇게 기운이 없어요? 무슨 걱정거리라도 있어요?"

정말 염려하는 사람처럼 바짝 다가와 앉으면서 묻는 이현을 보자, 슬기는 저도 모르게 충동적으로 푸념하는 말이 튀어나왔다.

"수능을 완전히 망쳤어요. 이 성적으로는 전문대도 못 갈 것 같아요. 저 그냥 죽어버리려고요."

함께 버텨줄 친구 하나도 없이 고달프기만 한 재수 생활은 하고 싶지 않았고, 해봤자 희망도 없을 것 같았다. 심각해진 낯빛으로 그녀의 말을 듣고 있던 이현이 돌연 그녀의 손을 잡으면서 말했다.

"그런 생각하면 안 돼요. 부모님이 얼마나 슬퍼하시겠어요. 이렇게 예쁘고 귀한 딸인데요."

이 상황에서 이현이 손을 잡아주니까 속도 없이 좋았지만, 한 번 삐딱선을 타기 시작한 마음은 제자리로 돌아올 줄 몰랐다.

"그런 말 안 믿어요. 어차피 오빠는 나 말고 누구라도 다 똑같이 해줄 거잖아요. 나는 하나도 소중하지도, 특별하지도 않은 존재잖아요. 내 얼굴 기억도 못했잖아요."

슬기의 자조적인 말을 들은 이현은 짧게 한숨을 내쉬더니, 잠시 허공을 쳐다보면서 할 말을 신중히 고르는 듯했다. 순간, 이현이 두 손으로 슬기의 뺨을 부드럽게 감싸 쥐더니 그녀의 눈동자를 진지하게 들여다보며 말했다.

"아니, 넌 달라. 우리 팬 1호잖아."

"……."

"잊었어? 힘내라고 응원해줘서 그동안 얼마나 열심히 했는데."

그제야 슬기는 이현이 자신을 잊지 않았다는 걸 깨달았다. 단지 다른 팬들한테 소외감을 주지 않기 위해 특별히 아는 척을 하지 않왔던 것뿐이었다.

"원래 이러면 안 되는 건데……."

이현은 목소리를 낮추면서 슬며시 주위를 살피더니, 매니저와 다른 멤버들이 이쪽을 보지 않는 틈을 타 슬기가 펼쳐놓은 앨범 재킷에 열한 자리 숫자를 적어 넣었다.

"언제든 힘들거나 대화할 사람이 필요할 때는 여기로 전화해. 이 번호는 매니저하고 회사 사람들밖에 모르니까, 모르는 번호 뜨면 너라고 생각할게. 밤이든 낮이든 새벽이든 다 괜찮아."

"……."

"이제 확실히 알겠지? 넌 이 세상 그 누구보다 소중하고 특별한 사람이라는 거. 나에게 있어서 팬들은 다 그래. 모두 소중하고 특별해서 겉으로 언뜻 보면 같아 보이는 것뿐이야."

슬기는 이현이 적어준 전화번호를 멍하니 내려다보고 있었다.

'나 따위가 뭐라고 이렇게까지 해 주는 거야?'

이현은 순수한 호의를 갖고 한 행동이었겠지만, 자존감이 이미 바닥을 친 슬기는 그것을 곧이곧대로 받아들이기가 어려웠다. 어떻게든 스스로 납득할 만한 이유를 찾던 그녀는, 팬 수가 너무도 적기 때문에 이현이 이렇게까지 하는 것이라는 비뚤어진 결론에 이르렀다. 독단적으로 내린 그 결론에 더 상처를 받아버린 슬기는 팬으로서 절대 해서는 안 될 말을 불쑥 내뱉어 버렸다.

"오빠는 지겹지도 않아요? 이렇게 바닥에서 허우적대는 거. 일루전은 만년 꼴찌잖아요."

"……."

드디어 사고를 치고 말았다. 이현으로부터 혼쭐이 날 거라는 생각에, 슬기는 어디 쥐구멍이라도 있으면 도망가 숨고 싶었다. 그러나 이현은 분노하는 대신 싱긋 웃으면서 아무렇지도 않다는 듯 대답했다.

"바닥이 아니야. 올라가는 길이지."

"올라가는……. 길이요?"

슬기가 멍청한 얼굴로 이현의 말을 반복하자, 그는 다시 한 번 힘주어 강조했다.

"그래, 노력해서 바꿀 수 있는 여지가 있는데 그게 어떻게 바닥이야. 난 절대 포기 안 해. 그러니까 너도 포기하지 마."

"……."

"재수하고 삼수해서 대학 가면 어때. 난 대학 문턱에도 못 가봤는걸? 넌 그것만으로도 나보다 훨씬 대단한 사람이야. 그러니까 매일 공부하면서 힘들 때마다 스스로에게 말해줘. 난 정말 대단한 사람이라고."

이현의 잔잔한 목소리는 그날 밤 슬기가 집으로 돌아와 책상에 앉을 때까지도 귓가를 맴돌면서 떠날 줄 몰랐다. 이현의 휴대폰 번호가 적힌 앨범 재킷을 보고 또 보던 슬기의 머릿속에 문득 지극히 현실적인 생각이 스쳤다.

'그래, 가짜 번호를 적어줬을 거야. 진짜일 리가 없잖아. 내가 어떻게 써먹을 줄 알고.'

그렇게 단정 짓고 나자, 슬기는 반나절 내내 꿈길을 걷는 사람처럼 멍한 기분에 취해 있던 자신이 돌연 바보같이 여겨졌다. 그만 착각에서 헤어 나오자고, 그런 심정으로 충전기에 꽂힌 휴대폰을 꺼내들었다.

'보나마나 없는 번호라고 나오겠지. 아니면 전혀 다른 사람이거나. 거기까지만 확인하고 깔끔하게 탈덕하자. 두 얼굴의 아이돌한테 당하는 건 한 번이면 충분하다고.'

전화번호를 누르고 신호음이 울리는 동안, 슬기는 어차피 가짜라고 자기암시를 걸면서 주책 없이 두근대는 심장을 가라앉히려 했다. 그런데 어느 순간 신호음이 뚝 끊기면서, 그녀가 몇 시간 전에 들었던 친숙한 음성이 흘러나왔다.

— 여보세요?

낮에 들었던 바로 그 목소리를 들은 슬기는 기겁하면서 그만 전화를 끊어버렸다.

'진짜였어? 진짜 전화번호를 적어준 거야? 나한테?'

주책맞게 쿵쾅거리는 가슴을 손바닥으로 꾹 누르면서, 슬기는 그제야 이 모든 게 실제 일어난 일이란 걸 실감했다. 이현이 그녀를 특별한 존재라고 말해주고, 언제든지 전화하라고 해 준 것이다.

'내가 정말 대단한 사람이라고 했어, 이현 오빠가.'

미운 오리 새끼였던 자기 자신이 별안간 아주 특별한 존재가 된 것 같은 기분이 들었다. 조금 더 살아봐야겠다는, 조금 더 열심히 해봐야겠다는 의욕도 생겼다. 슬기는 멀찌감치 밀어두었던 참고서를 끌어당겨 펼치면서 마음속으로 다짐했다.

'그래, 재수가 별 거야? 그까짓 대학, 내가 가준다고. 언젠가 일루전이 정상으로 올라갔을 때, 나도 이현 오빠한테 부끄럽지 않은 팬이 되어 있을 거야.'

그날부터 슬기는 따라주지 않는 머리에 채찍질을 해가며 열심히 공부했지만, 만년 꼴찌가 1년 만에 성적을 올린다는 건 말처럼 쉽지 않았다. 슬기가 다음 수능을 치를 때쯤 일루전은 경마장 직캠 사건으로 기적적인 차트 역주행을 이뤄내면서 대세 아이돌의 반열에 올랐지만, 슬기의 성적은 여전히 차트아웃이었다. 마치 출제위원이 그녀의 머릿속을 투시한 다음 그녀가 아는 것만 피해서 문제를 낸 것 같았다.

— 하라는 공부는 안 하고 허구한 날 가수 꽁무니나 쫓아다니더니 꼴좋다! 그 가수가 너를 대학에 보내준다니? 밥 먹여 준다니?

두 번째 수능 성적표가 나온 날, 슬기는 엄마로부터 혹독한 질책을 받고 제 방에 틀어박혔다. 도저히 공부가 손에 잡히지 않았던 그녀는, 책상에 있는 걸 이것저것 뒤져보다가 1년 전 이현에게서 받았던 전화번호를 발견했다. 진짜라는 사실은 확인했지만, 혹시 이현을 귀찮게 할까봐 두려워 감히 다시 걸어볼 엄두는 내지 못했던 그 번호였다.

'지금쯤 번호 바꿨겠지?'

일루전과 그 그룹의 리더인 강이현이 이전과는 비교도 할 수 없는 슈퍼스타가 되었으니, 이현은 극성스러운 기자들과 사생 팬들을 피해서 전화번호를 바꾸어야 했을 것이다. 어차피 수능도 망쳤겠다, 인생은 망했겠다, 슬기는 자기 자신을 완전히 나락으로 떨어뜨리고 싶은 묘한 가학 심리에 사로잡혀 휴대폰을 들었다. 아무런 기대를 하지 않았기에, 이현의 전화번호를 누르고, 신호음이 가는 동안에도 이전과 달리 설레거나 긴장되지 않았다.

'다른 사람이 받으면 죄송하다고 사과하고 바로 끊자. 이것도 민폐니까.'

그런데 그렇게 다짐한 순간, 솜사탕처럼 부드러운 이현의 목소리가 귓가로 스며들었다.

— 여보세요?

"......"

— 너 슬기지? 슬기야, 잘 지내고 있니? 저번 팬 사인회에서 보이지 않아서 걱정했어.

1년이라는 시간을 훌쩍 뛰어넘기라도 한 것처럼 태연자약하게 이름을 불러오는 이현 때문에 깜짝 놀란 슬기는 그만 말을 더듬거렸다.

"어, 엄마가 팬 사인회 티켓을 찢어버려서요. 지금 재수중이거든요."

— 아, 그랬구나. 많이 힘들겠네. 그런데 왜 전화 안했어? 얼마나 기다렸는데.

"오빠 바쁘잖아요. 일루전이 엄청 유명해졌잖아요. 잠 잘 시간도 없을 텐데 무슨."

슬기는 지금 이 순간에도 구름 위를 걷고 있는 기분이었다. 한국을 넘어 전 세계의 워너비로 성장하고 있는 강이현이 무슨 옆집 친구처럼 자기와 전화로 수다를 떨어주고 있다는 사실이 믿기지 않았다.

"오빠, 일루전이 슈퍼스타가 된 건 좋은데요. 저한테서, 그리고 데뷔 때부터 함께 해오던 팬들한테서는 자꾸만 멀어지는 것 같은 느낌이 들어요. 그래서 서운해요."

사람 마음이라는 게 그랬다. 일루전이 인기가 없을 때는 그게 그렇게 서럽고 안타까웠는데, 막상 일약 스타로 떠오르면서 팬들이 늘어나자, 자기만 알고 있던 가수를 남에게 빼앗기는 것 같은 느낌이 들었다. 그런 슬기의 마음을 읽기라도 한 것일까. 이현은 웃음기 배인 목소리로 다정하게 말했다.

— 난 너희들에게서 멀어진 게 아니야. 더 가까이 간 거지. 요즘은 너희들이 멀리까지 보러 오지 않아도, 텔레비전을 켜기만 하면 내가 나오잖아. 전보다 덜 힘들지 않아?

"아……."

— 슬기 넌 공부해야 하니까, 앞으로도 계속 다가갈게. 굳이 텔레비전을 켜지 않아도, 주위를 둘러보기만 해도 여기저기 내가 보이게.

그 순간, 슬기는 가슴이 벅차올라 아무 말도 할 수 없었다. 앞으로 일루전이 더 높이 올라가고, 더 멀리 나아가더라도, 이 사람은 한결같을 거라는 확신이 들었다.

슬기는 그런 사람의 팬인 자신이 무척이나 자랑스러웠기에, 그의 연인인 유채 앞에서도 떳떳하게 말할 수 있었다. 이현을 좋아한다고, 앞으로 무슨 일이 생기더라도 변함없이 좋아할 거라고.

"아이돌 팬은 바보가 아니에요. 머리가 텅텅 빈 것도 아니고, 아무 생각도 없는 것도 아니라고요. 아이돌 본인이나 그 회사에서 하는 거짓말을 그대로 다 믿는 것도 아니에요."

슬기는 이현을 좋아하게 된 계기를 유채에게 들려준 후, 제법 야무지게 단언했다.

"방송에서 하는 이미지 메이킹과는 상관없이, 오래 된 팬한테는 다 보여요. 그 아이돌이 실제로 어떤 사람인지, 팬들을 대하는 마음가짐이 어떤지."

"……."

"강이현이 어떤 사람이냐고 저한테 물으면, 차트 순위나 음반 판매량 같은 거 얘기 안 해요. 휠체어 탄 팬들을 위해 스탠딩 앞줄을 장애우 구역으로 바꾸고, 시상식 참석까지 포기하고 소아암 전문병원에 공연하러 가고. 그게 이현 오빠가 일루전 멤버들과 함께 한 일이에요."

유채는 쌍둥이가 말을 알아들을 수 없다는 건 알지만, 지금 슬기가 하는 말은 예외였으면 좋겠다고 생각했다. 너희들의 아빠는 저렇게 멋진 사람이라고, 저렇게 사랑받는 사람이라고 알려주고 싶었다.

슬기는 말을 멈추지 않았다. 사실 이번 스캔들이 터진 후 '제1호 팬'으로서 이현에 대해서 하고 싶었던 말이 많았는데, 함께 나눌 사람이 없어서 그녀도 답답했던 것이다.

"솔직히 말하면 이현 오빠가 연애하는 것보다는 안 하는 게 낫긴 하죠. 하지만 최악은 뭔지 아세요? 인간적으로 나를 실망시키는 거예요. 표절을 한다거나, 범죄를 저지른다거나, 자기 아이를 가진 여자를 버린다거나."

슬기는 조그만 입을 벌리면서 하품을 하고 있는 쌍둥이를 사랑이 가득 담긴 눈길로 바라보면서 말을 이었다.

"이현 오빠가 그런 사람이었다면 두 번 생각하지도 않고 버렸을 거예요. 하지만 아니잖아요. 자기 행동에 확실히 책임지는 거, 한 번 이어진 인연은 소홀히 하지 않는 거, 그거 내가 아는 이현 오빠 맞아요. 언니와 아기들을 보호하기 위해 비밀에 부쳤던 것도 이해할 수 있어요."

여태껏 유채는 아이돌의 열애설은 무조건 부정적으로 작용할 수밖에 없다고 믿고 있었다. 하지만, 슬기처럼 생각해주는 사람들이 더 있다면 어떨까? 어쩌면 이현과 일루전 멤버들을 이 곤궁에서 구해낼 방법이 있을지도 몰랐다. 슬기는 그런 유채의 생각을 북돋워

주기라도 하듯이 긍정적인 말을 덧붙였다.

"저 같은 팬들도 은근히 많이 있을 거예요. 예전에 미혼부 선언한 남자 배우도 있었고, 임신과 동시에 결혼 발표한 아이돌 커플도 있었는데, 욕하는 사람도 있었지만 응원하는 사람도 적지 않았거든요. 아직 기자회견 전이니까, 일단 목소리를 내지 않고 가만히 있는 것뿐이죠."

"기자회견?"

"네, 10분 전에 초대박 엔터테인먼트 사이트에 공지 떴어요. 기자회견장에서 이현 오빠가 직접 입장발표를 할 거래요. 오늘 11시예요."

그 말을 들은 유채는 불현듯 고개를 들어 시계를 보았다. 시계는 오전 10시를 가리키고 있었다. 이현의 운명이 결정되기까지 고작 1시간이 남아 있었다. 잠시 뭔가 고민하던 유채는 이내 결심한 듯 슬기를 향해 말했다.

"슬기야, 내 부탁 하나만 들어줄래?"

51. 계란 테러

호로록—!

바나나 우유팩에 빨대를 꽂아 마시던 래원은 생각보다 큰 소리가 나자 얼른 주변의 눈치를 살폈다. 일루전 멤버들이 매니저 종필의 집을 떠나 기자회견장으로 향하는 길, 밴 안의 분위기는 초상이라도 난 것처럼 침울했다.

그들이 자고 일어난 사이에 세상이 180도 뒤바뀌었다. 종필은 그들이 직접 인터넷을 보는 건 막았지만, 그래도 상황이 어떻게 돌아가고 있는지는 알려주었다. 그래야 그들도 기자회견장에 가서 돌발 질문을 받았을 때 대처할 수 있기 때문이었다.

"4집 활동은 무기한 연기하기로 했어. 지금 전국 레코드점에 앨범 환불 요청이 들어와서 난리난 모양이야. 심지어 포장 뜯은 것까지. 적은 물량은 그냥 환불해주면 되는데, 몇 만 장 단위로 환불해주는 건 우리도 곤란하니까 어떻게 처리해야 할지 변호사들이 모여서 상의중이야."

"······."

"너희들 이번 주에 계약하기로 했던 향수 CF랑 스포츠카 CF, 은행 CF 모두 취소됐고, 현재 모델로 계약된 업체들한테서 해지통보와 위약금 청구가 계속 들어오는 중이야. 아, 그리고 래원이가 하기로 했던 주말 드라마는 배우 교체한다고 연락 왔다."

이현은 래원의 드라마 출연이 무산되었다는 소식에 놀라 그를 쳐다보았다. 래원이 이번 드라마에 얼마나 기대를 걸고 있었는지 잘 알고 있었기 때문이다. 거저먹었다는 말은 듣기 싫다면서, 일부러 제작사에 사전 연락 없이 포트폴리오만 달랑 든 채 오디션을 보러 가서 정식 연기 테스트를 받은 후 당당히 배역을 따내온 래원이었다.

"나 괜찮아, 형. 안 그래도 그 캐릭터 너무 평범해서 나랑은 안 어울렸어. 난 누가 봐도 미친 존재감 그 자체잖아."

래원은 너스레를 떨면서 웃어 보였지만, 이현은 절대 괜찮지가 않았다. 속이 쓰린 한숨을 내뱉는 이현을 못 본척하면서 종필은 말을 계속했다.

"광고주들보다 더 큰 문제는 주주들인데, 이번 일을 해결하지 못하면 나도 대표님도 둘 다 해고해버리겠다고 들고 나섰어. 목숨이 간당간당한 처지라고."

"아니, 형은 그렇다 쳐도, 대표님을 해고할 수가 있어요?"

충격을 받은 이현의 눈빛이 흔들렸다. 핵미사일을 맞아도 멀쩡히 살아남을 것 같은 강인한 독불장군 마여정 대표가 아닌가. 그런 그녀를 좌지우지 할 수 있는 존재가 또 있으리라고는 생각해보지 못했다.

"대표님이 우리 회사 창업자이긴 하지만 최대주주는 아니거든. 사실 대표님이 너희들한테 좀 섭섭하게 하신 건 있지만, 그래도 그 자리에 계시는 편이 나아."

운전대를 잡고 있던 종필의 손에 점점 힘이 들어갔다.

"우리 회사 대주주는 중국 기업이어서, 대표님을 쫓아내고 나면 너희들을 해외로 뺑뺑이 돌릴 가능성이 커. 앨범은 내주지도 않고 온갖 행사만 뛰게 하다가, 단물 다 빠지면 버릴 거라고."

종필은 지금껏 제 자식처럼 키워온 이 아이들이 그들의 얼굴조차 잘 모르는 외국 사업가들의 주판 들린 손에 넘어가는 꼴은 차마 볼 수 없었다.

"그러니 기자회견장에 들어가기 전에 대표님이 뭐라고 말씀하시든, 웬만하면 그대로 따르도록 해. 지금으로서는 대표님이 살아야 너희도 사니까. 운명 공동체란 말이야. 알았지?"

"네, 형."

이현을 비롯한 모든 멤버들이 입을 모아 대답하는 것과 동시에, 밴은 기자회견 장소인 호텔에 도착했다. 공교롭게도 이현이 프러포즈를 하려다가 불발로 돌아갔던 바로 그 호텔이었다. 급하게 일정을 잡느라 다른 호텔은 구할 수가 없었던 것이다.

"일루젼이다! 저거 일루젼 밴 맞지?"

"찍어!"

밴이 호텔 정문 앞으로 들어서자마자, 도대체 어디에 숨어 있었는지 모를 기자들이 사방에서 튀어나왔다.

"차 문이 열리자마자 무조건 덮쳐! 일단 영상 따고!"

지금 여기서 내렸다간, 그들의 등쌀에 시달리느라 기자회견장까지 가 보지도 못하고 뻗어버릴 것 같았다. 종필도 같은 생각을 한 모양이었다.

"차 돌려야겠다. 래원아, 이 건물에 뒷문 없어?"

"저기 야외수영장 쪽으로 돌아가면, 투숙객만 다닐 수 있는 뒷문 있어요. 경비원이 제 얼굴 아니까 얘기하고 거기로 들어가면 돼요."

종필은 래원의 말이 떨어지기 무섭게 급격히 방향을 틀었다. 밴이 정차할 거라고 생각했던 기자들은 돌발 사태에 당황해 우왕좌왕했다. 종필은 그들 사이를 요리조리 헤치면서 재치 있게 운전을 해 빠져나갔다.

"휴우……."

그러나 다 같이 안도의 한숨을 내쉬었던 것도 잠시뿐, 야외 수영장 외곽을 빙 둘러서 돌아가자마자 투숙객용 출입구 앞에서 인산인해를 이루고 있는 백여 명의 사람들이 보였다. 기자라고 하기엔 너무 어리고, 압도적으로 여자의 비율이 높은 그 구성은 일루전에게는 사뭇 익숙한 것이었다.

"팬들이 응원해주러 왔나 봐요."

희망을 되찾은 노아가 한결 밝아진 음성으로 말하자, 종필도 낙관적으로 말을 받았다.

"그래, 이럴 땐 기자들보다는 팬들이 낫지. 일단 내리자. 호텔 안에 들어가기만 하면 기자회견장까지는 직원들이 데려다 줄 거야."

종필이 뒷문 바로 앞에 밴을 세우자, 팬들은 미리 약속한 것처럼 양쪽으로 갈라지면서 길을 만들었다. 그래도 그들에게는 일루전 멤버들이 다치지 않게 지켜 주려는 배려심이 있었다. 문에서 가장 가까운 자리에 앉아 있던 노아가 내릴 채비를 하는데, 래원이 그를 가로막았다.

"형이 먼저 내릴게."

겉으로 보기에는 유순해 보이는 팬들 중에, 정신 나간 안티 팬 몇 명이 섞여 있지 않으리라는 보장이 없었기에, 래원은 막내부터 내보내는 건 위험하다고 판단한 것이다. 그래도 형이라고 이럴 땐 형 노릇을 했다.

래원은 여차하면 다시 차 안으로 도망칠 작정을 하고서 천천히 문을 열었다. 그가 차 밖으로 몸을 반쯤 내밀자마자 성원을 보내는 목소리가 메아리쳤다.

"래원아, 힘내! 어깨 펴고! 네 뒤에는 우리가 있잖아!"

"괜찮아! 괜찮아!"

래원은 각오했던 것보다 훨씬 우호적인 분위기에 은근히 안심했다. 그가 문을 잡고 있는 사이에 노아가 따라 내렸고, 어깨가 축 처져 있는 막내를 보자 팬들은 안쓰러워 어쩔 줄 몰랐다. 아까보다 더 크고 따뜻한 격려의 말들이 쏟아졌다.

"노아야, 밥 잘 챙겨 먹었어? 기운 내!"

"너희는 아무것도 잘못한 거 없어! 우리는 알아!"

"둘 다 얼굴 핼쑥해진 거 봐. 어떡해. 속상해 진짜."

그 다음으로 혁이 밴에서 내렸고, 마지막으로 이현이 모습을 드러냈다. 이현의 등장과 동시에 응원의 함성이 확연히 잦아들긴 했지만, 그 외에는 별다른 잡음이 생기지 않았다. 다 같이 암묵적으로 모르는 척 하려는 것 같은 그런 분위기였다. 래원이 재빨리 경비원에게 달려가 뭐라고 속삭이자, 그는 알겠다는 듯 고갯짓을 하면서 출입문을 열어주었다.

"이쪽으로!"

나머지 멤버들이 래원의 손짓을 따라 일렬로 움직이는 순간, 느닷없이 화살처럼 날카로운 목소리가 이현의 고막에 연달아 내리꽂혔다.

"강이현! 탈퇴해!"

"다른 멤버들한테 피해 주지 말고 알아서 빠지라고!"

픽—!

이현은 뭔가 작고 가벼운 물체가 날아와 자신의 옆얼굴을 맞히고 떨어지는 것을 느꼈다. 물체의 표면이 파사삭 부서지면서 안에 있던 끈적끈적하고 미끈한 물질이 뺨을 타고 흘러내린 순간, 그게 계란이라는 걸 알아차린 이현은 그만 얼이 빠져버렸다.

난데없이 날아온 계란에 이현이 반응하기도 전에, 혁이 자신의 몸으로 그의 앞을 가로막으면서 버럭 화를 냈다.

"너희들 이게 뭐하는 짓이야?"

지축을 뒤흔들 것처럼 쩌렁쩌렁한 목소리에 그 자리에 있던 모든 팬이 소스라치게 놀랐다. 혁은 계란을 던진 사람을 찾아내기 위해 군중 속을 눈으로 샅샅이 훑었지만, 이미 범인은 감쪽같이 사라진 후였다.

노아가 옷소매로 이현의 얼굴을 닦아주면서 출입구를 향해 이끌었다.

"형, 괜찮아? 얼른 들어가자."

막내 동생에게 손목을 잡힌 채 호텔 안으로 들어가는 이현은 뭐라 말할 수도 없을 만큼 참담한 심정이었다. 여태껏 온갖 악성 루머에 시달려 보기도 하고, 악플러와 안티의 인신공격을 받아보기도 했지만, 어떤 순간에도 아이돌이 된 것 자체를 후회한 적은 없었다.

그러나 지금 이 순간만큼은, 차라리 평범한 사람으로 살 걸 그랬다는 생각이 들었다. 그랬다면 사랑하는 여자와 아이들을 병원에 내버리듯 방치해 둔 채로 찾아가보지도 못하는 처지가 되지는 않았을 테니까. 누군가와 사랑에 빠졌다는 이유로 손가락질 당하고 계란 테러를 당하지는 않았을 테니까.

일루전 멤버들이 마침내 안전지대인 호텔 안으로 들어오자, 호텔 유니폼을 입은 직원들이 그들을 알아보고 다가왔다.

"기다리고 있었습니다. 이쪽으로 오시죠."

래원은 아직도 시끌시끌한 바깥을 가리키면서 그들에게 부탁했다.

"바깥에 팬인지, 안티인지, 안티가 된 팬인지, 하여간 떼거지로 와 있어요. 무슨 일이 생기지 않게 지켜봐주세요."

"네, 잘 통제하겠습니다."

일루전 멤버들은 직원의 안내를 받아 기자회견장으로 꾸며진 콘퍼런스 룸으로 이동했다. 아직 취재진 입장은 시작되지 않았고, 스태프들이 책상과 의자를 옮겨 나르면서 부지런히 기자회견 준비를 하고 있는 상태였다.

콘퍼런스 룸 입구에서 마 대표와 이사회 사람들이 심각한 표정으로 뭔가 수군거리고 있다가, 멤버들을 보자마자 일제히 입을 다물었다.

"이현이 너, 나랑 얘기 좀 하자."

마 대표는 이현을 붙잡아 콘퍼런스 룸에 딸려 있는 작은 복사실로 끌고 갔고, 그는 저항하지 않고 순순히 따라갔다.

"너랑 혁이가 우리 회사에 들어온 지 얼마나 됐지?"

복사실로 들어온 마 대표는 어딘가 앉을 곳이 없는지 휘휘 두리번거리다가, 의자를 찾지 못하자 그냥 복사용지 박스 위에 걸터앉으면서 대뜸 그렇게 물었다.

"4년입니다."

　마 대표가 그걸 몰라서 묻는 게 아닐 거라고 생각하면서, 이현은 그녀의 앞에 우두커니 선 채로 대답했다.

　"그 4년간 내 인생은 너희들이 전부였다는 거 알 거다. 집 팔아서 투자금으로 넣었다가 이혼당하고, 애들 양육권도 빼앗기고, 고소도 세 번이나 당하고, 스트레스성 원형탈모까지 생겼어. 니들 키운다고 설치다가 정작 내 새끼 얼굴도 못 보는 늙은 대머리가 됐단 말이다."

　마 대표는 듬성듬성 여백이 생긴 정수리를 보란 듯이 이현의 목전에 들이대보이면서 하소연했다. 이현은 마 대표의 목덜미에 은박지처럼 쪼글쪼글하게 잡힌 잔주름을 보며, 철의 여인인 줄만 알았던 그녀도 처음 만났을 때에 비하면 몰라보게 늙어버렸다는 걸 깨달았다.

　"너희 팬들이 나한테 돈밖에 모르는 악덕 대표라고 욕한다는 거 안다. 그래, 내가 돈을 밝히긴 했지. 그런데 그게 잘못이야? 내 몸뚱이를 송두리째 걸었는데, 돈 좀 벌면 안 돼? 나도 그동안 할 만큼 했다. 진짜 악착같이 했다고. 이 업계에서 중소가 살아남기가 얼마나 힘든데."

　"……."

　"너한테 알아달라고 하는 말이 아냐. 지금은 어떻게 하면 우리가 살아남을 수 있을지 그것만 생각하자. 내가 홍보 전문가와 얘기해 봤어. 동영상 진위를 문제 삼는 건 너무 위험하니까 일단 인정하고,

그에 걸맞은 시나리오를 쓰는 편이 낫겠다고 하더라."

"시나리오를 쓴다고요?"

기자회견은 진실을 밝히기 위해서 하는 것인 줄 알았는데, 시나리오라는 표현이 이현의 귀에는 낯설게 들렸다.

"가장 이상적인 시나리오는 연인관계 자체를 부인하는 거지. 그냥 지인이라고 하면 어떨까? 미혼모가 된 것을 알고 선의로 이것저것 도와주다가 수술 보호자까지 해준 거라고. 하지만 그러면 콘서트까지 내팽개치고 병원에 달려갔던 게 설명이 안 되려나."

마 대표는 혼자 말하고 혼자 반론하고 있어서, 이현이 뭐라고 끼어들 여지도 없었다.

"아니면 꽃뱀한테 걸렸다고 하자. 네 유명세를 보고 접근한 여자가 임신을 빌미로 협박했고, 넌 어린 생명을 지키기 위해 그냥 순순히 당해준 걸로. 물론 여자 팬들은 왕창 떨어져 나가겠지만, 일단 피해자로 입장 정리하면 동정 여론도 형성될 거야. 나중에 재기할 명분도 있고."

이현은 아까 종필에게서 들은 말도 있고 해서 웬만하면 마 대표가 시키는 대로 하려고 마음먹은 상태였지만, 듣다 보니 이건 정말 도를 지나쳐도 너무 지나쳤다. 자기가 유채를 꽃뱀이라고 비난하는 내용이 전국적으로 방송되면 유채의 가족이, 자기 가족이 어떻게 생각하겠는가. 게다가 기자회견 영상은 온 인터넷에 박제되어 오래오래 회자될 텐데, 나중에 자기 자식들이 그걸 보게 되면 뭐라고 설명해야 한단 말인가.

"대표님, 그런 게 아니라는 거 잘 아시잖아요."

"내가 아는 게 뭔지 그게 무슨 상관이야? 네 팬들이 듣고 싶어 하는 대답을 주는 거, 너를 용서하고 계속 좋아할 수 있는 구실을 주는 거, 우리가 지금 해야 할 일은 그거라고."

스캔들에 휘말린 후 이현이 귀가 아프도록 계속 들어온 말이 바로 그것이었다. 진실이 뭔지 뭐가 중요하냐고, 우리가 아는 게 뭔지 그게 무슨 상관이냐고. 그런데 그건 뭔가 이상한 것 같았다.

'왜 제일 중요한 게 진실이 아니지? 사람들이 듣고 싶어 하는 것도 결국은 그게 아닐까? 애초에 거짓말 하다가 여기까지 온 거잖아.'

이현은 유채가 인공수정을 받은 사실을 숨기는 건 양심에 꺼려지지 않았다. 그건 거짓말이 아니라 사생활의 영역이므로, 그와 유채를 제외한 다른 사람은 알 필요가 없었다. 그러나 유채와 쌍둥이에 대한 자신의 감정을 왜곡해서 말하고 싶지는 않았다. 그건 유채에게도, 그리고 그의 거짓말에 또다시 기만당할 팬들에게도 비열한 짓이었다.

"대표님, 전 차라리 떳떳하게 고백하고 그 대가를 치르는 게 맘 편할 것 같아요. 멤버들과도 얘기 끝났어요. 지방 행사를 돌아도 되고, 해외 활동을 해도 되고, 하라는 대로 할게요. 어디에서건 우리는 그냥 일루전이라는 이름으로 함께 노래할 수만 있으면 돼요."

이현은 간곡히 진심을 담아 한 말이었지만, 돌아오는 것은 마 대표의 차가운 코웃음이었다.

"넌 아직도 천하태평이구나. 주주들은 이제 너희를 외국에서든 우주에서든 더 써먹을 생각이 없어. 어젯밤부터 그쪽 변호사가 일루전 멤버 전체에 대해서 계약을 해지하고 손해배상청구소송을 제기하는 방안을 검토하는 중이야. 너희 계약서에 품위유지의무 조항 있는 거 알지?"

"저는 그렇다 쳐도, 다른 멤버들은 왜요?"

"다 알면서도 거든 공범들이니까. 까놓고 말해서, 걔네들이 콘서트에서 널 밖으로 내보내지만 않았으면 이 꼴이 나지는 않았을 거 아니야. 1인당 5억 원씩 청구할 생각이라고 하더라."

이현은 기가 차서 말이 안 나왔다. 1인당 5억 원이라니, 일루전이 유명해지고서부터 멤버들 모두 주머니가 든든해지긴 했지만 그런 목돈을 한 번에 동원할 수 있을 정도는 결코 아니었다.

마 대표는 당근과 채찍을 적절히 활용할 줄 아는 인물이었기에, 딱딱하게 굳어진 이현의 얼굴을 확인하더니 이번에는 살살 회유하기 시작했다.

"물론 나도 그건 피하고 싶다. 아무리 상황이 나빠졌어도, 그래도 한솥밥 먹던 회사 식구들과 법정 싸움하는 추태는 보이지 말아야지 않겠어? 그러니 좋게 좋게 가자, 이현아. 좋게 좋게. 서 변호사도 네가 거짓말 좀 하는 거 이해 못해줄 만큼 세상 물정 모르는 사람 아니잖아?"

물론 유채는 이해해 줄 것이다. 문제는 그런 식으로 위기를 모면했을 경우, 강이현이라는 인간이 스스로를 평생 용서하지 못하리라는 데 있었다.

이현과 마 대표의 시선이 허공에서 충돌하듯 팽팽하게 부딪치는 순간, 복사실 문이 열리면서 종필이 고개를 들이밀었다.

"대표님, 기자들 다 들어왔습니다."

마 대표는 눈에 힘을 주면서 이현을 마지막으로 한 번 쳐다본 다음 종이 박스 위에서 일어났다. 이현과 종필을 양옆에 거느린 채 복사실을 나서는 그녀의 표정은 마지막 전투에 임하는 전사처럼 결연

했다.

"아니, 자리가 없어도 되니까 그냥 들여보내 달라고요. 사진 한 장만 찍고 나온다니까요."

"죄송합니다. 이미 수용인원을 훨씬 초과해서, 한 신문사당 세 분 이상 들어가실 수 없어요."

좌석을 넉넉히 마련했는데도 미처 들어가지 못한 기자들이 있는지, 카메라를 든 대여섯 명이 콘퍼런스 룸 입구에서 호텔 직원과 실랑이를 벌이고 있었다.

이현을 보자마자 그들의 손이 자동적으로 카메라를 향해 움직였지만, 차마 찍을 엄두를 내지는 못했다. 이현의 옆에서 살기에 가까운 강렬한 안광을 뿜어내고 있는 마 대표의 눈치가 보였던 것이다.

"준비됐지? 그럼 들어가자."

마 대표는 비장한 어조로 이현과 종필을 향해 말하고는, 굳게 닫힌 기자회견장 문을 천천히 밀어서 열었다.

찰칵! 찰칵! 찰칵!

무슨 말을 한 것도 아니고 문을 열었을 뿐인데, 홍수처럼 거세게 쏟아지는 플래시 세례에 눈이 멀 것 같았다. 기자들은 의자를 다 채우고도 모자라 복도와 단상 바로 앞까지 빽빽이 진치고 있었다. 단상에는 혁과 래원, 노아가 이미 자리를 잡고 앉아 있었다. 그들은 틈만 나면 질문을 던지는 기자들을 외면하면서 자꾸만 목이 타는지 애꿎은 생수만 연신 들이켰다.

"지금부터 기자회견을 시작하겠습니다. 취재진 여러분은 모두 착석하고 질서를 유지해주시길 바랍니다."

스피커에서 흘러나오는 안내 방송을 배경삼아 마 대표와 이현은 단상으로 올라갔다. 마 대표가 단상 한가운데 자리를 차지하고 앉고, 이현은 바로 그 옆에 앉았다.

"마여정 대표님! 오전 11시 현재 기준으로 초대박 엔터테인먼트의 주가가 전일대비 12% 폭락했는데요. 경영자 입장에서 어떤 특단의 조치를 하실 예정입니까?"

"어떻게든 주주들에게 손해를 입히지 않는 방향으로 다각도에서 검토 중입니다."

마 대표는 그 어떤 구체적인 정보도 주지 않으면서 트집 잡을 여지 또한 남기지 않는, 지극히 정치적인 답변으로 응했다.

"마 대표님! 일루젼이 지금까지 받은 트로피를 모두 반납하라는 국민 청원이 2만 명을 넘어섰는데요. 어떻게 대응하실 계획입니까? 반납할 의사가 있나요?"

마 대표는 용감하게도 그 질문을 면전에 던진 겁 없는 기자를 지그시 노려보았다. 한 대 후려치기라도 할 것 같은 험악한 눈빛에 기자는 저도 모르게 주춤주춤 뒤로 물러났다.

"일루젼이 받은 상들은 그간의 음악적 성과와 노력에 대한 보답입니다. 멤버의 사생활과는 상관없어요. 청원 올린 분은 공사다망한 공무원 분들 괴롭힐 생각하지 말고, 그냥 저희 회사로 직접 전화 주시기 바랍니다. 제가 담판을 지어 드릴 테니까요."

시원스럽게 쐐기를 박는 말에 이현의 가슴 한 구석이 후련해졌다. 자기와 멤버들만큼이나 마 대표도 일루젼이 지금까지 일궈온 것들을 지키고 싶어 한다는 것을 깨달았다. 홈리스가 되는 것을 각오하고 자기 재산을 일루젼 앨범 제작에 쏟아 붓는 그녀의 맹목적인 열정이 없었다면 일루젼도 여기까지 오지 못했을 것이다.

그러나 국민청원이 어떻게 되는지는 사실 대부분의 기자들에게는 관심사가 아니었다. 다들 핵심을 찌르고 들어가지 않고 변죽만 울리는 게 답답했는지, 녹음기를 손에 쥔 여기자 하나가 앞으로 튀어나오면서 버럭 소리치듯 물었다.

"도대체 이번 사건은 어떻게 된 겁니까? 강이현 씨는 정말 그 익명의 여자와 사실혼 관계인가요?"

노트북 키보드를 빠르게 두들기던 수백 개의 타자 음이 약속이나 한 듯 뚝 멎었다. 다들 마 대표의 입이 열리기만을 기다리고 있었지만, 그 질문에 대답하는 건 그녀의 몫이 아니었다.

"그 문제는 강이현 군이 대답하겠다고 하네요. 본인에게서 직접 들으시죠."

수백 명의 호기심 가득한 시선이 마 대표의 얼굴에서 이현의 얼굴로 일제히 이동했다. 그는 마이크를 잡은 채 망설이고 또 망설였다. 사랑하는 여자와 아이들을 배신할 수도 없고, 그렇다고 친형제와 같은 멤버들을 사지로 내몰 수도 없고, 그 어느 것도 선택할 수 없는 입장이었다.

"……"

이현은 자기도 모르게 멤버들이 앉아 있는 방향으로 고개를 틀었다가, 마침 순교자처럼 초연한 얼굴로 이쪽을 보고 있던 노아와 눈이 마주쳤다. 그들은 언어가 아닌 시선을 통해 대화를 나누었다.

'우리는 괜찮으니까 형이 하고 싶은 대로 해.'

'너희들이 다치면 내가 안 괜찮아. 내가 더 아프다고.'

이현은 멤버들이 뭐라고 말하든, 대표가 뭐라고 말하든, 그냥 자기가 모든 것을 떠안고 가겠다고 결심했다. 유채가 자신을 유혹한 게 아니라, 싫다고 도망 다니는 여자를 자기가 쫓아다녔다고 말할 작정이었다. 그로 인한 일루전의 이미지 실추는, 역시 백배사죄하고 탈퇴하는 것으로 무마할 수밖에 없었다. 만일 주주들이 멤버들을 상대로 소송을 건다면 그 위약금도 자신이 전부 떠맡고 남은 평생에 걸쳐서라도 갚을 작정이었다.

"저는……."

이현의 입술이 마침내 움직인 순간, 기자회견장 문이 벌컥 열리면서 누군가 데굴데굴 구르듯이 뛰어 들어왔다.

"잠깐만 기다려요!"

엄청나게 큰 목소리는 이현에게 집중하고 있던 기자들의 주의를 분산시켰다. 열린 문틈으로 호텔 직원 네다섯 명이 한꺼번에 뛰어 들어와 침입자를 허둥지둥 붙잡았다.

"놔 주세요!"

어디선가 들어본 적이 있는 목소리가 이현의 고막을 뚫고 들어왔다. 두 팔을 풍차처럼 휘두르면서 직원들과 몸싸움을 벌이고 있는 침입자는 다름 아닌 일루전의 1호 팬 슬기였다.

"저 사생 아니에요! 유채 언니 부탁 받고 왔어요! 기자님들한테 보여드릴 게 있다고요!"

유채의 이름을 들은 마 대표와 이현, 그리고 나머지 일루전 멤버들은 일시에 어깨를 움찔했다. 슬기가 자기 팬이라는 건 알지만 봉원장 딸인 건 모르는 이현은, 그녀가 유채를 어떻게 아는지 어리둥절할 뿐이었다.

그래도 그는 한 가지만큼은 확신할 수 있었다. 슬기가 이런 중요한 자리에 함부로 쳐들어와 거짓말을 하진 않을 거라는 것. 단상에서 벌떡 일어난 그는 슬기를 붙잡고 있던 호텔 직원들을 향해 단호하게 말했다.

"놔 주세요. 그 아이 사생 아닌 거 맞습니다. 하고 싶은 말 하게 해 주세요."

"거 봐요, 이현 오빠가 나 안다잖아요!"

슬기는 기자회견 단상 앞에 세팅되어 있는 빔 프로젝터를 향해 다가갔다. 기자들은 이게 도대체 무슨 상황인가 하면서도 일단 지켜보고 있었다. 슬기는 빔 프로젝터의 전원을 켜더니, 바지 뒷주머니에서 휴대폰을 꺼내어 프로젝터의 연결 단자에 접속시켰다.

"하고 싶은 말이 있는 건, 제가 아니고 이 분이에요."

슬기는 기자회견장의 뒤편에 있는 사람들에게도 똑똑히 들리도록 또렷한 목소리로 말했다. 그리고는 기자들이 스크린을 잘 볼 수 있도록 구석으로 비켜섰다. 스크린에 불이 들어오고 휴대폰 화면이 전송되자, 새하얀 환자복 위에 아이보리 색 가운을 걸친 유채의 모습이 나타났다.

52. 마지막 기자회견

"저게 누구야? 그 여자야?"

슬기의 휴대폰에 영상통화로 나오는 유채의 모습을 본 기자들 사이에서 놀라움 섞인 탄성이 터져 나왔다. 설마 강이현의 연인이 스스로 대중 앞에 얼굴을 드러낼 거라고는 그 누구도 예측하지 못했다.

유채는 휴대폰 카메라의 렌즈 앞에 얼굴을 고스란히 드러내고 있었다. 지친 기색이 역력하지만 차분함을 잃지 않은 모습이었다.

"저는 서유채 변호사입니다. 나이는 서른 살이고, 사법연수원 42기입니다. 여기까지 밝혔으면 제 신원 보증은 된 거겠죠? 저는 세간에 떠도는 강이현 씨와의 관계에 대한 악성 루머를 바로잡고 진실을 밝히기 위해 이렇게 나섰습니다."

최대한 담백하게 말하는 유채와 달리, 그녀의 말을 들은 기자들은 잔뜩 흥분해서 날뛰었다.

"특종이다, 특종이야!"

"당장 영상 연결해! 데스크에 중계 띄우라고 해!"

"쉿, 조용히 해요! 말이 안 들리잖아요!"

잔뜩 들떠서 두서없이 떠드는 기자들과, 유채의 말을 한 단어도 놓치지 않으려는 기자들 사이에서 가벼운 알력다툼이 일어났다.

"저는 어제 저녁 어느 산부인과에서 쌍둥이를 낳았습니다. 강이현 씨가 그 현장에 있었고요. 인터넷에 올라온 동영상은 당시 수술 대기실에서 촬영된 것입니다. 산부인과 상호를 캐내려는 시도는 하지 말아주시길 바랍니다. 의료진과 다른 환자들에게 폐를 끼치고 싶지 않습니다."

환자복을 입고 있어도 변호사다운 기질이 분명히 드러나는 유채의 분위기 때문인지, 기자들은 그녀의 말에 끼어들지 못하고 다 같이 숨죽이면서 다음 말을 기다렸다. 유채는 그런 그들에게 가볍게 한 방 날리는 것으로 선제공격을 하기로 했다.

"우선 여러분이 가장 알고 싶어 하는 걸 말씀드리려고 합니다. 일루전의 리더 강이현 씨는, 제가 낳은 쌍둥이의 아빠가 맞습니다."

기자회견장은 발칵 뒤집혔다. 기자들은 흥분하다 못해 광분한 나머지, 조용히 해야 한다는 것도 잊어버렸다. 다들 노트북을 들었다가, 휴대폰을 잡았다가, 다시 카메라를 집는 등 무엇을 먼저 해야 할지 몰라 난리를 떨었다. 바로 이런 반응을 의도했던 유채는 휴대폰 화면을 통해 보이는 아수라장을 보면서 의미심장한 미소를 머금었다. 그녀는 미끼를 물고 몸부림치고 있는 그들의 앞에 진짜 제대로 된 폭탄을 터뜨렸다.

"하지만 여러분이 생각하시는 그런 경위로 제가 쌍둥이를 갖게 된 것은 아닙니다. 혁과 노아라고 이름 붙인 저희 아이들은, 정자기

증과 인공수정 과정을 거쳐 이 세상에 태어났습니다."

조금 전 누가 기자회견장에 기름을 끼얹고 불을 붙인 것 같았다면, 이번에는 반대로 급속냉각기를 틀어 모든 것을 얼려버린 것 같았다.

기자들은 물론이고 일루젼의 세 멤버와 마 대표, 매니저 종필, 심지어 메신저 노릇을 하러 온 슬기까지 혼란에 가득 찬 표정이 되었다. 이 넓은 기자회견장 안에서 놀라지 않고 있는 건 오직 한 사람, 이현 뿐이었다.

"이게 무슨 소리지? 정자기증?"

"인공수정이라고?"

별별 희한한 스캔들을 다 겪어본 연예부 기자들조차 이런 전개는 생각지도 못했다. 유채는 숨을 한번 들이마셨다가 내쉰 후, 아주 오랫동안 숨겨왔던 비밀을 털어놓기 시작했다.

"저는 가정폭력의 피해자였습니다. 그 상처 때문에 평생 결혼하지 않겠다고 결심했고, 미혼 여성이 인공수정을 받는 것은 불법이라는 걸 알면서도 기혼이라고 속여 시술을 받았습니다."

유채는 오직 이현을 구하기 위해, 수백 명의 낯선 사람들 앞에서 치부를 낱낱이 드러냈다.

"그에 대한 증거로 제가 피해자였던 형사 사건의 판결문, 그리고 지금으로부터 9개월 전 날짜로 된 인공수정 시술 증명서를 제시하겠습니다. 이 문서들은 위조되거나 변조된 것이 아님을, 제 변호사 자격을 걸고 장담할 수 있습니다."

유채는 법정에서 자주 그러는 것처럼, 미리 준비해둔 문서들을 한 장 한 장씩 찬찬히 들어 올려 기자들이 똑똑히 보고 읽을 수 있게 했다. 기자회견이 열리기 한 시간 전, 유채의 부탁을 받은 슬기가 유채의 집 안방에 들어가 챙겨온 문서들이었다.

"2월 말에 임신 5주인 것을 확인했고, 그 무렵 강이현 씨를 처음으로 만났습니다. 하늘에 맹세코, 그전에는 강이현이라는 사람을 본 적도 만난 적도 없습니다. TV에서 본 것을 빼면요."

유채의 말을 듣고 있던 종필과 일루젼 멤버들은 어딘가 짚이는 것이 있었다. 2월 말, 바로 그 시기부터 이현은 유독 목적지를 밝히지 않은 외출이 잦아졌고 이따금 외박까지 해서 그들을 놀라게 했다. 군대 가는 친구와 술을 마신다는 뻔한 변명을 믿진 않았지만, 가끔 혼자 있고 싶을 때가 있으려니 생각하고 눈감아 주었다. 그런데 그때가 이현이 유채를 처음 만난 때였다니.

"강이현 씨는, 그가 연구 목적으로 기증한 정자가 인공수정되었다는 걸 알고 절 찾아왔습니다. 제가 미혼의 몸으로 쌍둥이를 가진 걸 알게 된 그는 돕고 싶다고 했습니다. 절 위해서가 아니라, 자기 혈육인 아이들을 위해서 그렇게 하고 싶다고요."

기자들은 유채의 한 마디 한 마디를 빠짐없이 타이핑하면서 실시간으로 내보낼 기사를 작성하느라 바빴다. 대한민국 아이돌 역사상 가장 충격적이었던 강이현의 사실혼 스캔들은 그 판도가 완전히 뒤바뀌었다. 강이현은 '좀 뜨자마자 팬들 뒤통수 후려치고 연애하러 다니면서 멍청하게 피임도 하지 않은 한심한 놈'에서, '나이는 어려도 자기 혈연이라는 이유 하나만으로 아빠 없는 아이들을 돌봐주겠다고 나선 훌륭한 사람'이 되어 버렸다. 단상 한 가운데에 앉은 마 대표는 자꾸만 입술이 헤벌쭉 벌어지려는 것을 참느라 고생했다.

"강이현 씨가 숙소를 나온 이유는, 제가 임신 5개월 때 자궁 피고임으로 인해 하혈을 했기 때문입니다. 제게는 친어머니가 없고, 아버지는 수감 중이셨고, 양어머니는 생업이 있으셔서 저를 돌봐주실 수 없는 상황이었습니다."

유채는 가장 친한 친구 주미에게도 말한 적 없는 아버지 이야기를 전 국민 앞에 털어 놓았다. 이현에게 도움이 될 수 있다면, 살인미수범의 딸이라는 낙인이 찍힌다고 해도 상관없었다.

"혹시 제가 집에 혼자 있을 때 아프면 병원에 데려가 줄 사람이 없었기 때문에, 어쩔 수 없이 강이현 씨가 저와 함께 지내게 되었습니다. 당시에 받은 진단서가 여기 있습니다."

유채는 대학병원 명의로 된 진단서를 내보이면서 이현이 숙소를 이탈하게 된 경위까지 완벽하게 설명했다.

"다음으로 산부인과 갑질 논란에 대해 해명하겠습니다. 제 임신 주수는 36주를 막 넘긴 상태였고, 조산할 기미도 없어서 강이현 씨는 아무 걱정 없이 콘서트를 진행했습니다. 그런데 콘서트 날 제가 급성 임신중독 증상을 일으켜 긴급 제왕절개 수술을 받아야만 하게 되었습니다."

"그 말은, 산부인과에서 강이현 씨의 편의를 봐 주려고 수술 순서를 바꾼 게 아니라는 겁니까?"

그때까지 받아 적느라 급급하던 기자 중 한 명이 스크린을 향해 돌발 질문을 던졌다. 이제 이현이 아닌 유채가 기자회견의 당사자가 된 것 같았지만, 그녀는 모든 질문을 예상하고 대비해둔 사람처럼 망설임 없이 대답했다.

"절대 그런 일은 없었습니다. 저는 곧바로 수술 받지 않으면 혈압이 계속 올라가 합병증이 오거나 사산할 가능성이 큰 상태였고, 원장님은 의학적인 판단에 따라 긴급한 수술을 먼저 하기로 하신 거고요. 그게 편의를 봐준 건지 여부는, 그곳에 증인이 있으니 직접 확인해 보시죠."

기자들은 증인이 어디 있다는 건지 몰라 주위를 두리번거렸다. 그러자 그때까지 구석에 얌전히 물러나 있던 슬기가 단상 앞으로 튀어나오면서 위풍당당하게 외쳤다.

"우리 엄마는 이현 오빠를 정말, 정말, 정말 싫어하세요!"

슬기가 프로젝터에 연결해놓은 휴대폰의 버튼을 누르자, 유채의 영상이 잠시 사라지고 그 대신 음성 파일 하나가 재생되었다. 음량을 최대로 키워놓은 휴대폰에서 득음이라도 한 듯 어마어마한 성량의 목소리가 튀어나오면서 모두의 귀청을 떨어뜨렸다.

"학원 땡땡이치고 일루전 보러 가기만 해 봐! 그날로 그 염병할 강이현도 죽고 너도 죽고 나도 죽는 거야! 그뿐인 줄 알아? 그 초대박인지 초주검인지 하는 회사 건물이랑 방송국까지 죄다 폭파시켜 줄 거야!"

그것은 슬기가 봉 원장과 통화하다가 실수로 녹음해버린 파일이었다. 아이돌에 미친 딸을 둔 덕에 덩달아 미쳐가는 한 엄마의 처절한 절규가 중계 카메라를 통해 전국 방방곡곡으로 퍼져나갔다.

"아, 저 목소리 그 목소리네. 영상에 나왔던 산부인과 원장."

"저 여자애가 원장 딸인가 본데? 그러니까 영상통화도 가능한 거 아니야?"

봉 원장 특유의 그 짜랑짜랑한 음성은 다른 사람과 헷갈리려고 해도 헷갈릴 수가 없었다.

"다 한통속이야! 일루전은 코카인보다 더 악독한 사회악이고 나머지는 악의 축이라고! 싹 다 없어져 버려야 해! 너 좋은 말로 할 때 집구석으로 기어들어 와! 네가 방에 모셔놓은 그 앨범들 쌓아놓고 불 질러 버리기 전에!"

너무도 적나라하게 드러나 버린 산부인과 원장의 실태에, 여태껏 단 한 순간도 쫄깃한 긴장감을 늦추지 못하고 있던 기자들 사이에서도 유쾌한 실소가 터져 나왔다.

오늘 아침부터 계속 근심만 가득했던 이현의 단정한 얼굴에, 드디어 엷은 미소가 번졌다. 봉 원장이 자신을 향해 오랫동안 칼을 갈면서 저주를 퍼부어 왔다는 사실이 그렇게 기쁘게 느껴질 수가 없었다. '고맙다, 슬기야. 처음부터 마지막까지 내 팬 1호로 남아있어 줘서.'

이현은 슬기를 향해 한쪽 눈을 찡긋해 보였고, 동거하는 여자친구가 생겼든 애 아빠가 되었든 여전한 그의 매력은 그녀를 무장 해제시켰다. 슬기는 결정적인 순간에 대활약한 자신이 자랑스러웠다. 지금까지 20년 넘게 살면서 뭐 하나 번듯하게 해낸 것 없는 못난 그녀였지만, 이번만큼은 역사의 한 페이지를 새로 쓰는 데 일조했다고 자신 있게 말할 수 있었다.

이 기자회견장에는 가수와 기획사 사람들, 그리고 기자들이 전부 모여 있었지만 정작 가장 중요한 사람은 없었다. 바로 일루전을 아끼고 사랑하는 20만 명의 일루셔니스트들, 슬기는 그들을 대표해 이 자리에 서 있었다. 그녀는 휴대폰을 조작해 영상통화 화면으로 바꿔놓은 후 아까 있던 자리로 돌아갔다.

"어제 보니까 강이현 씨가 무작정 콘서트를 내팽개치고 뛰쳐나갔다고 써 놓은 기사들이 있던데, 역시 사실무근입니다. 공연 순서를 미리 조정해놓고 왔고, 솔로곡 무대에도 늦지 않게 올라갔죠. 얼마나 성실하게 열심히 공연했는지, 영상을 보신 분들이라면 당연히 아실 겁니다."

그때, 맨 앞줄에 앉아 부지런히 타이핑을 하던 기자 하나가, 지금까지 써놓은 내용을 한번 읽어보더니 고개를 갸웃하면서 손을 들었다.

"지금까지 들은 내용은 다 수긍이 갑니다만, 한 가지 이해가 안 가는 게 있습니다. 강이현 씨는 자기가 기증한 정자가 어떻게 되었는지 왜 굳이 알아본 거죠? 보통 정자 기증자들은 이런 거 신경 쓰지도 않고, 병원에서도 알려주지 않는 게 원칙 아닙니까?"

"……."

유채가 놀라거나 당황한 것은 아니었다. 문답의 흐름상 이쯤에서 그와 비슷한 질문이 나올 거라는 건 미리 계산하고 있었다. 다만 그녀는 기다리고 있을 뿐이었다. 그녀의 시야에는 보이지 않는 기자회견장 단상에 앉아 있을 이현이 용기를 낼 때까지.

거의 1분에 가까운 기나긴 침묵이 흐르고, 기자들이 수런거리기 시작할 때쯤, 이현이 살며시 손을 뻗어 마이크를 잡았다. 이 사실을, 이렇게 많은 사람 앞에서, 이런 식으로 고백하게 되리라고는 정말 꿈에도 생각해 본 적 없었던 그였다.

"그건, 제가 무정자증이라는 진단을 받았기 때문입니다."

"!"

기자들뿐만 아니라 장내에 있는 모든 사람의 입에서 숨 들이켜는 소리가 새어 나왔다. 혁과 래원, 노아는 눈이 휘둥그레져서 서로를 쳐다보았다.

― 넌 임마! 사람이 아프다는데 위로해줄 생각은 안 하고, 너만 재밌으면 다야?

이현이 가끔 내뱉던 의미 모를 말들이 그들의 뇌리를 스치면서, 몇 조각 빠져 있는 것 같던 퍼즐이 마침내 완벽하게 들어맞았다.

"지금 들었어? 음성 땄지?"

"데스크에 전화해서 당장 메인에 띄우라고 해! 독점으로!"

잇따른 특종 잔치에 배탈 날 지경이 된 기자들은 경쟁사보다 더 빨리 이 소식을 내보내기 위해 전화기에 대고 언성을 드높였다. 그 와중에도 마 대표는 무정자증이라는 사실이 남자 아이돌의 이미지에 어떤 영향을 미칠지 머리를 굴렸고, 일루전 멤버들과 종필, 슬기는 연민 어린 시선으로 이현을 흘끔대고 있었다.

그리고 그 다양한 반응들을 지켜보고 있는 당사자인 이현은, 이럴 줄 알았다면 진즉 털어 놓을걸 하는 생각이 들 만큼 속이 다 후련했다.

"그러면 강이현 씨와 서유채 씨는 그저 아이들을 양육하기 위한 협력관계에 불과한 건가요? 서로 사적인 감정은 전혀 없는 겁니까?"

이현에게 그 질문을 던진 사람은, 기증된 정자의 행방을 왜 찾아보았는지 물었던 바로 그 기자였다. 그건 어떻게 보면, 이 기자회견에서 나왔던 것 중 가장 중요한 질문이었다. 이현이 거기에 어떻게 대답하는지에 따라 지금까지 떠난 모든 팬을 일거에 돌아오게 만들 수도 있었고, 반대로 남아있던 팬들마저 잡아두지 못하게 될 수도 있었다.

"……."

시장 바닥처럼 와글거리던 기자회견장에 다시금 침묵의 장막이 덮였다. 기자들은 손에 땀을 쥐면서, 스크린에 비춘 유채와 단상에 앉은 이현의 모습을 번갈아 주시했다. 누군가 바짝 긴장한 나머지 꿀꺽 침을 삼키는 소리가 무거운 공기 중에 메아리처럼 울려 퍼졌다. 이현은 마치 누군가를 위해 노래하는 사람처럼, 한 손으로 마이크를 소중하게 감싸 쥔 채 입술을 떼었다.

"처음에는 그렇게 시작했습니다. 하지만 지금은 아닙니다. 서유채 씨는 제가 알고 있는 누구보다 매력적이고, 어른스럽고, 따뜻하고, 또 저 자신보다 저를 더 이해해주는 여자입니다."

이현의 음성은 바람처럼 부드러웠고 햇살처럼 따뜻했다. 20만 명에 달하는 팬들과 유채의 마음을 사로잡은 바로 그 진솔한 목소리였다.

"그녀와 함께하면서 제가 누군지 비로소 알게 되었고, 부족한 자신을 있는 그대로 사랑하는 법을 배웠습니다. 그녀도 그랬기를 바랍니다. 제가 그녀를, 진심으로 사랑하고 있으니까요."

이현의 말이 떨어지자마자 마 대표는 양 손바닥으로 눈을 가리며 단상에 고개를 처박았다.

'어휴, 하여간 저 고집을 누가 말려. 저 녀석이 끝내 다 된 밥에 재를 뿌리네.'

그런데 의외로 기자회견장 내부의 분위기는 나쁘지 않았고, 기자들의 얼굴에 경악하거나 비난하는 표정 대신 은근한 미소가 감도는 게 보였다. 래원이 노아를 보고 제 양팔을 손으로 감싸는 시늉을 하면서 닭살 돋는다는 제스처를 취해 보였을 때, 아까의 그 기자가 이번에는 스크린 속 유채를 향해서 질문을 던졌다.

"서유채 씨는 어떻습니까? 강이현 씨와 같은 마음인가요? 아니면 금세기 최고의 아이돌 가수가 처량하게도 짝사랑을 하는 겁니까?"

말끝을 슬쩍 끌어 올리며 묻는 기자의 얼굴에는 짓궂은 장난기가 배어 있었다. 대한민국 연예계 역사상 기자회견장에서 열애 발표를 한 아이돌은 있었지만 난데없이 공개 고백을 감행한 아이돌은 전무후무했으니, 기자들도 이제 이 상황을 즐기게 된 것이다.

"……"

유채는 입원실 침상에 앉은 채 휴대폰 화면을 물끄러미 올려다보았다.

그녀는 이현의 얼굴을 볼 수 없었지만, 그의 목소리를 듣는 것만으로도 그가 어떤 표정을 하고 있을지 알 수 있었다. 분명 그 어떤 여자도 외면할 수 없을 만큼 진지하고 열성적인 눈빛을 하고 있을 것이다.

— 그녀와 함께하면서 제가 누군지 비로소 알게 되었고, 부족한 자신을 있는 그대로 사랑하는 법을 배웠습니다. 그녀도 그랬기를 바랍니다. 제가 그녀를, 진심으로 사랑하고 있으니까요.

이현의 고백을 되새길 때마다, 유채의 심장에서부터 시작된 따사로운 온기가 온몸으로 서서히 퍼져나갔다. 그 온기는, 그러니까, 완전무결한 행복이었다. 그리고 그녀에게 있어서 그는, 그리고 그에게 있어서 그녀는 그저 사랑이었다. 다른 어떤 말로도 서로의 존재를 표현할 수 없었다.

"저렇게 말하는 남자를 사랑하지 않을 수 있는 여자가 있을까요?"

유채의 간결한 대답에, 기자들 사이에서 터져 나온 박수와 환호가 기자회견장을 떠들썩하게 뒤흔들었다. 진심으로 서로를 사랑하는 남녀가 고난 끝에 이어지는 장면은 동서고금을 막론하고 모든 사람에게 행복감을 불러일으켰다.

래원과 노아, 그리고 혁은 마 대표의 눈총에도 아랑곳하지 않고 벌떡 일어나 물개박수를 치고 있었고, 그 옆에 앉은 종필의 눈가에도 흐뭇한 웃음기가 감돌고 있었다. 잔칫집처럼 훈훈해진 분위기 속에서, 유채를 향해 마지막 질문이 날아왔다.

"불법 인공수정 시술을 받은 것 때문에 현직 변호사인 서유채 씨는 어떤 형태로든 불이익을 받게 될 텐데요, 그걸 감수하고 먼저 나서서 진실 고백을 하는 이유가 있습니까?"

그 말을 들은 유채는 그녀의 얼굴을 정면으로 비추고 있던 휴대폰을 아래쪽으로 내렸다. 스크린에 투사되는 화면이 조금 흔들리는가 싶더니, 새하얀 강보에 싸인 채 아기 침대에 누워 있는 쌍둥이 아기의 모습이 둥실 떠올랐다.

쌍둥이는 신기하리만큼 아빠와 엄마를 하나씩 빼닮은 얼굴을 옆으로 비스듬히 돌린 채 잠들어 있었다. 그들이 쌔근쌔근 숨을 쉴 때마다, 손에 잡으면 바스라질 것처럼 작고 연약한 가슴이 보일 듯 말 듯 하게 오르락내리락했다. 아기천사처럼 사랑스러운 그 모습을 보고 기자들은 일제히 탄성을 질렀고, 마 대표의 경직되어 있던 입매조차 조금은 부드럽게 풀어지는 듯했다.

"이 아이들의 존재는 잘못도 아니고 죄도 아니에요. 그걸 알리고 싶었습니다. 이대로 내버려 두었다가는 분명 적지 않은 사람들에게 미움받게 될 테니까요. 축복과 사랑을 받으면서 태어나도 살아가기 힘든 세상이잖아요. 엄마로서 해줄 수 있는 모든 걸 해주고 싶었습니다."

기자들이 그 말에 수긍하며 고개를 끄덕이는 동안, 이현과 일루젼 멤버들은 스크린 속 쌍둥이의 얼굴을 쳐다보느라 정신이 없었다. 특히 이현은 몸을 어찌나 앞으로 기울이고 있는지 당장이라도 스크린 안으로 들어갈 것처럼 보였다.

살결에 먼지처럼 뿌옇게 묻어 있던 태지를 벗은 리혁이와 리아는 어제 태어난 후 봤던 것보다 훨씬 하얗고 보송보송해져 있었다. 겨우 하루가 지났을 뿐인데, 이현은 그 얼굴을 가까이서 들여다보고 손끝으로 만져보고 싶어 애간장이 다 녹으려고 했다.

"그리고 한 가지 더, 부탁드리고 싶은 게 있기 때문에 나선 것도 있습니다."

스피커에서 유채의 또렷한 음성이 들려오는 것과 동시에 또 한 번 휴대폰 각도가 바뀌었다. 휴대폰을 침대 스탠드에 기대듯이 세워놓은 유채는 심호흡을 한 번 하고 침대 난간을 짚으면서 힘겹게 몸을 일으켰다. 발끝에 힘을 주고 침대 앞에 서는 순간, 불에 덴 것 같은 통증이 수술 부위를 스쳐 지나갔지만 아픈 내색은 하지 않았다. 대신 그녀는 두 손을 모으고, 렌즈를 향해 다소곳이 고개를 숙였다.

"이 기자회견을 보고 계실 여러분들에게 부탁드립니다. 강이현 씨가 멤버들과 함께 계속 무대에 설 수 있게 해주세요. 음악 하는 걸, 무대에 서는 걸, 그리고 팬들을 만나는 걸 그 무엇보다 사랑하는 사람입니다. 제발, 인생을 다 바칠 만큼 좋아하는 일을 빼앗지 말아 주세요."

이현을 위한 그녀의 호소에는, 듣는 사람에게 와 닿는 절실한 무언가가 있었다. 그녀에게 그는 세상 전부만큼이나 소중한 사람이라는 걸, 그의 행복이 곧 그녀의 웃음이고, 그의 슬픔은 그녀의 눈물이라는 걸, 그렇기에 그녀는 그를 위해서 뭐든지 할 수 있으리라는 걸 그 음성만 들어도 알 수 있었다.

장내는 일순간 숙연해졌고, 이번에는 중간 줄에 앉아 있던 여기자가 이현에게 질문을 던졌다.

"강이현 씨도 오늘 그렇게 말하려고 했나요? 앞으로도 일루전의 리더로서 아이돌 활동을 계속 할 의향이 있습니까?"

이현은 그 말을 듣자마자 자기도 모르게 마 대표를 바라보았다. 허리를 꼿꼿이 세운 채 정면만 바라보는 그녀의 고집스러운 옆얼굴이 이현에게 암암리에 말하는 듯했다.

'맘대로 해라, 이 녀석아. 어차피 지금까지 전부 멋대로 해오지 않

326

왔니.'

이현은 무릎에 올려놓았던 주먹에 지그시 힘을 주면서 의자에서 일어났다. 그가 말하는 장면을 제대로 포착하기 위해, 공영방송국 로고를 붙인 커다란 카메라 한 대가 그의 바로 앞까지 와 있었다. 카메라 헤드에서 붉게 깜박이는 그 작은 불을 보자, 이현은 수백 명이 아닌 수십만 명의 앞에 서 있는 듯한 착각에 사로잡혔다. 20만 명의 일루셔니스트뿐만 아니라, 지금까지 일루젼의 노래를 들어주었던 모든 사람이 그 너머에서 그를 지켜보고 있는 것 같았다.

기자회견에서는 절대 그러면 안 된다는 걸 알면서도, 그는 무슨 말을 해야 할지 미리 생각하지 않았다. 그냥 그 순간 심장이 시키는 대로 말했다. 목소리가 가늘게 떨려 나왔다.

"저는……. 무대에 서 있지 않은 저 자신을 상상할 수도 없어요."

자신에게는 천근처럼 무거웠던 그 한 마디를 내뱉고 나자, 그만 목이 콱 메어왔다. 탈퇴하겠다고, 그만두겠다고 그렇게 말했던 주제에, 활동할 의사가 있냐는 질문을 받은 이 순간에야 자신의 진심을 알았다. 절대 그만둘 수 없다는 것을. 노래를 그만두는 건, 꿈을 잃어버리는 건 곧 삶을 멈추는 것과도 같다는 것을.

"그래서 그랬던 것 같아요. 이 모든 걸 일찍부터 밝히지 못했던 건, 어쩌면 그저 계속 사랑받고 싶었던 제 욕심 때문이었는지도 모르겠습니다. 실망하게 해 드렸다는 건 알고 있지만, 감히 한 번만 용서를 구하겠습니다."

주제넘게 많은 걸 바란다는 건 알고 있었다. 그래도 감히 말하건대 정말 열심히 살았으니까, 자신의 노래를 들어주는 그 누구에게도 절대 소홀히 대한 적 없었으니까, 이번 한 번만 이 간절한 진심을 믿어달라고 하고 싶었다.

"무대에 설 때마다 몸이 부서지게 춤추고, 목이 터지게 노래할게요. 아빠로서도 아이돌로서도 부끄럽지 않은 모습 보여드릴게요. 그러니 한 번만, 마지막으로 한 번만 더 기회를 주세요. 부탁드립니다."

이현은 기자들이 아닌 카메라를 향해 깊이깊이 허리를 숙이면서 간청했다. 드넓은 콘퍼런스 룸 안을 가득 채운 정적이 육중한 짐처럼 그를 짓누르고 있었다. 그 침묵이 점점 더 무거워져 숨쉬기조차 힘들게 되었을 때, 이현을 지켜보고 있던 혁이 자리를 박차고 일어났다. 그는 단상 앞으로 달려 나와서는 이현과 함께 카메라를 향해 머리를 조아렸다.

"저희도 부탁드립니다!"

"부탁드려요! 기회를 주세요!"

래원과 노아도 질세라 일어나 허리를 굽혔다. 이현이 그랬던 것처럼, 그들도 뒤늦게 실감했던 것이다. 고깃집이나 하면서 살면 된다는, 어떻게 되든 괜찮다는 말은 그저 다가올 내일이 너무도 두려웠던 자신들의 허세에 불과했다는 것을. 사실은 그들에게도 무대가 특별하고 소중했다. 어떻게 아닐 수 있겠는가. 또래 친구들이 일생에서 한 번밖에 오지 않는 고등학교 시절을, 또는 캠퍼스 라이프를 즐기던 시기에, 볕도 들지 않는 지하 연습실에서 문자 그대로 피땀눈물을 흘리며 얻어낸 무대였다.

"……."

카메라의 붉은 등이 그들을 향해 뭔가 신호를 보내듯 깜박이고 있었지만, 먼 저편의 대중은 아무런 말이 없었다. 마치 일루전의 운명은 아직 결정되지 않았다고 말하는 것처럼.

53. 100일 이후

한겨울이긴 했지만 따사로운 볕이 금빛 커튼처럼 내리비치는 게 제법 포근해 보였다. 청량한 쪽빛 하늘에는 구름 한 점, 바람 한 점 보이지 않았고, 숙소 담장 위에서는 까치가 꽁지를 흔들며 종종걸음을 치고 있었다.

"나온다!"

일루전 숙소의 문이 열리면서 혁과 래원, 그리고 노아가 순서대로 나타났다. 화제의 기자회견이 끝난 지도 벌써 석 달이 훌쩍 지나 어느덧 해가 바뀐 1월, 아직 가시지 않은 추위에 셋 다 패딩 점퍼와 목도리, 모자, 장갑으로 무장한 모습이었다.

"오빠들, 오늘 날씨 추워요! 감기 조심하세요!"

이른 아침부터 일루전을 보기 위해 숙소 앞에 진을 치고 있던 소녀 팬들이 세 사람을 향해 열렬한 응원을 보냈다. 팬들 중 누구도 이현의 부재를 신경 쓰는 것 같지 않았고, 그에 대해서 언급하지도 않았다. 마치 강이현이라는 사람이 이 그룹 안에 처음부터 없었던 것처럼.

"노아야, 이쪽 한 번만 봐주라!"

혁이 팬들을 향해 브이를 그려 보이고, 래원이 과장된 손 키스를 날리는 동안에도 묵묵히 앞으로 걸어가기만 하던 노아가 고개를 살짝 들더니 멋쩍은 미소를 지으며 손을 흔들었다. 노아가 혁과 래원을 따라 숙소 앞에 대기하고 있던 밴에 올라타자 문이 자동으로 닫혔다.

"그럼, 출발할게요."

조수석에 앉은 종필이 말하자, 운전기사가 밴에 시동을 걸었다.

널찍한 밴 안의 그 어디에도 이현의 흔적은 없었고, 모두가 약속이나 한 것처럼 그에 대해서는 한 마디도 꺼내지 않았다. 각자 자리 잡고 앉은 멤버들은 약속이나 한 것처럼 일제히 창밖으로 눈을 돌렸고, 그제야 종필은 그들 사이에 맴도는 이상 기류를 감지했다.

"너희들 분위기가 왜 이래? 또 싸웠냐?"

"……."

세 남자는 말없이 서로의 시선을 회피하는 것으로 대답을 대신했고, 종필은 깊은 한숨을 내쉬었다.

"요즘 왜 그렇게 자주 싸워? 티격태격해도 30분 이상 안 가던 녀석들이. 말리는 사람이 없어서 그래?"

"……."

여전히 대꾸하는 사람이 없었다. 혁이 보란 듯이 노아로부터 한 뼘 떨어져 앉으면서 간격을 두자, 노아는 입술을 삐죽이 내밀면서 고개를 돌려 버렸다. 래원은 그토록 좋아하는 수다도 떨지 않고 창밖만 보고 있었다. 서먹서먹한 분위기 속에서 밴은 목적지인 호텔에 도착했다. 이현이 아이스링크 프러포즈를 하려고 했던, 그리고 스캔들이 터졌을 때 기자회견을 했던 바로 그 호텔이었다.

로비에서 복도를 지나온 일행이 엘리베이터에 올라타자마자, 래원은 능숙한 태도로 엘리베이터 안내원에게 말했다.

"15층 레스토랑이요."

눈 깜짝할 사이에 15층에 도착한 엘리베이터 문이 열리자, 고풍스러운 실내 디자인을 자랑하는 공간이 눈앞에 펼쳐졌다. 그들을 제외한 다른 손님의 모습은 보이지 않았지만, 잔잔하게 흐르는 음악과 주방에서 흘러나오는 고소한 음식 냄새는 레스토랑이 운영 중임을 암시했다.

일일 레스토랑 '판타지'가 다시 한 번 문을 연 것이다. 일루전 멤버들은 알록달록한 풍선과 종이꽃으로 장식된 홀을 가로질러 가면서 패딩을 벗었고, 그러자 당장 레드카펫에 서도 될 만큼 말쑥한 정장이 드러났다.

"저희 왔어요!"

"우리 리혁이랑 리아가 제일 좋아하는 삼촌들 왔네?"

연노랑 색동저고리에 분홍색 치마를 입고 해바라기처럼 환하게 웃는 유채는 산후 100일 된 산모라고는 믿어지지 않을 만큼 생기 있고 아름다운 모습이었다. 그녀의 품에는 엄마와 같은 색상의 아기 한복을 입고 자그마한 족두리까지 쓴 리아가 사뿐히 안겨 있었다.

"아이구, 울 이쁜 조카들 왔쩌염? 맘마 많이 먹고 왔쩌염?"

남자가 애교를 떠는 게 세상에서 제일 꼴불견이라고 입버릇처럼 말하던 혁은 혀 짧은 소리를 내면서 리혁이에게 먼저 달려들었다. 하늘색 저고리에 남색 바지를 입고 도령 모까지 의젓하게 갖춰 쓴 리혁이는 똑같은 한복을 입은 아빠 이현의 무릎에 제법 안정적으로 앉아 있었다.

"여기 보세요, 까꿍!"

래원이 질세라 리아의 앞에 가서 재롱을 떨자, 아이는 유채를 꼭 빼닮은 동그란 눈을 커다랗게 뜨며 그쪽을 빤히 쳐다보았다. 그러자 노아가 그 앞을 가로막고 손뼉을 치면서 소리쳤다.

"아냐, 리아야! 거긴 눈 버리니까 보지 마! 여기 잘생긴 삼촌이 있어요! 나 좋아하지?"

"막내 너, 치사하게 조카 앞에서 디스할 거야? 어제부터 보자보자 하니까 내가 보자기로 보여?"

래원과 노아는 순식간에 다시 견원지간으로 돌아가 서로를 노려보았고, 혁은 그 사이에서 눈만 멀뚱멀뚱 굴리고 있었다. 그들의 얼굴을 보자마자 어떻게 된 일인지 곧바로 알아차린 이현이 혁에게 물었다.

"이번에는 또 무슨 일로 싸웠어?"

"이현아, 내 말 좀 들어봐. 그거 있잖아, 애기한테 물건 잡게 하는 거. 내가 마이크랑 이어폰이랑 우리 앨범이랑 고심해서 준비했는데 노아가 놓고 가라고 하잖아!"

"돌잡이? 그건 백일에 하는 게 아니고 돌에 하는 건데."

"……."

"돌잡이가 왜 돌잡이겠어. 머리가 있으면 생각을……. 아냐, 됐다, 관두자."

식구가 늘어나면서, 예전보다 논쟁하고 싸울 거리도 더 늘어났다. 세 명의 조카 바보들은 누가 먼저 쌍둥이에게 뽀뽀할 것인가, 누가 젖병을 물리는 영광을 차지할 것인가, 누가 사준 옷을 입힐 것인가 등등 사소한 걸 가지고 하나부터 열까지 다퉜다.

"좀 당겨서 하면 어때. 난 우리 조카들이 역사상 길이 남을 위대한 가수가 되면 좋겠단 말이야. 이현이 넌 안 그래?"

혁의 질문을 받은 이현은 작은 강아지들처럼 그의 팔에 매달려 있는 쌍둥이를 물끄러미 바라보았다. 리아가 이현의 왼쪽 손을 물고서 입을 오물거리자, 리혁이도 질세라 오른쪽 손을 물었다. 양 손이 온통 침 범벅이 되어 끈적거렸지만, 이현은 그런 쌍둥이를 떼어 내기는커녕, 귀여워죽겠다는 듯한 표정을 지었다.

"난 우리 애들이 뭐든지 하고 싶은 걸 할 수 있게 응원해 줄 거야. 가수도 좋고, 변호사도 좋고, 셰프도 좋고, 프로게이머도 좋고, 오지 여행가도 좋아. 그 일에서 열정과 행복을 찾을 수만 있다면 뭐든 상관없어."

그때, 홀 중앙에 대문짝만하게 내걸린 '축 100일' 현수막과 그 아래 지어져 있는 거대한 피라미드를 발견한 래원이 놀라움에 찬 탄성을 내질렀다.

"우와, 저게 다 팬들이 보낸 선물이에요?"

"네, 파티 장소는 극비에 부쳤는데 어떻게 알고 여기로 보냈는지 모르겠어요. 일루젼 팬들의 정보력은 정말 무서울 정도라니까요."

유채는 쌍둥이 사진과 함께 금빛 일루셔니스트 로고가 또렷하게 인쇄된 현수막을 올려다보며, 감당하기 어렵다는 듯 한숨을 내쉬었다.

"얼마나 난감한지 몰라요. 아무것도 안 받는다고 분명히 못 박았는데, 일루젼이 서포트 안 받는 거지 리틀즈가 안 받는 건 아니지 않느냐고 억지로 보내셔서. 이현 씨랑 상의해서 전부 복지관에 기부하기로 했어요."

'리틀즈'는 일루셔니스트들이 리틀 혁, 리틀 노아에게 붙여준 애칭이었다. 팬덤 내부에서 쌍둥이의 인기가 얼마나 독보적인지, 심지어 공식 카페에 멤버 개인을 위한 게시판은 없으면서 리틀즈 전용 게시판은 따로 있을 정도였다. 쌍둥이가 일루전의 팬들로부터 미움 받는 게 싫어서 기자회견에 끼어드는 초강수를 두었던 유채였지만, 그 결과가 이렇게까지 폭발적인 애정으로 돌아올 줄은 상상도 못했다.

"요새는 리틀즈가 우리보다 인기 많은 것 같은데. CF도 더 많이 찍지 않아요, 형수님?"

"광고뿐이겠어요? 육아 예능에 출연해달라고 난리도 아니에요. 얼마 전에는 충무로에서 영화화 제안까지 들어왔고요."

유채의 말처럼, 요즘 '강이현과 리틀즈'는 방송계의 새로운 블루칩으로 떠오른 상태였다. 광고에 나오면 무조건 완판, 예능에 나오면 시청률 고공행진은 따 놓은 당상이라는 말이 나돌았다. 사실혼 스캔들로 인해 일루전 4집 활동이 잠정적으로 중단되었던 때를 생각하면 꿈만 같은 일이었다. 기가 막힌 이 역전극을 이루어낸 것은 바로 일루전 팬덤의 힘이었다.

— 강이현 없으면 일루전도 없고, 일루전 없으면 일루셔니스트도 없습니다!

— 왜 활동을 안 하죠? 뭘 잘못했는데요? 오히려 상이라도 줘야 하는 거 아닌가요?

기자회견이 끝난 직후부터 기획사에는 팬들의 전화가 폭주했고, 결국 인근 기지국을 세 번이나 마비시키는 진기록을 세웠다. 공식 팬 카페의 서버는 수만 명의 동시접속으로 마비되어 버렸고, 어느

정도 규모가 있는 인터넷 커뮤니티마다 이현을 옹호하고 일루전 복귀를 외치는 글들이 쏟아져 나왔다, 결국 마 대표는 견디지 못하고 기자회견 일주일 만에 일루전 완전체의 4집 활동 재개를 선언할 수밖에 없었다.

— 2주든, 3주든 여러분이 원하시는 만큼 오랫동안 활동할 겁니다. 그러니까 이제 진정하시고 제발 총공을 멈춰주세요!

그로부터 한 달 동안 이어진 4집 활동은, 그 이전까지 일루전이 세웠던 모든 기록을 뒤엎는 눈부신 성과를 거두었다. 국내 모든 음악방송의 순위를 석권하고 2년 연속 음원대상을 수상한 것은 물론이고, 미국 빌보드 차트와 영국 UK차트, 일본 오리콘 차트에서도 1위를 거머쥐는 기염을 토했다.

그러니까 한마디로, 일루전은 한 명도 이탈하지 않은 채로 여전히 잘 나가고 있었다. 심지어 여성가족부에서 선정하는 '출산 장려 운동'의 홍보대사로 선정되었고, 최근에는 드디어 팬들이 염불하던 대로 표창까지 받았다. 출산기피가 만연한 대한민국 사회에서 가족의 소중함을 널리 알려 출산율을 드높이는 데 기여했다는 이유에서였다. 이제 일루전은 진정한 의미에서의 '국민 아이돌'이었다.

"이현아, 우리 왔다!"

리틀즈의 이야기에 들뜬 분위기는, 백일잔치에 초대받은 손님들이 속속 나타나면서 더욱 밝아졌다. 주방 일을 마무리한 이현 아버지는 앞치마를 두른 채 뛰어나와 아내를 에스코트했고, 그 뒤로 인영과 주미가, 마지막으로 요양병원 직원이 미는 휠체어에 탄 유채아빠가 들어왔다.

수술과 세 차례에 걸친 항암치료를 무사히 마친 유채 아빠는 안

쓰러우리만큼 야위긴 했지만, 그래도 바깥에 있을 때보다 훨씬 편안해 보이고 혈색도 좋아진 상태였다. 그리고 뜻밖의 손님도 하나 있었다. 바로 유채가 로펌에서 일하던 시절의 비서, 하경이었다.

"변호사님, 정직 끝나면 개업하시다면서요? 저도 따라가고 싶은데, 받아주실 거죠?"

하경의 말처럼, 유채는 현재 무직인 동시에 정직 상태였다. 기자회견에서 불법 인공수정 시술 사실을 밝힌 것으로 꼬투리를 잡은 사람들이 있었고, 결국변호사협회에서 징계협의회가 열렸던 것이다. 그러나 순수하게 가족을 갖고 싶어서 한 일이라는 것, 쌍둥이를 무사히 출산해 잘 키우고 있다는 것, 무엇보다 여론이 그녀 편이라는 것이 적극 반영되어 중징계 없이 6개월 정직 처분만 받는 것으로 마무리 되었다.

로펌에서는 유채가 임신 사실을 숨긴 것을 두고 어떻게 해야 할지 의견이 분분했지만, 어차피 쌍둥이 육아를 위해 여유로운 직장이 필요했던 유채는 스스로 사직 의사를 밝혔다.

"하경 씨가 오기만 한다면 언제든 환영이죠. 아, 맞다. 소개해줄 사람이 있는데."

유채는 하경의 앞에서 슬쩍 비껴서면서 그녀가 안쪽을 잘 볼 수 있게 시야를 틔워 주었다. 그들로부터 두 뼘쯤 떨어진 곳에, 헬륨 풍선에 든 가스를 마시고 끽끽대는 목소리로 조카들에게 재롱을 떨고 있는 래원이 있었다.

"홍래원이요? 변호사님, 이거 실화예요? 저 가서 말 걸어 봐도 돼요?"

"그럼요. 쟤 누구랑 떠드는 거 되게 좋아해요. 그게 여자라면 더

더욱."

하경이 떨리는 가슴을 부여잡고 래원의 실물을 영접하러 가는 동안, 유채는 또 다른 깜짝 손님들과 맞닥뜨렸다.

"봉 원장님! 바빠서 못 오시는 거 아니었어요? 슬기도 입시 때문에 정신없는 거 아니었어?"

유채는 케이크 상자를 손에 들고 있는 봉 원장과, 만개한 장미 꽃다발을 한 아름 안고 서 있는 슬기를 보면서 놀라움과 반가움이 섞인 어조로 말했다. 봉 원장은 케이크 상자를 유채에게 건네주면서 쑥스러운 듯 웃었다.

"그게, 쌍둥이 엄마랑 강이현 씨한테 알려주고 싶은 좋은 소식이 있어서요."

"언니, 저 대학 합격했어요!"

슬기는 제 엄마가 말을 마치기를 끝까지 기다리지 못하고 불쑥 소식을 터뜨려버렸다. 그녀가 두 달 전 수능시험을 치르고 난 후 서울 소재 4년제 대학의 연예매니지먼트학과에 지원했다는 것은 유채도 알고 있었다.

"어머, 진짜? 합격했어?"

"네! 이게 다 일루젼 오빠들 덕분이에요!"

슬기는 유채의 손을 잡고 폴짝폴짝 뛰면서 기쁨을 나누었다. 무슨 저주라도 걸린 것처럼 수능을 볼 때마다 죽을 쑤기만 하던 그녀가, 올해는 스스로도 믿을 수 없을 만큼 좋은 성적을 냈다. 수능시험 날 아침, 일루젼 멤버들이 직접 고사장 앞까지 와서 응원해준 덕분이었다. 뿐만 아니라, 슬기가 입학지원서를 넣을 때 마여정 대표가 직접 추천서를 써주기까지 했다.

— 위 학생은 총 가입자가 무려 20만 명에 달하는 대규모 팬클럽의 임원으로 재직하면서 탁월한 리더십과 위기관리 능력을 보여준 촉망받는 인재로서, 그 앞날이 대단히 기대됩니다.

"내가 슬기한테 맨날 일루전이 대학 보내주냐고 타박했는데, 진짜 일루전이 대학을 보내주기도 하네요."

봉 원장은 반은 농담 반 진담 반의 말로, 딸과의 오랜 전쟁이 끝난 소감을 전했다. 처음에는 슬기가 휴대폰을 들고 기자회견장에 난입했다는 이야기를 듣고 경악했던 그녀였다. 그러나 슬기로부터 그런 행동을 하게 된 사연을 전부 듣고 나서는 생각이 달라졌다.

아무 고민 없이 단순하게 사는 줄 알았던 어린 딸이 한때 진지하게 자살을 생각할 만큼 괴로워했다는 걸, 그때 이현과 그의 노래가 그녀의 유일한 버팀목이 되어 주었다는 걸 알고서 봉 원장은 아이돌에 대한 편견을 버리게 되었다. 결국 이현과 봉 원장은 서로에게 은인인 셈이었다.

"열심히 공부해서 나중에 연예기획사 차리려고요. 그때쯤이면 리틀즈가 아이돌로 데뷔하겠죠? 꼭 저한테 맡겨주세요! 제 친조카처럼 아껴줄 거예요!"

"알았어, 혹시 데뷔시키게 되면 잊지 않을게. 얼른 들어가서 밥 먹어. 원장님도 들어가세요."

유채는 당장이라도 계약서를 들이밀 것 같은 기세인 슬기와, 그런 딸을 흐뭇하게 지켜보는 봉 원장을 테이블 쪽으로 안내했다.

손님들이 모두 모이자 식사가 시작되었다. 이현과 아버지가 힘을 합쳐 오전 내내 장만한 음식들은 하나하나 정성을 쏟은 게 고스란히 느껴졌고, 손님들은 연신 칭찬을 아끼지 않으면서 맛있게 식사했다.

"자, 우리도 맘마 먹을까?"

일루전 멤버들과 함께 테이블에 앉은 이현은 양쪽 무릎에 쌍둥이를 한 명씩 앉혀놓은 채 어르기도 하고 분유를 주기도 하면서, 이제 제법 숙련된 아빠의 면모를 보여주었다. 처음에는 행여 부서지기라도 할까 봐 한 명을 안아보는 것조차 불안하고 버거워서 쩔쩔매던 모습은 이제 사라지고 없었다.

"무슨 얘기들을 그렇게 열심히 해?"

그때, 뷔페 코너에서 음식을 가지고 온 유채가 비어있던 이현의 옆자리를 차지하고 앉았다. 그녀는 쌍둥이를 챙기느라 여태껏 아무 것도 먹지 못한 이현의 입에 갈비구이 한 토막을 넣어주면서 다정하게 물었다.

"자기 피곤하지 않아? 어제 새벽까지 촬영하고 왔잖아."

혼인신고를 마치고 엄연히 법적인 부부가 된 두 사람은 더 이상 서로 존댓말을 쓰지 않았다.

"나야 뭐 그게 일상인데, 뭐. 여보는 괜찮아?"

신생아 육아의 세계에서는 해가 지지 않기에, 이현과 유채는 커다란 침대에서 함께 자면서 두 시간 간격으로 일어나 울어대는 쌍둥이에 대한 수비를 펼쳤다. 다행히 새로운 가족과 함께 하는 하루하루는 정신없이 바쁘고 또 그만큼 즐거워서, 피곤함 같은 것은 미처 느낄 틈이 없었다. 갈수록 서로에 대한 애정이 끈끈해져 가는 두 사람이 다정한 시선을 교환하는데, 누군가 등 뒤에서 유채의 어깨를 노크하듯 톡톡 두드렸다.

"쌍둥이 엄마, 잠깐 나 좀 봐요."

"네?"

유채가 고개를 돌리자 봉 원장이 아까와는 달리 진지한 낯빛을 한 채로 서 있었다. 그녀는 그들이 나누는 대화가 다른 사람에게 들리지 않도록, 유채를 홀 한구석으로 데리고 갔다.

"이틀 전에 우리 병원 와서 산후 검사 받고 갔잖아요. 방금 박 간호사한테서 전화가 왔는데 혈액검사 수치가……."

"수치가 왜요? 혈압도 한참 전에 정상으로 돌아왔고, 산후 검진에서도 아무 문제없다고 하셨잖아요."

"문제라기보다는……. 아니, 문제기는 문젠데……. 문제가 아니기도 하고……."

"왜 그러세요? 원장님답지 않게. 그냥 말씀하세요."

봉 원장은 잠시 머뭇거리다가, 이윽고 유채에게로 얼굴을 가까이 가져다댔다. 그리고 손바닥으로 가리면서 은밀하게 귓속말을 했다.

"……."

처음에는 유채의 표정이 변하지 않았다. 마치 봉 원장이 한 말이 무슨 말인지 알아듣지 못한 것처럼. 봉 원장은 입을 벙긋거리면서 아까 했던 말을 반복했는데도, 유채는 여전히 이해를 못하는 것 같았다.

"착오가 있는 거 아닐까요? 그건 불가능한 일이에요."

"이론적으로 불가능하지는 않아요. 후천적 무정자증이 원인불명으로 발병하는 것처럼, 마찬가지로 별다른 이유 없이 나을 수도 있는 거니까요."

"그러니까 지금 그 말씀은……. 제가 정말로……."

놀랍고 당혹스러운 나머지 말이 제대로 나오지 않는 유채를 대신

해서, 봉 원장이 확실하게 상황을 정리해주었다.

"네, 셋째를 임신 중이에요. 그나마 다행인 건, 혈액검사 수치를 보면 쌍둥이는 아닌 것 같다는 거죠. 원래 쌍둥이는 인공 수정할 때 확률이 높아지는 거라서……."

유채는 원래 연장자의 말을 마음대로 끊어먹는 예의 없는 성격은 아니었지만, 이번만큼은 봉 원장의 설명이 완전히 끝날 때까지 기다릴 수가 없었다. 그녀는 테이블에 앉아 한가롭게 쌍둥이와 놀고 있는 이현을 향해 버럭 소리를 질렀다.

"강이현, 당장 이리 와!"

"응? 여보야, 왜 또 화가 났어?"

이현은 쌍둥이를 혁과 노아에게 하나씩 맡겨놓고 자리에서 일어났다. 천하태평한 얼굴로 유채를 향해 어슬렁어슬렁 다가오는 게, 뭔가 잘못했을 때마다 따끔하게 혼나는 게 그에게는 그냥 일상인 듯했다.

유채는 이현의 손목을 확 잡아채서 자기 쪽으로 끌어당겨서 귓속말을 했다. 그러자 이현의 두 눈이 전구알처럼 휘둥그레졌다.

"정말이야? 장난치는 거 아니고? 거짓말 아니고?"

"나도 거짓말이었으면 좋겠다고, 진짜! 아, 난 몰라. 어떡하면 좋아."

올해 봄, 쌍둥이와 함께 제주도로 첫 가족여행을 떠나면 샛노란 유채 밭 한가운데서 단란하고 소박하게 결혼식을 올리기로 했는데, 이렇게 되다니 곤란했다.

'이현이도 당장 올해부터 계획이 많은데…….'

일루전은 5집 앨범을 준비하는 중이었고, 멤버들 각자의 솔로 앨범도 만들어보자는 얘기가 나오고 있었다. 지금도 충분히 힘든데,

아기가 한 명 더 생긴다면 이현이 포기해야 할 부분이 더 많아질 수밖에 없었다. 유채가 이현의 반응을 걱정하면서 그의 얼굴을 유심히 살피는데, 그가 느닷없이 팔을 뻗더니 그녀의 허리를 와락 끌어안았다.

"여보야! 나 행복해! 정말 최고로 행복하다고!"

유채가 미처 말릴 틈도 없이 그녀를 허공으로 번쩍 들어 올린 이현의 얼굴에는, 근심도 걱정도 없는 순수한 기쁨만이 가득했다. 이현이 유채를 껴안은 채로 빙글빙글 돌자, 고운 빛깔의 한복 치맛자락이 넓게 퍼지면서 깃발처럼 휘날렸다. 유채는 남 보기 창피할 정도로 주책을 떨어대는 25살 남편의 어깨를 손바닥으로 가볍게 때리면서 타박했다.

"내려줘! 내려달라고! 이 바보야! 그러니까 내가 혹시 모르니까 조심하라고 했잖아! 둘만으로도 벅찬데 어쩔 거야!"

유채의 손바닥이 이현의 어깨를 지나갈 때마다 퍽, 퍽 하는 소리가 나는 게, 절대 힘을 조절해서 때리는 게 아니었다. 사실 일방적으로 이현을 탓할 일만은 아니었다. 지금으로부터 약 2주 전, 기적적으로 쌍둥이가 보채지 않고 얌전하게 동시에 잠들어준 밤이 있었다. 덕분에 젊은 부부는 모처럼 평화롭고 아늑한 기분으로 머리를 맞대고 침대에 누워 쌍둥이를 구경하는 호사를 누릴 수 있었다.

— 이렇게 보고 있으니까 둘 다 천사 같다. 자기를 닮아서 그런 것 같아. 강이현 판박이들이야.

— 아냐, 자기를 더 닮았어. 눈, 코, 입이 또렷하고 선이 예쁜 게. 딱 서유채 그 자체네.

빙긋 웃으면서 유채의 얼굴을 꼼꼼히 들여다보던 이현의 손끝이 그녀의 이마에서부터 콧등을 타고 입술로 내려왔다. 기타 줄을 퉁기느라 굳은살이 살짝 박인 엄지손가락이 얇고 예민한 입술 굴곡을 따라 훑듯이 어루만지는 순간, 유채는 온몸을 저릿하게 적시는 전율을 느꼈다.

— 아, 도저히 못 참겠다. 자기가 너무 예뻐서.

유채의 아랫입술을 지그시 눌러 벌어지게 한 다음, 그 틈을 놓치지 않고 깊숙이 침범하면서 먼저 키스해온 건 분명 이현이었다. 그러나 덮치듯 침대 위로 쓰러뜨리는 그를 제지하지 않고 원피스를 벗기기 쉽게 허리를 들어주기까지 했으니, 유채도 공범 또는 방조범인 것이나 다름없었다.

행여 쌍둥이의 잠을 깨우지 않을까 걱정하면서, 느리고 부드럽고 유연한 그의 움직임에 맞춰 조용하고 은밀하게 사랑을 나누는 것은 그때까지의 어떤 경험보다 황홀하고 짜릿했다. 물론 쌍둥이에 이은 연년생 셋째의 잉태라는 결과는 더욱 더 환장할 만큼 짜릿했지만.

셋째 임신에 대한 책임을 혼자 뒤집어쓰고 두들겨 맞고 있으니 꽤나 억울하고 아플 것 같은데도, 이현은 그저 좋아서 어쩔 줄 몰라 했다.

"걱정하지 마, 여보야! 쌍둥이도 내가 키우고, 셋째도 내가 키우고, 내가 다 키워줄게! 나만 믿어, 응? 나 믿지?"

이현은 싱글벙글 웃으면서 그렇게 장담하더니, 모두가 보는 앞에서 유채의 뺨에 쪽 소리 나게 입을 맞추었다. 유채는 붉게 달아오른 얼굴을 두 손으로 가려버렸고, 이현은 그런 그녀를 보면서 다시 한번 시원스럽게 웃었다. 봉 원장을 제외한 나머지 손님들은 아직도 이게 어떻게 된 상황인지 몰라 어리둥절한 기색을 하고 있었다.

"흐……. 흐에에……."

아무래도 엄마와 아빠가 동시에 시야에서 사라져 있던 시간이 너무 길었던 모양이다. 기저귀를 갈아주는 혁의 서툰 손길이 못마땅했던지, 리아는 고사리 같은 발로 덩치 큰 삼촌을 걷어차면서 울먹거렸다. 동생이 울먹거리자 리혁의 커다란 눈도 금세 그렁그렁해졌다.

"으에에에엥—!"

잠시 후, 홀이 떠나가라 울어대는 쌍둥이의 목소리가 메아리쳤다. 한쪽에서는 울고, 한쪽에서는 웃고, 그야말로 정신이 하나도 없는 백일잔치였다.

모든 평범한 가족이 그렇듯, 그들에게도 언젠가 느긋하게 웃으면서 이 순간을 회상하게 될 날이 찾아올 것이다. 지금은 하루하루가 전쟁을 치르는 것 같은 초보 아빠 엄마지만, 아마 그때쯤이면 자신 있게 말할 수 있지 않을까. 그게 행복이라고, 그 어떤 대단하고 거창한 게 아니라 그런 게 바로 우리를 살아가게 하는 행복이라고.

〈끝〉